张文江作品

潘雨廷先生谈话录

张文江 记述

作家出版社

引 言

　　潘雨廷先生（一九二五——一九九一），上海人，当代著名易学家。生前曾任华东师范大学古籍研究所教授、中国《周易》研究会副会长、上海道教协会副会长。潘雨廷先生早年就读于上海圣约翰大学教育系，毕业后先后师从周善培、唐文治、熊十力、马一浮、杨践形、薛学潜等先生研究中西学术，专心致志于学问数十载，融会贯通，自成一家。潘雨廷先生毕生研究的重点是宇宙与古今事物的变化，并有志于贯通东西方文化之间的联系，对中华学术的《周易》和道教，有深入的体验和心得。他的著作是二十世纪中国文化所取得的重要成果之一。本书由张文江根据他所保存的问学笔记整理而成。

　　《潘雨廷先生谈话录》是潘雨廷先生一九八六年一月（《补遗》延伸至一九八五年）至一九九一年十二月间的主要谈话记录，内容涉及文学、历史、哲学以及科学与宗教，有较大的参考价值。

目 次

一

一九八六年

二

一九八六年

三

四

一九八六年

一九八七年

五

一九八七年

六

一九八七年

七

一九九一年

八

补遗甲

一

一九八六年

一月十八日

先生言：

回向思想出于佛教，将无始以来的习气回向完，中国尚无相等的概念。《华严经》十信（信为道源功德母）、十住、十行，积德甚多，于是十回向，全发挥掉。回向之后，才可以谈十地了。回向的目的，是要成功一个大圆镜智，为转识成智的步骤。镜子照东西无遁形，但照后一样不留，清清楚楚（实际仍全在）。如老太婆代人念经，画红圈卖钱，本身并无功德。

众生有烦恼障，菩萨无烦恼障，有知识障，回向可去除知识障。回向的方法是哪里来的回向哪里，写邵康节就回向邵康节，写熊先生（十力）就回向熊先生。故前日杜之韦认为不要读书，读书转增障碍是不对的。

此先生对我第三次谈回向，始知与老子"圣人不积"之旨仍有异。

先生言：

出学问、出事业跟忧患环境有关，唐（文治）、熊（十力）、杨（践形）、薛（学潜）皆如此。

唐先生（文治）在清末任高官，清亡后很苦闷，乃卜一卦决疑。得乾之讼，初爻、三爻变。乾初曰"潜龙勿用"，三曰"君子终日乾乾，夕惕若，厉无咎"，乃终身奉此二爻为的。讼三曰"食旧德，贞厉，终吉。或从王事，无成"，准此始绝口不谈政治，改堂号为"茹经"。食旧德以发扬本国文化，改办教育，创立无锡国专，一时人才荟萃（此在南方，北方有清华国学院，王国维、梁启超、陈寅恪主持）。然非食古不化，又办今交通大学，吸收西洋文化，取《易》"天地交，万物通"之义。我遇唐先生时，相差六十七岁，乃晚年入门弟子，其年谱尚有记载。

先生言：

当然，我研究学问早已超出阶级基础。如果从阶级基础而言，我和唐先生、曹元弼（至死留着长辫，后入满洲国从溥仪，于汉易极精）不同，是从资产阶级角度反过来读经的，故能认识经的佳美，而不容易受经的束缚。中国思想不读经不可能懂，但以为单凭读经就懂中国思想也非。我们潘家过去与徐光启等人在一起，豫园就是潘家的产业。我父亲有见识，后来搞银行，转入资产阶级，跟上了时代。你们读经也要注意，不能停留在过去的角度上。

先生言：

锻炼身体不是要身体好，如果那样当然太局限，而是在锻炼中可得到一样东西，这样东西你身体再差也没有关系。王重阳收马钰、丘处机等七个弟子，本人只活五十多岁就死了，可见与寿命是无关的。

一月二十二日

先生言：

邵康节《共城十吟》诗，人皆不识得其好处，因为单从文学角度看，只能见此。此时他初识天人之际，故见出生生景象，此其识《易》处。

问：周濂溪等不除窗前草，亦此意。

先生言：

是。昔程子春从皇帝游，皇帝折柳枝，程子谏止。折柳枝自然无关系，但是折了伤春之生气，不合时宜。（按《孟子·梁惠王》："斧斤以时入山林，材木不可胜用也。"）

是夜去安培生—张亦熙家。仰天，忽识"坎为月"之旨。

一月二十三日

晨抄毕《周易浅述》八卷，自一九八五年十一月上旬起抄，共一二三八页。一九八四年十二月二十四日圣诞夜，从先生处摸彩得此书。

是夜，雪娅领曹冠龙（小说家）谒先生。

宋捷言：

利贞者，性情也。可以如此解，乾"元亨利贞"，坤"元亨，利牝马之贞"，牝马乃整体中所生之物，且可示阴阳之理（马为阳、牝马为阴），此即性。利西南得朋，东北丧朋，乃有选择，故生情。问题在如何推情合性。

问：二程言：学在识时，"颜子陋巷自乐，以有孔子在焉。若孟子之时，世既无人，安可不以道自任"？（《二程集》，15 页）不从道家观点看颜子，正见二程之强烈用世心态。

先生言：

不太赞成二程，因为太自负。明道犹好，伊川则不容人。

一月二十五日

昔受学于周茂叔，每令寻颜子、仲尼乐处，所乐何事？

《二程集》，16 页

某接人多矣，不杂者三人，张子厚、邵尧夫、司马君实。　　20 页

看一部《华严经》，不如看一个艮卦，经只言一止观。　　81 页

圣人之语，因人而变化。语虽有浅近处，却无包含不尽处。如樊迟于圣门，最是学之浅者，及其问仁，曰"爱人"，问智，曰"知人"。且看此语有甚包含不尽处？他人之语，语近则遗远，语远则不知近，惟圣人之言，则远近皆尽。　　176 页

古之卜筮，将以决疑也。今之卜筮则不然，计其命之穷通，校其身之达否而已矣。噫！亦惑矣。　　326 页

因思：

进化 evolution 是展开，顺。革命 revolution，反过来触及根本，逆。老子所云复，归根，也就是革命。以 RNA 改变 DNA，从时间中翻转回去，不仅是颠覆之意。

孔子从心所欲不逾矩，也是由革命而成。人随着年龄展开，生理心理渐趋僵化，而孔子以学復返先天。此犹时间倒流，即老子能婴儿乎之旨，故"朝闻道，夕死可矣"。

五十知天命，知客观时间。六十而耳顺，知主观时间。七十从心所欲不逾矩，主客观合一。

曾子三省，忠，信，习传。可见读书只是学习的一部分，而道德实践占其二。

子曰："兴于诗，据于礼，依于仁，游于艺。"游于艺即七十境界，艺非琴棋书画之谓，乃从心所欲之境。自由出入于礼乐，即《庄子》庖丁解牛，"合于桑林之舞，乃中经首之会"。

一月二十六日

是日先生讲《皇极经世》。窗外，上海音乐学院大火，浓烟滚滚，多人救火。

因思：

"易简"，"以约失之者鲜矣"。《论语》云："博我以文，约我以礼。"礼的本质不是繁琐，而是简单，从复杂到简单，是约，不是束。文，即了解六十四卦的网络结构，贯通其变化，即物相杂，故曰文。礼仪三百，威仪三千，七十从心所欲不逾矩，那是礼的八阵图。

又思：

孔子六十而耳顺，即经历二个生物周期变化而了解生物钟。三十年为一世，故三十而立，六十而耳顺。

人从少至老，当化圆为方的过程，然方亦可化圆。

三省，即夕惕若。

五十知天命，七十至天命。（参《张载集》，40页）

孔子得《易》生生之旨，故言生而不言死，言仁而不言义，言乐而不言苦，即《大象》从正面鼓舞人。天行健，地势坤，皆阳之动。

宫晓卫自山东来访。

一月二十七日

先生言：

现代西方语言哲学，对形而上学等问题，上帝有无之类，属语言游戏，不谈的，犹佛教所谓戏论。（故未知生，焉知死，子不语怪力乱神。二流文学、哲学对此问题的讨论，多属无病呻吟。诗无邪之旨，反对无生理基础的心理。）

因思：

孔子性与天道不可得而闻。张载以为："既云夫子之言，则居常语之矣。圣门学者以仁为己任，不以苟知为得，必以了悟为闻，因有是说。"（《张载集》，307页）

按：此语深有所会。所闻，文章耳，如了悟，则文章转为天道也。文章五十也，性六十也，天道七十也。闻天道必自文章始，朱熹注："德之见于外者，威仪文辞皆是也。"德性尊之，尊而不论。从道问学入手，犹了解六十四卦，入此即入迷魂阵，得明师引之出，但路必须自己走。天尊地卑，尊即西洋不谈的形而上学，亦即康德把上帝搁置（epoché）。其不可知论，也就是熊十力先生对轮回"存而不论"。

忆一九八四年底初谒先生时，曾请教"共相"、生命诸问题。先生言：我现在不会对你说，将来才会说。将来讲的实际上还是今天这些话，但是那时候就等于讲给你听了。

常思先生"节节支解"之旨。

下午见先生，借《伊川击壤集》及讲义磁带以归。

因问：

刚到《读书》今年第一期，有郭齐勇论熊十力文，论阿城的寻根小说文，陈平原等人的"文化角度"（二十世纪中国文学三人谈），德国韦伯复活"新教伦理与资本主义精神"。诸篇文章有同一指向，注意东方文化的价值。

先生言：

此潮流三十年后发生实际作用，所以你们这一代要自重、自振。

问：认为《论语》充满着《易》，而现在读朱熹注，完全不够。

先生言：

那还是你现在程度上读到的《易》。《论语》完全可以新注，朱注的确有不足。

先生言：

我和杨先生一起写《易》，终于还是没有合拢。关键是时代两样了，不能从地主阶级角度搞，而要从资产阶级角度搞（此为譬喻）。故需注意现在的时代潮流，青年关心什么，所以我无论如何要注意现代科学的最新成就。

按：先生昨日言秦始皇以后的学问都不对（法先王），今又言当代科学的发展，此两语有味焉。

先生言：

这几天写《序卦》，思想还未稳定。《序卦》作者是一人还是两人？这是不能随便说说的。因《序卦》文字作者是否理解排列卦象者？或故意不相应？那就有更高的境界。

又言：

文化大革命前我有一文，卦象之间的安排是一定的，抄家时抄走了。仅此一份，可惜难以复原。这几天逐渐恢复到当时写此文时境界，重新接通了《序卦》时代，故写出。但思想又升了一层，故考虑此。（指上一问题，文章指《论〈序卦〉作者的思想结构》）

又言：

你看过《皇极经世提要》，文化大革命前我没有读过道藏本，现在才读到，故思想又不同，有变化。对一爻变的卦象不能同意，又翻上一层。

宋明理学不能平平说来，要提出向上突出的东西，故邵康节不能和其余诸人相并列。

晚。

先生谓宋捷言：

辩论不能在对方范围内，要在上面罩住他。当然要有东西才能罩住，所谓"冒天下之道"。要笼罩天下之道，《易》有这个本事。

回家路上，宋捷谓：孔门弟子颜回最有道家思想，故庄子重视之。

我谓：孔门弟子个个都修业，惟颜子进德而未见修业，庄子见天下不可为而不修业，故两人最相应。

又思：

《论语》"暮春者，春服既成"一章，诸弟子皆言治国之象，惟点所言乃平天下之象。"吾与点也"，非仅仅欣赏归隐。

一月二十八日

张载言：

> 大易不言有无，言有无，诸子之陋也。
> 易为君子谋，不为小人谋，故撰德于卦，虽爻有小大，及系辞其爻，必谕之以君子之义。
>
> （《正蒙·大易篇第十四》，《张载集》，48 页）

问："'须信画前原有易，自从删后更无诗。'这个意思，古原未有人道来。"（《二程集》，45 页），是否对？

先生言：

是。人就是这么回事。莫诺（《偶然性与必然性》作者，诺贝尔奖获得者）早说过，人类遗传 DNA 排定以后，至今未有变化。故在此范围之内，原则仅数条而已。

因思：

夕惕若就是禅宗、存在主义所谓边缘状态，机＝锋，到一个境遇中去。惕就是重新考虑已作出的选择，也就是陌生化，提撕。三爻、四爻是人位，常临困境，不得不选择。人完全是自由的。

惕，陌生化，也就是赫拉克利特"太阳每天都是新的"。故终日乾乾，夕惕若。《旧约·传道书》"太阳底下无新事"，《易》下亦无新道，故万古常新。

又思：

五行所谓东方生，西方克，或有其理。如四大哲人，西方二，苏格拉底（仰药）、耶稣（钉十字架），而东方释迦、孔子均于七八十岁善终。老子西去不知所终，其时空尤不得知，盖神龙见首不见尾耶。

先生言：

社会有分工不同，比如营养进入胃，手不会埋怨把大部分营养（70%？）供应脑。（按：此可解《论语》君子、野人之说）

又思：

《论语》："不知言，无以知人也。"知人之最后，应了解人类。参考《孟子》："我知言，我善养吾浩然之气。"（《公孙丑》上）

中国文化重视信息和能量在物质之上。秦始皇统一，车同轨，书同文，同时重视物质和信息的交流。中国能维持庞大帝国，主要在于能控制信息的沟通，何时交流阻隔就爆发起义。而上下交流的主要调节就在于"士"。

人如能"知言"，知振动数，可上达"道"（logos）。《圣经》人欲代天工，乃造巴别塔（通天塔）。物质、能量、信息合一，要到达天了，上帝惧之，乃下来搞乱人的语言。于是信息不能互知，能量抵触，物质分散。此寓言可深味之。

不期中国有替代方法，即文和言的分开。文的统一能维持中国两千年，然而，也使语言渐趋程式化。文与言的脱节，造成五四白话文运动。

语言与音乐的统一，见《诗大序》。古希腊毕达哥拉斯以数为万物的根源，认为天体体现了音乐的结构，中国则有"律历志"。

知言乃贯通信息，故"耳顺"。《论语》以知言为目标，《老子》提出"名可名，非常名"，《论语》结束正是《老子》的开始。颜子不违如愚，《易传》吉人之辞寡，乃知言境界。

一月二十九日

张载云：

> 为天地立志，
> 为生民立道，
> 为去圣继绝学，
> 为万世开太平。

　　　　　　《语录》中　　　《张载集》，320 页

《宋元学案》引作：

> 为天地立心，
> 为生民立命，
> 为往圣继绝学，
> 为万世开太平。

　　　　　　　　　　卷十八，十页

此关学气概。

一月三十日

先生言：

康节时德之辩，关键在贞元间之转机，抓住转机即时来。张载"为往圣继绝学，为万世开太平"，紧守贞元之际，万世太平自己当然未及见，但是不去管了，由它发展。

又言：

张载《易经》两个特点，一、直接体会《易经》指的是什么境界；二、以人配天，提高到这种程度。

因问：我觉得张载的《易经》在《正蒙》，不在《横渠易说》。

先生言：

张载的《易经》在于不能一卦一爻讲（故读其《易说》常觉片段），故在洛阳坐虎皮说《易》，遇二程要避席。

因问：张载易主要在乾坤二象及《系辞》，得王船山之相应。王船山之后有熊十力，不知熊先生对张载评价如何。

先生似可之（评语忆不起）。

又言：

今人所谓气一元论、唯物之类，完全没有理解当时的环境。

又问：程传之可贵，似在当时《易经》基本已不联系实际了，故重新解释。《易》进入社会，故成功学派，二程似纯粹。

先生言：

二程尚有拘谨之处，我就不用拘谨。

又言：

当时周濂溪从南方来，张载从陕西来，二程在洛阳，邵康节从北方来（"五星聚奎"之说何指？），面貌完全不同。

问：日前听先生讲《养生主》，理解不少，却又思倒是庄子思想简单，仍是《论语》思想复杂。

先生可之。

又言：

一直在听我讲老庄，何时我来讲《论语》《孟子》，完全又是一番面貌。

先生述吴（广洋）先生语：

《论语》在"学而"的转折之间，从学到而，此大变化。（按：文天祥："读圣贤书，所为何事？"而其后任何选择，均体现你所见境界。张载云读书变化气质，书读到身上来了。）

先生自述志向言：

第三次儒学（名称可以不管），实质是中国文化的再次兴起。第二次吸收印度佛教，第三次吸收西洋科学，由此而读《易》。有志于此，故做学问与单纯写史者境界不同。

又言：

孔子晚年学《易》，当然不是第一次看到易书，而是进入《易》里面读了。孔子有意不成体系，凡自以为要成体系者必完结。

又问：二十八日美国航天飞机"挑战者号"升空一分钟后爆炸，六名机组人员和一名女教师全部遇难，为美国航天史上最大灾难。

先生言：

此可警惕，人的能力与天比相差太大，远未到可以征服天之地步。人不能太狂。

先生言：

邵康节《皇极经世书》仅标出开物到闭物一角度，第三角度我标出，把三千年全部历史"啪"放入，本可随便排，自然有其微言大义。人的历史是子—午相应，午前尧（邵故号尧夫），午始于禹八年，是转机阴生。禹即位前期尚执行尧舜政策，到了八年想，算了吧，还是传给儿子吧，开始世袭制至今。这些话我不愿意说，故宋捷说我含多吐少（茹）。有些话确实不可说，故说出所有关系并到处宣传，绝对错误。

先生言：

如果想通关键问题，思想一定超时代，故在此时代中一定是"勿用"的。

因思：

《论语》和《老子》可视为十翼之外的两大"易传"，二书渗透了《易》的境界，而且以不直接释经为最高，当荀子"善易者不占"，邵康节"善易者不言易"。经学的发展，把五经统于《易》，先排斥黄老道家，后又排斥象数，自加束缚，其旨遂晦，更遑论天地自然之易。

又思：

读《易》首遇乾（天何言哉）、元二字，元即春，须识生生景象为明《易》。又乾为天，元为人，此天人之际。元训人首，此见大脑的作用，"洗心"

犹调整脑细胞？

一月三十一日

先生言：

唐先生（文治）言：周情孔思，出于韩愈弟子李汉之说（见《韩昌黎集》序）。但是唐认为李不可能说出，必出于韩的传授。

先生言：

尧舜并无实事，是中国人之理想国。唐先生等对此有宗教情感，但是熊先生、薛先生皆不以为然。

我从唐先生读《尚书》。熊先生处一个月去一次，薛先生处一星期去一次，杨先生处去的次数比较多。

对气功杨先生通了，熊先生稍知道一点，薛先生不懂。对这些内容不能说前一点，要积一段时间。

苏渊雷《易学会通》出版，有先生之跋。

《道藏提要》稿子从出版社取回，约好分类编出（从通鉴体改为纪事本末体）。如《老子》提要、《参同契》提要、《庄子》提要、《悟真篇》提要等。

先生准备把二篇十翼先写成，学校应允为之油印，先出一部分。

先生言：

不想说尽，说尽不好。薛先生曾讲，留一部分给后人去说说吧。

先生言：

永远有时讳的。中国人能想出缺笔之法，真是妙透。

学问之事，绝对不能与政治无关，但是绝对不能等于政治，你们要注意。

先生言：

要看着你们积一点，才说一点。看触发到哪里。

问：看先生《标校〈皇极经世〉序言》一文，体会到行文之要：自己宜不出面，隐藏在行文节奏之后。

先生可之。

二月一日

谈理学，因论及周、程、张、邵五君子。

先生言：

你现在还没有资格说某一家好某一家不好。这样自己的德就不全，而且他们的好处你也不会吸收到。

《宋元学案》眼界太狭，所谓儒家正统。我现在看到的学术可包括司马光，王安石的新学，三苏的蜀学（《苏氏易传》内容极好）。当时当然有政治的是非，但是政治过去了，学术还留存着。

问：不喜欢三苏，不纯粹。

先生言：

因为你还不了解三教合一是怎么回事。

先生言：

司马光不列入理学正统是因为反孟。（又言：什么时候我来讲孟。）孟子齐人有一妻一妾，又支持齐伐燕（燕可伐与，曰可），历史学家当然不会赞成。二程提倡出来，还有所批评，后世更尊至孟即孔之地步。

又问：颜子。

先生言：

颜子当然较好。

先生言：

一、朱熹补《大学》真正是重要之举，宋人破经于此一见。他说这是程子的思想，但程子没有放进去，他敢于放进去了。二、置《易》九图于《本义》前（又言：此书过去我读，不认为好，现在看出价值来了），于是易图得到保存。清康熙时，就是此图传入欧洲莱布尼兹之手。

问：认为朱熹的主要功绩在于集大成，没有他，北宋五君子各有各的思想，至他才互相补充成一个体系。又，孔子集大成，集大成后有上出的东西，朱熹集大成完成体系，似缺少向上的开拓精神。又认为朱熹涉及面太多，如《韩文考异》《楚辞集注》，似不必要，而注《论语》《孟子》穷毕生精力，给后人提供了读本。

先生有所可之，复又强调朱子的重要。（熊先生宗二王，即阳明、船山，又认为朱子不可轻。）

问：永嘉、永康，我都不大赞成。

先生似可之。

先生言：

宋初出现一大批思想家，是时代为他们的成熟开辟机会。唐的思想散乱不成体系，宋形成了，至朱熹而集大成。现在正是第三次出思想的时候，儒不儒不去管，但是时代如此，我可能看不到了。

因问：时代最艰难的时候保留的种子，一转过关，后人坐享其成，此即邵康节言德不言时，时德之辩。

先生言：

坐享其成就完结了。夏天万物繁盛，景象极好，但是不期夏至一阴生。

因问：中国学问至文革而不断绝，似有天命在。

先生言：

熊、马、薛、杨诸先生都没有逃过文革此一大劫难，我遇到他们，起先也不觉得，现在常常在想这些巧合。

因问及《皇极经世》一文，一、不提孔子百世可知也，二、不提天津桥头闻杜鹃知南人为相乱国的预言（邵伯温《邵氏闻见录》，214 页），认为均对。只略提二事，一、《皇极经世》记契丹年号，显示他的忧虑；二、"若乱几已萌，雍岂不知"，以二语示之。体会到作文也须如孟子"持其志，勿暴其气"（提出徒眩人眼目，乱人意）。

先生可之。

二月二日

昨日阅先生《论〈序卦〉作者的思想结构》一文。

先生述薛先生（学潜）言：

《论语》还不算有大学问，《序卦》一文作者保存下来的《序卦》次序，才是一篇天文（味其言）。

忆昨日先生言：

单培根居士来访，通唯识，精因明，与谈甚畅快。因说及沈剑英（上海教育学院，亦常往潘家来）近出因明书，完全不对。因明不能跟西洋哲学比附，三段论其实是最简单的，因明（印）墨辩（中）都有自己的特色，跟亚里士多德完全两样，否则要研究何用？学因明不是要学某种东西，而是得益于某种东西（自觉）以后，用来破惑觉他。所以一般人学因明并无作用，而且也学不会。因明的东西不在因明里面，此亦是张载"易为君子谋，不为小人谋"之旨。（因思：因明破人，直接触及到你的脚跟以下，复䷗、姤䷫的一点点根。）

先生言：

《金刚经》无我相、人相、众生相、寿者相，在于节节支解（庖丁解牛），均不见我，极其精微。（按：孔子"假我数年，若是我于《易》则彬彬矣"，亦精微分析。）

先生言：

研究学问全在身体，王船山如果没有从《愚鼓乐》中得着，后来不可能写这么多书。我也在身体，故脑子六十余岁还能用，到七十岁我自己准备休息了。你们也要注意身体锻炼，要爱惜精力。

问：自觉近来读书专心了些。

先生郑重言：

两个阶段，一是收放心，二是致良知。这是收了放心后万法归一，一归何处的问题。

先生言：

对一个人说一个人的话，对十个人说十个人的话。对不同的人自然有不同的变化，此原则必须注意。

问：也曾想到过。

先生言：

必须化到行动中去。

因问：对《易》《诗》《书》《春秋》已知道是怎样一部书，但《礼》的作用如何，是否亦能通到现代？

先生言：

《礼》是行动（左史记言，右史记事）。礼仪，郑玄总结为吉、凶、军、宾、嘉五字，完全能通到现在。

因问：有些问题愿自己考虑。听先生讲，似觉得来太轻易，许多话感到浪费了。

先生言：

我自己有时常常想到薛先生（学潜）、杨先生（践形）所讲的话，往往想不起来了。有些问题最好当初问一下，但现在已来不及了。多听一些有好处。

先生言：

我希望你们尽快到达某种程度，然后能促进我。得到促进，我还能再翻出东西来。当时我跟杨先生最后未合，另外搞出一套东西，本来也能促进杨先生更上一层楼，但他的处境实在太恶劣，故未能，希望你们能促进我。

先生言：

朱岷甫很聪明，本来一点不懂，至我处得着不少，但是生活环境太差，在家庭、事业上自己去走一条艰难的路。这样也能得着，但比较困难，四十岁以后精力两样了。

因谈及读书进步感到阻力。

先生言：

要积德。

又谈及邵康节一文"不可忽视其间自然环境确有可能变化"下（十二万九千六百年中），本拟添"如今日之冰河期之类"。

先生言：

不可，因冰河期之类，至今没有确定，而且这段时间没有经历过，不能乱说。（领悟先生之严谨，看到什么说什么之《春秋》精神，不比附科学，仍为持其志，勿暴其气的作风。）

先生言：

《春秋》始于周平王四十九年，等待转机（康节禹八年得其旨）。司马光不敢续经是一事，三家分晋确为大关键。《论语》记载孔子知田氏代齐，明知鲁不会伐齐，也没有能力伐齐，仍正衣冠往告，"以我从大夫之后，不敢不告也"。于日趋恶劣的形势尽最大可能挽救，予以期待，真是大悲心。

因思：

写论文不宜用推论长链。如"墙是红的"、"墙一定是红的"、"红墙"，信息量大异。

先生言：

现在没有人像邵康节当年注意契丹情况那样，作一部现代世界各国的《春秋》。

宋捷日前言：孔门六艺（射御）主要是得着运动觉，故与死读书者不同。又云：读书也要得着运动觉。

二月三日

先生昨日讲《皇极经世》，言：

现在有望远镜和显微镜，那是望空间的，我相信不久将会有一种望时间的望远镜。到那时一看，孔子就在我们这里，邵康节就在我们这里，那时的人看到现在社会科学的考据都要笑的。我的这篇文章只是在没有这种东西时代替一下。

《周礼·春官宗伯第三·占梦》：

占梦掌其岁时。观天地之会，辨阴阳之气，以日月星辰占六梦之吉凶。

一曰正梦（注：无所感动平安自梦），二曰噩梦，三曰思梦，四曰寤梦（注：觉时道之而梦），五曰喜梦，六曰惧梦。

先生言：

心理学现在大发展，梦境极可注意，弗洛伊德心理学也从释梦开始，《周礼》有六梦。我学气功就是从梦境开始的，梦境能自己控制，就懂气功了。庄子云"至人无梦"，要自己掌握梦境，把梦境化到没有，就懂了。要问有方法吗？方法是没有的，全在自己注意。梦有个根，触到这个根，梦就没有了。梦和白天完全相应，我当年做算术题做不出，结果梦境中解开了。下围棋，梦中清清爽爽一盘围棋。气功虽与梦境相似，又不相等。有人思念佛，结果梦中出现佛，有一道白光，去追求，结果完结。这种境界我完全经历过，故知道。一个人的年龄有关系，青年人的梦和老年人的梦完全不一样。遗传到了这种年龄阶段，这种类型的梦就多，到了那种年龄阶段，那种类型的梦就多。精力要紧！杨先生（践形）那时和人约好，夜间和人在某处相会，第二天再对照彼此所见情形。我不高兴那样（按：先生多次提及志向，欲上友古人），故没有参加。这不可以随便讲的。杨先生后来精力衰了，就没有再那样。（已理解"平淡点好"的意义。）

先生言：

当初杨先生有人送他一副寿联，我还记得："宿世早应成佛去，此生犹为著书来。"杨很满意，给我看。（问：似有恭维之意。）当然是有的。但是我近来已感觉到此问题了，自己一生做些什么呢？我写这些稿子，难道还去为名为利？还不是相信中国文化有东西，要发扬出来。

先生因谈《杂卦》《序卦》，论及六种卦的体象方法。

一爻：爻变

二爻：半象

三爻：八卦（二体）

四爻：互卦

五爻：伍卦（参伍以变）

六爻：杨定名为圜（乾为圜），我在《易经》中再找一个字"旋"，其旋元吉（履）。六十四卦总结为十四旋卦。（《杂卦》与《序卦》，上下篇调十二卦）

旋卦举例：

大过

先生言：

周善培著《周易杂卦证解》（有旧平装本），读了虞翻后，认为不科学，著此书。一卦用五卦讲，上伍、下伍、上互、中互、下互，讲得极好。

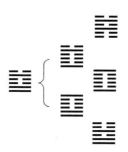

一个人看问题永远不会全面。明明是节卦，你少看见下面一爻，就成屯了，下面阳气足不足大不相同。要是不该动而动了，水库崩溃，变损，没有看到上面的苦心（苦节不可贞）。

故两个人的看法不会一样，看全面极难极难。数学语言有极大信息量，这些卦象有直接指的东西。

《易经》不在《易经》。

周善培（孝怀），四川人，搞民生公司，数朝元老。袁世凯时期……日本人占领时期，某大官是他学生，对他碰都不敢碰，连孔祥熙都尊重他。解放后，他是第一届政协特邀代表。从北京开会回来，安抚上海有关人员，说毛泽东是读书人，大家放心好了，结果企业界、知识界很多人因此而选择留下。文化革命中这些人遭冲击，最后一次我去看尹石公，尹大骂周。刚解放时，我去看周，周说，你尽管读《易经》好了，会有用的，得到了鼓励。（先生读《易》，有多少人赞助啊。）

先生言：

读了《序卦》，你们该回去背《杂卦》了。

先生言：

要背出。

问：周子《通书·精蕴》第三十，"《易》何止五经之源，其天地鬼神之奥乎"？

先生言：

此有汉宋之别。汉刘向列《易》为五经之原，宋时已有佛道二教，故曰不止。又取《周易集解》序言："权舆三教，钤键九流。"（按：我原先说不喜欢此序，认为无内容，兼用骈体文。）

问：错卦（䷿）是否反映感应之理？如两个有缘分的人始相距极远，终必遇到一起。

先生言：

二个人不可能完全成错卦，在接近中必发生爻变，然后相合。二人成错卦时，那完全忘我了。

又言：

薛先生曾说，每一样东西总有一个东西在外面相应，永远有。每本书都有一个影子。

先生言：

你们把"游于艺"视为七十境界，当然可以。我想说的是"志于道，据于德，依于仁，游于艺"还是同时的，"志于道"同时就是"游于艺"，否则学习太枯燥。又孟子云："君子有三乐，而王天下不与存焉。"因为个人的发展与社会的发展，完全属于两个不同的数量级。

因思：

善财入法界五十三参，遍访善知识。读书上友古人，到一定程度放出眼光来，亦为入法界向一善知识求教。此善知识以自己的切身经历告诉你一个法门（不是空谈理论），于是得着一点，再参一位。（切忌以为这些人彼此相同，或以此非彼。善财童子的欢喜踊跃，尊敬态度可效法，否则于德有亏。）于是知两个行门，不知不觉变厚了，然后由普贤领去见阿弥陀佛。此遍参的穷理致知过程，本身就是践履（尽性）实践，由是以至于命。

此重重无尽的华严法界，重践履的普贤行（一切如来有长子，彼名号曰普贤尊），而以文殊（智慧）引路，尤见明师之重要。

又思：

六十四收为三十二，三十二收为十六，十六收为八，为四，为二，最后收入太极，此为退藏于密。

入乾元性海而各得其所，物无所不容。

二月四日

先生言：

现在的人做梦也简单化，做梦复杂代表想象丰富（杨先生梦伏羲等）。经学束缚人，五四打掉经学，"啪"散开来，哪知换了一种思想收束得更紧，梦也给控制了。现在的人思想禁锢得已经可怕了，梦也不敢做了。

又言：

作《象》，完全是现代人反思到当时。

又"遁亨小利贞"，"既济亨小利贞"，从卦辞看完全一样，作《象》者认为两样，于是发挥出极好的微言大义来。

忆昨日先生言：

空讲仁义道德，是最坏的事。我当年读书时，就有人劝我读《史记·货殖列传》，谁知解放后倒是主张唯物主义的人空讲，不管具体物质。

二月五日

《紫柏老人集》共二十九卷（十册），明本。

师讳真可，号达观，晚号紫柏。交往者，李卓吾，汤显祖。

憨山德清塔铭：（万历四十四年）

　　师常以毗舍浮佛偈示人，予问曰，师亦持否？师曰，吾持二十余年，已熟半句，若熟两句，吾于死生无虑矣。

按：毗舍浮佛偈："假借四大以为身，心本无生因境有。"（一切宗教不离七佛偈以为根本）

先生言：

中国在清以后衰落，因为清没带来新的东西，完全向中国文化投降，故无再振之力。

二月六日

　　海日生残夜，江春入旧年。

　　此亦未穷而知变者也。

《紫柏集》 卷二　二十二页

宋捷言：建议多看童话剧，可冲破一些成人的僵化。反对绝对不买书的观点。

二月七日

先生言：

地球前生物与自然界的对立，也要丧去。

先生言：

我高中时爱读《庄子》，大学时就爱读《易经》了。

我还经历过这个阶段，《庄子》懂了，郭象注还不懂。后来才懂了，原来是战国思想和魏晋玄学思想不同，再读《庄子因》之类，很明白。

先要懂《庄子》，然后要懂郭象注。然后扔掉郭象注（其他的注全部不要看），然后可以谈一九八六年的庄子了。

当初一九六〇年左右，杨先生、薛先生在此谈《庄子》，与我此地谈完全不同，但完全相同，是他们的气概使我懂的。

听人言要完全虚掉，以虚受实。不可师其成心，到老师这里来，就是要完全听老师的。

先生言：

"春节"一词起于解放后，此名词不通，为岁首。

我小时候国民党政府用阳历，取消阴历，年初一上课，非常不习惯。后来日本人打来了，不管了。胜利后，国民党知道此事不通，就没再恢复过。

岁首定于公元前一百多年，见陈垣《二十四史闰朔表》，董仲舒于此有大作用。

紫柏云：

一日王介甫问蒋山元禅师曰，教外别传，可得闻乎？元曰，公有障，且以教海资茂灵根，更一两生来乃可耳。今人去介甫远甚，尚未解爬先学走，岂非大错……若染心人可生净土，则名实相乖，因果离背。若半染半净生净土者，吾闻古德有言，若人临终之际，有芥子许情识念娑婆世，断不能生净土。若全净心生者，心既全净，何往而非净土，奚用净土为？如是以为念佛一着子，能胜参禅看教，岂非大错。

《紫柏集》，卷三　二十六—二十七页

二月八日

问：现在讨厌任何形式的体系，像黑格尔的书全部散去。

先生言：

日前讲《齐物论》没有说，成体系就是庄子"得其环中"，黑格尔的绝对理念就是环中。故有黑格尔，一定有马克思把它翻过来。"是亦一无穷，非亦一无穷"，环中是不够呀。

问：但是不成体系，也不行。我理解所谓体系，就是自己走通，泯除矛盾。

先生言：

是。全在你自己掌握运用。

我喜欢用"结构"二字，就是佛教的"缘起"。

要得着一个东西，有此即"辩才无碍"。要知道我《庄子》虽然背出，但在讲《齐物论》时，我自己不知道下面一段是什么，翻到才知道。我又不会为讲此而去先翻好"备课"，这你们也要注意。

问：《紫柏集》。

先生言：

明末四大师三教合一的东西，蕅益注《易》，德清注《老》，当时社会非常兵荒马乱，但是学问也兴盛起来。明末徐光启等，受到外国进来东西（宋代泉州就有大船）的刺激。清末严复第一代，唐先生（文治）第二代，薛先生、杨先生都懂外国的东西，到了我更是从西洋入手。所以我希望你将来有了机会，也到外国去看一看。

问：我想中国自己的书也没读通，去外国也是白搭。

先生言：

当初我也是这个原因，所以父亲叫我到外国去而不去。（先生的父亲是银行家，后来去香港。）

问：《序卦》咸恒后至遯大壮，不置革鼎。革鼎放入作为国家变革，家庭不变。事实也是如此，朝代屡变，家庭仍然故我。但是现在的社会变革，已触动家庭。

先生言：

这正是大问题，影响到遗传。男性社会父权制之确立，至今已有所变化，此正是研究中国学问的动力。薛、杨皆如此认为。

问：读基督教《圣经》，从信仰的角度我不懂（实证），但我实在感受到它是一部触及生命的大哲学书，意象丰富。如人吃了智慧果，上帝将人赶出伊甸园，严守生命树，于是形成人类基本矛盾。此非《庄子》所云，生也有涯，知也无涯；如吃了生命果，生也无涯，矛盾不就解决了吗？人类最高的智慧是追求生命的智慧，穷理尽性必须至于命。西人践履在宗教，宗教以信仰代穷理。

先生言：

所以《圣经》不能废，中国儒家后稷无父，明明是宗教，同圣母玛利亚的神话一致。我在圣约翰大学读书时，选修《圣经》，有几个学分。解放前有五教会（加国教）。

问：我不喜欢又打旗号，似不必。

先生言：

打旗号是立一个"体"，故不行。

先生言：

你现在是直接加入我日常的研究工作，不是看我已经写成的东西，当初我跟杨先生就是如此。已经写的东西和正在考虑的东西不同。我现在写的东西完全破经学，但是二千年的东西还有作用，你要注意，要补起来，要厚。

先生指《抱朴子·极言》言：

> 是以善摄生者，卧起有四时之早晚，兴居有至和之常制。调利筋骨，有偃仰之方；杜疾闲邪，有吞吐之术；流行荣卫，有补泻之法；节宣劳逸，有兴夺之要。忍怒以全阴气，抑喜以养阳气。然后先将服草木以救亏缺，后服金丹（先生言：可见微量元素的重要）以定无

穷，长生之理，尽于此矣。

问：忍怒抑喜，到底是否可能？
先生言：
你正式问我，我告诉你，完全可以。

二月九日　　　农历丙寅年正月初一

给先生拜年。宋捷，张亦煦同往。
先生言：
《华严经》好极了，人类所能达到的智慧不过如此。澄观的《清凉疏抄》，只此一人能和《华严经》相应，唐时的《五经正义》何可比拟（已懂的重复注，不懂的不注）。《华严经》已达到人类智慧的最高境界，以后再翻出禅宗是另外一件事，再后来就是密宗，那关系到生理学。
先生言：
文化大革命后期，我因马先生（一浮）的关系，数次去看望严群（严复侄孙，柏拉图专家，游历欧美）。他的学问也是到十九世纪为止，二十世纪的新变化就不熟悉了。他对中国哲学遵照严复，最服膺老子，以为远胜柏拉图。解放前名不党，解放后改名群，取君子"群而不党"之意，两年前去世。
问：严群属于中国的知识阶层，我敬佩他学问的纯粹。似乎有一现象，真正的学者只在专业范围内知名，而全社会最知名的往往是二流学者。
先生言：
永远是这样。
问：刚来先生处，听杜之韦谈先生，后来又听潘师母谈先生，又听介眉父亲谈先生，又听朱岷甫谈先生，以及其他人谈先生，和我自己眼中看到的先生，没有一个是相同的。难道各人之间的分歧，竟有这么大么？
先生大笑。
问：读《庄子》感觉很难入。

先生言：

那是仁者乐山和智者乐水的区别，静和动之区别。你对庄子快速的思想跟不上，所以不相应。

先生言：

印光法师好，我父亲相信。过年初一吃素，我不能全吃素，年三十于一点前吃点荤，年初一于十一点后吃点荤。

净土宗过去有个比方，一个虫要出竹子，往上爬，一节一节要过无数节。但是横过来，一下就出来了，所以说快。

杜之韦言：常有人说如果不是净土，一世来不及。

先生言：

研究学问，某一时代的书是死的，但那个时代的思想历史文化有无数因果，所以变化就来了。

先生言：

人视网膜上的倒成像，并非天生就正过来的。心理学实验，婴儿看到火焰去碰它的尾部，几次以后改过来。故我们看到的东西都是正的。（可见人多么容易受成见、习惯的欺骗。）

问：钱钟书先生佛经等全读过，《管锥编》也引过《悟真篇》的句子，为什么不注意实际指的内容呢，是否有意不谈？

先生言：

读一遍句子和仔细研究是不同的。

先生言：

三教合一是宋以后的具体事实，治哲学者回避此事实，决定不可能有成绩。

二月十一日

录先生读《抱朴子》批语。

卷一、《畅玄》

加圈词语："玄道","真知足","故至人嘿韶夏而韬藻棁"。

整卷批：

有气功之象。

卷二、《论仙》

加圈：不死之道，曷为无之？

整卷批：

以今日之自然科学观之，仙犹遗传密码。

卷三、《对俗》

加圈：服丹守一（外），与天相毕，还精胎息（内），延寿无极。

批：已兼内外丹。

或问曰："为道者当先立功德，审然否？"抱朴子答曰："有之。按《玉钤经》中篇云：立功为上，除过次之。为道者以救人危使免祸，护人疾病令不枉死，为上功也。欲求仙者，要当以忠孝和顺仁信为本，若德行不修而但务方术，皆不得长生。"

批：《玉钤经》可注意。

整卷批：

长生本诸善功，虽曰"对俗"，实具大乘义。

卷四、《金丹》

整卷批：

金丹犹矿物药品，今西医亦知其弊，其于化学有见，然与黄白不同。

卷五、《至理》

加圈：

抱朴子曰：服药虽为长生之本，若能兼行气者，其益甚速。若不能得药，但行气而尽其理者，亦得数百岁。然又宜知房中之术，所以尔者，不知阴阳之术，屡为劳损，则行气难得力也。夫人在气中，气在人中，自天地至于万物，无不须气以生者也。善行气者，内以养正，外以却恶，然百姓日用而不知焉。

整卷批：

论气有可取。

卷六、《微旨》

加圈：

　　知玄素之术者，则曰唯房中之术可以度世矣。明吐纳之道者，则曰唯行气可以延年矣。知屈伸之法者，则曰唯导引可以难老矣。知草木之方者，则曰唯药饵可以无穷矣。学道之不成就，由乎偏枯之若此也。浅见之家，偶知一事，便言已足。而不识真者，虽得善方，犹更求无已，以消工弃日。而所施用，意无一定，此皆两有所失者也。

　　又：或曰："愿闻真人守身炼形之术。"抱朴子曰："深哉问也。夫始青之下月与日，两半同升合成一。

出彼玉池入金室，大如弹丸黄如橘。

中有佳味甘如蜜，子能得之谨勿失。

既往不追身将灭，纯白之气至微密。

升于幽关三曲折，中丹煌煌独无匹。

立于命门形不卒，渊乎妙矣难致诘。

此先师之口诀，知之者不畏万鬼五兵也。"

批：内丹要旨。

整卷批：

分房中、吐纳、屈伸、草木为神仙之基，可喻其微旨。先师或指郑隐，口诀可贵。

卷七、《塞难》

　　或曰：仲尼称自古皆有死，老子曰神仙之可学。

批：多引老子语。今本所无者，或转引于庄子，因庄子已阙。

抱朴子答曰："儒者，易中之难也；道者，难中之易也。"

批：可见晋代之儒道内容。

整卷批：

不当辨仙之有无。

卷八、《释滞》

其大要者，胎息而已。得胎息者，能不以鼻口嘘吸，如在胞胎之中，则道成矣。初学行炁，鼻中引炁而闭之，阴以心数至一百二十，乃以口微吐之，及引之，皆不欲令己耳闻其炁出入之声，常令入多出少，以鸿毛著鼻口之上，吐炁而鸿毛不动为候也。渐习转增其心数，久久可以至千，至千则老者更少，日还一日矣。夫行炁当以生炁之时，勿以死炁之时也。故曰仙人服六炁，此之谓也。一日一夜有十二时，其从半夜以至日中六时为生炁，从日中至夜半六时为死炁，死炁之时，行炁无益也。

房中之法十余家，或以补救伤损，或以攻治众病，或以采阴益阳，或以增年延寿，其大要在于还精补脑之一事耳。此法乃真人口口相传，本不书也，虽服名药，而复不知此要，亦不得长生也。人复不可都绝阴阳，阴阳不交，则坐致壅阏之病，故幽闭怨旷，多病而不寿也。任情肆意，又损年命。唯有得其节宣之和，可以不损。若不得口诀之术，万无一人为之而不以此自伤煞者也。玄素子都容成公彭祖之属，盖载其粗事，终不以至要者著于纸上者也。志求不死者，宜勤行求之。余承师郑君之言，故记以示将来之信道者，非臆断之谈也。余实复未尽其诀矣。一途之道士，或欲专守交接之术，以规神仙，而不作金丹之大药，此愚之甚矣。

又行炁大要，不欲多食及食生菜肥鲜之物，令人气强难闭。又禁恚怒，多恚怒则气乱，既不得溢，或令人发欬，故甚少有能为者也。

以上数段间有加圈词语。

抱朴子曰："道书之出于黄老者，盖少许耳，率多后世之好事者，各以所知见而滋长，遂令篇卷至于山积。……又五千文虽出老子，然皆泛论较略耳。其中了不肯首尾全举其事，有可承按者也。但暗诵此经，而不得要道，直为徒劳耳，又况不及者乎？至于文子庄子关令尹喜之徒，其属文华，虽祖述黄老，宪章玄虚，但演其大旨，永无至言。或复齐死生谓无异，以存活为徭役，以殂殁为休息，其去神仙已千亿里矣，岂足耽玩哉？其寓言譬喻，犹有可采，以供给碎用，充御卒乏，至使末世利口之奸佞，无行之弊子，得以老庄为窟薮，不亦惜乎？"

批：实王弼之玄学。

抱朴子答曰："……夫五经所不载者无限矣，周孔所不言者不少矣。特为吾子略说其万一焉。……夫天地为物之大者也。九圣共成《易经》，足以弥纶阴阳，不可复加也。今问善易者，周天之度数，四海之广狭，宇宙之相去，凡为几里？上何所极，下何所据，及其转动，谁所推引？日月迟疾，九道所乘，昏明修短，七星迭正，五纬盈缩，冠珥薄蚀，四七凌犯，彗孛所出，气矢之异，景老之祥，辰极不动，镇星独东，羲和外景而热，望舒内鉴而寒，天汉仰见为润下之性，涛潮往来有大小之变，五音六属，占喜怒之情，云动气起，含吉凶之候，欃、枪、尤、矢，旬始绛绎，四镇五残，天狗归邪，或以示成，或以正败，明易之生，不能论此也。……天地至大，举目所见，犹不能了，况于玄之又玄，妙之极妙者乎？"

批：九圣即三古之时。

整卷批：

于圣道外论仙可取，此道所以能别儒而立。

卷九、《道意》

加圈：唯余亦无事于斯，惟四时祀先人而已。

又诸妖道百余种，皆煞生血食，独有李家道无为为小差。

批：李家道亦五斗米道之一种。

整卷批：

破人为之道，乃识自然之力。以今日言，仙犹宇宙之人类，今尚未知宇宙人之必有必无，如能有，亦将有种种不同之宇宙人。

卷十、《明本》

道者，儒之本也；儒者，道之末也。

整卷批：

明儒道之本末，犹汉初黄老道之思想。

卷十一、《仙药》

整卷批：

可视为药物之发展。

卷十二、《辨问》

加圈：得道之圣人，则黄老是也。治世之圣人，则周孔是也。

按仙经以为诸得仙者，皆其受命偶值神仙之气，自然所禀。故胞胎之中，已含信道之性，及其有识则心好其事，必遭明师而得其法，不然则不信不求，求亦不得也。《玉钤经·主命原》曰：人之吉凶，制在结胎受气之日，皆上得列宿之精。……苟不受神仙之命，则必无好仙之心，未有心不好之而求其事者也，未有不求而得之者也。

批：胞胎之中，确已含遗传密码。

俗人或曰："周孔皆能为此，但不为耳。"

吾答之曰："……必若所云者，吾亦可以言周孔皆已升仙，但以此法不可以训世，恐人皆知不死之可得，皆必悉委供养，废进宦而登危浮深，以修斯道，是为家无复子孙，国无復臣吏，忠孝并丧，大伦必乱。故周孔密自为之，而秘不告人，外托终亡之形，内有上仙之实。如此，则子亦将何以难吾乎？亦又未必不然也。……安知仲尼不皆密修其道乎？"

批：此义殊妙，是谓诡辩。

整卷批：

明辨儒道之志。

卷十三、《极言》

或问曰："古者岂有无所施行，而偶自长生者乎？"抱朴子答曰："无也。或随明师，积功累勤，便得赐以合成之药。或受秘方，自行治作，事不接于世，言不累于俗，而记著者止存其姓名，而不能具知其所以得仙者，故阙如也。昔黄帝生而能言，役使百灵，可谓天授自然之体者也，犹復不能端坐而得道。故陟王屋而受丹经，到鼎湖而飞流珠，登崆峒而问广成，之具茨而事大隗，适东岱而奉中黄，入金谷而谘涓子。问道养则资玄素二女，精推步则访山稽力牧，讲占候则询风后，著体诊则受雷岐，审攻战则纳五音之策，穷神奸则记白泽之辞，相地理则书青鸟之说，救伤残则缀金冶之术。故能毕该秘要，穷道尽真，遂升龙以高跻，与天地乎罔极也。然按神仙经，皆云黄帝及老子奉事太乙元君以受要诀，况乎不逮彼二君者，安有自得仙度世者乎？未之闻也。"

批：博学可贵。

加圈：是以善摄生者，卧起有四时之早晚，兴居有至和之常制；调利筋骨，有偃仰之方；杜疾闲邪，有吞吐之术；流行荣卫，有补泻之法；节宣劳逸，有与夺之要。忍怒以全阴气，抑喜以养阳气。然后先将服草木以救亏缺，后服金丹以定无穷，长生之理，尽于此矣。

整卷批：

中医之道有发展，摄生而长生，虚中有实。

卷十四、《勤求》

加圈：然求而不得者有矣，未有不求而得者也。

夫人生先受精神于天地，后禀气血于父母，然不得明师，告之以度世之道，则无由免死，凿石有余焰，年命已凋颓矣。由此论之，明师之恩，诚为过于天地，重于父母多矣，可不崇之乎？可不求之乎？

整卷批：

勤求之志可取，尊师尤为要务。

卷十五、《杂应》

"老君真形者"一段批：正为老子造象。

乘飞车一段批：长斋绝荤断血食，或已受佛教影响。

整卷批：

胜饥寒刀兵，亦以意求之，明理为要。

卷十六、《黄白》

仙经曰，流珠九转，父不语子，化为黄白，自然相使。又曰，朱砂为金，服之升仙者，上士也；茹芝导引，咽气长生者，中士也；餐食草木，千岁以还者，下士也。

批：士分上、中、下，犹仙、道、医。

加圈：龟甲文曰："我命在我不在天，还丹成金亿万年。"古人岂欺我哉。

整卷批：

黄白以成金银，然后成金丹，金丹以今言犹夸克，宜与卷四、十一、十四、十五并观。

卷十七、《登涉》

加圈：吾亦不必谓之有，又亦不敢保其无也。

整卷批：

登涉以符，所以壮志。

卷十八、《地真》

或在脐下二寸四分下丹田中，或在心下绛宫金阙中丹田也，或在人两眉间，却行一寸为明堂，二寸为洞房，三寸为上丹田也。（批：三丹田）此乃是道家所重，世世歃血口传其姓名耳。

整卷批：

三丹田以得一，是谓地真。

卷十九、《遐览》

整卷批：

郑君生于汉末魏初，较王弼长四五岁，道教文献此为富。

卷二十、《祛惑》

整卷批：

以伪仙作结，师诚难遇，仙其有乎。

二月十二日

先生言：

艰难困苦往往能出特别的学问，（忆初一先生曾背孟子言："天将降大任于斯人也，必先苦其心志，劳其筋骨，饿其体肤，空乏其身，行拂乱其所为。"）但是读书亦须有一定的客观条件。我此房间内过去四周全是书（先生在阴历年底收回此房间，已经二十年了），薛学潜先生条件更好（祖父薛福成是四国钦差）。我在这里读书写作，自己想过对得起此条件。

二月十三日

从先生处得此图：

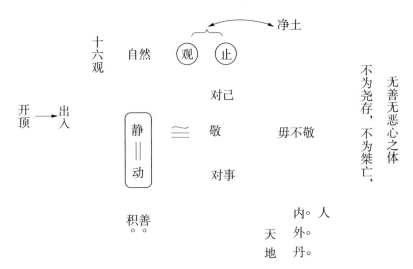

《孟子·尽心上》：

> 孟子曰："君子有三乐，而王天下不与存焉。父母俱存，兄弟无故，一乐也。仰不愧于天，俯不怍于人，二乐也。得天下英才而教育之，三乐也。君子有三乐，而王天下不与存焉。"

因思：
此即个人发展和国家发展有数量级的不同。又，此语包罗天地亲师，独阙君，故王天下不与存焉。
《庄子·齐物论》：

六合之外，圣人存而不论；六合之内，圣人论而不议；《春秋》
经世先王之志，圣人议而不辩。

先生言：

存而不论不是没有。论，确定的客观事实，自然科学，不存在是非。议，
合入主观判断。现在一般人都在辩。

先生言：

六合为立体几何。柏拉图学院挂几个几何体，不懂几何学，不配讨论哲
学。从柏拉图到高斯，六合思想控制西洋人二千年。高斯以后，西洋科学突飞
猛进，非欧几何大发展，成为今天局面。

1986.2.9　　《社会科学报》摘《联合早报》
　　　　　　计算机分析　　　《圣经》竟系神写（大意）

犹太教《圣经》共五卷，首二卷开头，每隔四十九个字，可抽出一个字
母拼成"圣经"，在第三卷内，每隔二十六个字，可抽出一个字拼成希伯来
语中的"神"。（所有希伯来文的字母，可相当于数字。）四十九是七的平方，
二十六在数字价值上相当于希伯来文的神。

先生问：

你们以为如何？

众人皆云很奇怪，又有云不相信者。

先生言：

即使是真的也不奇怪，这还是人类智慧可以排得出。上帝的作用远远在此
之上，人能够安排，计算机能够识破的这一点点不能算什么。

先生言：

《华严经》中有一段"主夜神"全部谈神通，能知前十世，后十世。《华严
经》本身为有神通者所写，其实人所能具之神通不过如此。（大意）

二月十四日

先生言：

《抱朴子》内篇当内圣，外篇当外王，故有镇压农民起义等事。但是葛洪的时代已不对，否则西晋怎么可能变东晋。注《左传》者杜预早一些，情境就不同。

问：中国宗教似较觑实，皆有名有姓，而且都在上层做官。

先生言：

当然是上层，下层除特别的人以外，不可能具备条件。（问：慧能可归之于前世？先生可之。）故佛教史中一般都联络上层，上层是有作用的呀。

先生言：

《抱朴子》与《太平经》，道教形成过程中的两部经典，整个道教由此二书搭出架子。

先生言：

你对"当仁不让于师"如何看？

答：钱钟书《谈艺录》引尼采云，大弟子必叛师，自成一家，否则亦叛师，因毁师名也。其矛盾以"述"解之，述即循前人道路作更进之发展，犹推阐宇宙大流，集大成而永不成，生生新新。《大象》云："君子以同而异。"与师合后必分，但是未合，也谈不上分。

先生言：

要看到与师的合与分在什么地方，学问就来了。杨先生（践形）说他有三个学问：一、《易经》，说已交给我了；二、古史；三、音韵文字（他懂甲骨文），此学问未成。我现在搞古史，也是继承杨先生的遗愿。

先生言：

过春节就感到不同了。过去爱看戏，现在戏全部没有了。京剧之类，有躯壳而无精神，全不是这么回事，味道改变了。京剧兴盛三百年，乾隆时四大徽班进京。现在衰落了，再用人力也无法挽救，因为已失去基础，有一股比它时间更早的风吹过来。（现在研究康有为、章太炎，又有什么作用？）所以现在我不管，再提倡先秦的东西，那时间更早。现代没有音乐了，乱得不得了。建立国家要制礼作乐，而现在没有。民间应该有俗文学，上也不要太干涉下，下也不要太干涉上，自然理顺。现在思想大乱，应该是出学问之时。

先生言：

孔子倡导尧舜，作用在于此。如果仅仅研究父系社会，不可能超出他。

问：《汉书》。

先生言：

前四史当然有特别的东西，因为不杂入佛教思想。《汉书》全部是天人感应。

先生言：

西洋书《神曲》《浮士德》可看，你要关注一下。

先生言：

妙在整理古籍倒是陈云提倡的。这是将五十年前在商务印书馆的方法搬到了现在，然而国际形势已变，此法已落后于时代潮流。

二月十五日

问：《汉书·艺文志》："昔仲尼没而微言绝，七十子丧而大义乖。"孔子死，活的微言没了，以后弟子亡，纲领也散。现在看来，二千年来的《易经》竟大部分没抓到真意，《易经》原来一直是晦的。

先生言：

天有意让我澄清一下二千年来的《易经》，也就是澄清二千年来的中国文化。此是我的责任，认清客观时空和主观时空后抉择，故和政治界、艺术界、民间等息息相通，但绝对不卷入去。（大意）

问：此我已理解到。

先生言：

《易》完全抛掉也不关，而是借《易》来通天道，理解宇宙人，解决生死问题，了生死。（大意）

问：此也早已理解到。

因问：亲炙梁先生（漱溟）的风采，想梁先生已如此，熊先生更不知如何。（去年四月在北京木樨地居所访问梁，谈半天。）

先生言：

唐先生就有此气质，真是望之俨然，即之也温，听其言也厉。看见他，完全想见当年曾国藩、李鸿章的风采。他们读孔子的书，即以此为榜样，生死以之。到老年自然而然化掉，就到此境界。（忆先生有一次也提到此境界，谦言虽不能至，心向往之。）

因问：现在读一本书，把整部书化到经里的一句话中去，这样经得到丰富，书也各得其所。

先生言：

杨先生过去告诉我一句话，我现在告诉你，对于读《易》很重要。就是后来的《易经》，都是抓住《系辞》的某一句话，加以发挥成一部书，所以看起来很快，而《系辞》也由此水涨船高。这是进化，不应截流而观源。

先生言：

《象传》作者有整体思想，故完全不能乱说。《系辞》云："智者观其象辞，则思过半矣。"还有一半是《小象》等。

此更妙，下次来讲给你听。（按：此可见先生的教育方法。）

先生言：

《系辞》是多人所作，集合而成。（大意）

先生言：

《文言》是孟子后学所成，如万章之类的发展，故一拍即合。否则荀子有这么多学生，唯独孟子没有，哪儿去了，原来都入此。

问：对了。想孟子的学生听了老师这么多东西，发扬且不论，难道连保存也不成吗？

先生言：

孔子立尧舜以当自然科学，从周公周礼以当社会科学（郁郁乎文哉，吾从周）。孔子尚可如此，但是到孟子时代变了，已提到伏羲而尚言必称尧舜，此执乃大错误。所以我总结，孔子功在尧舜，罪也在尧舜。

先生言：

孟子批许行，可见当时已有知识分子直接参加劳动的见解。知识分子是有其作用的，社会的进步到底来自工人的作用还是知识分子的作用？社会分工必有所不同，会不会有手妒忌嘴多吃点呢？当然，某些人尸位素餐又是一回事。

先生言：

现在提倡孔子，太妙了。各方面有各方面的目的，凑到一起来了。实际为上面感到开放以后，明目张胆夺利，不安分，统治不安稳。故利用孔子讲名分，讲清高，以此让人自我束缚。（先生言：你读孔感到与社会上读孔不合，是因为进去还没出来。答：自感还没进去。先生言：对。）实际上是利用封建的孔子，但是官方出面不好，故支持民间，否则根本不会允许，并以此相应国际潮流。一些老人则由此仍宣传孔子，当然也有人借此搏取名声，而国外杜维明等想借宣传孔子向大陆倒灌他们的思想。各种因素凑合在一起，太妙了。

先生言：

我恐怕匡亚明等不具备捧起孔子的能力。

问：我认为连苏先生（渊雷）也不够，梁先生（漱溟）当之无愧。比梁更高的不愿宣传孔子，比梁更低的不配宣传孔子（国际孔学会将授予梁勋章）。孔子，我最敬佩之人，但我反感打孔教的旗号（袁世凯的筹安会也是此性质），乌烟瘴气。先生去年讲《诗经》，曾讲《蒹葭》是传道诗，当时我就想道在何处，现已完全理解，故"洁净精微，易教也"。而且真正的《易经》到后来文字没有了，完全以卦象，最后卦象也化入时空，方可称"洁净精微"四字。

先生可之。

先生言：

《蒹葭》好，唐先生（文治）称它为"纤介无尘法"。

先生言：

过去有人批评我太执著《易经》，此话我又同意又不同意。杨先生、薛先生就是这一点上帮助我非浅，每读一本易注，他们马上把时代背景点出来。所以我没有单独读《易经》，而是读时代和时代中的思想，后来越积越厚，变化也出来了。我现在《易经》才可以不要了。

先生言：

你读书要注意积，慢而快，日积之不足，月积之有余。

先生言：

我写《象传》，总的原则当然不变，但具体写的时候，都有新的相应的东西。

先生言：

你提出《皇极经世书》的版本问题，我在脑筋里摆了两天，已经通上去了。两种版本的分别（科学——推步）在邵伯温就开始了，非常之早。

问：甚至不完全是邵伯温，邵雍本人也可能有此两面。他可能在生时用卦象排过，邵伯温等亲见，但是另一面太高学不会，故只能继承此浅的一面。其分别在邵雍本人或已如此。

先生大笑，可之。

问：《周易订文》引《说文》，坤，言土位在申，一排，确合于后天图。

先生言：

薛先生《天文文字》讲申就是电，也就是神，伸阳以继承乾元。

先生言：

研究学问是很有点味道的。

先生言：

要一步一步踏实，这一步踏实了，再上去。上不上去，下来了，踏实了就可以再上去。步步踏实，一步又一步地上去。

友人陈思和言：钟阿城深沉不露，不大谈入深处。他有一回自己说：《老子》没读懂，《庄子》每天读一遍以为功课。

又言：韩少功、李杭育等不赞成阿城他们的"寻根"，认为是士大夫文学。故他们提倡楚文化，是另一种味道。

二月十七日

昨日先生讲马王堆卦次，涉及数图，录如下：

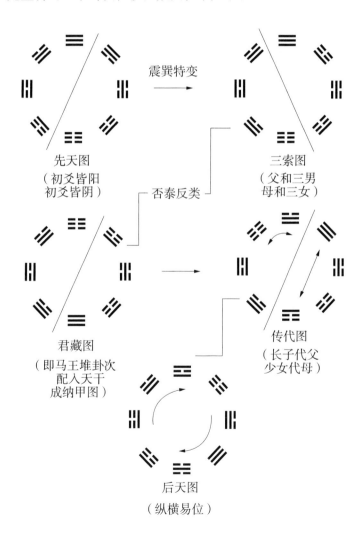

先天图
（初爻皆阳
初爻皆阴）

震巽特变

三索图
（父和三男
母和三女）

否泰反类

君藏图
（即马王堆卦次
配入天干
成纳甲图）

传代图
（长子代父
少女代母）

后天图
（纵横易位）

先生言：

《说卦》"天地定位"一章言先天图，"雷以动之"一章言君藏图，"帝出乎震"一章言后天图，"神也者，妙万物而为言者也"一章归乾坤为神而言六子之能，后天入先天。（大意）

先生言：

先天图主对待，后天图主流行。对待通过中心（太极），当然程度较高。但不流行到一定程度，对待之中心不可能显示出来。此与练功者，不先知循环，不可能知黄庭之理相同。

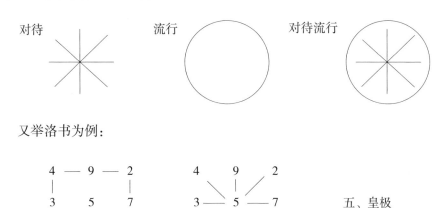

又举洛书为例：

$$
\begin{array}{ccc}
4 & 9 & 2 \\
3 & 5 & 7 \\
8 & 1 & 6
\end{array}
\qquad
\begin{array}{ccc}
4 & 9 & 2 \\
3 & 5 & 7 \\
8 & 1 & 6
\end{array}
\qquad \text{五、皇极}
$$

今日先生言：

《系辞》"易有太极，是生两仪，两仪生四象，四象生八卦"是错的，没有太极。但《系辞》还是不错，因为它同时又谈了"神无方而易无体"。

先生言：

学问精思到一定程度，是有特别的触机的。一九六九年阳历年已过，阴历年未到，我父亲去世，心里难过得不得了。路上遇到薛先生儿子，说薛先生也去世了。两件事一来，脑筋里一刺激，就出来六维空间的象了。本来还抱有希望，一直想问一直想问，实际上是问不出来了，因为薛先生总是五维空间了，但是总还抱有希望。至此突然知道再也无法请教了，忽然就出来了，感应之道真是快。《易经》是忧患之书，也是有忧患的人容易理解。

先生言：

孔子的主要作用是删《诗》《书》，定礼乐，于是有一套制度，故重视祭器。孔子后学子思、孟子特别推出《春秋》来，故曰"知我者其惟《春秋》乎，罪我者其惟《春秋》乎"。《春秋》后起，商瞿子木等第二、第三代学生又提出《易经》，故易传与儒家关系甚密切。因此孔子的主要作用在《诗》《书》，《春秋》和《易》皆后起，七十子之徒是有作用的。孔子对《易》研究过，也一定把关系传授学生。（问：孔子当然读通《易》，把关系化入五经，但《易》本身没有完成，易传乃两三代弟子得师授而发展之。——先生笑。）孔子虽与《易》有密切关系，但是《易》在孔子之外，即便当时也有秦地等别人研究《易》。故《易》能包括孔子，孔子不能包括《易》，要知此结构。

先生言：

释迦牟尼是从很高很高的地方下来拯救世人的，当真是大慈大悲。来了一趟，以后就走了。孔子也有此几，老子等皆是（大意）。后人把他们拉下来，看成五百年又来投胎，这都是把他们看小了。密宗等反复投胎，乃与地球共存亡，更等而下之。（问：那么菩萨也是和地球共存亡？）何止，在太阳系和太阳系之上，普贤十大行愿怎么会只有这么点力量。释迦、老子是和地球有联系的，故此光（大意）一直照在地球。要研究学问不可能不研究宗教。（问：不管佛教说法是否合理，但《金刚经》这样纯粹的文字不可能是人写出来的。）我小时候第一次拿到《金刚经》，就有这样的感觉，好像以前是读过的。慧能的智慧真是极高。我遵循《金刚经》，执牢一样破掉一样，执牢又破掉，这样学问才进步。有种东西在这一百年内只好执牢，要过一百年以后才能破掉。（问：去年在北京看到一篇文章，说有一条星际走廊，可以不用光速，光速反而绕远路。）这就是超光速，多维空间，佛教讲的全是此类道理。

先生言：

我每次都讲一点特别的东西。

先生言：

懂《易》这种学问也用不着许多人（实际也不可能），是这样了（到一定程度，会嗒、嗒跳上去的），就要当仁不让，负起责任。

先生言：

承认，这是一门很深的本事（大意）。且不要为条件稍优而不安，而要想自己是否配得上此条件。在普陀山别人给你盛饭，你很不安（去年七月随先生去普陀山，此事自己也忘，惊佩先生记忆力），我就没什么，我当得起这饭。

因提及宾师之位，说先生在为国家读书。

先生言：

不对，我在为人类读书。

先生言：

梦蛇而惊，完全是白天术士的原因，你不是当时自己感到很震动么。

先生言：

解放时土改打倒地主是对的，因为落后于生产力。尽管滥杀了不少人，很残酷，且毁灭了不少文化，爱莫能助。但是后来接着搞资本家就有些问题，因为对资本主义的了解还完全不够。国民党对土改就是没办法，后来到台湾搞土改，国家把土地买下来，搞赎买政策，但也只能在小片土地上。全国就没办法，只得搞流血斗争。

先生言：

上次讲颐☲☲、大过☲☲，其解决办法便在中孚☲☲、小过☲☲，信及豚鱼，飞鸟遗之音，不宜上，宜下。此《中庸》鸢飞戾天，鱼跃于渊之旨。人必知鱼、鸟，乃知生物，鱼要应天，鸟则宜下，此其上下察也。

二月十九日

先生言：

把孔子一生成就总结成六事，删《诗》《书》，定《礼》《乐》，赞《易经》，作《春秋》，述《论语》，传《孝经》。

现在看来，赞《易经》明显与孔子无关，作《春秋》为思孟之徒后起，孔子《论语》中没有证明，传《孝经》似乎也不大可能为孔子本人之事。（又言：《孝经》好，孝经通《易》，不同地位有不同孝法。）孔子不赞《易》，没有小看孔子，反而见出孔子的作用。

把赞《易》归诸七十子之徒，见出易道之发展，易学由是生动活跃。经学把许多东西硬凑到孔子上，并凝固下来不准触动。

又言：

孔子无论如何没有提到过伏羲。

先生言：

孔子之关键有二。一、（不复忆）。二、知人之生物学本质，乃订出父系社会的标准，此标准不易。故孟子赞孔"自有生民以来未有如夫子者也"，此语完全正确。

先生言：

孔子知"当下"，有禅宗之实，故其语千变万化，程子所谓语无不尽者。根据来人的程度，给圆圈定个圆心，不同的圆圈给不同的圆心。此点颜回也没有理解，故瞻之在前，忽焉在后。你要抓住圆心，是抓不到的。

先生言：

杨、薛二先生都跟过去不同了。但是杨难免仍有地主阶级味道，薛难免仍有资产阶级的味道。我的时间比他们在后，故论《易》有所不同。杨先生已云：孔子又不是与我认识，为什么我要维护经学？治《易》当然是为了现代。

先生言：

熊先生我已有一文了（指《敬论熊师的思想结构》）。唐先生的学生多，暂时不急。薛、杨两先生孤绪至我，我有责任把他们表彰出来。当然还有周孝怀（善培）、钟钟山（泰）诸人。

又言：

《易》绝学，有可能中断。

先生言：

我见过丁福保一面，杨先生寿联"宿世早应成佛去，今生单为著书来"即丁送（与二月三日略异）。

先生言：

这些东西（指十翼作者之结构等文）写出来后就没有作用了，藏往是为了知来。

先生见示他和杨先生合著书之目录，有几大册。原稿有一抽屉，在文化大革命中抄走。为活索引，每一字都有一象，象与象相通。先生与杨先生最终未合，后又著《周易终始》，《终始》后又另有发展。

先生言：

杨先生《易经》未成书，因为解放后环境太恶劣。杨精气功和《易》，自然能预知自己，且已尽力避之，如不去儿子所在大学，得以免充军青海等。但是大环境太差，无法生存，且大环境无法避免，因为他也不赞成国民党，故不可能去台湾。

二月二十日

问：《庄子·养生主》"帝之悬解"是否为数学模式？

先生顾左右而未答。

再问——此象你以后会破掉的——我知道要破掉——那我为什么要现在给你破。

先生因言：

有些象还可以保存一段时间，在此层次不急于破，可充实。此悬解内的数学模式究竟怎样呢？悬解又有其他意思，《大宗师》提到四人相视而笑，莫逆于心等。

先生言：

有些象一二百年用不着破，有些象我可以执一辈子。

问：高亨去世消息（一九八六年二月）。

先生言：

一个时代过去了。

问：谈及牟宗三、唐君毅之象，又言他们虽然综合西方，但实质仍是宋明理学的延续。他们只是第三次中国文化的前哨，如泰山、安定之类，而非第三次中国文化本身，如其自认。因为缺少现代特色，如果从他们起步则太晚。

先生言：

看学问要看根本，宋明理学当然必须破掉。

问：牟、唐境界似低于熊先生。

先生言：

当然。如果六十年代在上海，熊先生当面给他破掉，"三向九境"之类，《易》怎么可以有体啊。我跟熊先生有印一印处，就是我讲"復其见天地之心"，熊当即否定，此语错，为二流境界。当然，能有这么些学生已经很好了，熊先生晚年承认自己缺少科学知识。

先生言：

康德是薛先生给我破掉的，因其基础在牛顿。牟、唐等之所以不足，因其时对爱因斯坦不大理解，进来的都是柏格森生命哲学、倭伊铿、杜威工具主义。这些世纪初的人不能代表二十世纪，爱因斯坦可以代表，但现在已不够。爱因斯坦没有教人不要牛顿，要有人去学的。我自己没有停留在《周易终始》的六维时空上，现在还想找新的根据再进步。

先生言：

《左传》在晋董狐笔，杀了三次，不杀了，知道此事长留在天地之间。现在能推算过去的日月食，但是日月食时地球的情况也应能推算出来，这就是我一直讲的时间望远镜。此事我已想了三十余年，社会科学也应如自然科学时间倒走，能倒过来一点也好。

问：今日朱岷甫来信，称"先生涵盖古今，必然曾经大折腾过，大痛苦过，方能到此火候"。

先生言：

此不稀奇，古今中外任何人都是这样过来的，并非我一个。真实学问必出生入死而得，我个人固不必谈，一个国家也是如此，如我国经过文化革命大折腾，方有如今较为明智的政策。越是得来艰险，学问越好。以宗教而论，前有无穷世之折腾，此世方获得成就。

先生言：

朱熹学问有两个方面，切问，近思。

问：袁了凡功过格（《丛书集成》0976），其意可法，而境界当更高之。

先生言：

你不喜欢袁了凡的功过格，因为他是明代的，毕竟时代两样了。必须要有现代的功过格，普贤十大行愿好啊。

先生言：

袁之师云谷禅师民国时掘出，指爪完好如生，故又造灵谷塔，后改为北伐阵亡将士墓，即今灵谷寺。

先生言：

知以藏往，故避时讳，其意味极深。

二月二十一日

先生今日完成"论《周易·象》作者的思想结构"一文。阳历元旦以来，先后完成"标校《皇极经世》序言"、"论《周易·序卦》作者的思想结构"三文。去年已完成"《周易·大象》作者的思想结构"，则于"十翼"已成三文。已计划好写《杂卦》《小象》《文言》三文。

先生言：

十翼、二篇、卦象之类完成，《易学史》的总貌已完成，东汉以后不出此范围，结合佛、道二教加以具体变化。

先生言：

汉代人确实有此思想，反复思考一数学模式，然后贯彻到社会中去，故各种数学模式均精细，的确有些思想。

先生言：

《系辞》之"忧患九卦"（☲ 履、☷ 谦、☳ 复、☳ 恒、☶ 损、☴ 益、困、☵ 井、☴ 巽）是河图洛书，由《序卦》而来，此为陈抟所见出。陈抟在贞元之际，扳住头不放，坚持一转，宋学的面貌就出来了。

先生言：

我也是在学问的转折之际，抓住一转，以后的不管了。你们应该帮我发展完成。

先生言：

我写的这些文章，部分内容前人也已说过，但从来没有贯通过。

二月二十三日

因思：

《庄子》："其分也，成也；其成也，毁也。"先生易学成于将毁之际，而另作《周易终始》，抓住分成之几，乾元上出，数十年修炼之积发挥于一旦。

问：读完周敦颐《通书》，一直在想《通书》到底比《中庸》多讲了什么东西。

先生言：

那时候还没有《中庸》,《中庸》就是那些人把它发扬出来的。

因思：

《中庸》应看成宋代之书。因为虽是先秦的著作，到宋代才起大作用。始于周敦颐，到《四书集注》完成。

又思：

学道即在六十四卦中寻一条通往既济之路。首先六十四卦看清楚了吗？一般均束缚于卦阵中而不自知。看清楚即能走通，走通即出来一种数学模式。《易》"为道也屡迁"，当然不可能只此一种，故忌执。不可能一开始看见六十四卦整体，但必先成整体之象，即有不知之处扑面而来，处处障之。然不知或为入道之门乎？入此卦阵向前或实向后，向后或实向前，不动或即动，动或即不动，无穷困惑，山重水复，然后豁然开朗，看清六十四卦整体，既济原来在自己脚下。成既济后再调整大前提，然人必穷理焉，人必尽性焉，强者矫。

又思：

读手稿，气混沌未定，发表后就相对凝固了。当然，有大力者或可重新启动？故手稿激发思想，是活物。

又思：

先生讲学深喜作图，乃所成象之自然流露。《易》曰："成象之谓乾。"可深思之。

二月二十四日

先生引薛先生言：

伏羲八卦是量子，

文王八卦是电子，

孔子八卦是原子。

天地自然之易

天干地支　六十花甲　阴阳 —— 最早之易

河图洛书　　　　　五行

上。　　　　数字卦　　　3000 年

出。　卦象　　阴阳符号卦　　2500—2000 年

（乾）　二篇　马王堆（最早原文）2200 年

十翼　伏羲①　大象　黄帝②　序象（小象）　《史记》
（赵）　　　（邹衍）

秦（西安）　三晋（中）　齐鲁（东）
秦有自己的易　丁宽　周王孙　杜田生

西汉　○　　　　（文言）◄— 中庸　子思

三家易③（序卦）　《汉志》

京氏易④（杂卦）　　徐州　淮南王　刘安

扬雄《太玄》前 53—18
（公元前后）
费氏易（十翼解二篇）
郑玄 127—200（东汉末）

先生言：

步步踏实，否则上不去。

先生言：

杨先生三次梦伏羲，一次想出律吕之理，又一次想出序象。从《汉志》序卦跳到《史记》序象，一下跃过一百年，安得不梦。

又言：

凡跳一跳，必有伏羲在。比如解放，如果旧政权好就不会失败，然而其不好，不是现在宣传的不好。能思得其失败之理，即为一跳。

乾元必上出。

又言：

思之思之，鬼神通之。杨先生思得之理，现在看来仍然是错的。

又论做梦言：

人们津津乐道迷信之事，固非尽伪，但是我坚持不相应。我有我的明确立场，用不着这样。并不是畏惧唯物主义才如此说，我已坚持几十年了。

先生言：

胎息即空间化掉了，故时间世界全然不同。

先生言：

纯阳纯阴之纯可贵，因其周流六虚是不会变的，稍杂一点就滞，位就显。

因思六道轮回。

又思净土之理。

又思：

文学是作家的白日梦，现代人梦境都有大局限，故一览无余。

先生言：

《周易尚氏学》未懂卦变，它的象是呆的。

二月二十五日

《系辞下》：

《易》之兴也，其于中古乎？作《易》者，其有忧患乎？

是故履，德之基也。谦，德之柄也。复，德之本也。恒，德之固也。损，德之修也。益，德之裕也。困，德之辨也。井，德之地也。巽，德之制也。

履和而至，谦尊而光，复小而辨于物，恒杂而不厌，损先难而后易，益长裕而不设，困穷而通，井居其所而迁，巽称而隐。

履以和行，谦以制礼，复以自知，恒以一德，损以远害，益以兴利，困以寡怨，井以辨义，巽以行权。

以上第七章

先生言：

此段相应《序卦》，河图洛书从此出。

《易》之为书也不可远，为道也屡迁。变动不居，周流六虚，上下无常，刚柔相易，不可为典要，唯变所适。

其出入以度，外内使知惧，又明于忧患与故。

无有师保，如临父母。

初率其辞而揆其方，既有典常，苟非其人，道不虚行。

以上第八章

先生言：

此段相应《杂卦》。

易之为书也，原始要终，以为质也。六爻相杂，唯其时物也。

其初难知，其上易知，本末也。初辞拟之，卒成之终。

若夫杂物撰德，辨是与非，则非其中爻不备。

噫，亦要存亡吉凶，则居可知矣。知者观其彖辞，则思过半矣。

二与四，同功而异位，其善不同。二多誉，四多惧，近也。

柔之为道不利远者，其要无咎，其用柔中也。

三与五，同功而异位，三多凶，五多功，贵贱之等也。其柔危，其刚胜邪。

以上第九章

先生言：

此段相应《象》。

易之为书也，广大悉备。有天道焉，有人道焉，有地道焉。

兼三才而两之，故六。六者非它也，三才之道也。

道有变动，故曰爻。爻有等，故曰物。物相杂，故曰文。

文不当，故吉凶生焉。

以上第十章

先生言：

此段相应《小象》。

易之兴也，其当殷之末世，周之盛德邪，当文王与纣之事耶？

是故其辞危。危者使平，易者使倾。

其道甚大，百物不废。惧以终始，其要无咎。

此之谓易之道也。

以上第十一章

先生言：

此段又相应《序卦》。

二月二十六日

《观象》：

> 大观在上，顺而巽中正，以观天下。
> 观盥而不荐，有孚颙若，下观而化也。
> 观天之神道而四时不忒，
> 圣人以神道设教，而天下服矣。

先生言：

天之神道即四时不忒，指辟卦言。圣人之神道即坚持九五之中正，待下观卦变而化阳。此人定胜天之象，自然界可以是秋天，我永远是春天。

先生言：

我一生只卜过一次筮，之所以如此，是受唐先生一生只卜一次筮之影响（见一月十八日）。文化大革命中，不仅书全部要抄走，而且清理阶级队伍之类纷至沓来。思想极乱，不知所措。前世的说法我是不相信的，我想我这辈子没做什么错事，为何如此？于是用点时间卜了一次筮，得蹇之习坎（䷦—䷜），二、三爻变。蹇六二："王臣蹇蹇，匪躬之故。"《象》曰："王臣蹇蹇，终无尤也。"这不是我本身的缘故，心安了一半。且云，终无尤也。此象与我之处境密合，我自己是不想做王的，故为王臣。然又为"王"之臣，非任何人可得而臣，此合于理想，就是指我。又思既云蹇蹇，当更有祸事，乃数月后父亲又逝世，均应验。蹇九三："往蹇，来反。"《象》曰："往蹇来反，内喜之也。"前指处境，后指出路。往蹇则不可行，来反则自会返回，我现在的这些条件自己没有去争取过，都是自然而然来的。内喜之也，尽管处境困难，自己心里是快活的。这完全针对我的情况。事后我看全经三百八十四爻，没有其他爻比此爻更合我了。

问：之卦（坎）如何。

先生言：

坎卦，我是有意不过去的。九二："坎有险，求小得。"《象》曰："求小得，未出中也。"六三："来之坎坎，险且枕。入于坎窞，勿用。"《象》曰："来之坎坎，终无功也。"均入险境，此即往蹇。四人帮时有许多机会可以做事，均不出。且蹇䷳一爻变即成既济，到坎卦反而绕远路。

问：我理解卜筮要在刀锋状态，尖锐的岔路口，会立刻产生感应，处于平常状态是没有用的。这时候去问它，不用注解，白文自己会懂。

先生言：

要在四面困境，人确实无所施其力时去问它，它会指示给你一条出路，一定准。一般的事情，如归还房子，我完全用正常手续去催。快就快，慢就慢，不肯用卜筮，卜也不会准，准也没有用。

先生言：

唐先生卜筮与我卜筮事可并观，此事现在不宜发表。唐知我读《易》，亲口对我说，不见于书传，不知还有别人知道否？

先生言：

《象辞结构图》自当年杨先生以来没人知道过，你是第一个知道的，我很高兴。此所谓师者之"传道"。

先生言：

《象辞结构图》所描绘为象辞作者之宇宙结构，搞清楚后可明"当下"。

因思：

"当下"，"不愤不悱"之旨，即《实证相对主义——一个崭新的教育哲学》（美国，莫理斯·比格荣著）187页所云：为了使一个"问题"成为一个真正的问题，它必须能引起一个学生心理上的紧张状态。

二月二十七日

先生言：

用精力下去，象之意义必显。如专心念净土者所成净土之象，此会形成条件反射。《杂卦》一篇，似泄露天机太多，有些还是不能说的。这篇不说完全，还是说了。

因看两图。问：不懂，但感觉已入四维以上空间（有一元终始开合）。

先生言：

当然。

先生言：

多读，《象》会告诉你它讲的东西，合诸卦象，可见卦象之情。

先生言：

唐文治先生的结拜兄弟曹元弼，学问极好。清末反民国，在剥之环境找到理论根据，顺而止之，观象也。一阳不消，復九五之辟，象变回观，其毅力更胜于坚持九五，待其下观而化。他在上海闭门读书，书成送满洲国。作序，满清三百年的好处为其说尽，坏处不说，"为尊者讳"。（笑）

（图见下页）

三月二日

姤《象》：

> 姤，遇也。柔遇刚也。
> 勿用取女，不可与长也。
> 天地相遇，品物咸章也。
> 刚遇中正，天下大行也。
> 姤之时义大矣哉。

先生言：

时义，这个时代的意义。时用，此卦用于此时。只能在一特定的时候用，过此时间就不适用，其普遍性反而受限制。《象》完全言时。

归妹《象》：

象辞结构图

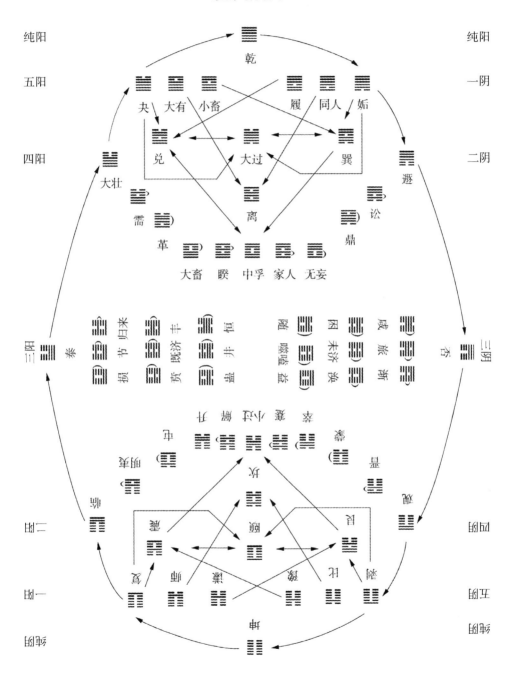

归妹，天地之大义也。天地不交而万物不兴。

归妹，人之终始也。

说以动，所归妹也。

征凶，位不当也。

无攸利，柔乘刚也。

先生言：

天地大义，否变泰，泰人位三四交，为归妹人之终始。此皆《彖》直接观象之意，非卦辞之意。

问：《彖》意是否谓人之终始承天地大义来，故交虽或凶，然交以免否塞竟无可非。

先生言：

不宜言，归妹交更为大事（䷍春䷝秋䷜冬䷑夏，合为䷵）。六十四卦唯此一卦，此为大事。且卦辞"归妹，征凶，无攸利"亦有理。归妹长兄嫁妹，然失时，虽嫁未必好，但不得不嫁，嫁比不嫁稍免咎。其处境极劣，与渐卦䷴"女归吉"大不同。

问：旅之时义。

先生言：

䷖→䷳→䷷，"柔得中乎外而顺乎刚"，六五全凭九三之刚以止住自遯而来消的势头，方能"止而丽乎明"，尚可"旅小亨，旅贞吉"。我曾经说过：贲䷕如山上观火，观山下色彩之五色变幻，故无事。旅䷷是火在面前，即将蹈火而入，全为危境。（因思：可比较塞卦䷺。）旅为丧国出走，如今菲律宾马科斯出走，阿基诺夫人上台，全因美国在里面调了一调，此即为旅。所以艮止重要，任何一个人都要看清楚自己止在何处，方可做事。（因思：绝笔获麟，止；止于至善，止；动静不失其时，止。）

先生言：

旅卦"六五，射雉，一矢亡，终以誉命"，即鼎卦"九三，鼎耳革，其行塞，雉膏不食，方雨亏悔，终吉"，即屯卦"九五，屯其膏，小贞吉，大贞凶"，云变雨，云行雨施，成既济。

先生言：

卦爻辞息息相通，有内部联系。桐城派方苞从文学角度谈《易经》，说系辞为圣人触机而发，过一段时间写完全可能两样。此话我只同意一半，另一半是他想好这段卦爻辞后，放入某卦某爻，却一定不可易，否则不可能通。我写过一书，名《神形篇》，所谓"拟经"，自己系辞，以后给你看。

历代人都抱着虔诚心理读，故内容出来，《易经》是宗教。我写这些文章其实也是多余的，只是感到现在这个时候应该显一点出来了，所以做这些工作。

先生言：

人永远看不全六爻。

先生言：

☶ 上面尚有阳，"硕果不食"（薪尽火传），下面"不远复"，一阳又生了，故好。硕果不食，不可以食，要留做种子的。硕果里有生命，下面是"反生"。大过上面是夬，一阴尚未决掉，下面一阴又生。中间四阳被两阴挟持，故栋桡危急。颐生而大过死。（☶—☱）

先生言：

你说唐先生概括汉易虞、郑、荀三家的说法，抄自他兄弟曹元弼，此亦为清易的普通看法，然而不确切。三家并非同归既济，人们为整齐而如此说。虞翻为纳甲，为天干；郑为爻辰，为地支；荀为升降，卦变之正。郑不归既济，与虞翻一路争执得很厉害。虞翻纳甲来自孟氏易、《参同契》，有特别的东西。

先生言：

清人反复研究的汉易，就是这点东西，上不去了。我现在直接从十翼、二篇这样步步踏实上去，已把历代研究十翼好的方面全部收集了起来，把其余的内容都归诸历代本身的思想。系卦爻辞的时间相当晚，故熊先生云孔子自作，有点象。我本来还不敢如此断，因为这样一部经全毁了。但现在数字卦出来，不要紧了，敢上去了。此真是天地自然之易，无文字之易。马王堆一出，从汉易上去了。数字卦一出，从卦爻辞上去了。

问：一般读《易》均为注所限，死于注下。先生将读历代易注所得，直接求之于十翼，且合之于十翼时代的思想、生产力，故面貌焕然一新。

先生可之。

问：来注精思三十年，是否仅明错综之理。否定卦变当然非。

先生言：

来注当然还简单，且《序卦》《杂卦》的精蕴仍未读出。其实当时错综之理并未失传，他（来知德）自己没去看嘛。《杂卦》，我现在把它看成"反风"，故可为六经之源。

先生言：

抄一遍手稿，胜于读书，能学许多东西。

先生言：

二阴二阳卦之核心，当乾坤之二五相交。

三阴三阳卦泰否，二五之交成既济未济。

由坎离而既济未济，是当由时而位，合六位时成之义。

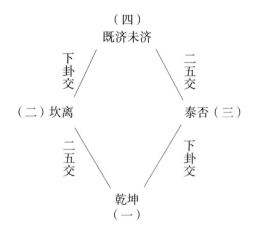

三月五日

《神圣人生论》：（室利·阿罗频多著，徐梵澄译）

纵使"科学"——物理科学或玄秘科学——倘发明出身体的长生不老的必要条件或方法，而身体不能自加适应，以变成表现内中生长的一合宜底工具，则心灵仍会找到什么办法抛弃它，进到一新底投生转世，死亡的物质底或物理底原因，皆不是其单独底或真实底原因；其真实底最内中底理由，乃是为了一新有体的进化之精神需要。

821 页

有四条主要路线，"自然"在试图开启内中有体时所遵循的——宗教，玄秘法，精神思想，与一种内中底精神实践和经验：前三者皆接近之方，最后一乃决定底从入之途。

855 页

问：《神圣人生论》821 页，扔掉身体。

先生言：

过去佛教骂道教为"守尸鬼"，道教反讥佛教扔掉尸体再找一个，又有何区别？小说有吕洞宾飞剑斩黄龙，道教说道教胜，佛教说佛教胜。现在核诸事实，黄龙禅师所在之处为二藏争夺处，现为《道藏》之根据地，可见道教胜。

问：《神圣人生论》855 页。

先生言：

还是在辩概念，禅宗早已解决此问题，单刀直入。

又言：

脱离前三者无后者，后者还是有一样东西，于是自己局限住了。谈宗教，就要提到宗教最高的地方，神秘主义，精神哲学也是如此，要接触实际。

先生言：

前日到西郊公园去，亲眼见到天鹅湖中野天鹅来居。自然界自有感通之理，它们知道在这里很安全，自由嬉水，猴群亦很快活。同样如果到生化所去，那儿猴群就极度紧张，看到白衣服之人尤其怕，故凶狠。

问：人大量破坏森林，扩张，切断自然界物候循环的路线。又"海鸥何事更相疑"（王维），生物和谐共处，都需要一安置之地。

先生言：

人也是如此。我昨天到学校印稿子等，接触各类人，都很好，也有一种味道。今天在这儿谈话，也另外有一种味道。能和各类人相接触，就自由了。

问：中国和西洋似乎不同。西洋人包括弗洛伊德，知道一点点就讲出来，于是后来马上有人否定它，根据时代变化而变化，社会进步快。中国人知道一点点东西，勿用，积在里面，过一会自己否定，再进步，于是个人进步快，往往超时代。由是个人与社会发展有不同数量级。

先生言：

西洋人的著作，一看知道就这点东西。中国人与此不同。一个人超一点时代，后面的人看见了再超一点，再超一点，于是后来居上，境界愈来愈高。

又言：

不超时代不行，如吕秋逸学问很好，可惜没有超时代的东西，欧阳竟无把他给牢牢束缚住了。杨仁山又把欧阳竟无给束缚住了。杨先生也讲岁差，薛先生也讲岁差，但民国十三年（1924）我出生前一年岁差一调，我们一辈子就在此之下。薛先生《政本论》虽然好，但不过时的是其科学著作，至少现在不会过时。薛先生讲过好几次了，量子将来有什么稀奇，人人都知道，但《易经》还是《易经》。这才是懂《易》之人。

问：《周易订文》。

先生言：

这是我早年经学易的东西，还想往一个东西上凑，还有一个东西不能变。现在不这样了，自然多了。有些东西调一调有什么关系，历史唯物主义最好。

先生言：

一直在注意哈雷彗星有什么影响，现在看来影响很小，也不过是一个周期。邵康节十二万九千六百年也是一个周期，似乎也不一定有什么大关系。（大意）但最近各方面气氛都在变化（指政治形势等），且天时对人类确有影响，如温度升高几度，北冰洋"哗"要有多少水过来。不可小看几度温度，对人的关系就是大得不得了。

问：我现在多听了先生的课，对自然科学位置的认识有所调转，所谓"洁净精微，易教也"。

先生言：

对，是自然科学理论。过去熊先生是骂科学的，晚年也改变了看法。

三月六日

先生言：

《易》不在易书上，单单通一套象数规律没用（均为如何走向既济）。而师在几方面试探你的反应，看你懂不懂《易》。当初杨先生就是这样说我懂《易》的，要拉住我一起搞《易经》。

先生言：

我已写好纲要，后一想，不愿为此束缚，故自由发挥。要让他们知道内容多，有意乱一点。不然，清清楚楚端给他们一条纲要有什么意思。

问："元亨利贞"，象辞释以"大亨以正"，何以不言"利"？

先生言：

"大亨"亨到"正"，是为利。

先生今日去戏剧学院讲道教史。每周一讲，共五讲。

《论语·子路》：

    子曰："南人有言曰：'人而无恒，不可作巫医。'善夫！""不恒其德，或承之羞。"子曰："不占而已矣。"

先生言：

南人即楚人（孔子曾遇楚狂接舆），不恒其德，也可能是当时成语。此属玩辞，为《文言》、程传之根。不占，亦同"善易者不占"之旨。

《论语·述而》：

> 假我数年，五十以学《易》，可以无大过矣。

问：前语可解为义理易之根，此语是否可为象数易之根？且无大过之语又以修身为要，恐仍入义理易。

先生言：

如研究象数，则为研究数字卦。孔子与象数基本无关，否则《论语》不可能没有反映，孟子也不会一点不知道。

先生言：

家人、睽、蹇、解四卦，括尽家庭之道。自咸、恒成立家庭，遯、大壮必主进退，晋、明夷地二生火，明生物，然后即此四卦。夫妇合得好，即家人。不好，即睽。睽必蹇难，难总有解，然后重新来过。损益反过来又是咸恒，损益得好不好，就可进入国家等六卦，国家以后就是遗传问题。

三月八日

《文物》一九八六年第二期，发表安阳刻于石器之数字卦。昨日宋捷购。

先生言：

此为大事，极大之大事。合前之周原所得，殷周皆已有数字卦。

先生言：

今西人依优选法检验产品，亦依于数，此数何来呢？

先生言：

五行先于阴阳。

先生言：

薛先生于《易》抓住天干地支之根，对《易》本文只讲过"元亨利贞"四字，置卦爻辞于不顾。

先生言：

我最喜读庄子一语："藏天下于天下。"

先生言：

道教的精华在一套数。

因思：五数起于人，十数亦起于人，十二数起于天。阴阳起于日月，又起于十数之两分，乃成阴阳五行。又八八六十四合遗传密码。

先生言：

道教就是中国宗教，中国尊祖以"配天"，是人上天。西洋宗教把上天梯斩断了，中国宗教仍然保留着。"人皆可以为尧舜"，此是何等思想。

先生言：

☰☰ 棺椁之形，要将两头的阴化掉。

☰☰ 两头有阳了，当中的物质越多越好。

因思：将其两头的阴化掉，亦即去掉初时上空之局限。硕果不食，遗传也，出入无疾，反生也。

三月九日

下午上课，某有特异功能者来，想发展预测地震之类。

先生对其言：

如想发挥作用，尽可直接研究自然科学。而你自己在最高境界时，仿佛旁边有个人，此感应到什么大须注意。特异功能搞了数年，迄今无成效，即因此。

先生言：

看星星看了几年，思想当然也会变化。

三月十一日

昨日先生言：

三十岁前后学杨氏太极拳，嫌不足，改陈氏。然而杨氏有其长，自陈氏出而更加演进，尤其适合南方人。

先生言：

三 K 为不可能达到绝对零度所余的温度，此为宇宙之一股生气。

按：热力学第三定律内容为：

绝对零度不可能达到；不可能用有限个手续使物体冷却到绝对零度。一九一二年能斯脱提出。

《辞海》

三月十二日

今观战国末庄子之处境：

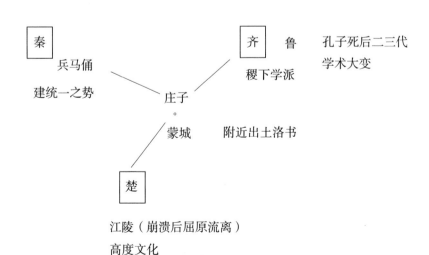

先生言：

庄子于三方面均不能相应，故上出。

燕齐多方士，楚国多神巫（《九歌》），战国末此类书极多，"用史巫纷若"。故庄子幻壶子出，"镇之以无名之朴"。

兵马俑出，全世界震惊。

子桑不吃嗟来之食，其歌哭见《大宗师》，亦见庄子之悲愤。

先生言：

人无论如何要从杜德机走到善者机。

天让你生，为何要自寻死。天让你死，自然安之，亦可有一线生路。

先生言：

大乱中思想出：

战国末——魏晋（思想解放）——五代（陈抟）——明末（太短）——清至现代（东西方互相考验）。

康熙的时候正是牛顿的时候，康乾一个转机至今，五四来了。现在又要有些趋势了，这还了得。

妙在西方自己也有变化，故不要决定自己做什么，跟着时代变化。

先生言：

《易》就是这东西。

三月十三日

积郁豁然：

得佛教之根，上出；归儒，得其根，复上出。最后归宗于大易生生明时，时即"当下"，具体事实为反掉数千年之封建。全人、全文收入一句话：生物反馈之力。

连日病困顿，熊师一文屡删而字数不减，至理解熊不敢仰首伸眉之情，自愧非其人。得此忽一振，昨晚今日始终觉此闪闪发光。

此实熊师一生之菁华。熊师未为当世人理解亦在此。

先生喜言：

你读了多少遍未懂，今懂了。

又言：

还有东西在。

先生言：

我这样做（指劳神著文）不是养生，是拆身体。用不着《道藏》里这么多书的。

又言：

这就是小乘与大乘的区别。

因思：

清以来似无人以一人之力读全藏，此见先生愿力之大。

三月十五日

先生言：

熊先生是自诚明，杨先生是直接从气功中看《易经》是什么东西。

先生言：

我写《杂卦》等文，不搞预知等，如同佛教不谈神通。杨先生卜筮、算命等都会，我不愿意接受这些东西。

先生言：

王阳明致良知好，当时早已三教合一，龙场一悟同时悟《易经》。可惜他没有出世，故入世就没有超时代。

《传习录》上：

> 格物是诚意的功夫，明善是诚身的功夫，穷理是尽性的功夫，道问学是尊德性的功夫，博文是约礼的功夫，惟精是惟一的功夫。

十页

持志如心痛，一心在痛上，岂有工夫说闲话，管闲事。

十二页

《传习录》中：

各自且论自己是非，莫论朱陆是非也。 五六页

一友自叹，私意萌时，分明自心知得，只是不能使它即去。先生曰，你萌时，这一知处，便是你的命根。当下即去消磨，便是立命功夫。

三三页

《传习录》下：

九川卧病虔州。先生言：病物亦难格，觉得如何。对曰：功夫甚难。先生曰，常快活，便是功夫。 五页

圣人教人，不是个束缚他通做一般，只如狂者便从狂处成就他，狷者便从狷处成就他。人之才气，如何同得。 十四页

二

一九八六年

三月二十日

先生言：

有一个人，在足球比赛中输了。过后自己看录像，突然脑筋里一来，原来打偏的球进了球门，录像中的比赛赢了。这是真的。

因思：

禅宗公案均设置一个困境，人入此死地，故乾元上出。乾元破阵而出，必自辟新路。

先生言：

感应之道极深。邪一点，马上有邪的东西来应，正一点，马上有正的东西来应，故任重道远。我在解放后，遇到的都是一批不得志的人。唐（文治）、熊（十力）、薛（学潜）、杨（践形），每次都是听他们随便谈谈。但随便谈谈，懂了一个东西，此之谓"传道"。我现在也忘了哪句话是哪个先生说的。（韩愈云："师者，所以传道、授业、解惑耳。"）

又言：

中国早就破除迷信了。《易》曰："一阴一阳之谓道"；又曰："阴阳不测之谓神。"

又言：

各人的业必须各人自了。杨先生解放后历经艰难困苦，但在文革前去世，避免了这场灾难。薛先生一生享受，但在文革中仍然受了两年惊吓。我年轻则关系浅，掘防空洞而安然。算命者说，我解放后有翻天覆地的大变动。我告诉他从未出此屋，彼惊愕。但我完全相信他的话。我之所以没有外在的大变动，是我脑筋里不知翻了多少曲折，我自己在脑筋里把此（DNA？）改了，否则在解放后搞《易》之类还了得。

又言：

研究此无名无利，故心要正。我的判断是要隐一二代才能显出，故完全不着急，且绝对不会不满于时代。

先生言：

中国与埃及、巴比伦，远古可能有交通，故六十甲子之类彼此都相同。但埃及、巴比伦等文化均已中断，惟中国完整保存至今，故此文化实为世界性的财富。我研究中国文化，并非仅仅为了中国的民族复兴，而是为了世界、人类。

先生言：

中国学问不承认"盖棺论定"这回事，时时刻刻都在变化。后能改先，即前面的"球赛"公案。

又言：

邵康节就在这里（即说话的此时此地）。

先生言：

参公案就是时时刻刻想此问题，这方面的脑筋就进步。参破后公案本身全无用处，但参的时候完全是真的。当年我听杨先生讲，这个问题这样，那个问题那样。有的我觉得极好，有的我觉得无论如何不能同意。于是反身，我有此判断，是因为我脑筋里先有是非标准。此是非标准究竟对不对？于是参此。以后我的是非标准逐渐豁达了，虽然仍不必同意杨先生的所有结论，但是这部分脑筋确确实实进步了。

先生言：（对宋捷）

你不要想得过高，如静坐之类。可以去学太极拳，公园里杨式、陈式，随便什么式。我可以给你改，逐渐把气引出来。我自己也是两样都弄。有人说，学了一式就凝固了，此不对。现在一直静坐也未必好，上不去。

问：王阳明致良知如何？此二十四小时用功，读每一本书均以之反身，因思致良知到一定时候才静坐。

先生极赞赏"致良知"之说。当即背诵"天泉证道"："无善无恶心之体，有善有恶意之动。知善知恶是良知，为善去恶是格物。"称《大学》"正心，诚意，格物，致知"之内圣功夫全在此。

又言：

"致良知"无弊。王阳明出生入死得来，龙场一悟，天泉证道，多少艰苦。观其环境，可知今所谓唯心之说，背景皆极端唯物。其内圣很好，但是一旦入世，其外王不得不受时代局限。说他刽子手不错，卷入世事后，就不能超时代。薛先生最敬佩王阳明，又不赞成他和方孝孺为何介入封建王朝的家事。今观宁王一定不对？很难说。

问：王阳明之成就早为算命者算出，则其得之艰苦，或仍为定数。

先生笑，又言：

此不回答，你自己去参吧。

问：先生治《易》一生，晚年得马王堆、数字卦两个几，于是上出，先是又有唐、熊、杨、薛诸先生，故可于易学划时代。此为天造地设之主客观条件。然豪杰之士，虽无文王犹兴，设先生身处清末，如何划时代？按理推断之，每人一生必有自己上出之几。

先生言：

我曾数次对周坤荣（习算命者）说，乾隆时候有种命（八字），是现在全世界三十亿人没有的，他不理解。故客观时间和人必有合。（大意）如果有这种命，不可能降生于清末。曹操所谓"治世之能臣，乱世之奸雄"是其义。（大意）

又言：

清末只能上出到熊、薛等程度。又每人必有其上出之几，你说得对。故廖平、康有为学问只能如此，但在当时其上出仍为大事。

又言：

秦始皇陵如果发掘，还不知道有些什么，故我不愿说死。

先生言：

魏晋玄学后来给佛教全部吃掉，一败涂地，为什么？因其虽然高妙，终属世间法，不可能解决问题。佛教、道教均有其直接的实际东西，故不可能被毁。

先生言：

你们和我相处一年多，给你们谈的东西已经深了一点。后面还远有东西在，现在不能谈，这里有机。

先生言：

我认识丰子恺，常去看他。他尊敬其师李叔同（弘一法师），发愿于李六十寿辰画六十张释迦牟尼像，七十岁七十张，一百岁一百张，在国外出版。文化革命时为此事受了很大折磨，但终于还是画成了一百张。

先生言：

陈抟推出先天图等，是反对费氏易。东汉经学形成十翼，将京房易等排斥在外，于十翼本身又不直接去看其内容，故易学晦。我完全理解陈抟。

又言：

我解《文言》，除了今本《文言》外，还要加《系辞》中几段，再加《乾凿度》等几段，如马王堆中《二三子问》，此早就有人谈过。

因思：《中庸》似宗教非宗教，其义极深，似以此来代替宗教。

问：读姚配中《周易姚氏学》，其解既济，应之以"利涉大川"之象，于是"利涉"活。

先生言：

大禹治水，当时船少，交通不便，故考虑此类问题。利有攸往，走陆路。利涉大川，走水路。

又言：

清易至东汉为止，再未上去过，对西汉易根本不了解。

先生言：

前面有些话你们可以记下来，这跟文章两样，是活生生的东西。当初我就记了杨先生许多东西，后来在文化大革命中散失了。

昨、今两天，为先生搬回因落实政策而归还之房间，自搬出已二十年了。因思先生虽未出此楼，但此楼内之变故亦大。

先生言：

我家的变故，变到后来不像了。此即世间法，自有人世以来，此类变故未有一息之停。

又见顾廷龙（上海图书馆馆长）给先生一信。

先生言：

当时一直到上图去看书，后来彼此就熟了。

见先生一铁箱手稿，此外尚有六七捆手稿。

先生言：

有些著作如《周易订文》现已无用，学问如廖平有七八变是常事，所以我不大愿意发表这些东西，但我至今仍然觉得当初并没有错用这些功夫。我赞成你们到《周易虞氏易象释》里兜一个圈子。

又言：

这些东西我想用四年可以整理出来。

先生言：

系爻辞在先，系卦辞在后。卦辞观爻辞而作，故能总结之。

先生言：

阴阳化入五行之"生克制化"，其理极深。

三月二十一日

问上达功夫。先生曰，后儒教人，才涉精微，便谓上达未当学，且说下学，是分下学与上达为二也。夫目可得见，耳而得闻，口可得言，心可得思者，皆下学也。目不可得见，耳不可得闻，口不可得言，心不可得思者，上达也。如木之栽培灌溉，是下学也。至于日夜之所息，条达畅茂，乃是上达，人安能预其力哉。故凡可用功，可告语者，皆下学，上达只在下学里。凡圣人所说，虽极精微，但是下学，学者只是从下学用功，自然上达去，不必别寻个上达的工夫。

《传习录》上　一二页

崇一问，寻常意思多忙，有事固忙，无事亦忙，何也。先生曰，天地气机，元无一息之停。然有个主宰，故不先不后，不急不缓，虽千变万化，而主宰常定，人得此而生。若主宰定时，与天运一般不息，虽酬酢万变，常是从容自在，所谓天君泰然，百体从令。若无主宰，只是这气奔放，如此如何不忙。

《传习录》上　二八页

问易，朱子主卜筮，程传主理，何如。先生曰，卜筮是理，理亦是卜筮，天下之理，孰有大于卜筮者乎。只为后世将卜筮专主在占卜上看了，所以看得卜筮似小艺。不知今之师友问答，博学、审问、慎思、明辨、笃行之类，皆是卜筮。卜筮者，不过求决狐疑，神明吾心而已。《易》是问诸天，人有疑自信不及，故以《易》问天。谓人心尚有所私，惟天不容伪耳。

《传习录》下　十二页

先生昨日去戏剧学院讲道教。

先生言：

先秦至宋很复杂，宋至明末完成三教合一。又示以此图：

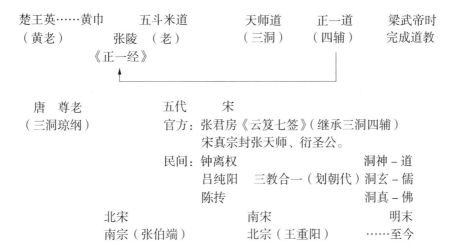

楚王英……黄巾　　五斗米道　　　　天师道　　正一道　　　梁武帝时
（黄老）　　　张陵　（老）　　　（三洞）　（四辅）　　完成道教
　　　《正一经》

唐　尊老　　　　五代　　宋
（三洞琼纲）　　官方：张君房《云笈七签》（继承三洞四辅）
　　　　　　　　宋真宗封张天师、衍圣公。
　　　　　　民间：钟离权　　　　　　　　洞神－道
　　　　　　　　吕纯阳　三教合一（划朝代）洞玄－儒
　　　　　　　　陈抟　　　　　　　　　　洞真－佛
　　　北宋　　　　　　　南宋　　　　　　明末
　　　南宗（张伯端）　　北宗（王重阳）　……至今

三月二十三日

王医生（佑民）言：以先天图测妇女周期，极验。

先生言：

男性其实也有其周期，一般人不知道，这是生理学。有时候人会很难过，一般人不能掌握其规律。

朱先生（泠）写印光法师一条幅，"生死事大，大丈夫当预为之计"。又有"以果地觉，为因地心"之语。

先生赞印光语极对。又言此事非一段时间不能成就。又言朱泠此事为有功德。

黄福康言：王老师（武当松溪派传人王维慎）小中风（他为外练入内一路）。

先生言：

可见硬功也不能过分，一直这样打，气血只流某一方面。

又言：

自己早年练太极拳，练到四五点钟非起床不行。后来一想不对，这样还是为气所用。于是自己纠正，先故意挨后半小时，逐渐改了回来。

又言：

不经过此一阶段不行。有人认为既然如此就绕过去，也不行。

宋捷言：西人用测谎器测人意念对植物的影响，知植物亦有欢欣恐惧等反应。

先生笑：

这样说来，人连植物也不可吃。

又言：

人的DNA比植物的DNA不知要高级多少，关键是人能否掌握自己的DNA。能掌握，吃它是超度它，吃荤吃素尚是小事，故"君子远庖厨也"。

又言：

昔一老和尚日吃数鸽，小和尚偷吃一翅，觉而责之。小和尚反诘，老和尚口吐一鸽，缺一翅，无可辩。老和尚云，我是超度。

又言：

窥基吃荤娶妻，号三车和尚，玄奘偏传他。有一种说法，窥基是戒贤（在那烂陀寺借寿等玄奘来）后身。

又言：

此皆寓言，事或不真，理真。

三月二十四日

因思《象》之旨，为二项式定理（牛顿）＋乘法不可交换律。

方以类聚　$\longrightarrow$　$(a+b)^6 = a^6 + 6a^5b + 15a^4b^2 + 20a^3b^3 + 15a^2b^4 + 6ab^5 + b^6$

物以群分　$\longrightarrow$　$a + b \neq b + a$

问：我觉得变化气质极难。尽管先生一直在讲课，我与别人均似无甚改变。

先生言：

这样说，你自己就一落千丈了。到我这儿存心来变化气质是变不掉的。到这儿来随便谈谈，不是来改变气质的。听了几年之后，还是要恢复没来前的样子才好，你还有一个东西要化掉。

又言：

每个人不可能一样。

又言：

杭州欧汉容教气功，他是不教的，只在一处聚起喝茶，随便谈谈。常常也坐十分钟，常常不坐，就喝茶。人聚在一起形成场，以此影响人。人走后把凳子移开，把气散去，就这样学。

又言：

明憨山德清云："唯儒可以入世，唯佛可以出世，唯道可以忘世。"极深极深。当时人判教已不判本教内部，而是判三教。中国人思想最深到此为止，明末利玛窦来了。入世深者可出世，出世深者可入世，忘世即出入无疾。

先生言：

我写这些东西是为了觉人。其实是用不着的，别人自己也会懂的。这些工作是多余的。（大意）

现在一般人都不知道入《易》之路了，上天梯给斩断了，所以要讲点出来。

我写这些，也是旁边有个东西要我写。

先生言：

波粒二象性即北方玄武，专注于一，一会分出二来。

先生言：

儒、道、佛的内容，文化革命前早就与薛先生弄清楚，不谈了。——大家还是喜欢谈谈《易经》吧。

先生言：

《易经》过一二年你也会懂，可放心。一无神秘，二不妨碍日常生活，工作、家庭等一切照常。在日常生活中，许多事情会自然而然看出一条路来。（大意）

先生言：

现在一般人都把老子、庄子捧为了不得，他们没有去看六经。老子思想一定比孔子早，但老子书出现在孔子后，有什么关系。《诗》《书》之所以好，是因为本身各有其整体，里边又由许许多多东西拼起来，非一人之作品，极为复杂。是一又非一，好就好在非一人之作品，非一种之思想。

又言：

当初我把《诗》《书》《春秋》都抄过一遍，《易》抄过几遍。

先生言：

现代谈宗教无论如何是不行了。西方青年是没有虔诚信仰的，中国还不知道有没有。去教堂是一回事，信仰又是一回事。故必须谈科学，乾元用九，乃见天则。

先生见示《神形篇》。1958年作，拟经，五进位，有杨、薛等序。

先生言：

此书现在无人懂，我也不想讲。而且思想也有所变，原则不变。当时还是哲学多于科学。

又言：

此书有据于《黄帝内经》（当指五进制）。

先生言：

孔子划分到尧舜，明社会学之人。《内经》上推到黄帝，明生物学之人。生物学之人，一二千年不会变。

又言：

孔子云："虽百世可知也。"（《论语·为政》）他能掌握三千年，所以现在还会有点作用。

先生言：

我很同情现代两个人，皆不为同行所理解，非常奇怪。一为任继愈，说儒家是宗教。二为钱学森，提倡研究特异功能。

问：现代已无人研究《易经》，否则先生的《易经》出来，亦不会为同行所理解，对先生破经学易、破孔子均会大惑不解。现在再抬一个人，一部经（《易经》），无论如何不行。易学，天地自然之易。

先生言：

我醉心孔子，唐先生茹经。清末的经学家实在不像了，故我赞成五四运动不够彻底的说法。儒家无论如何是宗教。王假有庙，天子、政教早就合一，且深入到家庭，造成几千年的封建。西洋的宗教浅，故弄出教皇、国王分立，彼此有矛盾。儒家把这一套宗教来代替原始宗教，所以造成了宗教不振，里面保存的科学也就没有了，故道教可贵。

先生言：

《序卦》家人、睽、蹇、解四卦，六十四卦唯此错综复杂。《杂卦》则曰："解，缓也；蹇，难也。睽，外也；家人，内也。"又《序卦》连续此四卦，为我国家庭组织之基础。《序卦》是正常组织家庭到出现破坏，《杂卦》是先有难然后组织家庭。

先生言：

《彖》当然还有许多其他意思，这篇文章顾不上了（指《论〈周易·彖〉作者的思想结构》）。

先生言：

有些问题单靠想是想不出的，要学会从四则运算化到代数。如鸡兔同笼问题，想不出的地方，以 X 代之。只要列出方程式就行，让数学代你去解决。如四维以上空间在六合之外，人脑不可能直接成此象，但是数学能解决。

先生昨日言：

现在的人真可怜，无法把握自己的命运，故追逐算命等江湖术士。

又对某人言：

你要来听我，你的神通就不灵了，我把这些全戳穿了。（某人自信不会。）

因问：消失了不要紧，那就可以更上一层。

先生言：

上一层仍会有上一层的神通。

三月二十五日

《易》象数有四个整体。一、大象（两体）；二、序彖·小象（卦变、爻变）；三、序卦（反复）；四、杂卦（进一步变化）。

因思：学不至天人之际不足以为学。在天地之际连环可解也。

先生言：

连环要在六合之外去解。

《论语·尧曰》：

> 尧曰：咨！尔舜！天之历数在尔躬，允执其中。四海困穷，天禄永终。
>
> 舜亦以命禹，曰：

予小子履，敢用玄牡，敢昭告于皇皇后帝：有罪不敢赦。帝臣不蔽，简在帝心。朕躬有罪，无以万方；万方有罪，罪在朕躬。

周有大赉，善人是富。虽有周亲，不如仁人。百姓有过，在予一人。

谨权量，审法度，修废官，四方之政行焉。

兴灭国，继绝世，举逸民，天下之民归心焉。

所重民，食、丧、祭。

宽则得众，信则民任焉，敏则有功，公则说。

先生言：

孔子内圣、外王之理尽在于此，又括尽一部《尚书》之旨。

《孟子·尽心下》（末章）：

由尧舜至于汤五百有余岁，若禹皋陶则见而知之，若汤则闻而知之。

由汤至于文王五百有余岁，若伊尹莱朱则见而知之，若文王则闻而知之。

由文王至于孔子，五百有余岁，若大公望散宜生则见而知之，若孔子则闻而知之。

由孔子而来至于今百有余岁，去圣人之世若此其未远也，近圣人之居若此其甚也。然而无有乎尔，则亦无有乎尔。

先生言：

此即所谓道统之传，至孟子而绝。五百岁之是非不去管，至少孟子已在总结历史规律。

先生言：

我们两个人在此说话，全世界均共此一时间，但我们两个人亦有自己的时间。此时间是一是异，此动量与坐标不可能测准。

先生言：

薛先生云，张骞通西域前，早有人通西域。如《尔雅》中的"旄蒙"等，早有人推测其为译音。又如天干地支，中国、埃及、巴比伦同，此可能有共同的起源，或彼此有交通。

问：此可以理解。史前史远长于文明史，张骞一代通之，固为伟绩。但史前史可以十几代或几十代完成交通，一代人不自觉地移徙数十百里，不足为奇。

先生言：

是，完全可能。薛先生解放后不书公元，甚至不书甲子，只书"旄蒙"等，此其不合作之志。

三月二十六日

先生昨日讲《至乐》《达生》。

天下有至乐无有哉？有可以活身无有哉？

先生言：

我喜欢把结论先提出：就是后面的"至乐无乐，至誉无誉"，最快乐的事是没有快乐。活身、长生，庄子围绕此二命题做文章，文章不要紧，要看其实质性内容。

夫富者，苦身疾作，多积财而不得尽用，其为形亦外矣。夫贵者，夜以继日，思虑善否，其为形也亦疏矣。人之生也，与忧惧生，寿者昏昏，久忧不死，何苦也，其为形也亦远矣。烈士为天下见善矣，未足以活身。吾未知善之诚善邪？诚不善邪？若以为善矣，不足以活身；以为不善矣，足以活人。

先生言：

庄子破富、贵、寿、善都是为了形。身外之物，物都是在外面的，说说容易，想清楚就不容易了。

又言：

如果心能外物，物就不在外了。（大意）

今俗之所为与其所乐，吾又未知乐之果乐邪？果不乐邪？吾观夫俗之所乐，举群趣者，誙誙然如将不得已，而皆曰乐者，吾未之乐也，亦未之不乐也。果有乐无有哉？吾以无为诚乐矣，又俗之所大苦也。

先生言：

注意，他不与世俗两样，庄子掌握这一点。他与世俗两样，又不去与世俗两样，而世俗自以为与他两样。为什么？俗就是《秋水》中讲的贵贱不在己，故庄子不以万物之得失为乐。无为，一切自然而然。庄子"役物而不役于物"（控制万物，不为万物所控制），而一般人认为：一、物越多越好；二、要求万物有一定的形状。

无为可以定是非，至乐活身，唯无为几存。请尝试言之：天无为以之清，地无为以之宁。故两无为相合，万物皆化。芒乎芴乎，而无从出乎！芴乎芒乎，而无有象乎！万物职职，皆从无为殖。故曰："天地无为也，而无不为也。"人也孰能得无为哉。

先生言：

其语出于《老子》，其中有象，其中有精。天无为，天没有生物之感觉。无为，一个是万有引力，一个是离心力，天地无为而无不为。人把感情放进去，就有为。

因思：

注意先生读书音调。孟子云："仁言不如仁声之入人深也"（《尽心》）。昨曰徐培均（文学所古典室）云：吴汝纶招考不出任何考题，只需读一篇古文，以观其功力。唐文治由此入选，因为对文章的理解全在此。

　　庄子妻死，惠子吊之，庄子则方箕踞鼓盆而歌。惠子曰："与人居，长子、老身，死不哭亦足矣，又鼓盆而歌，不亦甚乎？"庄子曰："不然。是其始死也，我独何能无概然。察其始而本无生；非徒无生也，而本无形；非徒无形也，而本无气。杂乎芒芴之间，变而有气，气变而有形，形变而有生。今又变而之死，是相与为春秋冬夏四时行也。人且偃然寝于巨室，而我嗷嗷然随而哭之，自以为不通乎命，故止也。

先生言：

心安理得地睡在最大的一间房子里，此为庄子之至乐。没有想通到这个境界，去学，最没有用。庄子是不能学的，到此时，如果你想哭，就哭一场。且不说此，人有人的情感波动，悲伤经不起，能淡一点也好，一点点积聚到此。

　　支离叔和滑介叔观于冥伯之丘，昆仑之虚，黄帝之所休。俄而柳生其左肘，其意蹶蹶然恶之。支离叔曰："子恶之乎？"滑介叔曰："亡，予何恶。生者，假借也，假之而生生者，尘垢也。死生为昼夜。且吾与子观化而化及我，我又何恶焉。"

先生言：

现在全世界盛行旅游，看书什么的，都不如亲身去那里，有信息遗留。这次去的是黄帝之丘。

　　庄子之楚，见空髑髅，髐然有形，撽以马捶，因而问之，曰："夫子贪生失理而为此乎？将子有亡国之事，斧钺之诛而为此乎？将子有不善之行，愧遗父母妻子之丑而为此乎？将子有冻馁之患而为此乎？将子之春秋故及此乎？"于是语卒，援髑髅，枕而卧。夜半，髑髑髅见梦曰："子之谈者似辩士。视子所言，皆生人之累也，死则无此矣。子欲闻死之说乎？"庄子曰："然。"髑髅曰："死，无君于上，无臣于下，亦无四时之事，从然以天地为春秋，虽南面王乐，不能过也。"庄子不信，曰："吾使司命复生子形，为子骨肉肌肤，反子父母妻子闾里知识，子欲之乎？"髑髅深矉蹙頞曰："吾安能弃南面王乐，而复为人间之劳乎！"

先生言：

此为庄子幻想死的快乐，有极其沉痛的地方。我讲任何一篇《庄子》，都必提到当时是战国时代，任何寓言，都需返回当时的客观环境。司命，庄子想象控制命的东西，屈原《九歌》有大司命，少司命。庄子不信，是有意表示态度。

又言：

一百年前的历史如何看？你不要在里面方能看，你在里面就不是看了。所以自己不要放进去。

颜渊东之齐，孔子有忧色。子贡下席而问曰："小子敢问，回东之齐，夫子有忧色，何邪？"孔子曰："善哉汝问！昔者管子有言，丘甚善之，曰：'褚小者不可以怀大，绠短者不可以汲深。'夫若是者，以为命有所成而形有所适也，夫不可损益。吾恐回与齐侯言尧舜黄帝之道，而重以燧人、神农之言。彼将内求于己而不得，不得则惑，人惑则死。且女独不闻邪？昔者海鸟止于鲁郊，鲁侯御而觞之于庙，奏九韶以为乐，具太牢以为膳。鸟乃眩视忧悲，不敢食一脔，不敢饮一杯，三日而死。此以己养养鸟也，非以鸟养养鸟也。"

先生言：

有一种人会知道你的一切形状、作风，到那里合不合，一看就知道，子贡看下来不对，故孔子有忧色。不是褚不好，也不是绠不好，是不合适，大小不匹配。看你有没有能力看出此，这是最好的处世之道。你去跟他讲黄帝，他本来没有，不知道。内求己不得，故凶。随便讲什么话，如果不知道，再好的东西，没有用。不好的东西，大家很喜欢，相合了。比如我讲庄子，大家都知道此书，具体如何却不知道，所以都想听。学不知道的东西，要一点点积，以后还会有变化。

又言：

鸟喜欢自然的东西，故要以鸟养养鸟，非以己养养鸟。一切自然而然。

因思：

先生讲《道藏》时言，我也不管他们听得懂听不懂，借此机会自己把有关内容翻一翻。

先生言：

《庄子》总纲在内七篇里，考据家为内、外篇何者在先争论不休。争论固然可以，但《庄子》本身是什么，却不去管了。不知道书本身讲什么，跟着去考据没意思。可能外篇、杂篇出来早，内篇作总结，我也相信。

又言：

《易经》不用一卦一爻地教会。

列子行，食于道，从见百岁髑髅，攓蓬而指之曰："唯予与汝知而未尝死、未尝生也。若果养乎？予果欢乎？"种有几，得水则为继，得水土之际则为蛙蠙之衣，生于陵屯则为陵舄，陵舄得郁栖则为乌足，乌足之根为蛴螬，其叶为胡蝶。胡蝶胥也化而为虫，生于灶下，其状若脱，其名为鸲掇。鸲掇千日为鸟，其名为干余骨。干余骨之沫为斯弥，斯弥为食醯。颐辂生乎食醯，黄軦生乎九猷，瞀芮生乎腐蠸，羊奚比乎不箰。久竹生青宁，青宁生程，程生马，马生人，人又反入于机。万物皆出于机，皆入于机。

先生言：

你没有死过，谈死，都是假的，故谈生死，要两个一起谈。列子与髑髅，列子代表生者，髑髅代表死者。列子知道不生，髑髅知道不死，故生死为一，通生死。

这是庄子时代的生物学,最物质的。谈生物界之变化,不用佛教的六道轮回,与分子生物学很相象。几,微生物,微生到分子数量级,还可以到基本粒子,量子,更微了。这是两千年前的达尔文进化论,人死变为最小的机,万物皆出于机,入于机。庄子将生物合而观之,当时不可能谈清楚,但是已经很伟大了。如果过了二千年,再看现在最先进的分子生物学,啊,这么落后。

先生言:

天地自然界,生物界的变化最高就是人。人以后又有种种社会科学,几十亿年的生物进化,人有文化不过几千年。

生物被地心吸力拉得最厉害,故从海底一点点上来。植物根朝下,动物横,到人方才头向上,直立成了人的标志。生物的本能就是发展,向上。鸟一直想飞,故飞上去了,但是鸟的两只手还没有派用场。企鹅能直立,但是不会飞。人的手起大作用,可以利用外物。

人肯定要变化快了,仅一、二百年可见到。今已有:一、上月球,第一次离开地心吸力,进入三维;二、分子生物学,遗传工程。现在就处此大时代。当然,不能把自己放进去,把自己放进去就完结。

生物二千年绝对没有变化,生理、心理都是一样。的确有逍遥方法,养生方法,齐物方法。读古书,要到庄子的当时去看。如果你能同庄子相应,那照样可同二千年后的人相应。

分子生物学三十亿年,达尔文十二亿年。遗传密码过多少亿年变掉几个,高级一点。马生人在猿变人之先。

周坤荣设金钱卦,筮得889777,遯之否,立夏动,世爻主,应爻客,火克金,主强制。此京氏易法。

周言:之否恐有阻塞。

先生在旁言:

与卦象无关。

周言:且看此次是否准。

先生言:

准也不说明问题,你一百次准,一百零一次还会不准。归纳不说明问题,而是另外有一个东西。

因思：先生极力破斥迷信，于此道坚决不为，于周等思提高之而不峻阻之。此得自然之理。先生常讲《应帝王》壶子破季咸事。

钱钟书《管锥编增订》，43页：

> 占卜之词不害为诗，正如诗篇可当卜辞用，《坚瓠秘集》卷五《签诀》，记"射洪陆使君庙以杜少陵诗为签，亦验"，即是一例。西方古时亦取荷马、弗吉尔史诗资占阄，《巨人世家》一章尝详道之。

思先生曾言：杭州昔有月下老人寺，乃清末一落第秀才（有姓名）为改名，并作诗一百首以作签，大多可以有几种解释，抽之常验，于是香火极盛。先生幼时与同学去过，尚见之。

又思先生常言：菩萨畏因，众生畏果。又印光言：算亦如此，不算亦如此。（《印光大师法语》，27页）孟子言：知命者不立于岩墙之下。（《公孙丑》下）

三月二十七日

《庄子·达生》（二十五日讲）：

> 达生之情者，不务生之所无以为。达命之情者，不务知之所无奈何。养形必先之以物，物有余而形不养者有之矣，有生必先无离形，形不离而生亡者有之矣。生之来不能却，其去不能止。悲夫！世之人以为养形足以存生，而养形果不足以存生，则世奚足为哉？虽不足为而不可不为者，其为不免矣。夫欲免为形者，莫如弃世。弃世则无累，无累则正平，正平则与彼更生，更生则几矣。事奚足弃则生奚足遗？弃世则形不劳，遗生则精不亏。夫形全精复，与天为一。天地者，万物之父母也，合则成体，散则成始。形精不亏，是谓能移。

先生言：

我读《庄子》，不读其他，就读此二句，达生达命，达生达命。

达观原义：周公洛阳造城，造好后去参观，今云验收。四面都要看到家，看周全了，再搬迁东周。不知原义，讲达观就空了。

达的方法，不要去奈何，不务生之所无以为，不务知之所无奈何。不达生，不达命，一切情绪就来了。

养形必先之以物，这是庄子唯物的地方。人不吃东西不行，已知动物DNA中缺几样氨基酸不能合成，必须从外界获取。但是物有余而形不养者有之矣，这又能怪谁！有生必先无离形，此庄子不相信鬼，我也不相信鬼。形不离而生亡者有之矣，庄子另一处云：哀莫大于心死。世之人以为养形足以存身，毛病就出在这儿。弃世，扔掉时间，不要管时代，就是世拉住了你。与彼更生，与另外的东西一起生出来，更生则几矣。形当然要，然而形不可执。到形全精复，养形就是养根本，就是生的时候达到无生境界。形不能违，但单靠养形不能解决，生生者不生。

精而又精，反以相天。

先生言：

此由坐驰到坐忘。老子，玄之又玄，众妙之门。此即《尚书》天工人代，人定胜天之象。人超过自然界，生物超过无生物，达到自然，再超过自然。

子列子问关尹曰："至人潜行不窒，蹈火不热，行乎万物之上而不栗。请问何以至于此？"关尹曰："是纯气之守也，非知巧果敢之列。……夫醉者之坠车，虽疾不死。骨节与人同而犯害与人异，其神全也。乘亦不知也，坠亦不知也，死生惊惧不入乎其胸中，是故遻物而不慑。彼得全于酒而犹若是，而况得全于天乎？圣人藏于天，故莫之能伤也。复仇者不折镆干，虽有忮心者不怨飘瓦，是以天下平均。故无攻战之乱，无杀戮之刑者，由此道也。"

先生言：

列子、关尹，先秦时的道家。此段养气功夫极高，非杂技之类。处乎不淫之度，藏乎无端之纪，游乎万物之所终始。人不同电子计算机，有一个最高的神经细胞在细胞核中心，此一死，其余全死。醉者坠车，今亦有一事，某处一小孩从三楼摔下，仍走路，因不知。（宋捷言：听说过此事。）与此有点像。成人不可能，一吓，自己出事了。可见庄子当时已经喜欢收集这些资料了。当然不可能全部如此，所以对于此类事，至今有信有不信。圣人藏于天，故莫之能伤也，要有不怨飘瓦的思想。

庄子是庄子时代最先进的思想，我现在这样讲，是要显出庄子的思想，不是说庄子已经知道分子生物学。这不能倒过来，要分辨此。现在许多人读庄，都把自己摆进去。要以庄子看庄子，回复到时代背景去。庄子基本是生物学，对此体味很深。

今日先生去戏剧学院讲道教人物（第四次）。

在路上问：读《杂卦》，感其精深，早已涉及佛道实质性内容。李鼎祚云："权舆三教，钤键九流。"朱熹云："佛教把中国好的东西都拿去了，中国把佛教坏的东西都拿来了。"虽然有民族主义情绪，但其意旨不可忽。

先生似许之。

问：思单刀直入，直接触及内容。

先生言：

你能直接触及内容，我就承认你懂《易经》了。当初杨先生就是这样讲我懂《易经》的，你现在还是一句空话。

问：我现在还不能直接进入《易经》，只是做点准备，直接进入要有能力的。

先生言：

是啊。我已经把二千余种易注直接简化到四种了。一、《周易集解》，李鼎祚；二、《周易注疏》，王弼、孔颖达；三、《周易折中》，李光地；四、《周易述》，惠栋。读了这四种，我就可以和他讨论《易经》了。奈不得此人何，再简又如何简呢。王医生已经算得喜欢了，把我的录音都拿去听，还是和《易经》隔得不得了。

问：听先生课日久，虽核心问题没解决，但周边问题还是消除不少。

先生言：

当然。

又言：

我来讲课，根本不备课，来讲前，脑子里一点东西也没有。讲时脑筋搭一搭，哦，老庄，就如此。当然原则早就定了，讲的时候内容自己出来。

走过华亭路服装自由市场时，先生言：

二十年前薛先生早就看出：化纤出来，当时虽然贵，服装问题已解决。现在的情形完全可见，人们服装翻花样全从此出来。衣食住行是人民生活大问题，衣解决了，食还没解决。美国一个农民可养活二十人（大意），其他国家相距甚远。然而一旦能人工合成粮食（氨基酸），社会还会大变。

三月二十八日

先生言：

先秦西汉为黄老，汉魏为老庄。马王堆发掘出汉初文帝时《德道经》《黄帝四经》，当时还没有尊儒。自己有了德后再讲道，而不是空想那个道，如魏晋。

先生言：

马王堆帛书本："执今之道，以御今之有，以知古始，是为道纪。"

此"今"一字千金。一般认为老子重古，中国历来重古，故传统往往保守。老子思想汉初是实行的，故有此说。掌握了今天的理论，掌握了今天具体的事物，还不够，要去看历史，是为道纪。有了反思，方可知如何发展。魏晋本一定在汉武帝之后。

道教历来是重今的，董仲舒排斥黄老后，黄老进入民间。东汉初楚王英赞成黄老，与中央政策有矛盾，故自杀。

不执今之道，今之有，你的反思就没有能力。现在的今是原子时代，时间标准刚从日月超出到星。从这个角度反思，才可看老子。

先生言：

老子的确在想象微观空间，反身体味几十亿神经细胞，很具体。清静无为的老子是魏晋加上去的，魏晋一脱空，自然科学没有了。老子不负责，王弼要负责。

老子思想肯定在孔子前，成书肯定在孔子后，我负责任。

> 道可道，非常道。名可名，非常名。无名天地之始，有名万物之母。故常无欲以观其妙，常有欲以观其徼。此两者，同出有异名，同谓之玄，玄之又玄，众妙之门。

先生言：

战国百家争鸣，包括各种思想，总结成二句："执今之道，以御今之有。"今永远变化，有时间性。老子相信有恒常不变的道，所以得时空之坐标，此思想很伟大。有道必有名，恒道恒名，一定要从天地之始开始。他是从德开始。无名天地之始，此唯物，一直推到生物之前，历史推溯极远。有名万物之母，万物的实质概念变到有无那里，没有否定有，有无各有其用。妙，眇，极微观。徼，边际。同出，玄，总纲在我。道教从此出。玄之又玄，众妙之门，非常多非常多的妙就从此出来了。看众妙之门，这才是老子。

老子众妙之门里面，东西多得不得了，黄老是很物质的。《内经》是医学宝库，同《老子》相合，不是空谈哲学。

河上公注，玄牝之门为口鼻，呼吸比吃东西还重要。哼哈二将，一鼻一口。

先生言：

汉末经学崩溃，儒家尧舜禅让政治，虽然说得好听，具体一看都是假的。曹操搞禅让，于是社会丧失信仰，另外搞一套就是玄学。老子还不够他们想象，所以郭象注庄。庄子是先秦的人，对老子理解也很好，但是汉朝并不盛行。庄子有应帝王思想，汉朝有自己的组织，并不重视。

庄子齐物，众妙之门出来的东西，没有收拾进去，都要齐。

佛教进来，老子敌不过，庄子敌不过，老子加庄子也敌不过。空讲没有用，魏晋玄学全部崩溃，但是道教还在。

老庄不能概括道教，道教概念比老庄大得多。

三月二十九日

读先生《论〈周易·杂卦〉作者的思想结构》，可分为四部分。

一、《杂卦》结构图；

二、周流六虚图；

三、四象——十六互卦——六十四卦图（三图）；

（二画）　　（四画）　　（六画）

四、三百六十爻当六虚六位图。

先生言：

《太玄经》用"卦气图"对应"序象"。

"玄冲"对应"序卦"。

"玄错"对应"杂卦"。

先生言：

$2^3 = 8$ 卦　　$(2^3)^2 = 64$ 卦　　　即刚柔相摩，八卦相荡之义

$2^2 = 4$ 象　　$(2^2)^2 = 16$ 互卦

$(2^2)^2 \cdot (2^2)^1 = (2^2)^3 = 64$ 卦

问：人定胜天。

先生言：

人定胜天之定，是知止而后有定之定。

先生言：

《周易》首乾尚容易做到，保合太和成既济比较难。

又言：

三百八十四爻一图，首尾无一卦无来历，只是不愿全说尽。

机械学院党委书记某，于静坐中见景像，来问动静。先生为之解释。

先生言：

艮卦《彖》："时止则止，时行则行，动静不失其时，其道光明。"

又言：

静坐中见佛魔景象，亦是幻。

又言：

今天科学已能解释的要用科学解释，还不能解释的也不能说它不科学。

其人走后，先生言：

今天你恰巧遇上，否则这些事我也不愿意谈，其实是脑子里几十亿神经细胞的作用。当初我看见过观世音，相信得不得了，后来才进步了，要魔来魔斩，佛来佛斩。

又言：

王阳明龙场一悟时，看见自己的本来面目。

又言：

阿弥陀佛现在可用宇宙人讲。星河无限，世人局限于地球，眼光太狭小了。（大意）

问：君子无入而不自得，似不大可能。

先生言：

未懂此以前当然处处不自得，且焦虑，故熊先生参"轮回有无"之话头。

问："涣奔其机"，是否即庄子"万物皆出于机，入于机"之机。

先生言：

涣时急至庙中，庙中有张几，至此可以定一定。九五"涣汗其大号"好，发出声音来。《周易》卦爻辞知道整体，可以自由讲。不知道整体，文字考订再精确也没用。

先生言：

你一直处于顺境，对社会了解太少。我已经算不管了，你尤甚。不知社会世道，《易经》中一部分内容就显不出来。

先生言：

我写这些东西，是入世的，已经尽量地浅了。过去写的，只有杨先生等一二人懂。

先生言：

毛奇龄《仲氏易》，其卦变图简单。研究卦变，主要在《象》上讲，不同在于如何合于《象》。

先生言：

排《杂卦》可能是先有六十甲子，即三百六十爻当六位六虚图，后来排成《杂卦》。西汉人脑筋中都有这么套东西。

先生言：

我在此一星期讲二次，是随便讲，不算上课。既然一直有此摊头（从杨先生、薛先生来），就利用利用。

又言：

当初写一篇就讲一篇，故一星期一篇。那些文稿（极大量）就是那时积下来的。

三月三十日

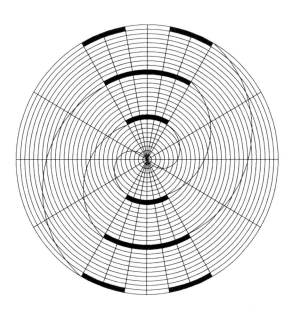

以大过示（2）^{2}　（2^2）^{2}　（2^2）^{3} 之曲线联系。

四象　互卦　六画卦

太极曲线

先生言：

年的周期对应天文。

六十花甲周期，没有天文上的客观对应，实际是对应人事。三十年为一世。两千年的迷信全宜廓清。六十合天象，决非作天干人之本意。

先生言：

推算者所用之年、月、日、时，没有科学根据，只有数学根据。年、日可合客观，月、时是凑十二。

先生言：

六十是十、十二最小的公倍数。六十年二代，隔代遗传有道理，比如宗庙的昭穆。三十取《内经》女子四七二十八、男子四八三十二之平均数。

先生言：

干支从战国末，由纪日推到纪年，此为大变化。

先生言：

忧患九卦所取之数，跟人的生物钟发育有关。孔子云，十五志于学，三十而立，四十而不惑，均为人生之分歧点，懂了，可跳过。此忧患人人必定遇上。

先生言：（答人）

今日的世界形势还不能算战国，还是春秋。联合国还在起作用。

先生言：（答人）

庄子"吾丧我"，我丧掉了，吾还在。一定要化小我为大我，方为超越时空。况且小我丧掉了，大我里仍有小我。孔子云："毋意，毋必，毋固，毋我。"利贞者，性情也，性中自有情在。

先生言：

刘蕙孙（先生友，刘鹗孙子、罗振玉外孙）言：在日本见徐福墓，为后人伪造，为了缩小影响，以免后人之追踪。福永光司（日本学者，来沪）言：日本天皇制来自中国道教。

三月三十一日

问：先生此文（《杂卦》）此处一调，啪，全部合拢，密合无间。因思读先生文，固然有联接稍嫩之处，但是全文的大关节，竟连锁极密，牢不可破。

先生言：

我写文章，每篇都是一个整体。《序卦》一整体，《杂卦》一整体，故不可分。

又言：

做学问就要"啪"两样绝对矛盾的东西合拢，鸡生蛋还是蛋生鸡，此矛盾似不可解，但最初就是不知怎样一来，"啪"合拢了。

又言：

唐先生最尊崇王阳明，以为日本得其学尚能明治维新，中国竟亡。但他自己做的却是朱子的事，也是两样矛盾在身上拍拢。我如果写阐发唐师的文章，此为关键。

昨日宋捷给先生看《读书》一九八六年第三期金克木文，以为极好。先生今日已读过，因言：

这次我同意你的话。金与我不同，金的根基在哲学，我的根基在科学，这也是薛先生给我的影响。

又言：

旁敲侧击当然可以，金文尚未抉出朱熹立《大学》的关键处。

又言：

朱熹补传，重科学，先秦无此思想，故原本不缺。又韩愈读《大学》无此，此宋人增出的思想。王阳明认为古本不缺，应该复旧，那科学就没有了。又朱认为是新民，取苟日新，日日新，又日新，有革命之意。王取亲民，此意取消了。

王阳明之功夫全在《大学》，与朱分别有二：一、补传；二、新（亲）民。

先生随口背《补传》：

> 所谓致知在格物者，言欲致吾之知，在即物而穷其理也。盖人心之灵莫不有知，而天下之物莫不有理，惟于理有未穷，故其知有不尽也。是以大学始教，必使学者即凡天下之物，莫不因其已知之理而益穷之，以求至乎其极。至于用力之久，而一旦豁然贯通焉，则众物之表里精粗无不到，而吾心之全体大用无不明矣。此谓物格，此谓知之至也。

问：朱王两人我更赞成王阳明。研究自然科学，本身就是正心诚意工夫。

先生言：

王阳明本人证到极高境界，天泉证道"无善无恶心之体，有善有恶意之动，知善知恶是良知，为善去恶是格物"（《传习录》下），内圣工夫全部在此。扫象是极高境界，初学要步步踏实，不然上不去。

问：《易》的象不能扫，就要靠这些象整理、组织其他的象，逐步易简。

先生言：

故王弼扫象大误。

又言：

佛教有西方极乐世界的象，这个象怎么能扫。

又言：

朱熹好，朱熹有东西。

问：我感觉金克木文尚属为了现在，先生的工作就是现在，直接触及内容，故不易过时。

先生言：

此之谓"上友古人"。哪里有古人，古人早就到身上来了，"古"哪里会过时。老子云："执今之道，以御今之有，以知古始，是为道纪。"

问：昨思忧患九卦之理，觉算命之理尽在其中。人的生物钟在几个年龄关节前后一定发生变化，人人如此，故此前此后必有忧患。算命者知此理，辅以数学模式，剩下全来自直觉洞察。此生物钟统计数是概率，运用到具体人身上，不可能人人准确。算命者根据五行生克的变化，再加上当下从此时此地此人身上获取信息，反馈出去，故有一定的准确率。此判断实属神而明之，算命或另有不测之理，但是我目前的理解就是这些。

先生极赞许之。

问：如何六等分一圆。

先生言：

简单，就是半径。五等分则稍费事。

李光地谓：自孔子后五百年而至建武（东晋），建武五百年而至贞观，贞观五百年至南渡。朱子之在南渡，天益付以斯道而时不逢，此道与治之出于二者也。自朱子而来，至我皇上又五百岁，应王者之期，躬圣贤之学，天其殆将复启尧舜之运，而道与治之统复合。

《榕村全集》卷十《进读书笔录》
转引自张舜徽《清人文集别录》，84 页

四月二日

孟子（-372？——-289）←——→庄子（-369？——-286）

荀子（-313？——-238）

汉经学　李斯　韩非

先生言：

孟庄同时，可惜没有碰面。

孟子好，他有当时的科学知识，故不会赞成道家。

孟庄皆好，如果他们会面辩一辩，我知道孟辩不过庄，庄还高一点。

荀子就低了。看他的书，也看出他有的地方又发展了，但是思想境界无论如何上不去，而汉朝经学从此出。

其学生韩非、李斯有特色，其中韩非又好一点。李斯、赵高等等报应循环，时代情形所积，必然如此。

只要现在有人还知道一点庄子，庄子还在。

先生昨日讲《骈拇》八，《马蹄》九，《胠箧》十；又《缮性》十六。

先生言：

《骈拇》三篇非庄子手笔，可能是弟子听了老师几句话，发挥一篇，太浅了。现代读《庄子》的人，都把这些看成庄子思想，就看不出庄子深一层的意思了。但这思想不是庄子教他，他不会知道的。三篇只是一个主题，讲出来就是了，所以没价值。有了一个主题，围绕着反复辩，内容也出来了，程度一目了然。《缮性》则不同，开始境界就高，作者可能不是庄子，但必然是高弟（有儒家味道，又解释概念，注意文章）。过去听唐先生讲过，我也背出过，一反一正，知道道家的两面。

自三代以下，天下何其嚣嚣也——讽刺得太厉害了，作者自己也陷于嚣嚣之一了，庄子不会这样写。

圣人则以身殉天下——是不是以身殉不好？否则你也要死啊！故庄子说得好："指穷于为薪也，火传也，不知其尽也。"

奚必伯夷之是而盗跖之非乎——非伯夷而是盗跖，当然可以。但如果真是庄子，决计不会说清楚，此断然说清楚就误了。

余愧乎道德，是以上不敢为仁义之操，而下不敢为淫僻之行也——拘谨得如此，哪里还有庄子啊！（《骈拇》）

夫至德之世，同与禽兽居，族与万物并——此道家大错误。如果道家真是如此，那我赞成孟子。孟子讲如果无圣人出来，人早就给禽兽吃了。优胜劣败，人要有力量显出来。此段所谓道家，我全部否定。如此还不如佛教，佛教舍身饲虎，的确到老虎肚皮里把老虎思想结构调过来，那就更彻底了。同群总归不对，人与兽是否能感通到如此程度，值得怀疑。后世降龙伏虎是养生的道理。（《马蹄》）

《胠箧》思想很深刻，但不是庄子，庄子不谈这些。

圣人不死，大盗不止——对不对，可以深思。一说道家亦有左、中、右，此为左派。

甘其食等——此段将老子庸俗化，老子本身有极高的思想境界。

故天下皆知求其所不知，而莫知求其所已知者，皆知非其所不善，而莫知非其所已善者，是以大乱——此句好，在此篇中仍值得圈一圈。

遵照此思想很危险，不知道此思想更危险。一直执著其反面，一下看到此，全部吸收了，那非常危险。（《胠箧》）

蔽蒙之民——倒置之民，呼应。

复其初——知道本来面目。

知与恬交相养——和顺的道理从性出。

深根宁极而待——这是道最主要的地方。因为环境不对，时命大谬也。

读书称发蒙。花外面一层叫冒，有时需要冒，让里面发育（所谓象牙塔），到一定时候，要发掉这个冒。过早去掉冒，花开不出。（《缮性》）

先生言：（《寓言》）

"寓言十九，重言十七，卮言日出，和以天倪。"此概括庄子一部书的总纲。一部庄子书，庄子自己是不讲的，讲出来就没意思了。他讲寓言，让人家自己去想象。

此四语和《天下篇》相同，庄子自己出来讲话了。

《天下篇》总结当时天下学问。有庄子评论庄子，有人据此认为非庄子作，我不相信。至少写此篇的人有做庄子的资格，庄子也可以自己评论自己嘛。

讲了几部分后，再讲庄子《天下篇》。庄子面貌也好让他显一显出来了。

《寓言》极好，是没有收入内篇的好文章。

《刻意》简单，《天地》《天运》《天道》《在宥》好。

《渔夫》《让王》《说剑》《盗跖》，苏东坡也说非庄子作。

因思《胠箧》："国之利器不可以示人"，禅宗之理；《应帝王》："未始出吾宗"；《养生主》："十九年若新发于硎"。

四月三日

先生言：

三教合一是宋以后思想的精华，此任务是道教完成的。道教衰于明末。

先生言：

在我看来《悟真篇》首首都一样，讲哪几首，是出门时才决定的，要注意这个机。

先生昨日对杭州来求教气功某人言：（此人认识杨践形，受二十多年连累）

将乾兑离震巽坎艮坤布于身上，到一定时候气就通了。

先生言：

研究学问没有问题，但是刚解放时，要争夺信仰，处理必严。

先生言：（戏剧学院讲课，第五次）

董仲舒尊儒，做了一件大事就是改历法。夏建寅，商建丑，周建子（朝前看！！！），秦建亥。董仲舒恢复建寅，影响大，一下子差四个月。此历法影响至今，用孔子语"行夏之时"。冬至后六九万物生长，此岁首于节气接近立春（好比西历元旦接近冬至），于《易》当泰卦，今犹云三阳开泰。民国后经考虑改名春节。

今日《新民晚报》 月食与生物潮　　四月二十四日，农历三月十六，月全食。人体与地球表面相似，含水量达 80%。

先生言：

阴历要照顾月亮出来的情况，朔—望—朔，十五一定要月圆，初一一定要无月。月地和日地不合，故三年一闰，五年再闰，十九年七闰，十九年阴阳历重合（至多差一天）。月地关系几千年内不可能变，故中西文化交流要注意此内容。所谓月亮也是外国的圆，不可能合乎科学。外国重视阴历，航海用得着。道教重视此，上海玉佛寺也是初一、月半开放。月地关系未变，否则潮水早就不得了，变的是人上月球了，此为发展。

先生言：

律——人的标准（人的感情），控制时间标准与空间标准。

历——时间标准。

度量衡——空间标准。

日——爻辰。

月——纳甲。

星——现代原子。

先生言：

东汉，魏伯阳《参同契》，《周易》、黄老、服食。还有纳甲、纳音等，虞翻抄自他。

唐，《阴符经》。当时没有黄帝的东西了，故要造出来，与老子《道德经》合，是谓黄老。

      天地，万物之盗。万物，人之盗。

      人，万物之盗。

      三盗既宜，三才既安。

宋，张伯端，《悟真篇》。

玄珠有鱼逐阳生， 阳极阴消渐剥形。	周期变化
十月霜飞丹始熟，	置之死地而后生。又：错让他去错， 到最后啪一个触机，质变。
恁时神鬼也须惊。	要后天的东西全部打掉，一点没有， 然后出来。
见了真空空不空， 圆明何处不圆通。	

根尘心法都无物，

妙用方知与物同。　　三教合一。

明，《性命圭旨》。

先生言：（写《小象》结构时，抽出一篇《论爻名结构》）

爻名（用九、用六等）是数字卦演变成阴阳符号卦的关键。马王堆发掘出来，卦名还可改，爻名已不动了，可见爻名更关键。

又言：

爻名是象数，卦名是义理。

又言：

《左传》蔡墨释龙，乾之姤，乾龙勿用。非解此爻辞，另外有道理。

又言：

《文言》执六位而起义理，已无关卦变爻变，后世经学易从此出，王弼易亦从此出。我的《黻爻》亦准此，与卦爻辞已无直接关系。

因思：《易学史》穷理，《道教史》尽性。

问：昨日某某费了多少力才走到来氏易。因感学问走上正道之难，多少人半途而废，力不足再上。

先生言：

能知道核心的永远是少数人。

又言：

我并不以为自己高，我们还是极低的，上面还有无穷层次，只不过不在书上。永远不要认为自己得着了，小乘就跳出去自己解脱。只不过不想做罗汉，要做菩萨，所以回过头来写东西。《易学史》《道教史》我责无旁贷。

问：昨日某某解《序卦》虽全错，但他认为《序卦》中有平衡之理，此可取。因思人之精力所聚，必有所得。

先生言：

"思之思之，鬼神通之"。

问：又感学问进一步之难，自感有无穷阻力。

先生言：

我也经常感到有无穷阻力，改命难。可以用一句老话，愿"共勉之"。我们处于同一个时代，佛教讲有"共业"。

先生言：

随便谈谈中能得几。当时跟杨先生时，不知错了多少，一讲就转上去了。常常觉得与君一席话，胜读十年书。

问：美国影片《误解》中的天伦感情，尚感人。

先生言：

现代国内外家庭都在发生变化，家庭伦理方面，感情发出来，需要重新有一套东西。故于建立，中国过去的东西尚可起点作用，但一旦形成又完结了。熊先生本人极孝，又批判以孝治天下。

又言：

这些东西不能多说，中国过去说得太多了。

谷亦安言：（中学同学，十年未遇，现为戏剧学院导演系研究生，因听课认出）

注重过程，结果在过程中。某人写东西写不好，我对他说：是过去成功的经验干扰了他，要注重体验现在。

每一次开始之前，要把前一次残留的全部忘去。

召之即来，"上帝与我同在"。

判断西方或在没落，其妇女解放，女性变阳，男性变阴。日本过去男极亢，女极阴，男正待此支持。中国则有阳气待发扬。（大意）

时间，大循环周期。于此大圆上截取一段，似为直线，如地球圆，人感知为地平。

气功即体验微观的时间。

与谈甚欢，因问先生。

先生言：

其气功尚可深一步。北方"河车"之机真的发动，不得了。一潮一潮地上来，险极，须旁边有人照看。练气功，此不应该天天来。

先生言：

有些不必争，"欲辩已忘言"。

先生言：

要注意人世种种复杂之处，不可简单化。

因思：

"遯世无闷"，闷则不乐，无闷则乐行忧违，"隐故不自隐"，自由游行于世中。此为乾龙之德，虽遯世，无闷则为大开放系统，故君子无入而不自得焉。

四月七日

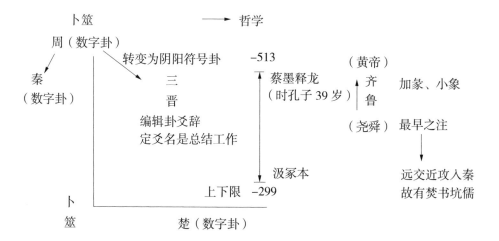

先生言：

爻名比卦名作用还大。汉初马王堆帛书，卦名尚有变动，爻名则已不可改易。

爻名最早看出《易经》之整体，春秋晚期简化数字卦成七八九六，故成卦象爻象。大衍之数更复杂，可能在其后。

爻名与卦爻辞并不完全相应，一是严格的几何结构，一是复杂的社会现象。

爻名结构图（示意）

先生言：

我学《易》的基础就是此图。

定爻名者神思及此图，乃成严密的网络结构。

得乾坤之两端，其间相杂曰文。一面用九过去，一面用六过来。

《小象》的大纲照此，其爻变思想更复杂。西汉人得《小象》，此图与马王堆本思想失传。

宋起陈抟直接看阴阳符号卦的思想，得先天图，李之才卦变图、邵康节一爻变图继之，此为宋易之三大原理。而李之卦变图即此下一层，邵为中间一层，宋易全部有个根，一千四百年的相应不希奇。

先生言：

爻名分三层：

一、初、上

二、六、九

三、二、三、四、五

此思想深刻得不得了，无此思想，不可能总结《周易》。

《易》贵原始，故取初以概终。

结合时位，贯宇宙为一。

以时位为基础，观阴阳之变。

对初、上、九、六的进一步分析，自然须于无始无终的时间长流中，无上无下的空间巨细中，规定其数量级，乃有二三四五的爻等。今所谓宏观微观，莫不可纳入其中。

（图见下页）

先生言：

此为天地人三才之基本坐标。

爻名大义图

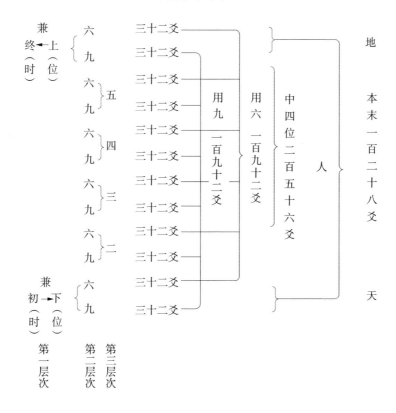

先生言：

《庄子》云："其分也，成也；其成也，毁也。"本来不能全部说出来的，否则太泄露天机了。现在出来了数字卦，故阴阳符号卦可全部扔掉，二千年的《易》已不希奇，全部讲出来。上去有数字卦，再上去有伏羲的阴阳。

又言：

从伏羲至今的道没有断过，不会断的。"道不远人，人之为道而远人，不可以为道"（《中庸》）。

又言：

达尔文十二亿年，分子生物学三十亿年，地球四十六亿年，太阳系六十亿年。从分子生物学再进一步，就超过地球了，从日月到星。

又言：

阴阳符号卦为数字卦之一部分。数字卦讲五行，今可用于中医。

又言：

有时只听几次的倒得着了，常听的人倒得不着，因为听多了。

又言：

星期天全讲新的，星期二讲些旧的。

四月十日

先生言：

《洪范》虽然不是武王时的作品，但也不是到伏生背出时再有，是东西周之际传道的人所写。

先生言：

《洪范》的数相加为五十，皇极可用可不用为四十九，即大衍之数五十，其用四十有九。

先生言：

今天又去黄浦公园，感触很多。三十年前，写《周易虞氏易象释》时，天天到那儿想。看黄浦江的潮水，亲眼见黄浦江十几天一个变化，一点点地面陷下去。现在不过一世时间，上海已大变，过去看到的二层楼都已陷在下面，此因地下水抽得太多了。

四月十一日　　晴

今日哈雷彗星第二次最临近地球。（12.27；4.11）

先生讲《庄子·寓言》。《寓言》加《天下篇》，可显出庄子面貌。

内篇的关键在《齐物论》，《齐物论》的关键在《寓言》，是可入《齐物论》

而未入之杂篇。

> 寓言十九，重言十七，卮言日出，和以天倪。寓言十九，藉外论之。

先生言：

寓言是基础。重言，所谓言必有据，都是有人讲过的。寓言、重言，尚非庄子，庄子最要紧的是卮言，随口讲讲的。庄子全篇讲的是寓言、重言，而其本身讲的是卮言（寓言、重言＝卮言）。庄子就此度过一生。

藉外论之——全部在文字外讲，如能藉外，可知道庄子一点点。不可以认为我讲的就是庄子。

忘天下，不对——某某山中有个人，本事如何如何大——还要让天下忘掉你。

不言则齐，言与齐不齐，齐与言不齐也——客观事实如此，我讲得再准确，与客观事实总归两样一点。再来一个人，讲得更清楚一点，还是两样一点。

大前提无论如何不固定，大前提固定，永远不懂庄子。

庄子已知一半人是你，一半人非你。

惠子一段。

先生言：

庄子于重要文章之关键处，均出现惠子与其辩论，往往特见精彩。

六十知五十九之非是对的。是非随客观环境变化而变化，客观事实出来了（上月球，分子生物学，数字卦），抓住，马上跳上去。

"孔子谢之矣"，孔子早就扔掉了，重要在"受才乎大本，复灵以生，鸣而当律，言而当法"。当律，是庖丁解牛，合乎黄钟之音。

先生言：

有一种说法，庄子继承孔子，为真正理解孔子者，故钟泰（钟钟山，曾为先生《周易终始》作序）特著《庄子发微》而表此旨。

又言：

钟泰此说，一开始我全部不同意，后来全部同意，现在承认他成一家之言，但是我本人不谈这些了。

因思：同意得庄子之真，不谈更得庄子之神。庄子不反儒，存而不论。

> 颜成子游谓东郭子綦曰："自吾闻子之言，一年而野，二年而从，三年而通，四年而物，五年而来，六年而鬼入，七年而天成，八年而不知死、不知生，九年而大妙。生有为死也，劝公以其私。死也有自也，而生阳也无自也。而果然乎？恶乎其所适，恶乎其所不适。天有历数，地有人据，吾恶乎求之？莫知其所终，若之何其无命也？莫知其所始，若之何其有命也？有以相应也，若之何其无鬼邪？无以相应也，若之何其有鬼邪？"

先生言：

这一段我最喜欢，未入《齐物论》，然而《齐物论》中心在此，《庄子》全篇的中心在此。

颜成子游和南郭子綦师生一问一答，成此《齐物论》。讲了之后，学生有何反应？反应在此讲，故与《齐物论》完全相应。

颜成子游听了天籁、地籁、人籁的道理后，回去体味了九年。

学了九年后，不去南郭了，去东郭，老师搬场了。这是庄子极深的地方。

一年而野，现在的人在我眼中都不够野，远远可野。开始不够野，收也收不好。

二年而从，野而不从，不可贵。

有野有从，三年而通，正常了。

孔子云："野哉由也。"子路为国牺牲，系冠缨而死。子路不够野，从又从错了。还要合乎这套东西。

我本来也不大懂，后来一点点体味上去。一定要经过这些阶段，时间长短自己要掌握。

前云"鸣而当律"，野要野到"鸣而当律"。人的根本东西一生下来就知道，用不着勤志服知。野得不够，从得不够，通得也就不畅。

此两面一甩，合一，为第一阶段。

四年而物，此刚刚可达唯物论。也不要野，也不要从。

五年而来（因思：格物？格可训来），把自己放入物里。人的身体细胞，化学变化，还不是物质。到这儿来是进一步了。第二阶段极好，二年。

来了以后，六年鬼入。刚才讲到密宗，都在直接研究背后的东西，天性的自私暴露了出来（DNA），唯识所谓第七末那识。要控制鬼，鬼也不要怕。

不要看你自己的DNA，要看到生物本身的遗传方式。

七年而天成。物来为人，鬼入为地，此为天。此二年变化众多，第三阶段。

八年而不知死不知生。指穷于为薪也，火传也，不知其尽也。丧我之象。

九年而大妙。丧我之后，又有一物出来。

反复，反复——跳出来，我最喜欢读这段东西。对此每个人完全有切身体验，空讲无用。

南郭——东郭。南是明（离为向明而治），东是生气。此为极深处。老师教他，学成了，老师也变了。

禅宗公案——先生全错了，由他去！我还是讲我的，人人皆有佛性，这就是老师搬场。（按：出于《五灯会元》卷三，《大梅法常禅师》。师曰："任他非心非佛，我只管即心即佛。"祖曰："梅子熟也。"）要知道先生早几十年的是非，知道了，还要更进步。

再深一步论，南郭变东郭，可能是传抄致误。但是既然抄错，有了，就有了，就是看出先生调地方。此亦不可空说，没有四年而物的基础上不去。

时间终始两面，始终无法得出结论。到最后一人死完之后的最后审判是否必无，始终无法知道。故儒家是巧妙的宗教，未知生，焉知死，未能事人，焉能事鬼。

庄子与孔子到底对不对，空讲没有意思。还不如去看看庄子讲些什么，孔子讲些什么。

众罔两一段。

先生言：

此段即《齐物论》之一段，《齐物论》尤简明。罔两讯影，庄子决计不会反过来讲影子反讯罔两，如果这样做就不是庄子。它往上推，不往下推，这就见出进步了。罔两动因影动，影动因形动，形动因人动，人自己呢？

从生到死，到底何物在动人。

禅宗参公案，就是人背后有根线缚着，参透公案要把这根线斩断。

要无所待，列子御风而行，犹有所待。

阳子一段。

先生言：

阳子一说即杨朱。孟子要打掉二头，辟杨墨。杨朱拔一毛而利天下不为，无君，无社会，无父，无家庭，儒家要把国家与家庭合起来。自己先有一套东西，谁还愿意和你合。顿悟，化了，由避席而争席。

《让王》《盗跖》《说剑》《渔父》无论如何不对，比《胠箧》还不如，同一学派中各种类型的人多着呢。

先生言：

大妙还难，至少要到通和物的境界，至此方可读庄子。

又言：

没有经过野，不会读懂庄子。

《外物》（仅讲最后一段）：

荃者所以在鱼，得鱼而忘荃；蹄者所以在兔，得兔而忘蹄；言者所以在意，得意而忘言。吾安得夫忘言之人而与之言哉！

先生言：

此段话影响了中国一千多年，至今还有影响。

达磨、六祖都是从老庄来的，禅宗根在中国，所谓印度禅宗全部是假的。玄奘去印度，印度样样都有，就是没有禅宗，其余去印度的人也是同样情况。

达磨海路来华，到南方，梁武帝不要他。不得已北去少林寺，那里道教势力很盛，达磨到那里根据道教方法修养，面壁，懂了。当时仍用《楞伽经》作为印心的标准，此为唯识宗。

到唐朝六祖才改用《金刚经》。

"无诤三昧"，是一种最好的光。

又言：

现在佛教禅宗有全世界影响，禅宗一来，程度可翻一翻了，正好跳上一层。一个话头参不破就是不行。

得意忘言之命题经魏晋玄学宣传出来，由此产生禅宗。得意忘言，即藉外论之。庄子好，好在有后面一句："吾安得夫忘言之人而与之言哉。"王弼大错误，就是不看后面一句，影响至今。

一、你以为自己得着了，到底得着了没有？二、没有得着的人怎么办，也该为他们想想，故荃蹄不可废。

魏晋玄学我完全否定，庄子我完全赞成。社会对庄子的看法一般均从王弼而来，可知其错误。

问：爻名结构图，得此一图，知其阴阳变化，节节走通，则终生受用不尽。

先生言：

所以我《易经》读得太多了，学会屠龙术，无此龙可屠，只好放入自然科学。

问：思维经济原则（马赫）。

先生言：

思维经济原则，要有具体所指，如易简，均有象。

又言：

大妙难。而物之阶段，希望能做到，鬼入则不一定。

又言：

鬼入则一定到后面，能到后面。

夜出寻星未见，盖七十六年一归云。（下一次，2062 年）

四月十二日

因思：孔子见老子，叹"犹龙"，接舆见孔子，歌"凤兮"。此儒道阴阳之变，盖道主阳，儒主阴云。

问：永动机。

先生言：

此不能从物理得解，应从生物得解。

又言：

"永"字有语病，只能在一个阶段内看。

又言：

地球自转亦非永动，也只在某一阶段。"第一推动力"究竟从哪儿来，某一时间，地球与太阳拍合了，就此离心力和向心力互为因果，旋转不已，然亦只在一个阶段内。

又言：

过去有些定论太不通了，故有现在的永动机热，又重提以太说，此为反冲。学术上的摆动，是常见现象，永远如此。

问：古希腊三大名题（丹齐克《数，科学的语言》，94 页）。

一、二倍立方体；二、化圆为方；三、三等分角。

二相当于求 π（圆周率），因为半径为一个单位的圆的面积等于 π 个平方单位，若数字 π 能用有理数表示出，整个问题即还原为作一个已知面积的正方形了。希腊几何的大部分都是围绕这三大问题发展起来的。

先生言：

一、二已解决，三不能解决。

化圆为方是《易经》解决的（六七八九）。二倍立方是大衍之数五十，其用四十九解决的。（大意）

问：强相互作用（1），弱相互作用（10^{-10}），电磁相互作用（10^{-2}），引力相互作用（10^{-40}）。

先生言：

引力作用，牛顿，宏观。电磁相互作用，麦克斯韦，微观。爱因斯坦致力于统一场论，就是想统一此二种相互作用，未成。海森堡新量子论，划出了微观的数量级，认为在此数量级的微观层次内不可能再深入下去了，其天才可云惊人。后来科学发展虽未突破其层次，但在其划定的边界之内，却仍见出新天地（所谓微观的微观），即强相互作用，弱相互作用。杨振宁、李政道一九五六年在弱相互作用中打破宇称守恒（吴健雄以实验证实）。现在许多人都在孜孜把这四种力统一起来，即在宏观中适用的定律，在微观中同样能够适用，此不可能。（大意）

又言：

《中庸》："故君子语大天下莫能载也，语小天下莫能破也。"

又言：

此四种力同样存于人间世，强弱相互作用超过了引力作用，故以反躬为贵，一个脑筋一来，马上能量不得了。

又言：

生活电就是生物钟，三十年一世，六十花甲二世，已划出人的边界线，人不可能出此。此研究人已经定量了，不止于定性。人知道了，还要怎么样呢。

又言：

《内经》阐发六七八九最精，七八为人，六为天，九为地，极深。（大意）

问：天人不相胜与人定胜天关系。

先生言：

天有时则胜人，人有时则胜天。

又言：

先要知道当中，即《洪范》"平康正直"。知就是行，行就是知。有时要强调知，就把知提到前面来，有时要强调行，就把行提到前面来，先要知"知行合一"。

因思：知此可不为三说所迷。

先生言：

美国总统胡佛引科学入政，思想一新，后人受益无穷。中国知识界至今对爱因斯坦相对论等概念隔得很，尚未达到胡佛之水平，故一时尚不易得起飞的基点。罗斯福上台新政解决经济，对外则与苏联建交，当时我读小学，知此为大事。罗斯福为斯大林吓死，斯大林又为艾森豪威尔吓死。艾森豪威尔做对一事，针对苏联。做错一事，停止朝鲜战争。此有其战略转变。肯尼迪被刺杀，可惜，否则此人要起大作用。肯尼迪及其班子均为四十岁上下之年轻人，做事业有一股生气。美国至今暮气也很深了，此后就未再见此类型之总统。肯尼迪被刺杀，一说与副总统约翰逊有关。行至约翰逊的地方被刺，种种蛛丝马迹耐人寻味，政治的黑暗面不可不知。尼克松做的大事，就是中美建交，可与罗斯福时美苏建交相比。此为有国际影响的大事。

又言：

生气重要。毛泽东三反、五反、反右，一个命令下来，结束得了。后来文化大革命，无法控制了。

又言：

毛泽东、林彪的关系怎么样，今后历史学家有的是事实要讲出来。

又言：

周恩来也就是处在这种关系之中（可观其自处）。

又言：

文化大革命，毛泽东的年龄两样了。

又言：

当初杨、薛诸先生来这儿时，我三十来岁，年纪最轻。现在仍在此处，也不是我要变不要变，自然而然就两样了。你们到我这儿来的人，正是我当初的年龄。

问：美国医学界已重视中医之带病延年。

又问：带病生存如能一再延长，即为不死。

先生言：

仅仅重视特效药不够，要攻治病，也要注意人的全面状况。杀死几个癌细胞，同时杀伤大量好细胞，癌细胞死了，人也垮了。让几个癌细胞放着，同时让其余细胞发挥作用，中医此之谓扶正压邪。一方面夬决也，永远要决掉阴，一方面阴又不能不有。故一方面决后为首乾，一方面决后又生一阴一阳为困、井（《杂卦》）。故既要首乾，又要注意保合太和。

又言：

此两方面（乾——困井）是一回事。

又言：

一方面鼓励人尽管研究新药，一方面在新药出现之前，给现在的病人解决问题，使之延长生命。此亦为不废知识之理。且每个时代均有不治之症，癌症解决好了，还有其他，此情况永远存在。

先生言：

中国二、三十年代打倒皇帝、军阀后，曾经有一股生气。世界上许多学者都想来此块地域看看，泰戈尔（二次）、罗素，爱因斯坦来而未讲（又维纳、肖伯纳、燕卜荪），抗日战争以后此形势变了。

又言：

当时还有薛先生出来用《易经》冒爱因斯坦之道，现今冒天下之道的人何在呢？

四月十三日

先生言：

岁差周期对人类是否有影响，现在还不知道。一个周期二万五千年，人类文化史远在二万五千年以下，邵康节《皇极经世》算了五个周期，这还了得，此人以后应该引起大重视。

因问及《孝经》。

先生言：

根据《论语》记载，孔子教人，的确教弟子善事父母。曾子亦特重孝行，以传孔子之道。乐正子春又传曾子之道，以孝闻于诸侯。有不同地位，可有不同孝行，而其善事父母之志则同。《韩非子·显学》："自孔子之死也……有乐正氏之儒。"似指乐正子春所以重孝。汉后丛集此派儒者之说，以成《孝经》，本当属于《礼》。旧题孔安国传，当为托名。今文传自郑玄之说，亦有可疑。等同为"十三经"之一，为学者必读之书，实自唐玄宗始，而其义则自古已然，岂在《孝经》的文字。（大意）

按：经学分为六经，亦即六艺（古文）或五经（今文）。东汉增《孝经》《论语》为七经，加小学为八类。唐九经，《易》《诗》《书》，三礼，三传。晁公武《郡斋读书志》，唐文宗大和年间刻十二经（仅缺《孟子》）。宋十三经。

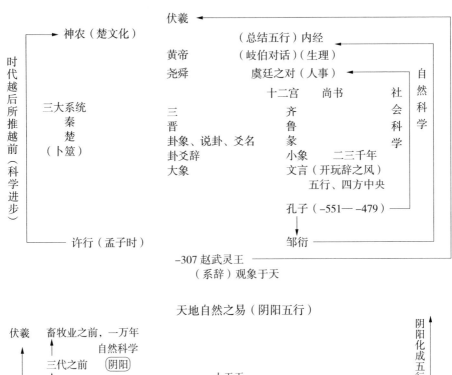

天地自然之易（阴阳五行）

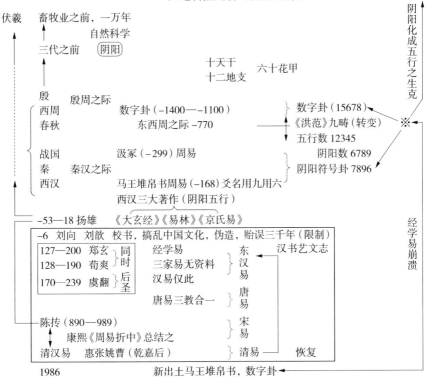

《易学史》总纲

先生言：（易学形成的三大系统）

四月十四日

先生言：

数字卦，一五六七八为五行。

参天两地（阳三阴四）。

又言：

《洪范》七稽疑排好。

五行数	阴阳（变不变）
一二三四五	六七八九

先生言：

《洪范》作者为东西周之际宋之遗臣，即早于伏生背出，晚于文王箕子。因为看不起西周，假托箕子。《诗经》东方列国受剥削，对西方人多么恨。皇极肯定指洛阳，与周公营洛阳有不同的面貌。

又言：

阴阳符号卦要翻译成九☰，六☷，七☳、☵、☶，八☴、☲、☱（《左传》艮之八），才可合于数字卦。

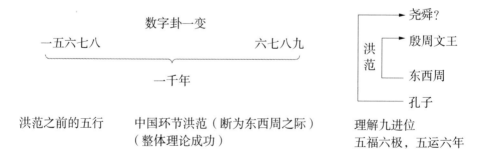

数字卦一变

一五六七八　　　　　　　　　　六七八九

一千年

洪范之前的五行　　中国环节洪范（断为东西周之际）
　　　　　　　　（整体理论成功）

尧舜？
殷周文王
东西周
孔子

洪范

理解九进位
五福六极，五运六年

又言：

孔子读《易》，读的是《洪范》。

又言：

最近在考虑河图洛书出在何处？如此，中国学问就全部总结出来了。

又言：

全部讲出来又不好了。我不管，我尽我的责任。

又言：

刘向、刘歆校书，限制了中国二千年，中间唯有陈抟能跳出来。《汉书·艺文志》所引之语极好，但是解释大误。今以事实观之，全不合。此大前提必须改变。

四月十五日

先生言：（近日查出甲状腺，已知无大碍，唯不能多说话，医嘱。）

初知此消息，略感紧张，不是怕死，而是担心这些东西（指易学史、道教史等工作）交不下去，深深体会到薛先生当初说"我总不能马路上拉一个人来给他讲呀"的心情。人过了六十岁，身体要起变化了，关键性东西要抓紧时间陆续讲出来。（因思：一切放得下，此也放得下。）

先生言：

东汉后的《易经》全部是错的，一戳就破。但是就在错的中间摸索，一点一点地搭出了极好的东西。

又言：

东汉后佛教兴起，《易经》又发展了。时代总是在进步。

先生言：（翻出《左传》襄公二十九年季札观周乐一段）

以前已告诉过你黄道周《易象正》，今天再看此段，我的《诗经》的根全部在此（《诗》与《易》）。此段的工作可做一年。

又言：

鲁有此文化，故孔子闻韶乐，三月不知肉味。南方有此文化，今已发掘出编钟，故季札能观之，其时尚在孔子前。南方人物与北方第一流人物谈学问，此见当时的学术水平（其时中国文化在上升阶段）。《左传》不可能是西汉作品，即使不是当时人写，为后来所追记，也体现了追记时代学术水平。（因思：没有较高的学术水平，不可能选此记，而且记也记不下。）

又言：

《诗》在当时有乐的。

四月二十日

先生写成"《左传》与易学"，共二十四段，并讲之。

先生言：

春秋时《易》正在发展，故读《左传》一定要按时间次序一段一段看，又要按地域（秦楚、三晋、齐鲁）看，正见出《易》逐步发展之踪迹。论者于体例皆误，故不可能得正解。《左传》本身极好，有极重要资料。

《左传》所载之卜筮，第一、第二件即为假。庄公二十二年（−672）"观国之光，利用宾于王"，闵公二年（−660）筮季友生，预言四百余年之事，不可能，实出于追记。《左传》的成书，同意杨伯峻之说，于春秋战国间（−403—−386）。前者为田氏代齐造舆论，后者为季氏代鲁造舆论，讲的都是孔子所反对之事（见《论语·宪问》）。此最重要二件事拆穿，亦可见孔子与《易》的关系。二段虽不可能为当时所筮，但是材料极好，读《易》要按照此。

先生言：

《左传》最早一段可信之筮，为闵公元年（−661）辛廖为毕万筮，去晋国做官（周公、召公、毕公），当时卦爻辞都没有。

僖公十五年（−645），卜徒父筮秦晋之战，"蛊之贞风也，其悔山也"。此与卦爻辞不合，所谓"繇词"。晋亦有筮。

僖公二十五年（−635），郭偃赞晋文公勤王，第一个把卜筮讲到哲学理论。《韩非子》等都提及此人，为当时重要人物。

宣公六年（−603），已用《易》。又十二年（−597），不用起课，一看就知道，马上讲此是"师之临"。

成公十三年（−578），刘康公曰"民受天地之中以生"。《易》三才之道最早讲出来，齐鲁易从此始。当时孔子尚未生，虽未直接讲《易》，理成于此。刘去过晋国。

成公十六年（–575），《归藏》。

襄公九年（–564），穆姜，鲁易。"元者善之长也"，《文言》的根在此，故《文言》极早，所用方法与三晋易不同，"艮之八"。于穆姜事，见判断的方法在卦之外。任何卦都可两面讲，与迷信有异。此时接近孔子出生。

襄公二十五年（–548），齐。由玩辞见齐鲁易之一斑，为《系辞》《象辞》与《小象》所本。

襄公二十八年（–545），当时孔子三四岁。梓慎知"岁星超辰"，可知当时天文到什么程度（地支标准不是偶然），岁星周期十二。孔子"为政以德，譬如北辰"，所据之天文学更进步。

先生言：

昭公元年（–541），全为五运六气。孔子引南人云："人而无恒，不可以作巫医。"（《子路》）

此二事见当时自然科学到什么程度，与《易经》密切相关。

昭公二年（–540），韩宣子来聘，见易象与鲁春秋，曰，周礼尽在鲁矣。此易象非卦爻辞，为数字卦。孔子的《易》在礼，礼包括《易》与《春秋》。孔子做的实际工作是《诗》与《书》。

昭公五年（–537），此段极为重要。这段懂了，《易经》也懂了。所有的人都读此，但是判断都不一样，要在符合当时的实际情况。

此段不真实。如果说宗教另外有东西，我完全相信。但是用《易经》推算七八十年以后事实，怎么可能。䷏→䷀

一、天有十时，人有十位，完成《易经》时位。先知十时，再知十位，然后再把十时配十位，至战国再抽象一步，《易经》完成了。（《文言》："六位时成，时乘六龙以御天。"）

十天一记，旬日。一天十刻，白天五个钟点，夜晚五个钟点。铜壶滴漏，记时用百刻。

卦气图六日七分。社会十分法，公、辟、侯、大夫、卿士五分法。社会分等级，所谓阶级社会。十分法同时间配合，是天人合一最好的地方。站得高看

得远，上层资料多，判断自然而然会准确。

二、取象法。此法从春秋发展到虞翻，为王弼所扫。

读《易》可以从虞翻之象入手，一个字一个字读，全部读熟，脑筋里储存大量的象，然后跳出来。要活用，先要懂死的。

现在的人只知道王弼的《易》，王弼把这些象全扫了。

此段对后世易学有极大影响。

昭公七年（-535），伯瑕把时间数量级分清楚。岁、时、日、月、星、辰，邵康节从此出。

岁，十二年；时，四季；辰，六十花甲；六旬；二个月。

昭公七年（-535），十二年（-530），二十年（-522），二十九年（-513）蔡墨释龙，三十二年（-510）未论。

最后为阳虎事。哀公九年（-486）最后谈《易》。

《左传》与《易》有关的二十四段，尽于此。

先生言：

三晋之易与齐鲁之易完全不同。

又言：

可见当时迷信到什么程度，科学又到什么程度。孔子在此环境中删《诗》《书》，定礼乐。

先生与林国良论化学元素周期表，因言：（大意）

曾经试用四维时空连续区另排元素周期表，结论：不可能超过一百二十个。如果超过，即非四维时空所能容纳，须更入五维以上空间。

按：今已发现一百十几号元素，但存在时间越来越短，仅为一秒的几十亿分之一，且为人造元素。又按：自然元素到九十二号为止。

又言：

化学元素为什么不可以无限，其实是可以无限的，只是我们所在的时空把它们限制住了，有些蜕变的元素到另外一个世界去了。（大意）

又言：

同位素重要。

先生言：

薛先生（学潜）解决化学问题，不足，进到物理，因为化学达不到物理的层次。但是现代化学又受重视，为什么，化学与生物学联系了（分子生物学）。物理学一时深入不进去，海森堡认为那里的情况就是如此了，则可以回过头来看化学。

又言：

生物学一头进到化学，一头要看到群体生物，即人类社会，要明白社会结构。

又言：

DNA、RNA 有五种元素。（大意）

（《老残游记》作者刘鹗之孙）刘蕙孙（先生友）之侄刘德隆赠先生（雨廷仁伯）新出《刘鹗及老残游记资料》，提及清末太谷学派与刘鹗之关系。

先生言：

太谷学派为学术团体，与白莲教有异，遭镇压以后转入地下，传授不绝，至今仍有活动。钟泰（钟钟山，《庄子发微》作者）为学派中人。不事空谈，以修身为主。

按：归读此书，感触极多。又思：甲骨文由刘鹗传出，殆非偶然。

先生言：（因患甲状腺，有劝先生练气功者）

天天练一个小时，练好一样毛病，我不愿意。无病乐意气功，有病不乐意气功。（大意）

四月二十一日

先生谈及生病或与写易学史泄天机过多有关，但坦然。

先生言：

巽六二，巽在床下，用史巫纷若。史过去，巫未来，为两大学术。

先生言：

我一直用全真教主王重阳事作譬喻。从陕西走到山东，收马丹阳、丘长春等七人为弟子，然后回陕西，等不及回家乡了，死于路上。他的气功绝好，但与生死无关，得到的是另外的东西。

因思：张载为邵康节算命未成，邵死，张回陕西，亦不及回家，死于路。二人死于同一年。

先生言：

不知道多少业，才成功一个人。

问：太谷学派认为《大学》其传独缺格致一章，乃故示人以罅隙。（《资料》，566页）

先生言：

故特意留给千年后之朱熹补之，不补，显不出。朱熹于此独此一人。

问：又思作者故缺，朱补之，王阳明反之，此三者缺一不可。在此处引起矛盾，正欲引人注意，思之而自得。当时《大学》作者岂不自知，然必不能自写出，必待后人补。不缺，不可能全，写全，则必缺。

先生言：

唐先生（文治）就是不知怎样一来，朱、王合一了。

问：从太谷学派之例，感我民族之生生不息，不知外国有同样情况否。

先生言：

此之谓传道。

问：感觉太谷学派尚有封建气息，似仍有一间，但极感钦佩。

先生言：

然。故我和薛先生一见就比较谈得拢。（主科学故）

问：《老残游记》十一回谈三元甲子，与李光地认为五百年必有王者兴（见三月三十一日），康熙后五百年必至二十一世纪，与现在国际国内形势似合，或大势如此。又思若果有大势，人力之加速或推迟是否可能。（恩格斯有力的平行四边形之说）

先生笑：

你怎么还相信这些，你尚未懂邵康节。（大意）

又言：

电影《超人》，其父告诫不可干涉人类的历史，此用佛教的道理。

问：因思中国只要修身的道理不断，中国的学脉就未断，即使错失了爱因斯坦，一旦西方出现更新的理论，仍能即时抓住，上去。

先生言：

中国学问德智体合一。

又言：

故爱因斯坦惊奇中国人对西方最高深道理怎么会懂的，尽管没有逻辑系统和实验科学。（《西方科学的基础和中国古代的发明——1953年给 J.E. 斯威策的信》，《爱因斯坦文集》第一卷，商务印书馆，574页）

问：林国良访四川昭觉寺，那里的人把某法师当活菩萨。

先生言：

此即为（每星期来此）朱铁民之师。

又言：

此属西藏黄教，程度尚浅，到一个阶段后很难上去，红教程度较高。前者出于宗喀巴，后者出于莲花生大师。

又言：

差之毫厘，失之千里。

先生言：（因问及太谷学派，先生言他藏有一张周太谷的墨迹）

我解放后就是遇到过许多奇奇怪怪的人。

又言：

钟泰反对密宗，因太谷学派有自己的练功方式。

又言：

曾和钟泰一起去拜访蒋维乔（《因是子静坐法》作者）的先生，此人非太谷学派，亦为一异人。

先生言：

此人名顾伯叙，为湖南军阀唐生智之军师。解放后，因与周恩来的关系较深，被周安排在上海文史馆挂名，因此而不受冲击。他在家开讲《安般守意经》，我此书是从他那儿听来，但我没有经常去他处。文革中遂不支。

又言：

顾之女婿吴立民为湖南省统战部长，《船山学报》主编，与我熟，老子会议同参加。

先生言：

我的气功是在儒道佛三教的边上都走了一圈，然后自己思想中一来所成的。（大意）

问：因思欲知中国文化之源，非精熟《汉书·艺文志》不可，且可和出土材料互相印证，踏牢此一级，方可往上跳。

先生言：

尚须知《隋书·经籍志》。《汉志》纯粹为中国文化，《隋志》则增入佛道，三教合一，此可延续至明末。有此基础，再抓住希腊、罗马、文艺复兴、现代等几个变化关键，人类文化仅此矣。

又言：

做学问最忌搭空架子，要抓住实质性的内容。

又言：

《汉书·艺文志》所载书目今大半不存，但是合诸当时的时代思潮，书目所含的实质内容便显，故《汉志》并不空洞。且书虽佚，但从后世所存之书中，可直接看出内容之延续性。

又言：

《抱朴子·内篇》所载之郑隐书目，可以说一本都未佚，其内容全部保存在《道藏》内。

先生言：

《易经》先有象后有卦爻辞，故《说卦》在先。

又言：

《说卦》与汲冢本《周易》有关，可当归藏易。（《晋书·束皙传》，中华书局，1433 页）

刘鹗遣戍新疆，次年宣统改元大赦，后余人均如期释放，仅刘鹗一人差了几天，即不获生还。己酉正月初一，刘起《易经》卦，是"归妹，永终知蔽"。高子衡开玩笑说："天禄永终，四海困穷。"刘怫然说："那里，是永远监禁终止。"当时大家都知改元当有大赦，赐还有望，相与一笑而散，想不到不幸言中。

刘蕙孙《铁云先生年谱长编》

四月二十三日

刘德隆等《刘鹗及老残游记资料》，四川人民版，一九八五年，646 页。

16 页，宗旨云：

> 心息相依，转识成智。

102 页，刘鹗，《十一弦馆琴谱序》：

> 琴之为物也同乎道。《参同契》《悟真篇》，传道之书也。不遇明师指授，犹废书也。琴学赖谱以传，专恃谱又不足以尽其妙，不经师授，亦废书也。故学琴重谱，尤重师传。

564—565 页，刘蕙孙跋《儒宗心法》：

> 其学术要旨，以安身立命为主。盖生死事大，"对酒当歌，人生几何"，已慨乎言之。古今中外教宗哲人，无不在探求所以。勘破此关，唯大雄氏，以无上正等正觉，入无余涅槃，解脱四苦。东土才士，固纷纷援儒入佛，不知孔颜乐处，正在此等处所。吾人童而诵习，语熟味淡，自不知寻绎而已。因不了生死，身终不安，不止丘隅，命终不立。一切动心忍性之迹，皆客气劫持，非圣贤於穆气象。此清如陈文子，忠如令尹子文，夫子终不许之以仁者。要之儒者以入世求解脱，故以立功、立言、立德三事为法门。立功、立言或永暂有别，而以丰功伟业使天下后世于忆念之中，托具精神于不死则同。立

德则又径以自力祈天永命，入圣超凡，而以希贤、希圣、希天为主旨，仁孝又其达道也。仁之德，浑漠难言；孝则求所以事父母而已。大舜五十而慕，一慕字为其绝好转语。缘先儒以为吾人受命于天，受身于父母，无始祖气实由祖宗递传而来。苍苍者天，杳冥无迹，祈天永命者，将何所依而何所希？唯由慕父母而上达于父母之父母，祖父母之父母，以至于无始远祖之父母，终与上天相通，绵绵乎不息，遂如日月星辰之象矣！孝悌之悌，又孝字之推广，所谓"老吾老以及人之老"耳。其义与佛徒之念佛法门相似，而广狭不同，且更亲切必效。譬如登楼，念佛如蹑空而上，必求异术；仁孝如拾级而登，人必能至。

四月二十四日

先生为《易传之道德形上学》等四书作提要，台湾出，张亦熙携来。先生欣赏道德之形上学而非形上学之道德学一语，盖前者从实而出也。

先生言：

此治学路子熊先生可，牟宗三沿袭则不可，盖时代已变化。

又言：

西洋科学早从康德进步，研究西方哲学亦不应止于康德，此为新儒家错误之一。

先生明日住院开甲状腺，计划十余日后出。

今晚月全食，遍觅哈雷彗星。约九点十五分起，西南方天空现扫帚状淡淡云雾，约一分钟即隐没，肉眼可见。

四月二十九日

去医院探望先生，林国良同往。

先生住院期间，写《易学史》序言。

先生言：

推理和史料不同，易学史上有两次对远古的推理，一为《系辞》"昔者庖牺氏之王天下也，仰则观象于天，俯则观法于地"一段之作者，二为陈抟。

五月三日

先生今日开刀。

陪同周士一（《周易参同契新探》作者，日前从英国李约瑟处返，英译《参同契》）访冯契（华东师大政教系教授，有《中国哲学的逻辑发展》），二人谈不协。

周言："奥伏赫变"（Aufheben）思想，可溯至莱布尼兹，莱以上没有根，当来自中国。这次找到德国图书馆所藏的莱氏手稿，直接第一手的资料，此材料包括李约瑟等在内尚未直接使用过。（因思：不一定无根，如 M.Eckhadt。）

又言：中国场的思想发达，故有罗盘之发明。且以地支之时间表空间。

又言：任何学问不是发明和创造，而是翻译。《参同契》为中国思想的核心，文史哲所有一切从此出。（因思：《参同契》于中华仅为诸典籍之一，此语稍过。）

五月六日——十二日

文学所组织黄山、屯溪、歙县之旅游。一九八一年七月十七日至二十二日曾游黄山，此为第二次。

黄山本名黟山，唐玄宗好道，改今名。传说黄帝携丞相容成子来此炼丹，丹成登遐。

三

一九八六年

五月十四日

《悟真篇自序》：

> 仆既遇真诠，安敢隐默，罄其所得，成诗九九八十一首，号曰《悟真篇》。内有七言四韵一十六首，以表二八之数；绝句六十四首，按《周易》诸卦；五言一首，以象太乙；续添《西江月》一十二首，以周岁律。其如鼎器尊卑、药物斤两、火候进退、主客后先、存亡有无、吉凶悔吝，悉备其中矣。于本源真觉之性有所未尽，又作为歌颂乐府及杂言等，附之卷末，庶几达本明性之道尽于此矣。所期同志者览之，则见末而悟本，舍妄以从真。

《宗教词典》：

> 作者张伯端，北宋人，字平叔，天台（今属浙江）人，生卒年为984—1082。少业进士，通三教典籍，后坐累充军岭南。治平（1064—1067）间随陆诜自桂林转成都，熙宁二年（1069）在成都遇异人授以金液还丹诀，乃改名"用成（诚）"，号紫阳。熙宁八年（1075）作《悟真篇》，宣扬内丹修炼和道教、禅宗、儒家"三教一理"思想，道教奉为南宗或紫阳派的祖师，称"紫阳真人"。

先生自言（宋捷述）：

此次开刀乃泄露天机所致。先生言，他写的东西都是真的，不过那些都是未来的事，现在的时代并没有发展到那一步，怎么可以硬劲写出。《易经》的神秘是不知多少人才把它重重包裹起来的，在自己眼中看来虽然一点也不神秘，但是怎么可以用一人之力把它全部戳穿。先生言，以前文江与宋捷遗失先生之稿已是警戒，此次生癌无因而来，更是为此。细胞之间刹那变化，往好变往坏变，本无一定。故先生决定三个月内不写书，绝口不谈学问，恢复练气功。吴先生（广洋）来探望，两人相对静坐，默然无语。坐罢，一笑而别。同学星期二、日去，不再讲课，大家随便谈谈。平时看看电影，逛逛公园。先生言及此事说，不管你们（学生）怎么看，我总是如此说。

宋捷昨日又言：先生此次生病对他感触极大。过去把先生看得神圣化，现在把先生看作懂中国道的人之一，上面还大有境界在。种种刺激，促使他写成《论养生主》一文，把《养生主》看成内七篇的核心。按：先生言《齐物论》为内七篇之核心，有丧我天籁之旨。宋捷言，他提倡《养生主》与先生提倡《齐物论》并无二旨。

宋捷言：鱼与鸟二种生物极要，处于水与气二种介质之中，四面阻碍，无所依，乃可自由活动，进入三维。与活动于地表的一切生物不同，彼仅依于地。（《中庸》引《诗》云："鸢飞戾天，鱼跃于渊。"）

又言：人害怕进入悬空之境，故不能自由。

宋捷言：《齐物论》南郭子綦隐机而坐，机为生机。

昨晚回沪后第一次访先生（宋捷同去）。

先生言：

王医生（佑民）见我还在写东西，要我不再写，三个月内少用脑，所以停了下来。我想停一、二个月左右也好，一、二个月以后还要写。

先生言：

故《易学史》自序只写了二、三页就止。此序应该有一、二万字，否则压不住。（所断处为经学，恰为关键。）

一九八六年·五月十四日　　135

先生言：

有一句话可以先讲，经学犹今云系统学。

先生言：

没事干了怎么办，决定抄《春秋》。每天抄五年，抄完差不多可以工作了。已经足足二十年没抄书了。

先生言：

《春秋》五年间，发生多少变化呀。

先生言：

第一、第二页字还写不好，第三页恢复了。

吴先生（广洋）言：有十方名砚，其中有一宋砚，为《资治通鉴》编著者所用，辗转入清焦理堂之手。吴存之，文化革命中抄去，今发还，已非原砚，惜之。

吴先生言：楚人亡弓，楚人得之。

先生言：

免楚而后可。

五月十五日

一九八四年一月至十二月，先生在家讲《悟真篇》，曾见朱岷甫与雪娅之笔记。朱仅存十六首，不全，然详，当后及之。

中国学问：　太傅　太师　太保
（整体学问）德　　智　　体
智与德要合起来，体包括思想，思维能力。
《悟真篇》讲体（太保）为主。练知识，练思维，要去实践。
作于 1075 年，张伯端，字平叔。
共计一百首。
七言律诗十六首，以表二八之数。

其一　不求大道出迷途，纵负贤才岂丈夫。

　　　　百岁光阴石火烁，一生身世水泡浮。

　　　　只贪利禄求荣显，不顾形容暗悴枯。

　　　　试问堆金如岱岳，无常买得不来无？

大道：扩大时间。

迷途：迷于短时间内。

只贪利禄求荣显：俗人一世之目的。

时间要放长，时间扩大就是无常不来。时间、知识扩大到何种程度，在此程度内无常不来。在自然科学内，这股气一直延续至今。无常不来，气主要从此中而来。此首讲"道"。

其二　人生虽有百年期，寿夭穷通莫预知。

　　　　昨日街头犹走马，今朝棺内已眠尸。

　　　　妻财遗下非君有，罪业将行难自欺。

　　　　大药不求争得遇，遇之不炼是愚痴。

罪业将行难自欺：因已种下。

其三　学仙须是学天仙，惟有金丹最的端。

　　　　二物会时情性合，五行全处虎龙蟠。

　　　　本因戊己为媒娉，遂使夫妻镇合欢。

　　　　只候功成朝北阙，九霞光里驾祥鸾。

二物会时情性合：日月之会，推情合性——本。

五行全处虎龙蟠：性情合后五行来。生克合在一起，肝气、肺气走到脾里即虎龙蟠，结丹之预兆。

戊己：中央土。

功成：火候。

北阙：肾水。

九霞光：心。

驾祥鸾：出去。

五月十六日

气，血（比较物质）。血就是气，气就是血——气是血的流动。

内视反听，他心通。

脉——十二经络。

其四　此法真中妙更真，都缘我独异于人。

自知颠倒由离坎，谁识浮沉定主宾。

金鼎欲留朱里汞，玉池先下水中银。

神功运火非终夕，现出深潭日一轮。

植物——头入地。

动物——头离开地面。

脊椎动物——横。

脊椎——直立——人（向上走）。

人：背——阳；胸——阴。

颠倒：阴阳五行。

金鼎：肺之气。

欲留：意留气，深呼吸——炼。

银：铅。

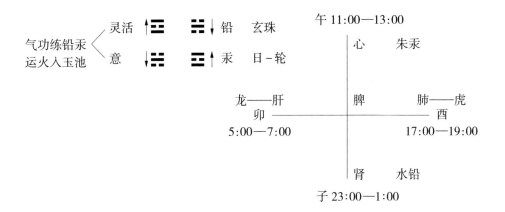

其五　虎跃龙腾风浪粗，中央正位产玄珠。
　　　果生枝上终期熟，子在胞中岂有殊。
　　　南北宗源翻卦象，晨昏火候合天枢。
　　　须知大隐居廛市，何必深山守静孤。

虎：肺之气，阳。

龙：肝之血，阴。

中央：脾。

玄珠：结丹（典出《庄子·天地》）。

南：心，性。北：肾，命。

南北轴的确定，南北相对，东西相对。

西方：十字架，时，空。

其六　人人尽有长生药，自是愚迷枉摆抛。
　　　甘露降时天地合，黄芽深处坎离交。
　　　井蛙应谓无龙窟，篱鸡争知有凤巢。
　　　丹熟自然金满屋，何须寻草学烧茅。

长生：对生物进化历程的理解。

长生药：理解当代，自己的思想开阔到无限大。

自是愚迷枉摆抛：局限于自己之中。

甘露：肾。

黄芽：心肾交之时产生。

井蛙：闭塞。

龙窟：天地变化。

凤巢：山雀飞篱墙，当然不知。

金：肝里气熟，足。

何须寻草学烧茅：破外丹。

日月之合——丹（黄芽）。结果实，铅汞为内分泌。

　　其七　要知产药川源处，只在西南是本乡。

　　　　　铅遇癸生须急采，金逢望后不堪尝。

　　　　　送归土釜牢封固，次入流珠厮配当。

　　　　　药重一斤须二八，调停火候托阴阳。

西南：西南方，初五、七、八傍晚上弦月。

癸：水，肾水里的铅。

金逢望后不堪尝：望，气足。上弦月到满月，西南—东方。

流珠：对换之后送回中央土。肺气，胎息，日月相配一瞬间。

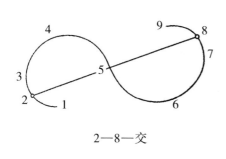

2—8—交

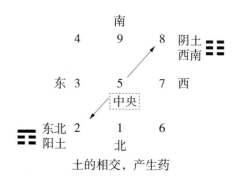

土的相交，产生药

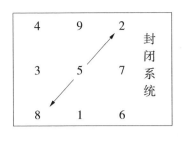
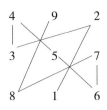

其八　休炼三黄及四神，若寻众草更非真。

　　　　阴阳得类归交感，二八相当自合亲。

　　　　潭底日红阴怪灭，山头月白药苗新。

　　　　时人要识真铅汞，不是凡砂及水银。

三黄：草药。

四神：矿物。

休炼三黄及四神，若寻众草更非真：外药不可得。

阴阳得类归交感：人体矛盾。气—阳，血—阴。阳感觉不到，阴感觉得到。

　　　　　　　呼—吸，进—出，并协原理。

交感

日红：汞。

月白：铅。

山头：上丹田。

真铅汞：　体内——脑分泌——精神豁达。

　　　　　真铅→精　真汞→神

整个变化　普里高津

　　　　动力学　　　　　　　　　　　　热力学

　　　　铅　　　　　二个概念的结合　　汞

　　　　时间可逆　　变化　　　　　　　时间不可逆（熵）

道教的转折，从《悟真篇》作者开始，不赞成外丹，在身体内炼铅汞，并与自然界发生联系。

今日访先生，先生正睡起，言现在早上睡一小时，下午睡一小时。又昨日先生之友（西医）来访，云从西医角度看，开刀后看书写作均可，不必再如王医生（中医）说暂时停止说话、用脑。

先生言：

过一段时间我还写，终不成闲着。每天写一小时，总不会要紧。

时先生正卧床翻阅陈元晖《康德的时空观》一书，言此书我已作批语，过几天你可拿去看。指出两处关键。

先生言：

这些书还是不行。他们接触还是西方的二流学者，这些东西正是西方一流学者正在扔掉的。这样打交道不行。

先生言：

书中引用的贺麟（黑格尔专家）《时空与超时空》一文的观点我不同意，不知后来再进步了没有。

先生言：

陈元晖在书中已不敢再反对爱因斯坦了，此实为大势所迫而致。然而他还反对爱因斯坦所利用的东西，此受列宁反对马赫主义的影响。

先生言：

刘公纯（一九五六年介绍先生于熊十力）曾计划介绍我与北京二人谈，一贺麟，一任继愈，说与任可能比较谈得拢。去见，任极客气，因刘入熊门比任高得多，与贺终缘悭一面。现刘已死。

先生言：

四维时空连续区中人物相递嬗，不间断，可通上去。

先生言：

《易学史》写至一半，先写自序，约束一下范围，不然永远写不完。

先生言：

土改真正是大事，过去地主家有书，去地主家一翻书，马上可以通到最高。现在每个乡、县只有一个小图书馆，若干文艺书籍，且有几亿农民待扫盲，差得远了。

先生言：

过去有人说他进书店，每本书的作者似乎都在架上呼唤他去买。现在读康德此书，也是在架上要我去取，故取此。

问：曾国藩一八六二年印全《几何原本》固是，然西方此时早已发现并逐步成熟非欧几何了。罗巴切夫斯基（俄，一八二九）、波利埃（匈，一八三二）、黎曼（德，一八五四），为下一次革命做准备，中国慢了半拍。曾国藩其时已作了最大努力，然而终于一步慢，步步慢，时代使然。

先生言：

至今仍然如此，慢一步。

先生言：

唐先生（文治）没有遇见曾国藩，但遇见李鸿章。听李谈过曾一件往事，有一回曾说得李受不住了，跑掉了。一段时间后自思不对，再回去，曾接见之，丝毫无芥蒂。李就此终生佩服之。

先生言：

太平天国的成败固不足道，然其利用基督教，已与白莲教等划然而判，此因时代不同。

先生言：

我研究的东西一跳就是三千年，然而并非没有关注当代的国际政治形势。

五月十七日

人除手脚外，余三个部分。

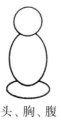

头、胸、腹

☰乾上出，☷坤——电光。

西南，土位在申。

人为三维空间	子午周	经
↓	女壬脉	赤道（男女带上相似，带下区别）。
脉	带脉	纬

十二经络　三合一，共四根。

手三阳，足三阳。

手三阴，足三阴。

　　其九　莫把孤阴为有阳，独修一物转羸尪。

劳形按引皆非道，炼气餐霞总是狂。

毕世漫求铅汞伏，何时得见虎龙降。

劝君穷取生身处，返本还元是药王。

孤阴：只是阴，没有阳。

劳形按引：练功过程。

炼气餐霞总是狂：太阳，朝霞、晚霞，向东方吸几口气。

铅汞：精神是铅汞。

虎龙：降龙伏虎之力量——气——血。

生身处：演化——遗传。

东方青龙，木生火➛赤龙。

西方白虎，金生水➛黑虎。

药王：胎息，现代 DNA——核子。

　　其十　好把真铅着意寻，莫教容易度光阴。

但将地魄擒朱汞，自有天魂制水金。

可谓道高龙虎伏，堪言德重鬼神钦。

已知寿永齐天地，烦恼无由更上心。

南　神

血　　　　　　　　　　　气

东龙　　　意　　　西虎

魂　　　　　　　　　　魄

北　精

魂→阳，魄→阴。

在没有具体形象之前，先有模糊的概念。

自己改革性情，脾气——气功的最后。

其十一　黄芽白雪不难寻，达者须凭德行深。
　　　　四象五行全藉土，三元八卦岂离壬。
　　　　炼成灵质人难识，销尽阴魔鬼莫侵。
　　　　欲向人间留秘诀，未逢一个是知音。

其十二　草木阴阳亦两齐，若还缺一不芳菲。
　　　　初开绿叶阳先倡，次发红花阴后随。
　　　　常道即斯为日用，真源反此有谁知。　　　真源就在日用之间。
　　　　报言学道诸君子，不识阴阳莫乱为。

其十三　不识玄中颠倒颠，争知火里好栽莲。
　　　　牵将白虎归家养，产个明珠似月圆。　　　肺气，自身的气。
　　　　谩守药炉看火候，但看神息任天然。　　　人在气中，气在人中。
　　　　群阴剥尽丹成熟，跳出凡笼寿万年。　　　凡笼，六道。

其十四　三五一都三个字，古今明者实然稀。
　　　　东三南二同成五，北一西方四共之。
　　　　戊已自居生数五，三家相见结婴儿。
　　　　婴儿是一含真气，十月胎圆入圣基。

其十五　不识真铅正祖宗，万般作用枉施功。
　　　　休妻谩遣阴阳隔，绝粒徒教肠胃空。
　　　　草木金银皆滓质，云霞日月属朦胧。

更饶吐纳并存想，总与金丹事不同。

真铅：生物本能进化，活力。食（空）色（时），道——食色性也。

休妻谩遣阴阳隔：嘲佛教。

金银：矿物药。

> 其十六　万卷仙经语总同，金丹只此是根宗。
> 依他坤位生成体，种向乾家交感宫。
> 莫怪天机俱露泄，都缘学者自迷蒙。
> 若人得了诗中意，立见三清太上翁。

上清——灵宝天尊（地）。

太清——道德天尊（人）。

玉清——元始天尊（天）。

五月十八日

先生言：

我的《易经》基础是《数理逻辑基础》（希尔伯脱、阿克曼著，莫绍揆译，科学出版社一九五八年七月版）。要懂我的《易经》，必须先懂此书，在此基础上往上跳。这些关键我不说，你们不会知道。

先生言：

我赞成罗素的数理逻辑，中国学问跟西洋相应，要相应于这方面。（大意）

先生引卡尔纳普《哲学和逻辑句法》，45页：

> 例如，在实质方式里，我们所谈到的是数而不是数的表达。就其本身而言并不是不对的或不正确的，但它使我们受到诱惑而提出关于数的实在本质的问题，诸如：数是实在的对象还是观念的对象，它们

是精神以外还是精神以内的东西，它们是对象自身还仅是思维的概念性的对象，以及诸如此类的哲学问题。我不知道这样的一些问题如何能被译成形式的方式，或者说能被译为任何其他明确和清楚的方式；同时，我也怀疑那些在处理这些问题的哲学家们自身是否能给予我们任何这种样子的确切的表述。所以，在我看来，这些问题都是形而上的假问题。

先生批：

所谓假问题，以《易》言，"成形而未成象"之谓。

因问：何谓"成形而未成象"。

先生言：

"在天成象，在地成形，变化见矣。"（《系辞上》）

问：形为三维，象为四维，是否对？

先生言：

可以的，尚非如此，为 n+1 维。形为三维，象为四维；形为四维，象为五维；以五维为形，象即为六维。"形而上者谓之道，形而下者谓之器，化而裁之谓之变，推而行之谓之通。"（《系辞上》）形象之间称之为变化，形上形下之间称之为变通。变通犹是此一生之事，变化则完全两样，一下子临到生死之际。恐龙就没有了。

55 页：

　　如果我谈到了用 S1 来描述的心理状态，和用 S2 来描述的物理状态，那么我们可能要提出这样一个问题：它们究竟是两种状态呢，还是从两个不同的观点来看的一种同一的状态。而且，如果它们是两种状态，我们可能还要问在它们之间有什么样的关系来解释它们的同时出现，尤其是，这种关系是因果关系呢还是只是平行关系，这样，我们将发现我们自己已陷入形而上学之中，也就是陷入泥淖之中。

　　上述的问题的确属于最著名的哲学问题之一，即所谓心理—物理问题。然而，这样的问题是假问题，它们没有理论的意义。

先生批：

S1 犹象，S2 犹形。知形象之变化，盖于形象皆已有成，则假问题已成真问题，始完备认识论。S1 与 S2，一而二、二而一者也。

50 页：

尽管这些经验的结果与物理定律的形式之间的实际关系可能是紧密的，但关于这些定律的形式问题在任何情形下都是句法问题。

当然，它是一个涉及到还没有被陈述出来的，仍在讨论中的一个语言体系的句法问题，这个关于物理语言的未来形式特别是基本的物理定律的形式的讨论，物理学家和逻辑学家一样，都必须参加。只有在把物理学的经验观点和句法的形式都加以考虑时，才能找到一个满意的解答。

先生批：

此一"语言体系的句法问题"，莫善于卦爻易象。

先生言：

我于西方比较赞成罗素的观点，他主张数理逻辑。爱因斯坦说"罗素是一个英国的绅士"，此评语很正确，他身上还有正义感等品质。我当然早已跟地主阶级无关，然而还受到地主阶级的一定影响（按：指道德感），故跟罗素比较相应。罗素的思想完全是丘吉尔政府的思想，希特勒灭亡之时，罗素根据其数理逻辑判断，应当马上进攻苏联。如果罗斯福总统听从丘吉尔的话，今天的世界形势可云完全改观。然而到艾森豪威尔秣马厉兵准备进攻苏联时，罗素于此时又率先提倡世界和平。这些都可以看出他的眼界，我是赞成的。中国政府开始反对他，后来又赞成他，前后有两种不同的态度。这里有天造地设的安排。

先生言：

黑格尔本身想就逻辑学搞出结论，此混淆大误。他不明白哲学是一套工具，利用这工具作判断在人本身（大意）。故薛先生（学潜）讲，康德他还要看看，黑格尔就不像了。

罗素《西方哲学史》，249 页：

黑格尔以为，如果对于一件事物有了充分知识，足以把它跟其他一切事物区别开，那么它的一切性质能借逻辑推知。这是一个错误，由这个错误产生了他的整个巍峨堂皇的大体系。这说明一条重要真理，即你的逻辑越糟糕，由它得出的结论越有趣。

先生认为这些话击中黑格尔症结。
同书 248—9 页：

《英国百科全书》上说："因为他从来没结婚，他把热心向学的青年时代的习气保持到了老年。"我倒真想知道这个条目的笔者是独身汉呢，还是个结了婚的人。

问：推罗素之义，似康德向学劲头跟结婚不结婚无关，且康德不结婚，其哲学天地人中的"人"在何处。
先生似许之。
先生言：
对算命、堪舆之类要知道，但是一定不要迷信。自己的能力到什么地步，对这类东西就破到什么地步。
又言：
算命术之类只是一套模式，判断还是在人。现在人们都迷信模式本身，此大误。当然，不懂模式也不行。
问：所谓泄露天机之类还是不懂。如果讲的是真实情况，又在适当的场合讲，有什么错？
先生言：
是没有错。
问：古往今来多少人不是泄露天机，老子不是泄露天机，释迦不是泄露天机？

先生言：

我指的不是这种情况，你未懂我意。

又问：是否先生写道教史把《道藏》翻过来说，《道藏》即毁，故《道藏》本身有一种力量不愿如此。

先生似许之。

先生言：

《易》为卜筮之书，此不能忘，故朱熹《周易本义》强调此。程子解释卦爻辞，尚是第二流人物，禅家所谓"第二楼头"。

先生言：

悖论的解决在谓词的谓词（《数理逻辑基础》，137 页），禅宗亦在谓词的谓词。（大意）

五月十九日

《悟真篇》七绝六十四首，按《周易》六十四卦。

一、先把乾坤为鼎器，

次抟乌兔药来烹。

既驱二物归黄道，

争得金丹不解生。

第一步气血，阳气，阴气；第二步，采药，内分泌；

乌——三足乌——太阳黑子——坎。

兔——玉兔——月亮中阴影——离。

黄道：地球绕太阳走的轨道。白道：月亮绕地球转的轨道。

黄道　　赤道　　白道

——　　丹　　— —

二、安炉立鼎法乾坤，
　　锻炼精华制魄魂。
　　聚散氤氲成变化，
　　敢将玄妙等闲论。

精华：日月的精华。
魂魄：乌变魂，兔变魄。
氤氲：吉凶两股气，在同一个范围之中。

三、休泥丹灶费工夫，
　　炼药须寻偃月炉。
　　自有天然真火用，
　　不须柴炭及吹嘘。

自己能控制内分泌，自我治疗。精神的境界要达到。

四、偃月炉中玉蕊生，
　　朱砂鼎内水银平。
　　只因火力调和后，
　　种得黄芽渐长成。

火力调和：阴阳调和，火候。
"形不动气动"好，而不是气动带形动。

五、咽津纳气是人行，
　　有药方能造化生。
　　鼎内若无真种子，
　　犹将水火煮空铛。

咽津纳气：炼身之法。首要是药。

有药方能造化生：津、气、药合在一起。

真种子：气功的中心点，最高的神经细胞。

药是内分泌，各种各样的内分泌。松果体。

      六、调和铅汞要成丹，

          大小无伤两国全。

          若问真铅是何物，

          蟾光终日照西川。

铅——命，汞——性。

大小：阳阴。

铅汞以铅为主，铅有真铅、凡铅。

蟾光：月光（坎水）。

西川：肺气，真铅将变动，后天转先天。

      七、未炼还丹莫入山，

          山中内外尽非铅。

          此般至宝家家有，

          自是愚人识不全。

      八、竹破须将竹补宜，

          抱鸡当用卵为之。

          万般非类徒劳力，

          争似真铅合圣机。

相似关系，某生物产生某生物，同类相应。

孚：信也。鸡哺鸡，相信。

圣：孔子，圣之时者也。抓住时代，有时间问题。

五月二十日

九、用铅不得用凡铅，
　　用了真铅亦弃捐。
　　此是用铅真妙诀，
　　用铅不用是诚言。

中国古代，心包括一、思想——气；二、心脏——血。
外丹的化学元素，中国古代炼钢（战国）、炼乾，外国在十九世纪达到。
汞——思想——境界。
用了真铅亦弃捐：达到，然后超越。
不用：弃用真铅——达到汞纯——也有人不愿意弃，弃"命"服"性"。

十、虚心实腹义俱深，
　　只为虚心要识心。
　　莫若炼铅先实腹，
　　且教守取满堂金。

虚心实腹：虚心指汞，气用到何处，放在铅处为实腹。
识心：识气血。
先实腹：已经不用铅。
守取：守不容易。《老子》曰："金玉满堂，莫之能守。"

十一、梦谒西华到九天，　　华山。
　　　真人授我指玄篇。　　陈抟。
　　　其中简易无多语，　　生物从文昌鱼开始有脊椎，就有气。
　　　只是教人炼汞铅。　　天一生水——地二生火。
　　　　　　　　　　　　　热力学，远离平衡，可逆。

十二、道自虚无生一炁，　　　点，无，〇。玄关一窍。
　　　便从一炁产阴阳。　　　　二维——三维——四维（时间）。
　　　阴阳再合成三体，
　　　三体重生万物昌。　　　　《易经》卦有六画，☰☰重生。
　　　　　　　　　　　　　　　两物相对，成毁就知道了。

无极

0——1——2——3——　　　老子　　复归于无极
　　1——2——4——8　　　易经　　易有太极
　　太极

十三、坎电烹轰金水方，
　　　火发昆仑阴与阳。
　　　二物若还和合了，
　　　自然丹熟遍身香。

十四、离坎若还无戊己，
　　　虽含四象不成丹。
　　　只缘彼此怀真土，
　　　遂使金丹有返还。

十五、日居离位翻为女，
　　　坎配蟾宫却是男。
　　　不会个中颠倒意，
　　　休将管见事高谈。

十六、取将坎位中心实，
　　　点化离宫腹里明。
　　　从此变成乾健体，
　　　潜藏飞跃尽由心。

十七、震龙汞自出离乡，　　　反过来走，时间颠倒。
　　　兑虎铅生在坎方。　　　十二经络的脉走得好——养气。

二物总因儿产母，　　　超越时间才会有，走入奇经八脉。
五行全要入中央。

天右旋
地左旋 ＞合一

参同契 { 周易
　　　 黄老
　　　 服食

颠倒走出现

十八、赤龙黑虎各西东，
　　　四象交加戊己中。
　　　復姤自兹能运用，
　　　金丹谁道不成功。

十九、西山白虎正猖狂，
　　　东海青龙不可当。
　　　两兽捉来令死斗，
　　　炼成一块紫金霜。　　炼丹药，促进松果体，中国当作上丹田。

二十、华岳山头雄虎啸，
　　　扶桑海底牝龙吟。
　　　黄婆自解相媒合，
　　　遣作夫妻共一心。　　太极。

五月二十一日

二十一、月才天际半轮明，　　指上、下弦。半轮为一八之数，
　　　　　　　　　　　　　　　　一轮为二八之数。

　　　　早有龙吟虎啸声。　　生物钟：天（月）应地（潮水）——涨落。
　　　　便好用功修二八，　　半虚半实之半时，极好。
　　　　一时辰内管丹成。　　庄子：其分也成也，其成也毁也。

纳甲——月，中国方位的坐标

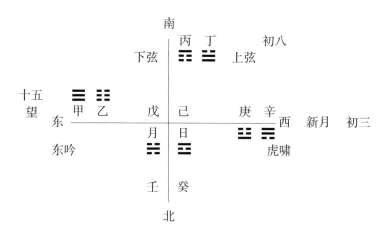

二十二、先且观天明五贼，　　君。

　　　　次须察地以安民。　　臣。天地人。

　　　　民安国富方求战，　　抵抗力的增加。

　　　　战罢方能见圣君　　圣君——神经细胞之首——脑。

二十三、用将须分左右军，　　青龙白虎。

　　　　饶他为主我为宾。

　　　　大凡临阵休轻敌，　　处处重视。

　　　　恐丧吾家无价珍。

二十四、木生于火本藏锋，

　　　　不会钻研莫强攻。

　　　　祸发只因斯害已，

　　　　要须制伏觅金公。　　水——真铅。

《阴符经》之语——木生于火，反烧了自身——生与克之变化。

战国——黄帝。

　　　老子——黄老道（汉）。

传下时只有老子，黄帝的书失传——直到马王堆发现《四经》。

唐——李荃取一书《阴符经》，说是黄帝的，其实是唐的。

五贼——五行。

每一点关系四种，共十个。

两条路：生——克。

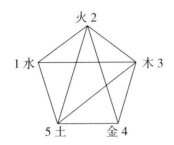

二个封闭体系同时存在。

四个立方体，成四维——五胞腔。

克＝水－火－金－木－土－（水）。

生＝水－木－火－土－金－（水）。

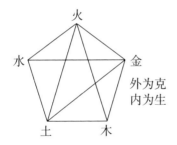

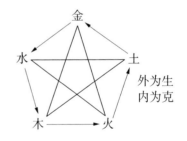

二十五、金翁本是东家子，　　真铅，先天气。金→水→木。

　　　　送向西邻寄体生。　　先天寄于后天，没有后天也没有先天。

　　　　认得唤来归舍养，　　酝酿。

　　　　配将姹女作亲情。　　水火相交，铅汞相合。姹女：血。

阴神——修性不修命——佛教　　性——汞

阳神——修性又修命——道教　　命——铅

性命双修两派：先性后命（北）　先生认为二者相等，
　　　　　　　先命后性（南）　看到更高的便可——太极。

二十六、姹女游从自有方，　有变化——方。
　　　　前行须短退须长。　曲线发展。
　　　　归来却入黄婆舍，　汞与铅相遇于中丹田。
　　　　嫁个金翁作老郎。

二十七、纵识朱砂与黑铅，　朱砂：汞。
　　　　不知火候也如闲。
　　　　大都全藉维持力，　文火之时，维持住。
　　　　毫发差殊不作丹。

二十八、契论经歌讲至真，　火候无法著文，成文便无。
　　　　不将火候著于文。
　　　　要知口诀通玄处，
　　　　须共神仙仔细论。

楚国太极曲线

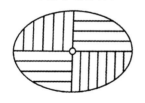

屈家岭文化（五千年历史）

二十九、八月十五玩蟾辉，
　　　　正是金精壮盛时。
　　　　若到一阳才动处，
　　　　便宜进火莫延迟。

三十、　一阳才动作丹时，
　　　　铅鼎温温照幌帷。
　　　　受气之初容易识，
　　　　抽添运用切防危。

三十一、玄珠有象逐阳生，
　　　　阳极阴消渐剥形。
　　　　十月霜飞丹始熟，
　　　　恁时神鬼也须惊。

三十二、前弦之后后弦前，
　　　　药味平平气象全。
　　　　采得归来炉里煅，　　三十二首谈内修。
　　　　炼成温养自烹煎。　　三十三首始谈出去。出入。

五月二十二日

因思：十字架为时、空，为天、地，耶稣为人，更深邃之理为 n+1 维。
故可上出。

三十三、长男乍饮西方水，　　长男：青龙，木。西方水：肺金。
　　　　少女初开北地花。　　与外界相应，用什么标准去相应。
　　　　若使青娥相见后，
　　　　一时关锁住黄家。　　气血合一。

三十四、兔鸡之月及其时，　　二月、八月，卯酉，克，对冲之时。
　　　　刑德临门药象之。　　在开始和结束的时候，注意采药。
　　　　到此金砂须沐浴，　　洗一洗。
　　　　若还加火必倾危。　　再加火不行，遇危则什么也没有。

三十五、日月三旬一遇逢，
　　　　以时易日法神功。　　二小时。
　　　　守城野战知凶吉，
　　　　增得灵砂满鼎红。

三十六、否泰才交万物盈，　　天地相交，阴阳气相交。
　　　　屯蒙二卦禀生成。　　朝屯暮蒙。

此中得意休求象，

若究群爻谩役情。

三十七、卦中设象本仪形，

得象忘言意自明。

后世迷徒惟执象，

却行卦气望飞升。

三十八、天地盈虚自有时，　　　正心诚意之学，全在格物致知也。

审能消息始知机。

由来庚甲申明令，

杀尽三尸道可期。

三十九、要得谷神长不死，

须凭玄牝立根基，

真精既返黄金室，

一颗明珠永不离。

四十、　玄牝之门世罕知，

休将口鼻妄施为。

饶君吐纳经多载，

争得金乌搦兔儿。

四十一、异名同出少人知，

两者玄玄是要机。

保命全形明损益，

紫金丹药最灵奇。

四十二、始于有作人难见，

及至无为众始知。

但见无为为要妙，

岂知有作是根基。

问：近来数次梦寐之中，感觉气从背脊上冲至头顶，且发生于极端疲倦之时。此真耶，抑梦耶？

先生言：

真。此为生物本能。自文昌鱼脊椎动物以来，便有此气。此尚粗浅，非，然亦为必经阶段。

先生言：

过去我遇到此类事，就去找杨先生，两人静静坐一会。

又言：

老师不可以先讲出来，只能讲前面一点点的东西，否则成障。

又言：

此类现象出现，应当跟听《悟真篇》有关。（按：一九八四年末至先生处时，讲《悟真篇》已近尾声。）

先生言：

早年医生谓我生心脏病，亦谓不利，然卒无碍。人人生下来即趋于死亡，纵活一百岁、二百岁亦何益。你我于此时亦刻刻变化，然问题不在此。现在又生 Ca，是天要我体验这两种病。星期天讲《维摩诘经》拟说此，这里有一个道理。

先生言：

现在计划每次讲半小时，录音，其余时间听你们讲，我看你们的反应再谈一些。这样更好，不必每次由我谈二、三小时。录音我自己也要听一听，然后作些补充改正。

先生言：

《易学史》我一定有能力完成，以前太急了，欲速则不达。要全部写是写不完的，故自己加以约束。拟写一百篇左右，抓住关键，有些地方跳过去，留待后人补充。这样跳过去更好。邵康节、王船山已有文章，拟写陈抟，要写至薛先生。

先生言：（时正翻阅一本新出的物理学书籍）

薛先生三十年前对我讲的，现在最新的物理学仍在其脚下而不能跳出。我在薛先生后更发展之《易经》，今乏人理解也宜。

先生言：

我的特点是有师（唐文治、熊十力、杨践形、薛学潜等），也有若干学生，但是缺少共同研习之友。一些教授如冯契，谈到一定程度就不可能再谈上去了。

问：先生近来似在传授口诀，把一些有关的根陆续讲出来，存着。尽管学生一时尚不能理解，而久后必自知之。

先生言：

然。

问：写人（目前相应分子生物学）不会过时？

先生言：

然。

先生言：

文化大革命之几，在亚非会议的失败，薛先生等早已注意此。

先生言：

现在拼命抓住甲骨以反对《说文解字》，不知一为三千年时之思想，一为二千年时已发展之思想。一贯三为王，深刻。

五月二十三日

四十三、黑中有白是丹母，
　　　　雄里怀雌是圣胎，
　　　　太乙在炉宜慎守，
　　　　三田聚宝应三台。

四十四、恍惚之中寻有象，
　　　　杳冥之内觅真精。

　　　　有无从此自相入，　　三教合一思想，唐时未合，宋时合了。
　　　　未见如何想得成。　　现在又不合。

四十五、四象会时玄体就，　　四象：龙、虎、玄武、朱雀。气血滋通。
　　　　五行全处紫金明。　　四象会时五行全，其后紫金明。
　　　　脱胎入口身通圣，　　中国历来说红紫，今红外（宏观），紫外（微观无限龙神尽失惊。

四十六、华池饮罢月澄辉，　　华池—玄武。

跨个金龙访紫微。　　体会时间变化。

从此众仙相见后，　　沧海桑田，无论前后。

海潮陵谷任迁移。　　喜马拉雅山：中国，尼泊尔，释迦牟尼。

四十七、要知金液还丹法，　　出去还得回来。

须向家园下种栽。　　不要忘了自己的作用。

不假吹嘘并著力，

自然丹熟脱真胎。　　脱胎换骨。

四十八、休施巧伪为功力，

认取他家不死方。

壶内旋添延命酒，　　留命——如何调节。　返魂——阳方面。

鼎中收取返魂浆。　　保性。　　　　　　　追魄——阴方面。

壶内：阴阳。

"不诚无物"。入世出世的结合为高，不能执住一头。"出入无疾"，复。

中国文化最高时代　　宋初　　　　邵尧夫　　　1011—1077

↓

《悟真篇》　　　张伯端　　　987—1082

↓传

石杏林

汉朝到宋初一千多年　　　↓传

中国与印度相结合的东方文明　　薛道光

↓传

陈泥丸

↓传了五代

白玉蟾

四十九、雪山一味好醍醐，　　西，佛，释迦牟尼。

	倾入东阳造化炉。	东，道教。
	若过昆仑西北去，	东西的交流，人的头顶——昆仑。
	张骞方得见麻姑。	进出上丹田。
五十、	不识阳精及主宾，	阳精：真铅。
	知他那个是疏亲。	出去是为了自己出时代，更好地掌握时代。
	房中空闭尾间穴，	尾间——脱尾，人直立起来。
	误杀阎浮多少人。	
五十一、	万物芸芸各归根，	
	返根复命即长存。	
	知常返本人难会，	
	妄作招凶往往闻。	老子思想。
五十二、	欧冶亲传铸剑方，	科学史上确有此事。
	莫邪金水配柔刚。	柔刚的结合，在中间。
	炼成便会知人意，	在人体内炼成。
	万里诛妖一电光。	铸剑，刚变柔。

自黄山归来，于国于家感触极多，且父又远行赴美。

日来述评曾国藩一生，于主要关节均已想通，考虑已有半年。于黄山溪水声中，思及写一个人之根，应写其生物钟之周期变化，乃豁然落实。

五月二十四日

《马太福音》七章：

凡祈求的，就得着。寻找的，就寻见。叩门的，就给他开启。

《歌林多前书》十三章：

凡事包容，凡事相信，凡事盼望，凡事忍耐。

五十三、敲竹唤龟吞玉芝，　　龟：北方（龟的呼吸很小，几乎没有，象冬眠一样）。

　　　　　　　　　　　　　玉芝：灵芝。龟息——静，一种境界，静极而动。

　　　　鼓琴招凤饮刀圭。　　南方夏天。鼓琴描写万籁之声，青气来了。

　　　　　　　　　　　　　圭：堆起的规（双土），规从日规的规，转变为后人的定规，执规。

　　　　近来透体金光现，　　正西方的金丹。

　　　　不与凡人话此规。　　中心点有二点，成椭圆。　阳土（戊）。

　　　　　　　　　　　　　　　　　　转机　阴土（己）。

　　　　　　　　　　　　　二土（东北、西南方）。

　　　　　　　　　　　　　玉芝（东南、西北方）。

五十四、药逢气类方成象，　　类：相应。此没有固定，象随时变，成象方懂学问。

　　　　道合希夷即自然。　　道法自然，从宏观看到微观。

　　　　一粒灵丹吞入腹，　　出去。

　　　　始知我命不由天。　　还丹之后，超越。

五十五、赫赫金丹一日成，　　顿悟。

　　　　古仙垂语实堪听。

　　　　若言九载三年者，　　人在气中（物理），气在人中（生物）。

　　　　总是推延挨日程。　　金丹的理解有内、外，内从生物的角度，外从化学的角度。

五十六、大药修之有易难，

　　　　也知由我亦由天。　　掌握到一半，合一，此思想好。

　　　　若非积行施功德，　　遇到群魔作对，你必须自己积行，积功。

　　　　动有群魔作障缘。　　适应环境，时代。

五十七、三才相盗食其时，　　互相生　　天地　　万物之盗。

此是神仙道德机。　　　　　　万物　　人之盗。

互相克　　人　　　万物之盗。

其时：根本。

万化既安诸虑息，　　人无，而一切有。

百骸俱理证无为。　　无为无不为，高境界。

五十八、阴符宝字逾三百，　　黄。

道德灵文止五千。　　老。

今古上仙无限数，　　上友古人，出去。《易经》："生生之谓易。"

尽于此处达真诠。　　看秋为青。

《阴符经》主要内容：生、克。

五十九、饶君聪慧过颜闵，

不遇师传莫强猜。　　道不入六耳。

只为丹经无口诀，

教君何处结灵胎。

六十、　了了心猿方寸机，

三千功行与天齐。

自然有鼎烹龙虎，　　出入。

何必担家恋子妻。

六十一、未炼还丹须急炼，　　道教－还丹。佛教－菩萨（大乘），

罗汉（小乘）。

炼了还须知止足。

若也持盈未已心，

不免一朝遭殆辱。

六十二、须将死户为生户，

莫执生门号死门。　　变。

若会杀机明反覆，　　明知杀机，必有反复。

始知害里却生恩。

六十三、祸福由来互倚伏，

还如影响相随逐。

若能转此生杀机，

反掌之间灾变福。　　全在出入。

六十四、修行混俗且和光，　　出入＝没出入。

圆即圆兮方即方。

显晦逆从人莫测，　　学问不能作伪。

教人争得见行藏。　　不显出真人，就是出入不知。

绝句

一、饶君了悟真如性，　　道教有了佛的概念。

未免抛身却入身。

何似更兼修大道，　　道的修，破前面一套。

顿超无漏作真人。　　脱离。

二、投胎夺舍及移居，　　自我掌握。

旧住名为四果徒。　　四果境界，变为罗汉。

若解降龙并伏虎，　　出六道。

真金起屋几时枯。

三、鉴形闭息思神法，　　内视反听。

初出艰难后坦途。

倏忽虽能游万国，　　飞仙。

奈何弃旧却移居。　　不得不离真金屋。

四、释氏教人修极乐，

亦缘极乐是金方。　　西方金。

大都色相惟此实，　　金为实。

余二非真谩度量。　　此修金丹。佛：心佛众生，三无差别。

五、俗语常言合至道，

宜向其中细寻讨。

能将日用颠倒求，　　日用颠倒求之。如何看世界，日用——至道。

天地尘沙尽成宝。　　真屋、神通全部无。

五言

女子著青衣，郎君披素练。　　女子：离—汞；青衣：活力。

木生火，思想上丹田。

郎君：坎—铅；素练：精华。

金生水，下丹田。

见之不可用，用之不可见。　　测不准，结合进入量子态。

恍惚里相逢，杳冥中有变。　　阴阳相逢。量子境界，作用量子——变化。

一霎火焰飞，真人自出现。

总结十六首，16首是阴阳 2^3。　　阴阳消息六种变化。

此首五言就是讲 ䷜ ䷝　　二种变化，产生阴阳互根。

　　　　火　水

　　　　日　月

　　　　女　男

测不准定律　　䷜坐标　　䷝动量　二种概念

微观适应于宏观。人的思想，在得不着之中想办法得着。

得着之后要形成自己的东西，不受外界影响。

在水里变火 ䷝ 火　　　　　䷝ 水　　真人 出现

　　 ䷜ 水　杳冥——变　䷜ 火

　　 分　　　　　　　　合　势均力敌 火候

乘法不可交换律

从先生处借得王福山主编《近代物理学史研究》（复旦大学出版社，一九八三年版）。

先生言：（指 209 页）

薛先生用十人总结西方思想，我增之为十一，今观现代科学仍未出此范围，可见中国落后三十年。

先生言：

姤卦五爻"志不舍命"，为宋明理学之基本命题。志就是要去寻这个"命"。

先生言：

程朱程朱，朱高于程。

先生言：

过分凝于一不好，身体容易得病。我写《易学史》太集中于两汉前了，故现在要散开来谈谈后代。

先生言：

《思益梵天所问经》与《维摩诘经》相应，今云姊妹作。《维摩诘经》之稿已抄出，此经之稿尚未抄出。用现在的话来讲，这些书谈的都是其他星球上的事。过去把印度看得极远，故可当之，今则非。《华严经》亦有此味道。

五月二十五日

先生始讲《维摩诘经》，录音半小时，听者满室。

先生言：

后秦弘治八年（406 年）译出《维摩诘经》，418 年译出六十《华严》。有此二经，中国人的思想两样了。

维摩诘为众生病。每一时代有此一时代的病，放长时间即可看出。比如三十年代肺病，后肝炎，今癌。不是自己要生病，自己不生，别人也要生。

医生说我的病已有两年，这两年我的脑筋太集中于从上古到西汉末了。这是纯粹的中国思想，因为我看西方思想进来之后，唯有此一部分阴阳五行思想尚可与之相应。但是思想一定要连到现在的。东汉佛教进来以后，尚有许多精彩的思想。虽然自己的思想没有执，但写的讲的，太集中于西汉前了，故今起讲点以后的东西，且自己亦得病。因此，说《维摩诘经》。

先生言：

柏拉图学院门口挂五个正多面体，不懂此者不与之谈哲学。西方的几何图形从此始，比欧几里德还要早几年，一直到康德尚如此。进步到现在变三个了。

六维十二胞腔，六维六十四胞腔，六维七胞腔。

懂此可与之谈哲学。没有此具体基础（《维摩》《华严》后产生禅宗），所谓禅宗，均为口头禅，毫无用处。

无中生有，边界的边界为 0。

五月二十六日

西江月

一、内药还同外药，内通外亦须通。
　　丹头和合类相同，温养万般作用。
　　内有天然真火，炉中赫赫长红。
　　外炉增减要勤功，妙绝无过真种。　　真种：DNA

二、此道至神至圣，忧君分薄难消。
　　调和铅鼎不终朝，早睹玄珠形兆。
　　志士若能修炼，何拘在市居朝。
　　工夫容易药非遥，说破人须失笑。

三、白虎首经至宝，华池神水真金。
　　故知上善利源深，不比寻常药品。

若要修成九转，先须炼己持心。

依时采取定浮沉，进火须防危甚。

四、七返朱砂返本，　　　七返：南极火。本：返回。

九还金液还真。　　　　九还：北极水。真：真气。

休将寅子数坤申，

但看五行成准。　　　　五行一坐标。

本是水银一味，

周流经历诸辰。　　　　辰：十二时，子、丑……活子时。

阴阳气足自然灵，　　　任你所需，有"自己"取舍其他。

出入不离玄牝。　　　　龟蛇。

抓住二极，中间之物任其活动，活子时。

天之历数在尔躬，抓历数就是抓时，允执其中，孔子言"四海困穷，天禄永终"。

五、铅要真铅留汞，

亲中不离家臣。

木金间隔会无因，

须假黄婆媒娉。

木性爱金顺义，　　　　东西合一。

金情恋木慈仁。　　　　呼吸。十二经络——气之通道的气足，
　　　　　　　　　　　　再炼气。

相吞相啖却相亲，

始觉男儿有孕。　　　　气至奇经八脉——才是气功之气。

六、二八谁家姹女，九三何处郎君。

自称木液与金精，遇土却成三姓。　　木，金，土。

更假丁公锻炼，夫妻始结欢情。　　　丁：南。向南，炼火。

河车不敢暂留停，运于昆仑峰顶。　　河车：合一之物。从北向南，
　　　　　　　　　　　　　　　　　　过脊椎到头顶。

以志帅气：
志——阳
气血——阴
＞峰顶

七、牛女情缘道合，　　　　斗牛　女虚　玄武。
　　龟蛇类禀天然。
　　蟾乌遇朔合婵娟，　　　　生物进化（地心吸力）。
　　二气相资运转。
　　总是乾坤妙用，
　　谁能达此深渊。
　　阴阳否隔即成愆，
　　怎能天长地远。　　　　　并协原理，物理学的理论。

八、雄里内含雌质，　　　　动物阳，人至阳。
　　负阴抱却阳精。　　　　　植物阴。天地至阴。
　　两般和合药方成，
　　点化魂灵魄胜。　　　　　二者合一，不可拆开。
　　信道金丹一粒，
　　蛇吞立化龙形。　　　　　破本体之后的本体。
　　鸡食亦得变鸾鹏，　　　　人的思维的多样性，合一性。
　　飞入青阳真境。　　　　　本体是一，破本体还是二者合一。

九、天地才经否泰，
　　朝昏好识屯蒙。
　　辐来辏毂水朝宗，　　　　生物圈。
　　妙在抽添运用。
　　得一万般皆毕，
　　休分南北西东，
　　损之又损慎前功，
　　命宝不宜轻弄。

十、冬至一阳来复，

三旬增一阳爻。

月中复卦朔晨超，

望罢乾终姤兆。

日又别为寒暑，

阳生复起中宵，　　　　　21:00。

午时姤象一阴朝，　　　　这首与《参同契》关系很密切。

炼药须知昏晓。　　　　　图象。

十一、德行修逾八百，

阴功积满三千。　　　　　自然而然知道。

均齐物我与亲冤，

始合神仙本愿。　　　　　生命起源。

虎兕刀兵不害，

无常火宅难牵。　　　　　用道家理论解释。

宝符降后去朝天，　　　　用身体升华的思想交上去。

稳驾鸾车凤辇。　　　　　两种想法合起来。

十二、不辨五行四象，

那分朱汞铅银。

修丹火候未曾闻，

早便称呼居隐。

不肯自思己错，

更将错路教人。

误他永劫在迷津，

似恁欺心安忍。

先生言：

出而后入，到三千大千世界去看一看，然后入世，方为菩萨行。

先生言：

释迦牟尼真是大慈大悲，才肯到娑婆世界来，孔子等也一样，今人却视其为教主。

先生言：

维摩诘讲的十方世界，是我三个图形的一个。

先生言：

我以前太急了，三十年读的东西，再用三十年也不够写。想全部写出来，太急了，故身体得病了。

先生言：

现已在论证生命须呈等离子态方可离开太阳系。此虽半是科学半是猜想，要知道此状态一切物质均化为一了。

问：要脱离太阳系的束缚，化学就没有了。

先生言：

要知道地球生命全靠化学。

又言：

只须每秒 16.7 公里即可脱离太阳系，此速度不算高，改变已如此大。

问：所谓遗传到底是父母的还是其他的关系。

先生言：

刹那之间的变化。（大意）

先生言：

人跟宇宙空间是有一种感通，故释迦牟尼睹明星而悟道。

五月二十七日

易，《说文》解释为蜥易，今壁虎之类，随时间变化而变化的动物。又云日月为易，此明阴阳。一为物理学的定义，一为生物学的定义。

乾，《说文》云："上出也"，永远向上的一股气，跟离日有关。《说卦》云，离为乾卦。太阳晒在物体上，物体变干（乾），气就上出了。

先生言：

小孩有一种活力，到发育后方停止，故小孩久动而不疲。

先生言：

乾讲时间，坤讲空间，故涉及方位。《说文》云，土位在申，地支申为西南，可合于《说卦》"帝出乎震"一节。

乾绝对，潜龙勿用，确乎不拔，总归是好的。坤初爻则有积善积不善之异，看你凝在那一点上。此阳一阴二之理。

先生言：

将《春秋》的微言大义总结出来，就是维特根斯坦的《逻辑哲学论》。（大意）

五月三十日

先生言：

人之患在好为人师，薛先生等均已去世，我自己今天已无师可问。我感觉有些东西只在我一个人的脑筋里，故急着要说出。此感觉对身体不好，泄露天机有所实指。

先生言：

薛先生最后拿了一个五维空间出来，别人不懂，也就不能管了。我也想把我最后的几张图拿出来，别人也好知道参照的标准。

先生言：

讲完《维摩诘经》十方世界后，我想讲《度人经》。我读《道藏》时，读至《度人经》搁牢了，只好抄读。反复读通此经后，整部《道藏》豁然贯通。

问：先生读藏前读过《悟真篇》否？（答：当然读过。）那为什么读全藏还有这么大的阻碍。《悟真篇》之理尚不足以全部贯通吗？

先生言：

《道藏》之理远大于《悟真篇》，有种种方法，《悟真篇》不过为其中一种方法。《道藏》还有很多其他内容。

又言：

《悟真篇》尚浅，基本属于小乘，大乘在于合禅宗。

又言：

此注（指叶士表等注）好，即使不是最好的，也是最早的。比他们更早的人，都直接作这些歌诀了。

先生言：

读史须知朝代更替有生有克，生为禅让，克为革命。禅让固为假名，如曹操借此取得政权，但不能不看到有生的一面。清代明为生，元灭宋就为克了。曾国藩维持秩序为生，太平天国为克。袁世凯于清为生，不成，王国维只能死。北伐为克，但是蒋介石到上海一变为生了，故宣扬曾国藩。解放为克，反右一些人误认形势，以为转成相生了，故统统鸣放，其错由毛泽东造成。《关于正确处理人民内部矛盾的问题》发表前后有关键改动，本来人们听录音，不是这样的。文革至今的形势又转成相生了，国共合作啊，等等。何以故？因为当事人都不在了。像我这样当初无关的青年学生今天也已六十多了，何况那些有关的人。此公羊三世所以不同，这就是五行生克之妙。

问：研究一个学问就是直接探到此学问的核心，然后把它转一转。

先生许之。

先生言：

早期的物理概念。

$$ds^2 = dx^2 + dy^2 + dz^2 \qquad 毕达哥拉斯定理。$$

ds^2 用于无限靠近的各个点上。

二千年来一直沿用此公式，直到康德。爱因斯坦提出四维，1924 年。

$$ds^2 = dx^2 + dy^2 + dz^2 - c^2dt^2 = 0$$

两个无限靠近的点能用光信号联系起来——适合于关系。

二十世纪的变化从"几何"开始。中国的非欧几何——《易经》。

三维表现于二维，艺术的开始。

名词　四维——八胞腔

　　　一维——二点

　　　二维——四条线

　　　三维——六个面

四维——八个体

中国在"曾侯乙墓"的棺上绘投影图。

三维变为二维：

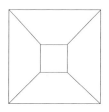

黎曼几何——黎曼几何同欧氏几何的 n 维空间，如同一般的曲面几何同平面几何的关系一样。

爱因斯坦理论的"相对"是建立在光速不变的理论上。

纯数学的理论看——封闭。他谈到维数不增加可变为开放。

　　　　　　　　——开放。

卡鲁杰理论：提出五维，但没有直接的物理意义。

　　　　多世界理论。（维数多得无法计算）

应用　　　　时空——宇宙

　　人类从二维进入三维，刚刚开始飞出地球。

　　人的五种元素构成。分子生物学，化学键，H^1　O^2　N^3　C^4　P^5。

化学元素的周期规律		$2n^2$
1	4	$2*1^2=2$
1 2 1	12	$2*2^2=8$
1 2 2 1	20	$2*3^2=18$
1 2 3 3 2 1	56	$2*4^2=32$
1 2 3 4 4 3 2 1	120 元素	

　　　　　　万物在此之中变化。

在细胞核之外	在细胞核之内
RNA	DNA

RNA 与 DNA 之间的影响基本稳定，1982 年证明。

数的变化是 4^3，构成 6、7、8、9 键，这四个数十分重要，所有变化包括在其中。

6、7、8、9，相应 8、24、24、8，共 64 种，与《易经》的关系。

从生物开始至今，三十亿年没有变化。

先生言：

丧我之前只知人，丧我之后方可知天地。

一切即一，一即一切。

六月一日

先生言：

《易经》最重要的是象、数。数犹代数系统，象犹几何系统。中国数的系统一直发展下来，天干地支，阴阳五行，象的系统给王弼扫掉了。西方好在几何系统一直没有废，配合数发展下来，代数、几何至解析几何合，三维，非欧几何要通过增加维数解决，故高阶方程出。二十世纪希尔伯脱可推到无穷维，《易》与之完全相合。

卦爻是多维空间的对偶关系。

先生言：

王弼云：卦者时也。一个卦代表一个时代。

考察一个卦，必须明确三方面，从来（卦变），本身，从去（爻变），乾坤是根。

亢龙悔而复出，坎为血卦，震为玄黄，故曰"其血玄黄"。

坤卦，君子有攸往，可以发展，条件是不要先，要后得主。屯，不利有攸往，不能朝前发展，不能离开这个环境，就在此解决问题。

雷雨之动满盈，坎为云，震为雷，就是不下雨。太闷了，夏季雷雨天气。三爻一变，成坎，雨落下来了，云行雨施，成既济。

君子以经纶，"经学"一词从此出。《周礼》其经卦八，纶卦则解决一爻变。六个卦，蹇、需、屯、革、明夷、家人。

初九乾元，屯卦的环境，六爻既定又不定。

先生言：

无平不陂，空间周期。无往不复，时间周期。

先生言：

无心之感，山泽通气，最快。

六月二日

先生言：

阿赖耶识以第七识的见分为相分，以相分为见分，则以上下古今中外过去未来一切生物无生物一起来看此末那识。

又言：

到证自证分，方可谈学问。

先生言：

韩非子境界较低，此低从荀子就开始了，不过可借此了解当时的时代，亦可见庄子所看到的是什么样的社会。《显学》称儒分为八，墨分为三，均为当时事实。从韩非子可看出当时所使用的理论之低，韩非子还是各种理论中较好的一种。

先生言：

熊先生于唯识来了一个转变，故能看懂《易经》。他的说法不合传统，其实这些他都是不管的。但他抓住《易》这些符号所谈的东西，都是真的。他的当下全是真的。

先生言：

果来一点点不能逃避，绝对不能逆，这是彻底的忍辱波罗蜜。释迦牟尼成道之日，尚有树枝打下来，刺破手，已预知之，但不逃避，报尽方成道。此故事固为后人所编，但其理可取。菩萨畏因，众生畏果，菩萨是过去全部解决掉的，从现在开始为将来种因，于此步步小心。

先生言：

义理不可废，但义理随时代环境的变化而变化，其根却在象数，须研究之。

薛先生（学潜）以十人总结近世西洋文化，先生增之为十一，即 1953 年沃森、克里克之分子生物学。

下图据王福山《近代物理学研究》209 页，原文为"帕伊斯的量子理论发展路线图"。

删 Kirchhoff，Bunsen，Balmer，Wien，Bose。

增 Maxwell，Sommerfeld（Heisenberg 之师，Bohr 之友），Minkowski。

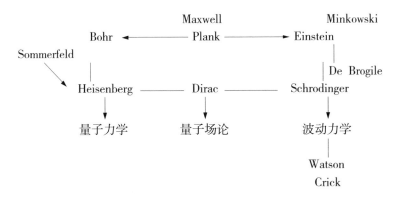

麦克斯韦	电磁波
普朗克	量子论
爱因斯坦	相对论
玻尔	互补原理
索莫非	计算电子轨道为椭圆
闵可夫斯基	四维空间
海森堡	测不准原理
德布罗意	物质波
薛定谔	波动力学
狄拉克	发现阳电子
沃森、克里克	分子生物学

六月三日

先生言：

蒙，花的罩，包在外面保护里面的元。蒙亨，指如何到某个时间去掉这个蒙。

蒙，六爻位置差不多都不对。不经蒙卦的变化，就不知道各种各样的情况。爻变达到利贞，不容易，人要完全变个样子。

筮，此处讲问，再三渎，自己都没有懂自己提的问题。元在童蒙心里，初筮着重诚心。

山下有险，泉水要非常当心地流出去。险而止，永远没有经过世俗的情况。亨要得到时间的中。渎，泉水到海越流越脏，越弄越不纯洁，故要养正。

三爻自以为比二爻高，只看见外面的物质，看不见里面的元。

四爻，应比爻完全是阴，也无人发他的蒙。有大量问题不知道如何解决，故吝。远实，阳，但可困而学之。

上爻，击蒙，棒喝，执牢了。关键在不利为寇，利御寇。

蒙卦二大规律，一、发蒙—击蒙。

二、包蒙。

先生言：

DNA 六十四卦的连接往往容易碰断。（因思：故于学应时时注意整体。）

先生言：

阴在阳下曰承，坤卦云："乃顺承天。"否卦二爻包承，其志欲三爻变刚。

先生言：

否卦六三，畴离祉，端木国瑚《周易指》解为"九畴"，极好，此为否泰反类的基础。离通丽，有二义，一为离散，一为聚合。丽为鹿皮上的花纹，与鹿分不开，然而鹿是鹿，花纹是花纹。畴离祉，九畴的各种类别要分辨清楚，所谓类族辨物，又要聚合起来知其整体。畴离于此，目的要得到祉。

先生言：

古今解《易》者差不多都认为自己认识了真的《易经》，哲学家也差不多都想在自己手中结束哲学，如尼采、黑格尔，今之维特根斯坦。然而毕竟有划时代之人物，在此前后情况两样了，如《周易》编成者、陈抟。

先生言：

船山父亲嘱船山"慎殉"，此语对船山一生起作用。

问：体会到曾国藩的变化在三十、五十。

先生言：

搞思想学问的人，三十、五十前后确有变化，此跟一个人的细胞发育有关。非但曾国藩和其他人，我自己也是这么过来的。但王阳明据此而作《朱子晚年定论》，加上去，这不好。

六月四日

先生言：（续讲《维摩诘经》，六月一日讲）

今天讲总纲，懂不懂不管。

西方柏拉图（–427——–347）与中国子思—孟子约同时，比成书之欧几里德（–330——–275）更早，为西方最早言几何者。他于学园门口挂五个图形，不懂此不与之谈哲学。

此五图是（后来名柏拉图体）：

正四面体

正八面体

正二十面体

立方体（正六面体）

正十二面体　　　　　　　　　希尔伯脱《直观几何》，93 页。

此五体统治西方两千年，至康德（1724—1804）仍如此。此后变化，格拉斯曼成多维几何，至希尔伯脱（1862—1943）总结之。

《系辞》（作于孔子后）则云：

著之德圆而神，卦之德之以智，六爻之义易以贡。

懂此三言，东方文化、西方文化也懂了，《易经》也懂了（示图）。

希尔伯脱将柏拉图五体化为高维空间之三体（《直观几何》，146页）。他没有画出来，这里画了出来。

六维七胞腔，六维十二胞腔，六维六十四胞腔。天干地支，阴阳五行全在此。

我几十年看下来，《易经》就是这个根。

先生言：

十二个点，必定六十根线，必定六十四卦。

一点出去十根，一百二十根一去一来，六十根线。

先生言：

《维摩诘经》十方世界，只讲出方图的一半。

爱因斯坦四维时空连续区，为方图的四分之一。故化学元素一百二十个，不可能出此。

《度人经》讲人与地的关系。

六爻一句，讲方和圆的变化关系。

人类真正的进步很慢，柏拉图进了一步，康德以后又进了一步。

六月六日

先生言：

京氏易，卜筮就是《易》与天干地支的关系。

先生言：

《易》无体。《易》本身不谈本体，只谈现象，什么时代了解什么现象，所以《易》永远存在（大意）。现象全部了解了，就是本体。

先生言：

精气为物，有乾元太极凝在里面。石头有石头的精神，没有就散掉了。人更是如此，人为万物之灵，故云人物。

爱因斯坦云：有物质有场。薛定谔更进一步云：没有物质，所有的都是场。

六月十三日

先生言：

多维空间的图只有三张。

阴阳进化为五行中的生克，生克现在再进化为几何图形中的对偶。

互为阴阳　太极，自对偶。

相对于卦爻，宋初李三才已知，见《爻名大义图》。

十六个四面体相对于十六个点。

八个立体相对于八只角。

中国径一围三好，今云方圆比例不能用十进位制得出。3.14159，π 是超越数。

《直观几何》，91—95 页。五个柏拉图体。

图 95，自对偶。

图 96—98，相互对偶。

六月十六日

因思：六十而耳顺，盖遣去知天命之执。

问：帝者与师处，王者与友处，霸者与臣处（如管仲），亡国者与役处（《战国策·燕策一》）。

先生言：

师者不知道具体的事情，他是根据理来判断。尧找许由就是寻师，此为儒家的理想政治。

先生言：

《乐经》亡，然后人不知六经非仅从文字可求。

先生言：

孔子式负版者（《乡党》），这是对掌握地图的人的尊重。

先生言：

《诗》，《书》，《春秋》，文，史，哲；《礼》，《乐》，反身；《易》，总纲。曾国藩时只能独善，已不可能制礼作乐，对社会起作用。

六月十八日

随先生到河南路科技书店买书。购《20世纪科学技术简史》，9.90元，普里戈金《从存在到演化——自然科学中的时间及复杂性》，1.90元。

先生嘱学几何。

六月二十二日

张亦熙自加拿大来信，云初入此地，感觉如童话世界。

先生今日讲多维空间。

朱岷甫曾问：邵康节《皇极经世》是否算命？

先生言：

为地球算命。

六月二十三日

昨日先生讲普里戈金（通译普里高津）《从存在到演化》（十八日所买新书）。

先生言：

普里戈金，比利时人，1977年得诺贝尔奖，进行自然科学和社会科学结合，提出自然科学和哲学的命题要放在一起看。读他的研究生，先问看过《庄子》否？

先生言：

《20世纪科学技术简史》总结到七十年代，有一小段承认中医是科学，再新就是普里戈金此书了。这是西方。

上次三张图则纯粹是中国的东西。（蓍之德圆而神，卦之德方以智，六爻之义易以贡。）

几何在此变拓扑，规矩变成面包师揉面粉。北京有拉面，面粉一揉，分子与邻近分子的关系，小单位全混乱了。

揉过的面是否能回到没揉过的状态，即今天过去了，今天还会来吗？爱因斯坦和玻尔为此争论了一生。

先生言：

我相信是可逆的，有超时间。

婴儿生出来，入世受教育，就是揉面粉，如何能恢复本来面目。

《春秋》现在读和过去读不同。牛顿力学成功，可前推几千年和后推几千年，检验《春秋》记载的"日有食之"全都是看见写下来的，证明此书不伪。本来是不能颠倒算的。

自然如此，人事可逆不可逆。

先生言：

不可逆和可逆要合在一起看。

普里戈金，他还没有到康德，不知道有先验的东西。

他不相信宗教，对此不谈。

普里戈金谈自组织与中国思想很像，中国着重关系，抽象讲关系，不同西方执著一个问题看。（序）

先生言：

他了解爱因斯坦与玻尔，用统计看无所谓。

这里有数量级的问题。你在某个数量级，对下面看得清楚，对上面看不清楚。

一个分子，没有揉过，旁边碰到是什么，揉过以后，永远碰不着。这和整团面粉无关，这团面粉仍是一样。

对人，这是个大问题。家庭破坏了，国家破坏了，人本身也破坏了。

要碰着，就涉及去掉自私。

生物大问题。

整个宇宙大循环，可重复。

单细胞成功，六十四个密码在翻译。莫诺根本否定进化，DNA 总归这点东西在翻译，所谓分段生死。

薛先生言：十八亿光年仍回此处。

到此处一切皆光，光就是时间，成黑洞。

先生言：

人了不得，每秒达到九公里，而光速三十万公里，理论与具体实践差了一大段。

到太阳系外，成等离子体，这里的东西全部揉乱了。

人可贵，从存在到演化，有一个路线。

存在不是不变，维勒想，到黑洞如何出来，超光速。

一超光速，时间可逆了。

阴阳五行，意思太复杂了。

先生言：

决定论，可逆。概率，不可逆。《易》存卜筮，就是有概率。

> 观象玩辞，可逆（存在），不变。
> 观象玩占，不可逆（演化），变。
> 但全部在《易经》中。

今天此处讲的空间和上次讲的空间（房间）不可能全部一样，永远不可逆。

但是你怎样做出去，就有怎样结果回来。不昧因果，这是可逆。

这三张图，一张可逆，一张不可逆，一张可逆不可逆之间。

存在到演化的桥梁。

先生言：（解说图）

五维有十个四维体。方图的一半即《维摩诘经》之十方世界，也即天一地二天三地四……天九地十之河图之数。

六维有十二个五维体，即十二爻。

从几何到拓扑，度量没有了，但是维数不变。

三维虚灵不昧是容易的，理学要到四维、五维。

四维的东西三维摆不进，一根翘的铅丝，在面上摆不平。

绘画有种种方法可表示，墨有点淡了，有点深了，形象出来了。

先生言：

我看几千年的历史都在重复，但是人们看不破。

学问在于不可逆的东西叫它可逆，但是仍然有新的不可逆，永远如此。可逆——不可逆——可逆，如此进步。

虚灵不昧的东西可以无穷扩大，决计不是限在此处，永远可以上去，但是上去自有个规律。

我画的还只是坐标，拓扑学可变化，长短高低都可，但是维数应该明确。

六月二十四日

夜闻琴，感触。

六月二十六日

先生昨日言：

研究飞碟后面有什么，和先假设一个上帝予以信仰，是不同的两回事。

先生言：

就像通过康德一关方可谈西方哲学一样，不通过《易经》一关不可能谈中国哲学。这不是因为我喜欢《易经》，事实上如此。

先生言：

康德之后出了一个黑格尔，现在的形势是黑格尔之后还需要一个康德，但西方目前无此人。新康德主义不行，黑格尔解决了康德之二难？此错误，二难永远不能废。

先生言：

十九世纪人人想建立一个体系，包括杜林在内，此思想到二十世纪才打破。

问：天主教和马丁·路德新教，有些像中国的今古文。

先生言：

教会和新教之关系，在西藏则为黄教和红教。红教早于黄教，黄教后起，在北京为雍和宫。一出宗喀巴，一出莲花生大师，两者程度大别。

问：可能明末思想太复杂了，有五教之入（加上基督、回），才有乾嘉学派之兴起，想看看中国文化本来面目究竟是什么。他们想找纯粹的中国思想，故只认文字为可靠。

先生言：

薛先生言，清代起先认为王阳明不对，到明初。继之又认为明初不对，继之又认为宋仍不对，到汉，其实只到东汉为止。但是清末甲骨文一来，全部打破。

先生言：

很可能起源于埃及、巴比伦的文化，一路传希腊，一路传中国，然而中国自有东西相应。

先生言：

《道藏》主兼容并包，收书广，亦有作者出钱收入之事。

先生言：

《20世纪科学技术简史》结束语（520页），作者许良英，中国懂爱因斯坦者，认为几何在古代产生是一个例外，可见他重视几何的地位。而二十世纪数学部分的目录，为拓扑学与微分几何，二者已代替几何。几何为十九世纪之学，但拓扑学维数不变。

问：读康德，仍感不能贯通。

先生言：

得诀以后看丹书。

熊十力《佛家名相通释》，大百科全书出版社，1985年7月版，9页：

> 玄奘大师译《大般若经》既成，每窃叹此经义境太高，恐此土众生智量狭小，难于领受，则不胜其嗟愧。向也不究此旨，今乃知其言之悲也。愿读佛书者，时取奘师此等话头参对，庶有以自激其愤悱之几欤。

六月二十七日

先生言：

京房八宫是四维时空连续区，还不是真正的《易》。近代华罗庚写出四维五胞腔，同八宫图完全一样。

时间在同一空间显出来，即千手观音之象。

从四维时空连续区上去，数字极其巧妙。

此图投影于二维，代表三维，再将此二维立体化，就是四维。

人所见的万物，都是三维，二维看不见，四维也看不见，中国称为六合之内。二维、一维不一样，现实生活中绝对没有，只在脑筋里有。

《易》最高的境界是易无体。

先生言：

一点反而无穷，入于不二法门。点不容易，三千大千世界全在此。

黑洞，三千大千世界入于一毛孔，里面完全是另外一个天地，豁然开朗。

线反而有限度，现在叫边界。线的边界是两个点，除非途中跳火车，否则两个站头一立，罪犯不可能逃走。

面是四根线。

体是六个面，故六合。没有六面，围不成一个体，空间是面搭成的。

四维以上的边界叫胞腔，几个胞腔可以把四维围住。欧拉定理，八个胞腔，时间看出来，就要看八个体。

$V+F=E+2$　　　　　顶点数 V　　　棱数 E　　　面数 F

五维有十个四维体，故薛先生云，十方世界。

八个体围的是什么东西？这个空间脑筋里搭得出吗？

先生言：

这张图（《直观几何》，155 页）看了不知道多少时间，现在看上去清清楚楚。研究社会科学，此图非懂不可。

此图可以解释半衰期，为什么有的几秒钟，有的几十亿年。此生彼灭，此灭彼生。

《维摩诘经》一切即一，一即一切的思想好。

问：《印度教与佛教史纲》作者言，佛教胜于基督教。我也有此感。

先生言：

西洋人有西洋人的思想发展，不是《圣经》，而是解释《圣经》的东西。西洋人现在解释《圣经》的东西深得不得了。评论哪一种宗教好不好，任何人都没有资格，如果有，一定是偏见。宗教的东西，信仰你总归去信仰，不能评判。

又言：

《维摩诘经》，还不是我现在在解释它吗？

先生言：

维特根斯坦《逻辑哲学论》比较简单，初步的《易经》就是这东西，所以他晚年要破掉。

先生言：

《华严经·阿僧祇品》，佛教精华全在此。内容是数量级。

1582 年（万历十年壬午）西洋各国开始废古代儒略历（Julius Caesar 于公元前 46 年创此历法于罗马，为今通用历法之始），改用格勒哥里（Pope Gregory X Ⅲ，罗马教皇）新阳历，以十月五日为十五日，中间消去十日。此因儒略历以 $365\frac{1}{4}$ 为一回归年，规定每年为 365 天，再加上每四年一闰。但实际上地球公转一周为 365 天 5 小时 48 分 46 秒（天文学一回归年长度为 365.2422 平太阳日），因而有此积差。格勒哥里历从本年十月加以拨正后，同时规定"逢百之年不闰"（每二十五个四年）"逢四百之年置闰"（每一百个四年）以消除此后较大误差。此历后通行世界。

梁家勉《徐光启年谱》，46 页

六月二十九日

先生言：

六只角全成直角。

爻名大义图——用九用六图——六维十二胞腔图，我的思路全在此，阴阳五行亦全在此。

一个六维体等于十二个五维十胞腔。

一个五维体等于十个四维八胞腔。

此即为六十花甲。六维有六十个四维。

不是六十四卦，结合不起此天干地支。

初九仅此三十二卦，此三十二有三十二个道理。《敩爻》的义理基础全在此。（五维）此图十二张。

初二，十六卦。（四维）

《周易终始》照此原则。

七月四日

先生言：

《参同契》《黄庭经》《太平经》《抱朴子》为汉末兴起道教的基础。《参同契》《黄庭经》讲修身内容，《太平经》《抱朴子》扩大社会影响。

先生言：

前有陈抟（吕洞宾飞剑斩黄龙？）、后有张伯端（与雪窦同时）结束禅宗。理学之种种《学案》，全从《灯录》出。

先生言：

文成公主嫁吐蕃（641），正与弘忍、神秀、慧能同时，入藏带入禅宗，至吐蕃净禅宗（782—784），禅密已合。（见戴密微《吐蕃僧诤记》）

问：从爻名大义图，到用九用六图，到六维十二胞腔，诸图皆精力凝成。

先生言：

此图已非自觉，而是在上层觉他。到了现代，再用《周易折中》觉他已不行了。

先生言：

《论语》之要在《尧曰》章，薛先生的学问直接从《尧曰》章跳上去。"天之历数在尔躬"，故几百部易注不要了。

先生言：

义理根据时空而来，时空一变，再用此义理就错。中国的封建跟义理之学有关，《论语》完全可以根据孔子时的历史事实重编。毛奇龄《四书改错》攻朱，因朱之义理虽精彩，用时空一判，则许多不能落实。

先生言：

孔子是划时代的人物，极平凡而极伟大，否则中国的学问全部散失在各国。其要在礼乐（《诗》《书》），《易》在礼中，《春秋》之学后来出于弟子。

又言：

子贡纵横家，子夏经学，吴起兵家法家，仲弓（雍也可使南面）政治学，颜回、庄周气功一路（大意），曾子、子思一路到孟子，又一路出《文言》《彖》《小象》等。孔子之学由这些弟子总结起来，分散于各国。知此，方可由战国走到春秋。

先生言：

孔子反对季氏，反对田氏，无论如何有保守的一面，此与《左传》（编者极像是吴起）的态度截然不同。董仲舒以后要捧孔子，才改变其形象。

又言：

西洋学问不够在认识自己，认识自己孔老皆有成就，而《易》尚在此之上。

又言：

《论语》"吾与点也"，尚为少年思想，境界不高。用时间一合内容显出，早年学问对曾点讲，晚年学问对曾子讲。

问：熊先生云：东汉以后光武惩新莽之变，提倡名教，故为经学形成的促因。经学形成，孔子形象凝固，且提倡风节之后，即有太学生清流之祸，延至东林。甚至至今犹如此，今云"极左派"。

先生言：

故西汉尚有学问可以看看，东汉就没有味道了。此不能提倡，熊先生反对以孝治天下，难道是要人不孝？不是的。然后东汉有道教起，晋以前道教都是革命的，南北朝以后入官方。

问：每一代都有实质性的学问产生，永远不断？此之谓革命。

先生言：

革命实质有两方面，一是对世界的认识，二是对生产力的促进。中国前者极深，后者不够。此两面或可云唯心、唯物。（笑）

先生言：

日前听广播，说全世界的温度提高三度，北冰洋融水下来，沿海城市都会受影响。这不过是五十到一百年之间的事，我的年龄已可不关，你们都要经历到。

先生言：

你们想过没有，化学元素周期表起多大作用。要出太阳系等离子态，才消失。在这儿总归还起作用，社会科学的元素周期表就是《说卦》。

又言：

《说卦》：义理，方位，象数（大意）。

先生言：

永远有先验。大爆炸宇宙学，还不是一个劫。过此以往，未之或知也，人总有不知道的东西。我把《易经》神秘的东西打破了，这些（指六维）都是人类智慧可知的，并不神秘。太阳系以外，银河系以外，神秘的东西多着呢。

先生言：

密宗、道教直接研究生理学，包括夫妇关系等，这关系到人类的进化、优生等，外国对此研究极深。

先生言：

黄教必定要通过此关，红教知道此关，但可以不通过此而超越上去。

先生言：

过去谈学问，喜欢清净。现在自然而然地觉得小孩（指思思）在旁边玩，一点都无妨碍，照样谈极深的内容。

又言：（同时照顾孩子，孩子在捣乱）

这不是浪费时间，这就是时间。

先生言：

薛先生有人劝他修密，他拒绝了。

先生言：

《中庸》："未有学养子而后嫁者也。"——生物有本能，船到桥头自然直。

问：我的文章中评曾国藩几句话，是否过了？不及了？

先生言：

此话我都难说，只能自己判断。于心安了，即可。

七月五日

先生言：

晋代，道教经典大兴。魏夫人《黄庭经》，所以继《参同契》为重要典籍。晋至唐主要道教人物，以魏夫人始。魏夫人为魏舒之女，舒于《晋书》卷四十二有传，年八十二卒于晋武帝太熙元年，则生于汉献帝建安十四年（209—290）。魏夫人于《太平广记》卷五十八有传，卒于晋成帝咸和九年，年八十五，则生于晋废帝嘉平四年（252—334）。

先生言：

楼观派，见《历世真仙体道通鉴》卷三十《梁谌传》。北朝时居楼观，信《化胡经》，多造古事，谓昔周康王大夫关令尹之故宅，以结草为楼，观星望气。

先生言：

曾慥，字端伯，晋江（今属福建）人。官至尚书郎，直宝文阁，后隐居银峰。编成《道枢》，取《齐物论》"彼是莫得其偶，谓之道枢"。绍兴二十一年（1151）编成《集神仙传》。晚年养生，潜心至道，因采前辈所录神仙事迹并所闻见（《自序》），摘录汉以来 252 种笔记小说，于绍兴六年编成《类说》六十卷。

四

一九八六年

七月九日

读陈元晖《康德的时空观》(中国社会科学出版社，1982)，12 页：

康德叙述他的认识论，是从先验感性论开始的。他指出，先验感性论除空间和时间两大要素外，不能再包含其他要素。(爱因斯坦犹同此，先生批。) 空间和时间是知识的两大源流，空间和时间，合起来说，两者都是一切感性直观的纯粹形式，两者都没有绝对实在性，所以两者都是主观的，绝对实在性也就是客观实在性，没有客观实在性也就是否定了两者的物质性。康德认为，就空间本身来说，在空间中没有运动着的事物，运动着的事物是经验的质料，而空间则是纯粹形式。时间呢？康德认为，时间本身并不变化，所变化的只是经验的质料。变化概念是以知觉为前提的，而纯粹形式的时间则先于对一切现实的知觉。

先生批：
主观在于时空数量级，于生物即为大年小年之生物钟。

先生言：
六维十二胞腔图，可化为十二张五维十胞腔图。

十二图相称于乾坤十二爻，外三十二卦都是初九，内三十二卦都是初六。

十二张五维图化为六十张四维图，不是一百二十张，因为必有两张相同。

最小公倍数　$2\dfrac{\underline{10\times12}}{5\times6}=60$

先生言：

二爻之间的关系，有十五种不同。

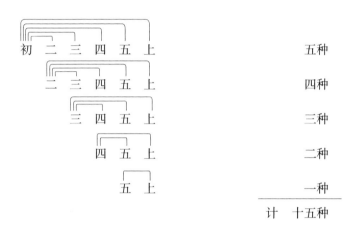

每二爻之间的关系有四种（如初九，六二，初六，九二）。

$15\times4=60$

有了此图，《易经》的数全部在此。

先生言：

六十四卦	六	十二	地支
三十二卦	五	十	天干
十六卦	四	六十	花甲

先生言：

三维还有东西，不谈了。

此为几何，非拓扑，尚有非阿几何。连续（无穷维）——离散。

两爻之间的关系，搭起一个四维时空区。社会上种种关系，都可以装入。读《易》不可不知应、比、同功。

京房易是在这十二张图中弄出来两张。因为只有两张，故对应客观事实不可能完全准。

排八字不会有四甲子。刘先生（衍文）言："《水浒传》（卢俊义）、《金瓶梅》中的八字都是错的。"

此相应卦之德方以智。（以上回顾）

先生言：

再看"六爻之义易以贡"。

爻，此图既是方，又是圆，方圆之间的变化。

参天两地。二方，三圆。

要懂六维—六十四胞腔，先要懂四维—十六胞腔。图见希尔伯脱《直观几何》154 页，图 171。

此图相应 92 页图 95 之三角。154 页只画到四维，看清此图，方可看上去。

此图在四维以上，希尔伯脱投影没有投出来。92 页图 97、99，连四维都画不出，更无论上推至五维了。

此图有十六个四面体。禅宗所谓无缝塔，滴水不入。

此图可以看很久。

内一外三	四个	
外一内三	四个	十六个
内二外二	六个	
外一内一	二个	

先生言：

希尔伯脱没有投影出来，我看了出来，在《易经》的方图。

这张图相称四十八卦。

64－16（对角线各八卦）＝48 卦

先天图八个卦，相称于八个点。

正方两折成四只三角。

八个点——四十八根线，十六个四面体。

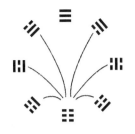

每一个点，出去六根线。

八个点。

$8 \times 6 = 48$ 卦。

此天造地设（缺十六卦）。

画图、音乐有灵感出来，就是此。

古往今来种种社会关系，不弄清楚怎么可以。

爱因斯坦认为自然界一定要有个规律。

这张图对面不过去，对冲。如果过去，另外是一图。

从此四维图推上去不容易。只有推上去，这一栏（2^n 类型）才可与左栏（$2n$ 类型）相应。

种种四维都是为了显出时间。显出时间有种种方法，搭四十八根线。

此图（图171）与同页另一图（图170）是一回事。一从三角出，一从方出。

两象易——变二十四卦。

二十四根线，搭出此图。

剥→ ←谦，两象易。

坤不至坤，故缺八纯卦。

坤不至乾，故缺八对冲。

数学确定了，哲学意义出来。

现在两进制意义不大了，在此一百年至三百年之间已用了。

我的图是将希尔伯脱图171再来一个投影，故简化了。

先生言：

这篇文章（"论《周易》大衍筮法与正则六维空间的一一对应关系"）我写出来，本来不要人家懂的。我自己讲一讲，总归好一点。由我自己来讲，这形象是真的。

七月十日

先生言：

爻名大义图、用九用六图属三晋地区思想，与齐鲁地区《彖》《象》不同，一千余年后邵康节亦在百源得此。

先生言：

薛先生的五维是发展《易经》，我的六维是讲到二千多年前《易经》本身上去。

先生言：

王夫之《诗经稗疏》，我断定不可能是晚年的作品。他那样的学者，晚年不可能再做这类形而下的工作。（按：此以理判断）

先生言：

关心飞碟、宇宙人等背后的东西，而宗教徒不是如此。

问：宗教徒局限于想象的世界，反而隔了，是否？

先生言：

出入无疾。

先生言：

清代有人将杨诚斋《易传》合入程传，以期事与理相辅，后来有人极力反对。此事唐先生（文治）语我。

问：一、于理学程与杨地位不相称；二、经与史终究不同，合恐两伤。

先生言：

唐先生云不必分。

又言：

杨传已及中国史，今后不知谁人做世界史的工作。卦爻辞与世界史相合，确有妙不可言的地方。

问：以一百年定时间周期，本无道理。但是观历史在世纪之交确有转折，如十九世纪二十世纪之交，物理、文学、哲学之变。

先生言：

此仍为心理作用。如中国定花甲六十周期，于甲子年亦产生许多说法。而且西方定公元，亦远在耶稣后。

问：七月八日《新民晚报》有赵丽宏文，在墨西哥书店仅见两部中国书，《易》《老》。文章云：《易经》在整个拉丁美洲都很有名，这里的人以一种敬畏的心情来读它。他们认为这部书穷极宇宙哲理，不仅能追索过去，还能预卜未来。

先生言：

所以《易》还不能完全拆穿，对外国人讲得太清楚了，他们会以为不过如此。爱因斯坦的四维只做出数学形式，未做出几何形式，尽管他是照几何图形算的。薛先生的《超相对论》，也未画出几何图形，其图形只对我一人言。我的"大衍筮法与正则六维空间的一一对应关系"，抽去了几百张图，也只是一半。

《能海上师传》 宗顺编，1984。

能海上师（1886—1967），俗姓龚，四川绵竹人。

一九〇五年，入陆军学校，为刘湘、刘文辉同学。一九〇七年任云南讲武堂教官，朱德出于此校。

一九二四年，生子四十天后毅然出家，三十九岁。

一九二八年，赴藏，依止康萨喇嘛五年。长随五年，深得显密法要，获宗喀巴大师第二十八代嫡传的殊胜传承。一九三二年取道印度回国。

一九三八年，于蓉建立内地首建之黄密道场。

一九四〇年，再次入藏，迎请喇嘛入内地弘法。得康萨喇嘛四百多种大灌顶，半年内传完各种仪轨，得全部密教传承，而喇嘛病故。

一九四五年，罗斯福总统函请赴美弘法，未往。

一九五一年，为政协特邀代表。朱德亲问，忆昔听课极其生动云。

一九五三年，任全国佛协副会长。

一九六六年，红卫兵宣布解散全山寺庙，遣返全部僧人。师问："是否当走？"左右莫测所以。次日（一九六七年元旦）视之，已宴然坐化矣。

师具得汉禅藏密的殊胜传承，曾自谓："临济正宗传于能海四十四代，康公所传之法于某二十九代。"汉人至藏而得完全法统者，师堪称第一人。

昔宗喀巴大师在西藏发愿转末法为正法五百年，而中兴藏密。上师倡导率四众弟子共发宏愿，愿再转末法为正法五百年。

师言：

"若不依止善知识，惟自钻研书籍，读诵极多，修戒仍不得下手方便，修定亦不别邪正。"

"从来有成就之大德，无一不具中下士之坚实基础。上士观自苦求出离，观他苦发菩提，愿皆离苦，得涅槃乐，关键在于不轻声缘乘，亦不废自乘。出离心，菩提心，以及正知正见，道之三要得以建立也。"

"显教乃密教的基础，密教乃显教之善巧方便，密法若离开显教之基础，即无异于外道。故学人必须有坚实的显教基础，方堪学密。"有谓学密者可不必拘泥于别解脱戒，师则断然不许。因密法讲即身成就，速度快故，要求亦高，亏损律仪，直坠地狱，如飞机少一螺钉，危险极大，不比普通车辆故也。

晚年特尊阿含，谓为佛金口所宣，百劫千生难逢之教，所有密法道理及秘密，《阿含经》里均有含藏。从一九六〇年起，每日精读《增一阿含》，根据康公等恩师口授要诀，及自他多年学修经验，撰写《学记》。且谓："服膺阿含，全心遵行，则神通光明不求而自来。""密法本来在戒律中，戒律即是密传，故应结合而修也。"

有谓僧人无戒行者，何必敬之，师曰："人闻此说之后，每遇出家人，即起一观察过失之心，是即坏三宝之初步。"

师曰："慧行未实证为正知正见，实证即是般若度。"

遇红教寺庙，如康公教，低头示敬。对其他宗派，均恭敬相待也。

"盖真谛本无言说，一落言说，即是俗谛，即般若须依八正道说也。"

七月十四日

先生言：

易学史，西周以前全是自然科学。西周可提出纲领：数字卦。春秋战国已有文献，清清楚楚。

又言：

我要提出秦易。秦统一天下，从吕不韦取东周始。统一前思想为二书，《吕氏春秋》《韩非子》，二人皆被杀。后起则为秦易，全是卜筮迷信，此对道教有影响。

先生言：

汉易可分六段（？）。汉元年到汉文帝一百年，其中有贾谊。贾谊对汉文帝谈取匈奴之策（见《新书》），以文帝此时的实力，当然听不进。朝中老臣当道，贾谊只好南贬长沙。

又言：

文化大革命中，姚文元欲效贾谊，对毛泽东谈，亦被阻止。四人帮锄去老干部之策屡屡不行，故出版《新书》。

先生言：

楚易可见于《楚辞》。《卜居》屈原问卜于郑詹尹，《远游》求之于气功，最后两方面都不得解决，故不能不自杀。

先生言：

王国维自杀是有《楚辞》的思想，而无《诗经》的思想。

又言：

船山之"韵意不容双转"，意思极深。理智的发展到此告一段落了，感情还没有告一段落。理智的发展和感情的发展，不是一条路线。诗歌的韵转了，意还没有转。（因思：时代发展，亦犹如此？）

又言：

王国维的思想越升越高，但是肉体为业所缚，不能相应上去，故不得已自杀。

先生言：

能海上师和熊十力同时。他当年和朱德的关系，同熊十力和董必武的关系一样，后来脱离革命才另走一路。解放后要抬高政治一条路，压低另一条路，这过了。

又言：

能海与熊十力自己选择另外一条路，都是走得通的。另一人吕秋逸要弄清印度原来的佛教，此路则不通。佛教一进入汉地就两样了，所以他的学问我敬佩，但是终究未达一间。

又言：

黄教一搭着政治，就只能如此了，红教则从另外一条路发展。黄教和红教各有一套东西，神通也不同。

又言：

我现在已没有密的思想了。

又言：

文化大革命把一批人收上去了。熊、马（一浮）、薛、杨、能海（佛教）、陈撄宁（道教），全于此时去世。

先生言：

计算机 0 — 63，缺 64，到 64 "啪嗒" 回到零，此为循环进位。不管多少位，计算机总是缺一位，此之谓 "復见天地之心"。

又言：

数学概念直接都是哲学概念。

先生言：

"爻名大义图"，卦一栏即为李之才卦变图，爻一栏即为邵康节爻变图。

七月十六日

先生言：

（《直观几何》154 页，图 171）四维十六胞腔，是将四维图投影为三维立体，将三维再次投影。此图即成上次所画的二维平面图，然后永远平面。有此基础，方可从四维上推六维。

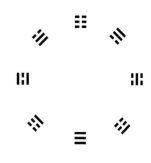

图 171，我在脑筋中也可画出五维，但画出太复杂了。因其太复杂，不可能画出六维十二胞腔这样的立体图，只能再投影成平面。内容一样，方法两样。

此图在我脑筋里想了很久，才想了出来。希尔伯脱本人，也没有画出四维以上的图。国外应当另有上推的方法，不知如何。

六维—十二胞腔方图投影至平面，即成用九用六图。爻名大义图、用九用六图、六维十二胞腔图等价。

此图初九、九二、九三、九四、九五、上九，初六、六二、六三、六四、六五、上六，即十二爻，可变六十四卦。

六点结合，一定是六十四卦，有三十二张图。

六十四堵墙，砌成一个六维空间，可以用直观观得。

五运六气也在其中。

六块平面，搭成一个立体。里面不是立体，平面可无穷。可依此上推。

先生言：

能将六维—六十四胞腔与六维—十二胞腔两张图合成一张，我就承认你懂《易经》了。一张是卦，一张是爻。

卦是七八，爻是九六。

对偶关系是七八九六的变化。

对偶就是这个放入那个，点对面。（《直观几何》93—95 页）

阴阳——五行中的生克——对偶。

对偶——少一维。

三维对偶

8	点	8	面
12	线	12	线
6	面	6	点
1	体	1	体

六面体　　　　　　八面体

此之谓对偶。

亦可画成

三维如此，四、五、六维可上推。

四维

点 16	——	体 16
线 28	——	面 28
面 24	——	线 24
体 8	——	点 8

4 — 8　　　　　　4 — 16　　　　　　《直观几何》图 170 — 171

点相应体，此之谓阴阳。

任何学问到了最高一个点，包你到另外一个地方去。一化一切，华严境界来了。

0	4
1	3
2	2
3	1
4	0
5 — 10	5 — 32

从零维可入另一体。

对偶，回去再想一想。

6－12	6－64	从零推过去。
0	5	
1	4	
2	3	
3	2	
4	1	
5	0	

以上为《论大衍筮法》旁边两栏的相互对偶，自对偶更妙。

先生言：

对偶逃不出六七八九。

对偶从二维上来，从平面几何始。《直观几何》111 页前后，点就是线。

93 页的图，在脑筋里可以多放一段时间。

自对偶讲完后，再推广到无穷维，就变成了拓扑。

六十四个东西搭起来，搭成一个完全不漏风的墙，禅宗所谓的无缝塔。

对偶已和维数不同了。多少维可以随便，阴阳总是有的。自对偶在自身，不管外面多少劫。

再讲《易经》的关系。处处一曲线，微分无限，要积分，看这个积分放在怎样的空间中去。函数可以自造。（大意）

自对偶讲完，再讲六七八九。

七月十七日

世情推物理，人生贵适意，想人间造物搬兴废。吉藏凶，凶藏吉。

富贵哪能常富贵？日盈昃，月满亏蚀。地下东南，天高西北，天地尚无完体。

《倚天屠龙记》788 页，小昭所唱曲。

小昭道："好，我再唱一段。"左手的五根手指在石上轻轻按捺，唱了起来：

"展放愁眉，休争闲气。今日容颜，老于昨日。古往今来，尽须如此。管他贤的愚的，贫的和富的。

到头这一身，难逃那一日。受用了一朝，一朝便宜。百岁光阴，七十者稀，急急流年，滔滔逝水。"

曲中辞意豁达，显是个饱经忧患，看破了世情的人的胸怀，和小昭的如花年华殊不相称。

同上，788页，小昭再唱曲。

按：来自元关汉卿《乔牌儿》《夜行船》《锦上花》《幺》。

先生言：

对偶是一个顶点，是另一个空间的中心。所在是四维，从三维出去，就是另一个三维。你本身所在之处越好，出去也越好。

禅宗有所谓觉而后悟，此因为原来所处的层次太低，出去后仍是一个较低的境界。必须把自己所在的空间层次搞清楚。

先生言：

要知道边界的边界。要知道自己学问整体的最高一点是什么，然后思之思之，鬼神通之，出去豁然是一个新天地。

先生言：

阴阳八卦之前是五行，数字卦已有五行的意思了。然而五行之前是什么呢？还是阴阳。要知道五行产生以后，阴阳即变成五行中之生克。此意极深。

先生言：

鲁哀公十四年（-481），孔子绝笔获麟之年，亦即孔子请伐田齐之年。如果《公羊》《穀梁》所说《春秋》有微言大义，此即微言大义。此年孔子七十一岁，孔子七十从心所欲不逾矩，可以与历史事实相应。伐齐是孔子一生所执的最后一件事，如"天何言哉，四时行焉，百物生焉"，"礼云礼云，玉帛云乎哉。乐云乐云，钟鼓云乎哉"之类最高境界的话，都可判归其后。毛奇龄《四书改错》改程子注《论语》之义理不妥，是从历史角度看。

问：程朱理学是凭空想象一个最高的人，然后孔子就是他们想象的那个人，其义理全然不顾历史，似为理学之病。

先生言：

是。连董仲舒也是想象孔子。毛奇龄批朱，清初开国，于学问尚有此等人物。后来乾嘉学派越弄越琐碎。

问：初祖达磨数次遇刺，二祖慧可自断一臂，亦有人说起于宗教纷争，六祖得袈裟后即逃走，印度龙树、无著、世亲亦迭次遇险，为何宗教惨烈如是。明代圆悟论○相，多精语。然斤斤于辩解自己真别人伪，令人感觉不应如此。

先生言：

你所谈的是你凭空想象的宗教，宗教实际上也有种种世间的纠缠。弘一法师出家后也没有办法，得到人帮助才有了一小寺院安顿（大意）。印光法师屡言，佛教本来不会败，都是佛教内部的人自败。又言，释迦在世时所斥逐的外道，转世后都投胎入佛门，以便从内部破坏佛教。此言极其沉痛。

问：单培根居士（因明研究者）言：熊先生《佛家名相通释》一书瑕瑜参半，熊不信三世因果，为研究医学而不信有病者。

先生言：

有一事我在文章中（指《敬论熊师之思想结构》）避讳了，熊先生死前持《往生咒》，这又怎么说。那么我的文章和熊的排佛归儒是不是假？绝对不假。识此想上去，才可能理解佛教。

问：海德格尔言：（1946 年战后）"'德国的'不是对世界说，以便世界靠德国的本质来恢复健康，'德国的'是对德国人说，以便德国人从命定的归属于各民族的关系中与各民族一同变成有世界历史意义的。"（杜任之《西方著名哲学家述评》254 页）此语未误，述评者读错了。

先生言：

楚人亡弓，楚人得之，免楚而后可。此意极深。

林国良言：大爆炸宇宙学的"奇点"，在数学上是一个几何点，在物理上有具体内涵，指 10^{-44} 秒以内。对此，时空概念已不适用。

刘先生（衍文）言：中国人才从西北到东南，唐以前西北多，唐以后东南多，山川之气也存在着循环。

又言：顾炎武《读史方舆纪要》多言山川形胜，必读。

七月十八日

先生言（答某人信）：

所询问诸名词概念，依次解释于下：

1. 多维空间——hyperspace，亦名 higher space，数学专门名词。若干直线互交直角，若干个直角即若干维。

2. 易理与现代科学之关系——以数学模型论，即与多维空间相通。

3. 象数——吾国易理所固有，合诸西方数学，象即几何，数即代数。其初几何代数之结合为解析几何，十七世纪法国笛卡儿于 1637 年出版《几何学》，已完成其理。其后代数由群论起，几何由非欧几何多维空间起，又各自发展，今宜加以结合。而易理之象数本有明其结合之理，易方阵、圆图皆是。

4. 正则多维空间——holomorphic hyperspace，数学专门名词，诸胞腔全同之多维空间。

5. $2n$ 与 2^n 互为对偶，$n+1$ 为自对偶，此亦数学之客观事实，皆已经证明。

6. 以 5 代入 n，$2n=2\times5=10$，名曰（5—10）；$2^n=2^5=32$，名曰（5—32）；$n+1=5+1=6$，名曰（5—6）。

7. 纳甲谓以天干十代入卦象，其十数即河图之十数，合诸现代化多维空间之数学，即（5—10）之十个胞腔。

8. 胞腔——cell，数学专门名称，犹边界。以三维空间言，吾国本有六合之名，即六个正方形为边界合成一个立方体，今于三维以上，特加胞腔之名。

9. 对偶于（5—32），即 $2\times5=10$（顶点为 32）$\longleftrightarrow 2^5=32$（顶点为 10）。顶点数与胞腔数互同者即互为对偶，本身同者为自对偶。

10. 爻辰，谓以地支十二代入九、六十二爻。

11.（5—6），即 n+1 类型之正则多维空间。

12.维数以纯数学言，本可无限增加，《易》之卦象亦然。今止于 64 卦 384 爻，即取以五维为基础。

13.卦爻之基本概念：卦即爻之聚合，爻即卦之分散，即一卦分为六爻，六爻合为一卦。

14.（5—10），即 2n 类型之正则多维空间。

15.本（5—10）而五，即 $\frac{2n}{2}=5$。指十胞腔当分阴阳，即天数 1、3、5、7、9，地数 2、4、6、8、10。

16.倍（5—10）而十二，即 2（n+1），指十二地支。因（5—6）为自对偶，亦当分阴阳，亦即用九用六十二爻，即爻辰。

17.以数观之，纳甲 10，爻辰 12，即五维正则空间之数。

18.《易·文言》有曰："六爻发挥，旁通情也。"谓易象天地万物之情，六爻间皆可发挥，故不限于同位爻。

19.维数多的现象，决不能在维数少的空间中表示出。

20.易理之消息，即增加一维，能见种种少一维不能见到的现象，犹今相对论能见牛顿力学所不能见到的现象。

七月二十日

先生基本完成《东周的起讫与分期》。

先生言：

孔子之道最后传给子贡，观子贡于孔子墓独守六年，其情可喻。"天何言哉"这段话是对子贡讲的。子贡后来成巨富，周游列国，自然有其政治目的在内。

先生言：

我不是特别喜欢孔子，但也不得不喜欢孔子。中国出孔子，此为大事。

先生言：

我用"结构"一词，至少比过去用"体系"一词进步，佛教称为"缘起"。

先生示《战国策》"赵武灵王胡服射骑"一段。

因言：

此全部是《易经》的道理，文献言伏羲者始于此。

赵武灵王用胡服骑射来打破礼乐，胡服今可云西装。赵接受燕、代、匈奴的外来刺激，于时间上出至伏羲。

先生言：

孔子晚年也是不满东周，于三代上出至尧舜。尧舜传说也不是自孔子始，而是孔子抓住此传说，相信了它。战国时孟墨尚执此，孟子言必称尧舜，墨子则抓住禹。

然而比赵武灵王稍前，燕国子哙出了大事，禅让思想崩溃。赵武灵王接受了燕太子，一面去安燕，一面于时间上出至伏羲。燕昭王接受邹衍大九州思想，于时间上出至黄帝。当此时，鲁尚为尧舜，燕齐为黄帝，三晋则为伏羲。言伏羲、神农，应当是接受了长江流域的思想。其时荀子十来岁，故其《成相篇》提到伏羲、黄帝。荀子接受了一部分，又不接受一部分，故其思想执。宜走齐不行，走楚又不行，学生韩非、李斯的思想均不一致。汉代经学兴，时代已变，为维护统治才采用了若干。

赵接受伏羲，跟殷人的文化传统有关。秦赵长平之战，重复千年前武王伐纣，以后形势变。

《系辞》伏羲一段，与此时间相近。

七月二十日——八月三日

全家至大连、旅顺、烟台、青岛等地旅游。

八月四日

先生日来写成《东周的起讫与分期》《春秋及三传》，又补成《论〈左传〉

与易学》，共三文，今示之。同时又有数文在写作，《易学与史学学》《国语与易学》《孔子与六经》，读来有哀方术为道术之感。

八月六日

先生言：

研究历史要知道历史唯物主义之旨，马克思提出生产力没有错。其时达尔文是十二亿年，如今分子生物学是三十亿年，此不能搞错。孔子《书》始尧舜可以，孟子言必称尧舜是大错误。宋代尚在极力抬出孟子，夫复何言。其中只有朱熹是懂的，他提出了伏羲。清代乾嘉学派只到东汉，对于学术真是一落千丈。清末康有为、章太炎纠缠于今古文之争，蔡元培提出废经，此等经何可不废。

又言：

我这些话都在重复讲，但是听多了，会听出个东西来。

先生言：

《诗》《书》是理，理必须化于事，即《春秋》。

又言：

孔子抓住《春秋》，上出至尧舜。

先生言：

孔子早年言"赐也，尔爱其羊，我爱其礼"，晚年思想翻过来了，"礼云礼云，玉帛云乎哉。乐云乐云，钟鼓云乎哉"。

先生言：

《左传》开始时卜士地位崇高，结束时卜筮者已成帝王之弄臣。

又言：

《国语》全部是老子思想，为王子朝携入楚者，故对《左传》有补充作用。

先生言：

自然科学研究有数据为依据，研究社会科学的人说话没有权威性，故引述古人之言。

问：（言及社会科学界的传统文化热，又言及多为浮词，茫无所归）。

先生言：

我的工作终究会在社会上起作用，现在的形势已可看出来。

又言：

我只做我所能完成的工作，至于发表等等是另外一回事。

八月七日

先生言：（宋捷述，大意）

人就是死不掉的，人怎么甘心死，他总是在一个区域内兜来兜去。佛教就是要让人的心死，死了才可到另一区域去。

先生言：

《左传》北方，《国语》南方，因为得到周的典籍，对西周记述较《左传》更确切。《国语》跟老子思想有关，以后《国策》则已为策士之论，虽然也有个别精彩之处，但是思想却等而下之了。

先生言：

西周到东周后，原来东周一带各民族文化都受刺激而蓬勃兴起。

又言：

鲁文化和周文化还不能等同，鲁为东方文化，尽管它和周关系密切。

问：僖公三十一年，卜曰三百年。此段先生文中为什么删去？

先生言：

如据此推断，《左传》成书将更晚于现在所定的时间，则今本《左传》当有后人增入成分，但是多谈此将混乱主旨，今后再说吧。《左传》和《周易》作者可能同一学派，甚至可能同一人。吴起由鲁到魏到楚，太像了。故《左传》中卜筮，可代表《周易》作者对《周易》的认识。《左传》中诸卜筮，甚至有可能是师春所增入。

八月十二日

先生言：

科学、哲学都进到大爆炸宇宙学，宗教说大爆炸以前还是这样，这已经在研究飞碟以前的情况。

问：西方已能做性转换手术。

先生言：

十几年前就已知道。科学发展已至此一步，每年做此手术有十万人。二十三对染色体动一对就变，不稀奇。密宗全研究此类情况，粗浅尚男女有别，深一层男女无别。科学发展以前有宗教（密宗、道教），科学由外到内，宗教由内到外，都一样。

问：王国维《红楼梦研究》谈解脱，最后疑之，言释迦、基督最终解脱与否尚在不可知之数。所疑甚是，惜其力量止于此。又今日研究孔子，依据文献皆为东汉，释迦甚多出于五百年后教徒之追忆，基督之材料亦晚出。三人之真相如何，今已不可知，或有后人之种种神化。

先生言：

孔子有《春秋》，可了解其时代。吕秋逸（澂）认为释迦本身有矛盾，亦认为其没有解脱，佛教为大乘者所兴起。我不同意此说，释迦解脱了，本身就是大乘（示二文《论大乘佛教》《论十四无记》）。

问：有一厂已遣散，中国似亦将实行破产法。

先生言：

时代无情。清末有一祖传老店，售辫子之各种绳结（其子曾同往杨先生处听课），清末剪辫子，其店只好淘汰。马克思提出共产主义，是针对十九世纪资本主义而言，但后来资本主义的情况也已经变化了。

问：现在我读所有的书，都当成在读《易》。

先生笑：

如此再过几年，想不承认你懂《易》也不可能了。

问：莱布尼兹——沃尔夫——康德，康德为莱氏三传弟子，沃尔夫曾宣传中国的实践哲学，则康德之学虽出于独创，仍跟中国有关。

先生言：

碰过一碰，就已永远取了东西了。

问：人类的进步和个人的进步似乎都是碰一碰，上出。禅密碰一碰，上出。佛道碰一碰，上出。再碰一碰科学，又上出。薛先生言，将来五维超相对论已不稀奇，《易》还是《易》，《易》最终仍是上出？

先生似许之。

先生言：

隔代遗传有其理。错卦，再一个错卦还原，大致如此。

先生言：

控制论的创建者（维纳？）说，自莱布尼兹以后无一人能比其思想广大。当时的莱布尼兹就是能兼及中国的易学。

先生言：

元亨利贞为周期性终始。元亨以刚为亨，云行雨施，利贞坚持到底。

先生示《初论数字卦与阴阳符号卦的转化过程》和《综论五霸》二文。

八月十四日

访先生，先生正午睡，因躺床上谈话。还黄念祖注《大乘无量寿经解》四册等（油印本，大本弥陀）。

问：江天骥《当代西方科学哲学》270 页："在拉卡托斯的模型中，对评价一个研究纲领必须考虑的因素，首先是启发法的力量，其次是理论上和经验上的进步，而预测的失败却是无关紧要的。"先生批"重要"，何意。

先生言：

预测未来准不准是另外一回事。我判断中国文化将来会有前途，这我已经看出。实际上中国文化完全可能灭绝，但在我却总是这么说，这是不管的。《系辞》言："成天下之亹亹者，莫大乎蓍龟。"蓍龟给你一股生气。

又言：

神通有就是无，无就是有，亦是此意。（大意）

又言：

是有一种特别的方法可以得着信息的。我解放前遇一姓王的人，他也是熊十力的学生，知道我学《易》，给我看批的命书，说自己某年死。解放后与我有来往，一向健康，一、二年前果死，正如命书所言。对这一领域花些工夫了解一下，还是值得的。

先生又言：

除非起大变化，否则总是如此。

问：夏莲居。

先生言：

夏曾任佛教协会会长，是黄念祖之师。我去北京访黄时，黄说，可惜我来晚了，夏已逝世，否则他懂术数，一定有具体的东西教我。黄说，夏曾在家闭关，忽心念一动，已在室外，不能再入内。清代《平等阁笔记》亦有同类记载。夏提倡禅密净合一，对。我还遇见一人，姓养，满族，一生未婚，修道教，与夏莲居同为红教贡噶上师的弟子。他对夏不满，说夏终有一种自高自大的意思。贡噶在京时，养日夕随侍。一日贡噶显神通，掬水过盆，看见养在侧，说，你也可以来。一掬果成。养自述如此。

问：里面了还有里面，是否？

先生言：

是。

问气功。

先生笑而不言，良久。后亦谈他事。因谈夏莲居之《净语》，随口评论。

先生忽于我翻处指一句云：即此句，复念之。

先生言：

更往何处去寻师。

先生言：

《说文》中甲乙丙丁等字串起来是一张图，干支和巴比伦有关。英语数字也是到十二起变化，至今尚有"一打"之量，但西人已不知此数的意义。

先生言：

海德格尔言，"德国的"虽为希特勒所用，但和希特勒失败无关。中国文化亦如此，中国虽经历封建社会的衰败，但中国的仍是中国的。

先生言：

《论大乘佛教》和《十四无记》二文代表了我对释迦牟尼的认识，至今仍然如此。

八月十六日

先生言：（上星期日）

朱熹《易学启蒙》。

以前几何角度，此代数角度。

先生言：

（a+b）^{x}

$$2 \longrightarrow 3 \longrightarrow 4 \longrightarrow ⑤ \longrightarrow 6$$

5 方以上，世界大变化，代数解决不了。

《易》为（a+b）^{6}=a^6+6a^5b+15$a^4$$b^2$+……至高次，出大问题，不能解决。

有一年轻人（法，伽罗华）创立"群"理论，开一新境，地位可当非欧几何。

《易》是群里看出来的，不是看一个人。

（a+b）^{2}=a^2+2ab+b^2

《易》认为此误，不可能是 2ab，今已有乘法不可交换律。

$$\begin{array}{c} a^2+ab+ba+b^2 \\ ☰\ ☱\ ☲\ ☳ \end{array}$$

$$(a+b)^3 = a^3\ +\ 3a^2b\ +\ 3ab^2\ +\ b^3$$

$$\begin{array}{cc} aab & abb \\ aba & bab \\ baa & bba \end{array}$$

☰ ☱ ☲ ☳   ☴ ☵ ☶ ☷

先生言：

群论　　　　代数突破　　　　　群论跳上去，是现代数学。

非欧几何　　几何突破

伽罗华决斗之前隔夜写出，死时才二十一岁。（解决希腊尺规作图问题）

矩阵。

6方中7个东西。

7项同7项，$7×7=49$。朱熹此图出来，与伽罗华理论一一对应。

$216-144$，加出来是圆周$360°$。

现已知5方是大变化。

3方，三维空间　　　5个　　　　故柏拉图体有5个

　　　四维　　　　　4个

而　　五维　　　　　3个　　　　而且无穷维只有三个

　　　六维　　　　　3个

　　　再上去——

大衍筮法即此。

京房八宫应该有六个。京房只弄出此一个，为六分之一，即一个五维空间，故卜筮尚有点准。

《启蒙》《易林》都知此。

我是京房的推广。

死　　——　　宗庙

生　　——　　天子

　　　——　　诸侯

　　　——　　三公

　　　——　　大夫

　　　——　　元士

先生言：

京房是宗庙不变，历史不变。历史就是要变化，想盖棺定论，谈也别谈。活的也是不变的，死的也要他变化。好比四爻不变，任何时候都有称霸一方的诸侯。以联合国为天子，各国都是诸侯。美国统一，各个州仍是诸侯。

又言：

如来佛也要变。

又言：

《易》为君子谋。我不变，你在变，抓住一个不变，其余都变。

八月二十二日

问：叔本华哲学。

先生言：

杨先生曾骂叔本华，说佛教传到中国来，被中国人搞得多么像样。传到西方去，被叔本华等人弄得面目全非了。

又问：夏莲居。

先生言：

我非常佩服。但对他不可学，亦不可不学。对任何人的学问，要在看清他的范围，摆好适当的位置。且夏莲居、黄念祖终究是佛教徒。

先生言：

孔子云："志于道，据于德，依于仁，游于艺。"基础是据于德，自己先要有点东西。但据于德是要志于道，若止于德，那就极坏极坏了。据于德，志于道，具体实践却要依于仁，而游于艺得越好，依于仁得越好。游于艺即四通八达。

问：方励之文。（《宇宙创生期的遗迹：时空拓扑》，见《百科知识》，1986.1）

先生言：

文章虽然好，但是基于现在的物理观念上。现在的物理概念是要变动的，一变动此文章的作用消失。此问题薛先生早已解决，多一维全部情形改变了。

爱因斯坦有言：在现在的情况下，谁想弄清楚宇宙的终极问题，那他一定是白痴。为什么这样说？人的寿命有限，不可能对此验证。我们现在的研究已自然绕过此问题，但不是不知道有此问题。

先生言：

对此道教陈抟、密宗皆有说法。佛教有不动佛，泰山崩于前而色不变，随便你大爆炸，我还是我。文殊菩萨亦从大爆炸过来。（大意）

先生言：

孔子传子贡为恕道。恕包括对陈桓弑君（问：是否为庄子《在宥》之意？先生言：有点相近），忠此时已没有对象了。

先生言：

《东周的起讫与分期》《春秋及三传》本非计划内的作品，因为感到此还是重要的，就写了。

因谈及现在文化界的状况，先生对易学的传承至感忧虑。

先生言：

现在写出这些稿子是尽自己的责任，将来如何，其实是不管的。

问：现在的诺贝尔奖也是奖给极局部的发现，学术界有识者似未见。

先生言：

普里高津其实不过如此，但现在多少人以为了不得。现代社会信息太多，从中要找到真正的书难，得到真正的书要找出其旨更难。

八月二十三日

先生言：（八月十七日谈）

读京房易，不能以生死做标准，仅限于此，不适合现代。京房是音乐家，以十二律吕作曲，声音多得不得了。

先生言：

960　　相生　　有时只能舍生取义，只能舍鱼取熊掌。

1280　　相克　　关键你自己会寻，克中会寻出生来。

960　　相生　不会寻，生中也会遇到克。掌握各种关系，没有克的道理。懂了时间就生了，无入而不自得。

有二爻关系就是一个四维。看上去一样，位置不同，关系就两样。故有种种不同的时空范围。

明明六十四卦，弄出来却是六十甲子。

六十四卦，六十甲子，过三大阿僧祇劫还是这样。

先生言：

天子九庙（可以从各种方面去纪念），诸侯七庙，三公五庙，大夫三庙，士一庙（读书人也有点东西可以保存）。

按：《礼记·王制》："天子七庙，三昭三穆，与太祖之庙而七。诸侯五庙，二昭二穆，与太祖之庙而五。大夫三庙，一昭一穆，与太祖之庙而三。士一庙，庶人祭于寝。"先生所言不同，当领会其意。

八月二十八日

先生撰《论天干地支与数字卦》一文，此图未采入。

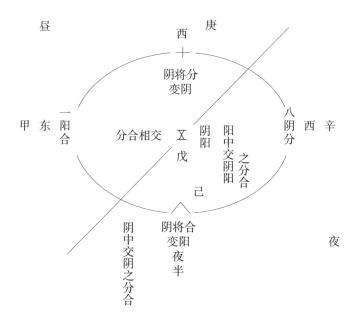

八月二十九日

先生日来赶写《孔子与六经》，嘱听写道教五文，以成"道教史"的纲要。今成三篇：一、什么是道教。二、什么是《道藏》，我国纂修《道藏》的情况如何。三、古代炼丹是怎么回事。

先生言：

唐代安史之乱后，三教都起变化。儒家有韩愈，佛教有禅宗，道则兴起汉钟离（师）、吕纯阳、刘海蟾（徒）等的新道教。宋代传说，吕纯阳曾见陈抟。

先生言：

道教南北宗的要点有三：一、不崇尚拜忏斋醮，着重从理论入手。此最好，是禅宗思想在道教中的反映。二、不重视白日飞升，肉体必死。三、三教合一。

先生言：

宋初张君房编《云笈七签》，不提陈抟。太近的人不好写，至今仍然如此。陈抟被儒家用得多，道教的人反而不大重视。

先生言：

历代宗教都被政府利用，真正相信的人是闭口不谈的。

问：为何不谈宋代密宗和清代密宗的情况。清代道教之衰，跟政府重视喇嘛教，以加强控制西藏有关。

先生言：

不谈为好，谈了恐怕引起宗教界的纠纷。

先生日来买《物理学辞典——等离子态》分册。

问：三态之外的等离子态和中子态。

先生言：

等离子态属天，中子态属地，一阳一阴，此为两端。出太阳系，我们所处的世界三态早已没有，全是等离子态。（大意）

问：等离子态中 DNA 就要打碎？

先生言：

是。

先生言：

薛先生曾经说："伏羲的科学知识远比今人为多。"

先生言：

我的物理知识并不特别好，所知道的只是最基本的纲要。如果有专攻物理学的人，比如具体研究等离子态的人，能参考这样的方法，成果一定还大得多。现在人类有限的智慧都应用在自然科学方面，这是不对的。社会科学不进步，终究不成。这并非完全是杞人忧天，学风不正不行。

先生言：

有一句话你以后永远记住好了，数字卦对我的学问有关键意义。如果没有数字卦，我的学问也不会如此跳一跳，否则我还不舍得放弃阴阳符号卦。数字卦出来，全部上去，那时更没有文字了。数字卦的意义，现在的学术界尚未知道。

先生言：

几个月来没有休息，抄《春秋》所酝酿的孔子，今已可写出。

先生言：

河图洛书，中国历代就是靠它来遗传思想。

先生言：

随便谈谈，谈的倒是关键性的话。

先生言：

《道藏》往往一修成即毁。

九月二日

《近代物理学史研究》，王福山主编。110页，方励之《宇宙的结构》：

上述的矛盾就是我们既坚持时空是物质的存在形式，又坚持量子论的一个结果。解脱这个矛盾的一个可能途径就是认为时间概念可能并不是最基本的，它可能只是由更基本的概念次生的。果真如此，则我们并不是在任何情况下都有权去问"之前"或"之后"的，即这种问题并非总是有意义的。至于时间或空间更加基本的概念是什么，目前还不十分清楚。

先生批：

这就是生物钟。

又批：

今必须以量子生物学为基础，所以未能消灭宗教之理即在此。

先生言：

天在山中，大畜。天是变化莫测的，有一股静的力量将其止住，此之谓大畜。

问：日本电视剧《阿信》中，阿信和浩太、加代的情谊淳厚。第二代阿仁已渐自私，但对初子，希望仍有兄妹的纯情。到了第三代，此情已不可能有，已然浇薄。

先生言：

这只是写一个家庭，还没有写社会。三代之变，此之谓《春秋》三世。同姓相残，完全不顾亲情，从《春秋》可以观社会。

又言：

看穿了家庭、社会是这样，但我仍然这样，此之谓"出入无疾"。

又言：

庄子言"饰小说以干县令"，文学作品空想了一套，所以一般看看很好，入迷则不必。《阿信》写了整个社会的变迁史，《红楼梦》更深刻。当年俞平伯字字校勘了一部《红楼梦》，我买回来一看，啊，没有味道了。这终究是小说。《易经》你要么没有读进去，读进去以后是不会没有味道的。

九月四日

先生言：

理学一面把四书推上去，一面把六经拉下来，从中轧出一个孔子的象。宋明理学是用孔子的，当然有局限。

先生言：

明末王阳明内圣，清末康有为外王。

先生言：

道教基本是《易》《老》。《易》给儒家抢去了，《老》则由道教变成道家，如此拆碎下来，道教还能剩下什么？

先生言：

清初顾、黄、王是南方人，颜、李是北方人。

先生言：

儒家当然是宗教。刚解放时，孔子诞生二千五百周年，我和杨先生、薛先生等五六人还在家悄悄祭奠过一回。可见孔子在解放前知识分子心目中的地位。

先生言：

现在是大崩溃的形势，俞樾所谓"又是春秋战国风"。这层意思，杨先生常常提到。我对你说此，又延续三十年。

又言：

对于我，现在的形势已经算好了，在我一生，就必须抓住此转机。事实上国家的形势还远远没有好，但是这已与我无关了。六十年代社会上也曾经讨论过一次《易经》，但是我不出来，就是在家写一些他们看不懂的东西。

问：先生日前言"人类智慧有限"？（八月二十九日）

先生言：

是。人类智慧有限，现在全集中到自然科学上去了，社会科学远远落后，这种弊病必将有长期的后果。且社会科学方面有限的精力集中于小说，这就更偏了。中国长期以来的智慧全集中在社会科学方面，这方面远比西方发达，但是自然科学相形落后。

先生言：

孔子迁就时代一直迁就到七十岁，田恒弑君，全部打破。天何言哉，不言，上去了。

问：量纲。（《近代物理学史研究》12页）

先生言：

量纲是具体的数，无量纲不是具体的数，是比例数。此比例大得不得了，如人的寿命怎能和佛比，此为大数。大数究竟指什么，迷即凡，悟即佛，其间的比例马上化到零。从邵康节还要再上去。

先生言：

清学于治经之余治诸子，自认为从春秋到战国，错了，实际只是从西汉到战国。他们治的是西汉的经学，不是春秋前的六经。从西汉到战国有诸子，从战国到春秋以前，可依据的文献只有六经。

先生言：

马一浮——王驾吾——宋祚胤（《周易新论》作者），说起来我还高上一辈。

九月七日

林国良从承德、北京、青岛归，言：

遇黄念祖（北京邮电学院电磁波教授，红教传人）。

黄言：《圆觉经》懂了，《楞严经》也在其中了。

黄言：潘先生（雨廷）亦曾修绿度母。绿度母为密宗最高功法之一，密宗有五种度母。

黄言：红教比黄教高，不赞成黄教广招弟子的做法。

黄言：净土也是大密法。

在青岛曾遇临济宗传人，又于崂山遇某道长，似皆有我慢，宜自警之。

九月十一日

《王国维遗书》五，《人间嗜好之研究》：

嗜好之为物，本所以医空虚的痛苦。

在西人名之为 kill time，在中国则名之曰消遣，其用语之确当，均无以易。

博弈之事正于抽象上表出竞争之世界，而使吾人于此满足其势力之欲者也。且博弈以但表普遍的抽象的竞争而不表所竞争者为某物，故为金钱而赌博者不在此例，故吾人竞争之本能遂于此以无嫌疑无忌惮之态度发表之。于是得窥人类极端之利己主义，至实际之人生中人类之竞争虽无异于博弈，然能如是之磊磊落落者鲜矣。

人之知力，常明于无望之福而暗于无望之祸。

博之胜负，人力和命运二者决之。而弈之胜负，全由人力决之。但又就人力言，则博者悟性上之竞争，弈者理性上之竞争也。嗜博者之性格机警也，脆弱也，依赖也。嗜弈者之性格谨慎也，坚忍也，独立也。

九月十八日

中秋。
近来因写王国维而读康德之三大批判，时时有觉。

九月二十日

往访，恰先生下火车，神采飞扬，无旅途劳顿之感。

按：先生赴北京二周，参加道教协会第四次代表大会。

宋捷言：

即使不懂气功，日常生活保持良好的精神状态即可。

九月二十二日

问：康德。

先生言：

康德在中国是高僧高道的境界，其三大批判非高僧高道的精力不办。他最后有东西显出来，就是要看看最后显出来的是什么东西。

先生言：

康德于近代仅此一人。黑格尔反而容易看。

先生言：

不可知论深刻。每一代有每一代的可知不可知，掌握可知、不可知的边界后有一跃迁，此飞跃今云全部唯心。

问：悟之于禅宗，徒见炉灰全熄，师寻拨良久，则仍有火星存（《五灯会元》卷九沩山灵佑章次）。

先生言：

死灰复燃，数字卦有焉。

先生言：

孔子掌握了当时全部历史事实后，显出来一个尧舜。孟子言必称尧舜则为大错误，老师的东西怎么可以照抄。

先生言：

孔子好就好在对学生各人各讲，目的使学生自己有东西发出来，但是弊亦出于此。以后儒分为八，孔子真面目遂不可知矣。

问：对理学有一批评，即拆分天人，其天高而玄，其人则仅至孟子。天人不相接，故其历史不可信，非节节上出之。

先生言：

此意唯朱熹懂，故伏羲，文王，孔子。

先生言：

我知道的东西，说出来你们也知道。但是你们用来判断事物，到一定时候就判断不下去了。我不管，我则能进去。

先生言：

《说文》讲干支、数字，尚简单。实际还可以深入。

九月二十六日

宋捷言：

梦全部是真的。梦为感觉，但必须注意其境。白昼全为境，但毕竟还是感觉。梦与白昼相通，白昼有何思何惑何执，夜间梦马上显颜色给你看。故梦中能识境而观之，则梦渐澄清矣。

宋捷言：

庄子言：独与天地精神往来。人和万物有交通，人心打开了一点，它就来一点。必一丝芥蒂无，则息息相通。

宋捷言：

有一事打破迷信：过去找大量功法书看，后看一道家书言：性命双修，修性时间很长很长，修命仅一忽儿。乃知平常功夫即修性。

先生言：

朱熹、船山于晚年气血都有变化。朱晚年读《参同契》，船山晚年著《愚鼓词》，岂虚也哉。我的气功如何不要去管它，但这些确确实实是真的。

先生言：

易学不能架空而言。术数我是不进去的，但在中医里伸一只脚，气功里伸一只脚。

先生言：

欲入世者必处处有障碍，故前人无奈，只能把自己的感情寄托于诗。超越时代者，一定不为时代所理解。

九月二十八日

老傅（紫显）言：

杨先生讲，"《易经》的光照着一点是有好处的"。此语可深味之。

王医生（佑民）言：

外国人对中国气功不感兴趣。他说那里人的气功能离地二公尺，中国有这样的人吗？

先生言：

印度瑜伽活埋术，中国现在也无此人。王重阳在活死人墓中有好几年，后来出来了。不要了，是因为遇着吕纯阳了。

《西游记》中记长春真人见忽必烈处，在今苏联境内，故此书不出版。

先生言：

汉钟离是唐末人，为何叫汉钟离？因为他研究汉易。刘海蟾是北燕的宰相，北燕有五代出名的荒淫皇帝。钟离往见，叠十几只鸡蛋，刘大惊。钟离言：你的处境比这还危险。此魔术我相信，抓住中心，气旁边一来。危如累卵，刘因而觉悟。

钟有《钟吕传道集》，吕有《灵宝毕法》，刘的书已没有了。

王重阳知此故事在脑筋中，活死人做了几年，气功深湛。不做了，为什么，遇见几百年前的钟吕了。又一次遇刘海蟾，说你如果要成功，快点到刘当年所在的地方去。去了，大家信仰。选了七人，回去，不及至家，卒于途。

此时是金，后尚有元。丘长春见忽必烈，一谈，非常佩服，全真道在元流行开来。

又此时红教传过来（按：似为花教），其喇嘛极其嫉忌道教。第三代弟子道行不够，敌不过佛教。二次烧道经，一、1252 年（南宋尚未灭），二、1281

年（元世祖时）。许多书烧掉了，此影响至今。

后来红教此人所依靠的宰相失败，全真教全部恢复。有此曲折，终元一代，全真教仍然胜利。

先生言：

孔子闻韶，三月不知肉味。此见当时极高的音乐水准和音乐修养。

先生言：

欧洲不能统一，就是因为拼音文字。中国这么大的地方能统一，就是因为方块汉字，且今出土的甲骨文亦基本能识。中国人如用拼音文字，广东人和北京人拼出来就不一样。不同地方的人发音器官不同，即使统一了，过二代也必然变化。

问：何新《诸神的起源》，其中全是《易经》和道教的象。

先生言：

此书已读，原则不对。现在说某人的功夫好，我佩服。然而说和《易经》有关，全部不对。《易经》不是如此。

唯心就唯心，太阳、月亮全不关，硬劲讲太阳、月亮，这是中了唯物的毒。判断下来，准只讲准，不讲为啥准的道理。讲太阳月亮者，尚未懂反身的道理。

每个神经细胞，它认识的空间，怎么会知道太阳月亮（几十亿神经细胞搭成一个空间）。王船山言"大桡以前，没有活子时"，此语至深。

不讲太阳月亮，全部唯心，我就是这样判断。准，我尚未见这样的人。

林国良问密法。

先生言：

全部是真的，与现代特异功能完全两样。

又言：

此不谈，此要守法。

黄福康言：小颜赴美，带许多术数书。

先生言：

术数书不关。你尽管判断下去，自会来。

又言：

这些书给来人看见，会有作用的。

先生言：

此次赴京，传达现在的宗教政策。

佛教，要整顿戒律。

道教，要注意民间迷信。对理论则大为提倡。

天主教，注意特务。

伊斯兰教，注意民族问题。

我搞理论，同这些无关，且受提倡。如在具体事务中，要处处小心，不能说错一句。

九月三十日

先生言：

康德最好的核心是不可知，一句话讲尽了。

先生言：（指《爱因斯坦全集》中著名一段话，给斯威策的信）

康德的关键在欧氏几何（形式逻辑体系）。高斯可以怀疑《圣经》，但对欧氏几何不敢触动。其学生黎曼，唯高斯能知。中国的阴阳五行，谈的都是四维以上空间，故几何学不会发达。今天西洋科学已至四维，故中国的情况不同了。

先生言：

孔子晚年"子绝四"，形象乃出。

先生言：

《易经》光靠上面弄理论是不行的。我只是尽自己的努力，只能靠从气功、中医中弄出来，寻找理论，才可能上下相合。

先生言：

神通是八识中拿点东西出来。

某人问：

音乐学院来人言，美国大卫·科波菲尔表演搬走自由女神像的魔术是真事，他还要来中国搬走八达岭。

先生言：

如果不就魔术而言，此何？即多维空间。搞《易经》理论的人早知此，只是不会具体的方法罢了。是不是知理论者不能过去，也不对。

先生言：

此和身体好不好无关。王重阳开始即不重视白日飞升，其五十多岁死亡是最明显的事例。

先生言：

脑筋中象一成即可。

先生言：

康德以后有怀特海的形而上学，此已到了现代。

先生言：

清人执《春秋》，执泥于今古文之争，尚不知郑康成融合今古文之心。郑注经，觉此句今文好，此句古文好，他是有过判断的。王国维研究甲骨，已自然脱出今古文之囿。

先生言：

清末学问可比郑康成的有曹元弼。解放后知其为旧学人，又和满洲国有关，生活无着，经内部转圜，政府乃供给生活费。曹去领，主事军人嗟来予之。曹气极，当场口吐白沫昏倒，次日即死。唐先生（文治）很悲痛，写文悼念，次年亦死。杨先生亦有诗，我尚能忆起。

先生言：

音乐学院正在西藏录音录像，抢救一部史诗。有一八旬老人唱，一九八二年（？）至今，以现在的速度，约至一九九〇年方可完成。此老人不识字，何能记此世界上最长的史诗。问他，老人说，你们要听真话还是假话？当然听真话。好，老人讲其年轻时牧羊唱歌，遇一神道，剖腹放入经书，遂不能忘。

十月五日

忆日来先生再三言：

人类已到再进步的时机。

先生又言：

易象选择此而不选择彼，此无是非可言。而易象间搭起来的象中，反映了作者的思想境界。王弼驳汉易卦变不足取互体，互体不足取……理由何在？此驳虽然对，皆不明此理。于是扫象，影响至今，而易学的发展晦。

先生言：

永远也不要认为自己已经全懂了。（不可知论）

又言：

《序卦》我看出如此。说不定你们还会看出比我更好的内容，我的文章是白写的。

先生日来写《参同契》"箕斗之乡"和"两孔穴法"一文。

先生言：

《中庸》："虽夫妇之愚，可以与知焉。及其至也，虽圣人亦有所不知焉。"三十亿年前生物尚未分雌雄，炼功分男女有两种炼法，此已不对，但男女生理确实不同又是事实，知此象可更上之。

今日见刘大绅、刘蕙孙父子著《周易集成》。

先生言：

此是汉易。

先生言：

刘蕙孙要将太谷学派的有关材料公布出来，太谷学派几个核心人物不同意公开，故有分歧。太谷学派尚有秘密会议，一个月一次。

问：为何不公开，此不利于学术交流。

先生言：

有些不能公开，只能采取秘密形式。红教在西藏也秘密得不得了。督噶一九六四年最后一次赴内地，接待他的人在文革中竟被枪毙。

因思：

考古材料的陆续发现，自王国维以来迄今未绝，对古史的认识起绝大的变化，故王国维的"二重证据法"有作用。且非仅地不爱宝，天地人莫不可为证。此延续至今的考古变化，合诸反身之理和外来思想，正可为中国学术变化之机。

十月八日

观话剧《马》，美国彼得·谢菲尔编剧，在百老汇连满一千二百场。于是识《说卦》"乾为马"之旨，一语全括之。

先生命协助写《东周人物系年》，初步定两年完成，辞之不获。

先生言：

一九四六年至一九六六年，一直读钱穆的《先秦诸子系年》。当时很喜欢，时时参考，因其打通经子，已是新思想。文革中被抄走，遂不再读。今已重版，感到大不对，因其书尚以孔子为定年的标准，此大不对。因起愿重编《东周人物系年》一书，材料都现成，抄撮起来就可以，定二年完成。

又言：

我一直在给你谈，空讲太可惜，不如做具体工作深切。而且此书对现在会有作用。

问：是否还东周于东周。

先生言：

是。

问：这等于重编《春秋》?

先生未言。

先生言：

从立德、立功、立言三方面选择人物，暂定三百人。如果三方面都没有，那此人历史上存在的作用也就不大了。《诗经》的作者也可选入一部分。

先生言：

此是中国历史上最精彩的一段，中国文化全在此了。

先生言：

其具体生卒年可不必考出，可着重其鼎盛年，三十至六十。

先生言：

此书完成，如果考古上无重大新发现，终你一生不会过时。

因思：

此为边上课边自编教科书。

先生言：（论陈兵文）

密宗就是道教，三教合一在此。

问：写王国维，常感觉他已经到达门口了，但就是跨不出最关键的一步，甚为可惜。

先生言：

此天意不让王国维成。当初杨先生到最后也没有完成，但在他已至矣尽矣。我写了这许多文章，都留着尾未成，你催我快点完成，但是我仍在观天意。

问：老子不是泄露天机？孔子不是泄露天机？

先生言：

你还有一层不知道。

先生言：

星期日他们邀我去看一个姓孔的，此人炼气功炼了两年，忽然另外一只眼睛开了，看见很多奇奇怪怪的东西，说事情都准。他对这些东西无法控制，不得不皈依佛教，在密宗清定法师门下。我和他谈了一小会儿，他的东西我都知道了，我的东西他还不知道。依我看来，他的密宗尚浅。他给我看了一下，说我的病会逢凶化吉的。问是否可写东西？答写东西好，写的时候有许多好东西来帮助你。

先生言：

他后面的那句话对，情况确实是这样。

十月十日

今日先生写成《论帛书老子》，以究二篇三段一字之义。

先生昨日受推荐看《马》。

问：此为西洋文哲的当代结晶，弗洛依德全部学说未能外此。

先生言：

此剧的观念尚简单，最后结束时精神病医生无法解决，说明弗洛依德学说已不够用了。

问：导演于话剧艺术时空打破很自由，且自然。

先生言：

此全部是京剧。京剧就是这样，演员在舞台上一站，马上把你带到一个空间去。且话剧仅有说话，京剧尚有唱和舞。彼岸美国能欣赏京剧亦非偶然，然在此则逐渐衰落了。

先生言：

我曾写过"龙马"和"牛马"一文，二者差以毫厘，谬以千里。

宋捷言：

观此剧后以《易》照之，睽卦"丧马勿逐自复，见恶人无咎"最合适。此人丧马逐之，遂发精神病。

因思：

不仅如此，以某卦判断之，尚须走一走，马进到乾卦变龙。龙，天马也。

十月十一日

问：《老子》文中"古始的现在"，何意？

先生言：

是之谓划时代。

问："从事于道者同于道，德者同于德，失者同于失。"（《老子》第二十三章）

先生言：

道有得失，得者为道，失者亦为道。执左券而不责于人，即上德不德。你对了，有道，执之以说别人非，误，因为别人也有道。此即道之妙。

先生言：

我书房里仅缺一个天球仪。一个地球仪，一个天球仪，一个针灸用的十二经络人，一尊孔子，一尊老子，一尊铜佛，一个八卦瓶，我的学问全在此了。

因思：

天球仪曾遍寻于上海而不得，因不普及，悟时代未到。现在地球仪很畅销，说明一般人的全球意识已大大加强。

先生言：（昨日言《马》剧）

他（指作者）尚在反对宗教，不知宗教的作用。像康德这样的高僧高道最后都是自己信仰的，此何可强迫。

先生言：

《东周人物系年》尚可收入西施、骊姬。从遗传学的角度谈，一是吴越和楚文化的通婚，一是内地民族与游牧少数民族的通婚。上层如此，下层更频繁不可数。

十月十四日

先生今日讲《五灯会元》——应刘秾请，自四月五日停讲至今，已半年矣。

先生言：

我索性把禅宗全部讲出来。

我最早知道《五灯会元》是在《红楼梦》中。《红楼梦》讲贾宝玉要考试了，将《五灯会元》《指月录》等书收起。后来听说《景德传灯录》好，就看此书。人死了，要圆寂了，讲几句偈，全部是关键的话。《五灯会元》翻过，未仔细看。

近代全部整理好禅宗的人叫程叔彪，著《无门直指》一书。他是京师大学（当时尚未成北大）的毕业生，学建筑，北京王府井大楼是其子所造。我看了他的书后，自己再写一段话。他将禅宗全部分好，写了一百节。

他本人是禅净密合一，曾静坐二十四小时，坐中见阿弥陀佛。听说他死时很好，我不大相信。《无门直指》在文革时他想传给我，我还不大要他。他曾讲一事，有两人争话头，一九十多岁，一七十多岁，争谁参的对，所谓参末后句。争到后来，九十岁者当场脑充血死亡。

参话头，就参一个关键性的禅机。

一顶真就不对了，用不着这样。

先生言：

我禅宗过去没有讲过。

西天有二十八祖。

释迦牟尼一切经都讲好了，最后讲一个不落语言文字的经。在座诸大德都不懂，世尊拈花，迦叶微微一笑，好，最后不落语言文字的经讲好了，这就是禅宗。大弟子抄了那么多书有何用？世尊拉迦叶坐在自己旁边。

于是山门震动，天翻地覆，不得了，今云地壳重新变动，喜马拉雅山升起。释迦之法就传给迦叶，这是佛传给佛的法。迦叶再次拈花微笑，就要传给弥勒。弥勒是未来佛，在兜率天，不知要多少亿万年才来。现在不会来，地球还没有毁。

后面的二十七祖都不对。

迦叶得法后，入定于印度鸡足山，至今尚入定于此，等待弥勒。（按：鸡足山应该是传说，其地可能在中印边境，云南亦有鸡足山。）

这是一件大事，有很多人会和他相应。欲知禅宗者，必须和他相应。凡参禅者，必亲见迦叶，与之相应。

阿难以下诸人，真也好，假也好，随便。

如何相应？其实，入定在每个人的脑筋细胞里，等待时机到即可见。

先生言：

迦叶以下二十七祖，全是假的。以下是东土初祖达磨。

达磨有石像在少林寺，面壁呼吸，吐气于石，石上遂有一个影影绰绰的影子。此石像文化革命中打破了，后来另找了一块，居然仍有影子。

南京梁武帝活八十余岁，一生喜欢佛教，造庙造塔，几次舍身寺庙。梁武帝问：有功德否？达磨答：并无功德。走后追兵赶来，一苇渡江。

达磨有可能是真人，因为《洛阳伽蓝记》有达磨观庙的记载。南方已经到处是庙，但到了北方又都是庙，达磨只好去面壁。他做工夫得着一个东西，是在中国得着的。于是中国的道和印度的佛结合起来，方才是中国禅宗的开始。

证明在于玄奘取经时，印度什么东西都有，就是没有禅宗。

先生言：

中国佛教的开始，就是禅宗。

印度佛教没有拈花微笑之事，拈花微笑是在达磨的脑筋里。所谓懂，就是刚才讲的一套在脑筋里编成熟了。自己觉得是真的，就是真的，讲出去会有力量。

禅宗骂释迦牟尼是第一个大骗子，就是脑筋中编成了这套东西。

不懂，就是心不定。达磨在梁武帝时也是心不定，面壁以后，才渐渐定下来。二祖慧可请他安心，达磨理也不理。慧可跪雪地几日几夜，达磨还是不理。真想得法吗？那么显诚心给我看。把手斩断，总诚心了吧（一说当时争继承位置）。那么把心找出来，想了不知多少时间，说心找不到。好，安了。好了，大悟。

先生言：

定，一定要有信仰。

达磨传慧可一部《楞伽经》，这是真的。不落语言文字是假的。

当时我二十多岁，斩手我是不高兴斩的，但是经可以看，特地去买了一部《楞伽经》。

传说释迦到南洋说法，到锡兰楞伽山讲经，讲思想从何处来，这就是唯识（从眼耳鼻舌身，归结到意，再从意推到根，反转到客观），弄成一经十传。印度是《楞伽经》，是真正的印度佛教。教外别传其实是中国佛教，拈花微笑是从达磨开始的。

尽管印度现在还在研究释迦是不是讲过《楞伽经》，释迦本人是不是懂八识。不过我相信他是懂的。

这是印度精华和中国精华，两样最高的精华结合起来的产物。故玄奘拿来真正的印度佛教，只传了二代，中国人不要他。

三祖《信心铭》好得不得了，四祖无东西，五祖有大事，六祖慧能以后尖锐了。

下次还要讲，文字是糟粕，此类公案是糟粕的糟粕。

先生言：

又有一人，顾康年（由华沙介绍来）研究佛教，极好。文化大革命中，所有的佛书抄走了，他偶然于友人家见《黄檗传心法要》，恍然大悟，于是法相学全部不要了。所有其他禅宗也不要，要黄檗，特色是骂佛。

我有几句偈，顾回我一首，我再回他一首，他遂哑口。他们说我《易经》没有扔掉，其实我也不是《易经》，禅宗我当然扔掉。

程叔彪、顾康年不同。程说悟了还要修。顾说，修啥。

读《红楼梦》，当时我喜欢甄宝玉，的确是曹雪芹的思想。

我在这儿讲禅宗，如果对信徒讲则完全两样。当然基本事实要抓住。

要分清楚宗——教。

二十余岁时最喜欢读《红楼梦》，觉得每句话都有意思。后购得俞平伯校勘本，一看索然无味，唯太虚幻境一章反复再看了几遍。

在先生书房里，有地球仪、人体解剖模型，天球仪尚缺，另有孔子、老子、释迦牟尼像。此见先生学问结构：天地人，儒道佛。

十月十七日

先生今日基本写完《参同契》一文（共六图）。

先生言：

你不是问气功吗，可以看此文律吕图，没有比这更好的基础了。

先生言：

孔子闻韶，三月不知肉味，怎么不懂气功？陶醉于音乐之中，味觉细胞都转到听觉细胞中去了。

先生言：

前讲内视见五色，这里讲气流通过五脏六腑成五音，自己也听得出来。眼睛看象，耳朵听声，以后还要将声与色化去。

此声音打呼噜时可听到，如果有人和你睡一个房间，就知道了。

隔八相生产生乐音，身体当然也如此。

先生言：

自然天籁，把音差都化掉了，它走得转。人的耳朵相应标准音律，此图仅五个，京房有十二个，由仲吕再返黄钟，仍差一点，京房名"执始"。

变徵之徵一变，与黄钟子午对冲，此之谓"两孔穴法"，由是而到"箕斗之乡"。

问：《参同契》一文带回去看，可以静一点。

先生言：

不，就要在此静下来，要现在。当初在杨先生处也是如此。

先生言：

我给你们讲讲课，使你们脑子里的象放开一点，以后还要有个约束。你的束缚还太多，不知道从哪儿来那么多束缚，还要解放思想。

先生言：

也不是看相也不是什么，我有我的办法得到象的。

问：晚报昨登施蛰存先生（北山）文，言读陀斯托耶斯基信。陀自称发现赌博必胜之道，然自己不能实行，亦无一人能实行。此必胜之道在赌者能控制自己，然无人能控制自己。

先生言：

此即《老子》"前识者道之华而愚之首也"。《易经》是概率论，一定能操必胜之券，但"执左契"了怎么办，一定要"不责于人"。去用在赌博上就错。

先生言：

《易经》就是律历，黄老就是五行。

十三日林国良带二人来见先生。一男一女，男韩姓，修习气功有年。

先生言：

《参同契》功法，着重两孔穴，但是力量得自箕斗之乡。上面的思想没有了，下面的东西就起来了，着重当中的重心，否则两个圈子转，不知转到哪里去。两个转圈，一者为日，二者为月。

先生自谓从《黄庭经》功法，《黄庭经》明确讲安在两眉间，重思想。从年轻时练功，由性入手至于命，如年龄大，则由性入手可能不安。

⌐十¬ 即洛书，四正四隅，八方，很重要。转法轮亦此，什么都旋转。

韩云，炼功时见此象。先生追问是以前看见过，还是它自己出来的。

先生言：

有了象还要加以变化。

河图	水	火	木	金	土
	1	2	3	4	5
	×	×	×	×	
	6	7	8	9	10

洛书

$$
\begin{array}{ccc}
4 & 9 & 2 \\
| & & | \\
3 & 5 & 7 \\
| & & | \\
8 & 1 & 6
\end{array}
$$

先生言：

密宗开项目的是出三界，出三界后入三界度人。不能开顶，则求生西方。可以由小入大，决计开顶。

先生言：

道教着重度人，《道藏》始于《度人经》。

先生言：

抓住中心一点，什么东西就颠倒。眼睛之象即颠倒，因从瞳孔一点入。练功亦如此，入静于一点，心一境清，真空则宇宙万象，水火位置就颠倒了。翻天覆地，全两样了。

先生言：

空如来藏	不空如来藏	空不空如来藏	佛
玄	玄玄	道	道

先生言：

《华严经·入法界品》对性功有决定性影响。

先生很体味復卦的出入无疾，对先生影响很大。

林国良五日问，《灵枢经·五味篇》："天地之精气也，常出三入一。"

先生言：

三一为比例数，出去多，进来少，所以人总是一点点衰下去。

又言：

你炼这个东西，进来可以多一点了。

先生言：

清从注经到注子，是从汉到战国。

先生言：

孔子没有见过卦爻辞，否则不会一句不提，孟子更不会一句不提。

先生言：

《七略》把后来思想给固定了。与《史记》思想不同，《七略》的关键是把孔子一人捧得太高了，中国的毛病就在此。当时不可能这样，必在众人之中。不从一个地方学来，怎么可能。

问：因思古人说话恳切。他说的话可能不对，意思则一定是自己体味过才写入书，故真。近人则有说大话之习。

先生言：

是。现在写东西都颠倒了过来，为了发表而写。仅看到一点点东西，就推想整体如此，整体怎么可能如此。

十月二十四日

先生言：

鲁迅所谓揭露黑暗，大误，此讳一定要避。君子知之而不言，人生必有阴阳，谁敢保证一个错念都没有？基督教所谓"原罪"。思思这么小，还不会说话，就知道这是我的衣服，而不是别人的。第七识与生俱来，这用不着自己负责（大意）。薛先生有一语最好，"人已从猴子进化成人，不能再倒退回猴子"，极深。揭劣根者，皆在倒退。生物三十亿年，有无数的业，甘地这样好的人了，还有人去刺杀，他最后饶恕了刺杀他的人。（因思：先生曾言释迦受报尽，方证果。）

问：大疑有大悟，大悟仍有大疑，如何？

先生言：

永远不会完结（按：疑悟互生？）。除非放下屠刀，立地成佛。但放下了还是放不下。

问：今古文。

先生言：

今文为齐学，古文为鲁学，汲冢书为三晋，秦西面有甲骨。秦灭三晋学，与齐交，遂有焚书之举。今本汲冢书，当与《路史》合观。

先生言：

我年轻时，曾经每天早晨起来读《离骚》，后来才喜欢读《诗经》，再后来方知黄道周之意。

先生言：

《四库》分类无论如何仅仅是社会科学的思想，《易》一书分经、子二部，又《老子》为何不入经。

问：写王国维，常有《系辞》中某一句跳出来。针对这种情形，结果不但懂了王国维，也懂了《系辞》。

先生言：

当然当然，《系辞》极深。还有的是要翻了，一层一层翻上去，越进越深。

十月二十五日

《唐文治年谱》111 页：

> 辛卯，八十七岁（公元一九五一年，按唐卒于一九五四年）。
>
> 四月间，宝山同乡金巨山先生介绍上海浦东潘生光霆来受业，初受《尚书》，既受《国文经纬贯通大义》《孟子救世篇》等。潘生笃好国学，除攻读经集外，购余读文灌音片正集，研习读文法，颇饶兴趣。

问：潘光霆是否笔误。

先生言：

无误，光霆是我家谱中的大名，雨廷是字。因对外一直用雨廷之名，遂沿用。我是唐先生所收的最后一个学生。

十一月二日

先生言：

即使车祸也有一个根，如果从这方面看，完全宿命论。

十一月五日

先生言：

我给你从基础打起。

先生言：

我喜欢《易经》这部书，它有一种加持。

又言：

它到了时候，就给我马王堆和数字卦。

先生言：

我曾做过许多梦，好梦也有，恶梦也有，后来一点、一点化到没有了。没有了，才有你说的象出现。

晚南京一修习者来谈，已很深。匡亚明曾听其言，欲上昆仑山找三百岁老人。

此人强调性功。

又言：法亦跟人有缘。

曾上武当山，得香风旋绕，认为自己尚无缘得见。

从武当归后，坐五天，得见一东西。

先生言：

旅行归来，由动之静，最易得着。得着此后，好的象多了，象也会慢慢变化。

十一月八日

先生言：

那天你来听气功，摔了一交，听这类东西要付代价的。

先生言：（谈及王国维自杀）

生生之谓易。就宗教来讲，自杀和杀人一命，其过相等。现在一些搞集体自杀的是邪教。

十一月十日

聚餐送杜之韦赴美。

宋捷言：太极拳的精神在拳"太极"。

又言：惺惺寂寂。

又言：日日新。

十一月十二日

先生拟写《参同契考》，分三篇，一、作者和成书年代考

　　　　　　　　　　　　　　二、流传情况考

　　　　　　　　　　　　　　三、内容考

今读（一）。

先生言其现实意义，一、重组黄老以去掉孔子。张角得此以组织黄巾起义。

　　　　　　　　　二、生物化学。

先生重写成《易学和几何学》一文，七图一表，统之以"卦之德方以智"。

先生言：

我写东西，总有一个东西来。

先生言：

钱穆的东西，解放后的人总是在抄他。我们的工作是根本调过来。

先生言：

禅宗的精彩在达磨到慧能一段。以后的五张叶子都不大好，当然也有具体的东西。

先生言：

武则天收袈裟，本意是帮助北宗，但是南宗由此散开来，将北宗吃掉。而南宗散开后，自己也衰了。

十一月二十二日

先生言：

秦始皇焚书焚兵器，汉兴后许多文化都不知道了，故汉武帝时今古文出土和宝鼎发现都是大事。

十一月二十四日

今写完《王国维论》（1877—1927），约六万字。十月二日至二十六日初稿，十一月一日至二十四日誊改。

先生言：

《参同契》"希时安平"为全书之旨。

十一月三十日

问：《天乐集》《方壶外史》。
先生言：

《天乐集》作者徐颂尧，是我在道方面的老师之一，于文化革命中去世。《方壶外史》作者是陆西星，亦即《南华副墨》的作者。
先生言：

老子学说，北传至太史儋，完成《道德经》（？），曾西出再次游说秦献

公。数传至韩非子的《解老》《喻老》，此派和儒家的荀子接近。南传至老莱子，后传至庄子，此派同儒家的思孟接近。（大意）

先生言：

黄老清静无为是反对秦的专制，窦太后支持黄老。汉武要上拟秦始皇，有大志，故要去黄老。独尊儒术是利用儒家，汉武帝一定要灭淮南王，方可通西域。打掉淮南王，是去掉黄老最后的根。然而汉武帝是为了通西域，汉明帝灭楚王英，则每况愈下。

十二月七日

始写《东周人物志》第一篇"郑桓公"。以后在十二月中，共写成十篇（1—10）。

十二月九日

先生往南京开全国医易会议归。（一至九日）

问：中西医结合？

先生言：

就是中医。结合是另外一回事。

因讲对郑桓公、武公、庄公三世的想法。

先生笑：

连南京的情况也不想听了。

十二月二十一日

《皇极经世书·外篇》，道藏本和张行成《衍义》多寡有不同，记录先生所作的比较。道藏本外篇分上下，上凡157节，下凡257节，共414节。

一、道藏本多，《衍义》无：

十二卷上

1、一四　　　阳无十，故不足于后；阴无一，故不足于首。

2、一四三　　自然而然者，天也，唯圣人能索之。效法者人也，
　　　　　　　若时行时止，虽人也亦天。

十二卷下

3、二五　　　天地生万物，圣人生万民。

4、一〇三　　学不至于乐，不可谓之学。

5、一二七下　……霸以下则夷狄，夷狄而下是禽兽也。

6、一六四　　经纶天下之谓才，远举必至之谓志，并包含容之
　　　　　　　谓量。

7、一七一　　日为心，月为胆，星为脾，辰为肾藏也。石为
　　　　　　　肺，土为肝，火为肾，水为膀胱府也。

8、一八四　　身，地也，本乎静。所以能动者，气血使之然也。

9、一九〇　　……天之变六，六其六得三十六，为乾一爻之数
　　　　　　　也。积六爻之数，共得二百一十有六，为乾之
　　　　　　　策。六其四得二十四，为坤一爻之策。积六爻之
　　　　　　　数，共得一百四十有四，为坤之策。积二篇之
　　　　　　　策，乃万有一千五百二十也。

10、一九八　　火生湿，水生燥。

11、二一〇　　变从时而便天下之事，不失礼之大经，变从时而
　　　　　　　顺天下之理，不失义之大权者，君子之道也。

12、二四二　　人之为道，当至于鬼神不能窥处，是为至矣。

13、二四九　　气以六变，体以四分。

14、二五四　　思虑一萌，鬼神得而知之矣，故君子不可不慎
　　　　　　　独。

二、《衍义》多，道藏本无：

卷一　上之上

1、六者三天也，四者两地也。天统乎体而托地以为体也，地分乎用而承天以为用。天地相依，体用相附。

卷五　中之中

2、阳在阴中，阳逆行；阴在阳中，阴逆行。阳在阳中，阴在阴中，则皆顺行，此真至之理，按图可见之矣。

3、草类之细入于坤。

4、五行之木万物之类也，五行之金出乎石也。故水火土石不及金木，金木生其间也。

卷六　中之下

5、得天气者动，得地气者静。

6、阳之类圆，成形则方。阴之类方，成形则圆。

7、阳中有阴，阴中有阳，天之道也。阳中之阳，日也，暑之道也。阳中之阴，月也，以其阳之类，故能见于昼。阴中之阳，星也，所以见于夜。阴中之阴，辰也，天壤也。

8、辰之于天，犹天地之体也。地有五行，天有五纬。地止有水火，天复有日月者，月为真水，日为真火。阴阳真精，是生五行，所以天地之数各五。阳数独盈于七也，是故五藏之外，又有心包络、命门而七者。真心离火，命门坎水，五藏生焉，精神之主，性命之根也。

9、干者干之义，阳也。支者枝之义，阴也。干十而支十二，是阳数中有阴，阴数中有阳也。

10、鱼者水之族也，虫者风之族也。

11、目口凸而耳鼻窍。窍者受声嗅气，物或不能闭之；凸者视色别味，物则能闭之也。四者虽象于一而各备其四矣。

12、人寓形于走类者何也，走类者地之长子也。

卷七　下之上

13、自然而然不得而更者，内象内数也，他皆外象外数也。

14、天道之变，王道之权也。

15、卦各有性有体，然皆不离乾坤之门，如万物受性于天而各为其性也。其在人则为人之性，在禽兽则为禽兽之性，在草木则为草木之性。

16、天以气为主体为次，地以体为主气为次，在天在地者亦如之。

17、气则养性，性则乘气，故气存则性存，性动则气动也。

18、尧之前先天也，尧之后后天也，后天乃效法耳。

卷八　下之中

19、天之象数则可得而推，如其神用则不可得而测也。

20、气一而已，主之者乾也。神亦一而已，乘气而变化，出入于有无死生之间，多方而不测者也。

21、不知乾，无以知性命之理。

22、时然后言，乃应变而言，言不在我也。

23、仁配天地谓之人。唯仁者，真可以谓之人矣。

24、生而成，成而生，易之道也。

25、气者神之宅也，体者气之宅也。

26、天六地四，天以气为质，而以神为神。地以质为质，而以气为神。唯人兼乎万物，而为万物之灵。如禽兽之声以其类而各能其一，无所不能者人也。推之他事，亦莫不然，唯人得天地日月交之用，他类则不能也。人之生真可谓之贵矣，天地与其贵而不自贵，是悖天地之理，不祥莫大焉。

卷九　下之下

27、《易》之为书将以顺性命之理者，循自然也。孔子绝四从心，一以贯之，至命者也。颜子心斋屡空，好学者也。子贡多积以为学，臆度以求道，不能刳心灭见，委身于理，不受命者也。《春秋》循自然之理而不立私意，故为尽性之书也。

28、人之贵兼乎万类，自重而得其贵，所以能用万类。

29、至理之学，非至诚则不至。

十二月二十二日——一月二日

先生赴香港，是国内道教对外界的第一次出访（为上海道教协会四人代表团成员）。

一九八七年

一月四日

今日写《齐桓公》（11）。于一月共写成（11）—（21）。

董仲舒《春秋繁露·精华》："所闻《诗》无达诂，《易》无达占，《春秋》无达辞。"

先生言：
中国现在正在面临巴比伦、埃及等文化断绝的同样局面。

一月五日

今日送7—11条于先生。
先生言：
这叫做读书。
又言：
《诗·小序》半真半假。

一月六日

先生言：

百丈怀海是二张叶子的根。——沩仰

　　　　　　　　——临济

百丈——黄檗——临济，（从药山来的曹洞宗）五位君臣。

有《黄檗传心法要》，很薄，可以看一看。

黄檗：破掉一切。

时代：唐武宗毁佛（安史之乱后经济衰退必然如此）、毁经。

黄檗出来，这些书根本不要。

当头一棒。

　　　　　是也是一棒，非也是一棒，影响到现在。

！！痛快！！

与六祖还不同，六祖是盛世的形象，黄檗已衰了。

只讲思想关键性的地方。

大破大立。

　　破

棒——喝　　破棒在喝，喝得他不敢打了。

　　　　　碰到棒，就要会喝。

　　　　　棒是破，喝是理论。

小乘达不到禅宗，到禅宗一定是大乘。

六祖还有东西。明镜也非台，还有理论。

　　　　　东方西方，还有佛。

黄檗则处于武宗灭佛的环境中。

他棒了，你感觉到这个地方绝对正确。不给他棒，这就是喝。

下次谈，如何喝住这根棒，研究棒如何打下来。

破要破到恰当的地方，不能留一点点。

　　　　　不留余地。

人本来有思维，怎么可能要他不去思想。最后炼到的东西不是这个。
棒喝到关键性地方。

一月十一日

先生言：

现在剥削，剥削在"科学"上。《阴符经》云，人，万物之盗。

一月十七日

撤消中共中央总书记胡耀邦职务（政治局扩大会议通过）。

张亦煦自加拿大来信，寄来先生照片。一九八五年十二月摄于我家，先生、师母和同学数人来，祝贺新婚。此为先生最有神采的照片之一。

赵毅衡寄来美国大学报名单。

一月二十二日

先生言：

平常谈的都是出世法，好得不得了，但入世要注意，要避讳，否则会有障碍。

先生言：

《说文解字》："《秘书》云，日月为易。"《秘书》为何书，许慎看到的是什么？丁福保《诂林》，一云贾逵，一云《参同契》。然而亦可不用，《系辞》云"阴阳之义配日月"，更早，已有易之义。

问：读子贡，感觉意味深长。

先生言：

"参也鲁"，曾子有时是有点憨的。

问：读孔庄，觉其相通，读孟子，反觉有所不入。不知宋明理学为何把孔孟相连。

先生言：

这你也开始感觉到了。庄、孟程度相差甚远，庄极深。

一月二十三日

先生日来写成《易学史》三种讲课提纲：

易学史（初级班）

三十次的讲课内容（每次三课时）

1—4 次	介绍二千年来易学的基本知识。
5—9 次	易学史的分期。分汉易、魏晋易、唐易、宋易、清易五期，各讲一次。
10—14 次	介绍二千年来易学名著。
15—19 次	继承并发展古史辨派的观点，进一步研究易学。根据出土文物等，与传统的易学知识，殊多不同。
20—24 次	介绍殷周之际至西汉的易学史。
25—30 次	介绍现代易与科学易。

易学史（中级班）

三十次的讲课内容（每次三课时）

1—4 次	易学史与史学学
5—9 次	易学史与哲学史
10—14 次	易学史与文学史
15—17 次	易学史与自然科学史（总纲）

18—20 次　　易学史与数学史

21—29 次　　易学史与天文、地质、物理、化学史

24—26 次　　易学史与生物学史

27—30 次　　易学史和中医史

易学史（高级班）

三十次的讲课内容（每次三课时）

1—15 次　　易学藏往史

16—30 次　　易学知来史

一月二十七日

先生言：

现在的科学知识，月球上有人划一根火柴，地球上可以知道。卫星上拍照，能拍出地上的电话号码。

先生言：（大意）

现在还有人相信《易经》。不懂《易经》的人他们可以不管，但是我懂《易经》的人仍说《易经》跟孔子无关，他们就不理解。此之谓泄露天机，因时间未到，然皮之不存，毛将焉附。

先生言：

我看今天的报纸，又提倡发扬中医，我百分之百赞成。发表此文跟目前形势有关，然而这不是我去凑时代，是时代来凑我。

先生言：

打倒孔家店以后，总有一个东西要显出来，即《先秦诸子系年》，可惜此书仍受孔家店束缚。

一月二十九日　　农历丁卯年春节

零点，满城爆竹声，震耳欲聋。

一月三十一日

问：已写成"蒹葭"作者条。

先生言：

那里是西周故地，老子所以入秦，就是去看那里的东西。

先生言：

于东周要放出特别的眼光，写几个不被注意的关键人物。

先生言：

你写完《东周人物志》，最好去美国留学几年，回来象多了，可以再研究。

先生言：

近来看《明儒学案》，肯定不仅《宋元学案》从禅宗出，《明儒学案》更是如此。明儒比宋儒更用禅宗，更排佛老，明文化没有更加新的东西出来，仅王阳明一人特出。

黄宗羲写《明儒学案》，以方孝孺为标准，此见识甚低。方孝孺师从宋濂，宋濂已至晚年，毕竟是开国功臣，气象不同，知三教内容，方仅得其儒。

先生言：

初一黄福康拿来《廖季平年谱》，是本好书。六变之后以《黄帝内经》配《易》《诗》，人皆不理解，实即由社会学的人推到生物学的人。

又言：

我们现在是直接跳到廖六变之后的学问，开展研究。

又言：

只有从社会学返到生物学，才能破什么是封建。

又言：

过去听薛先生说，我们现在谈的是物理学最深的东西。当时听了一凛，后来感到确实如此。

问：读物理学虽懵懵未懂，然终感没有新的东西出来，总是如此。

先生言：

要到生物学。

先生言：

杨先生的学问一路从廖季平、康有为中出。康为杨亡妻作传，未知全集中还有此文否？康有为晚年杨跟从之，曾同去茅山。一路又到章太炎处听。此二路当时绝对不相合，但杨都知道。此外则搞宗教，气功极好，又特别提出一部《易》来。

先生言：

杨晚年处境困难，生癌，得气功后身体还是有变化。但以为如此就没有那东西了吧，又不是。

先生言：

杨先生解放后和我一起搞密宗。

又言：

这些话我以前没有谈过，要一点一点对你谈。刚开始来时，不可能谈到这些。

先生言：

孔子去鲁，是寻找变鲁之道。

先生言：

鲁一变至于齐的关键在子贡，齐一变至于秦的关键在《易》。《易》在当时是孔孟之外的另一种思想。

先生言：

我们现在可以跳开三传，直接读《春秋》。

先生言：

章太炎写廖平传好，大师之间是有一种相应处。至于肯定廖否定康，当然是做文章。

先生言：

读《易》家法重要，所以要读郑康成。我对《易》的家法全弄清过。我弄清过家法，又从家法出来，你们缺少这工夫。

先生言：

我的方法是弄清下限，然后逐步往上推。你以后要学会此。

今日与同学王兴康一起看望导师施蛰存先生。先生和师母皆病。

二月一日

先生言：

孔子"六十耳顺"的关键是"狂简"，"七十从心所欲不逾矩"在扔掉客观事实。三代，唐，宋，今，皆在内。

先生言：

孔子七十以后的东西告诉子贡，曾子知道的还是小的。

先生言：

张惠言注虞氏易神而明之，其程度在郭象注庄之上。

写成狐偃（22），二千五百字。于二月写成（22）—（46）。

问：文稿留着尾不写，有道理否？

先生言：

有道理的。

问：应慈法师讲《华严》，斩掉西方阿弥陀佛极乐世界不讲，以此顿挫之势，其力返回，是否有其意。

先生言：

此理抽象可以讲，但是具体要读过净土三经和《华严经》才可以讲，否则就虚而不实。

先生言：

我读《华严》与密宗贯通。

先生言：

密宗有外三层，内三层，密三层，密密三层。

先生言：

莲花生大师从印度入西藏，藏密为佛教与西藏原始宗教苯教结合，苯教又与道教有联系。

问："志壹则动气，气壹则动志。"（《孟子·公孙丑上》）

先生言：

"志壹则动气"好，"气壹则动志"不好。

问："气壹"。

先生言：

"一心以为有鸿鹄将至"（《孟子·告子上》）。

先生言：

孟子四十不动心，告子先我不动心，此即儒道争执的关键处。孟子要在具体中实践，故慢。告子不管具体事实，当然告子高。老子说得最好："有物浑成，先天地生。"（大意）

先生言：

全部废礼者当然太傻，礼不可废。大约孔子周游列国之前，一定是要羊的（"子贡欲去告朔之饩羊"，《论语·八佾》），七十以后"礼云礼云，玉帛云乎哉"（《论语·为政》）。

又言：

所以你们还不能全部相信我。

先生言：

唐文治先生为《十三经》编读本，请印光作序。印光是所谓儒释，但他反对密宗，不必。

先生言：

《印光文钞》我是翻熟的。

先生言：

应慈主《华严》而不言净土，印光言净土而反对密宗。我对二大德极尊敬，然不同意其执一废一，孔子所谓三人行必有我师。

先生言：

圣言量就是信心，就是大前提。

于《易》即"卦气起中孚"，"信及豚鱼"。

又言：

西方本体论有部分现量，爱因斯坦看到部分现量，量子是现量。

又言：

我写东西把圣言量全部打破，我到底在做什么。

问：时代不同了。

先生又有所反，未明所言。

先生言：

虞翻易，《三国志》中提及，三爻吞下去，天要我懂《易经》（裴松之《注》引《翻别传》）。

按：伏羲为十言之教："乾、坤、坎、离、震、巽、艮、兑、消、息。"

二月二日

先生言：

《抱朴子》言："人在气中，气在人中。"人活着凭一口气，人死了，还是一样。（大意）

先生言：

孟子的"志"、"气"之辨，至宋明理学则成"理"、"气"之辨。

二月四日

先生言：

今日再看《明儒学案》。明代宗谱凡三变，太祖、成祖之争，方孝孺轧进。英宗、代宗之争，于谦轧进。武宗、宁王之争，王阳明轧进。前二次失败，后一次胜利，但是明并没有变好。明太祖当欧洲文艺复兴时期，三变不成，明神宗时利玛窦就来了。

全部《明儒学案》，逃不出一部《孟子》，怎么可以。

二月六日

先生言：

中国需要一本《古今图书集成》，完成此书要一、二百年，就在这范围内工作。有了此书方可谈东西方文化。

先生言：

有数在。时间没有到谈出来，此之谓泄露天机。

问：《读书》1987.1，赵一凡文《哈佛教育思想》。

先生言：

此即孔子是政治家还是教育家的问题。我赞成是教育家。

问：教育家是否即导师。

先生言：

是。

又先生未读此文时，已先言他在大学读的是教育，当时和杨先生等人就在研究教育的问题，教育和政治的关系。

因思：

此一语破的，即所谓三 A 原则，学术自由，学术自治，学术中立。

Academic Freedom, Academic Autonomy, Academic Neutrality.

二月九日

先生言：

王阳明不读六经，只读四书，故有"朱子晚年定论"。熊十力之研究，犹"孔子晚年定论"。我现在研究孔子之前的思想，要步步踏实。（大意）

先生言：

明末四大师，紫柏是禅宗，莲池是净土，憨山德清没看过，但是他注过《老子》。蕅益注《周易》。

二月十日

先生言：

洛书兜圆圈，禅宗兜圈子，里面有各式各样的东西，洛书用数来表示。

```
4   9   2
3   5   7
8   1   6
```

共有八个十五：

会走循环就好了。◇ 奇数圈（圆）□ 偶数圈（方）

顺时针 （圆）

$$1\times3=3$$

9

3　　　　7

1

$$3\times3=9$$
$$9\times3=27$$
$$27\times3=81（回归于一）$$

走一万圈尾数还是一样。

20 是进化，总归越来越多。

抓住尾数是循环。

逆时针 （方）

4　　　　2

8　　　　6

$$2\times2=4$$
$$4\times2=8$$
$$8\times2=16$$
$$16\times2=32（回归于二）$$

以上两种还有人知道。

但还有，还可以再倒走。

弄熟了，天地顺逆变化都在此了。

　　　　知客观阴阳顺逆，方可无入而不自得。

洛书读到此，我觉得对了——本来就是这么回事。

传说洛书为宇宙人排的，我相信人的智慧可及此。

禅宗都是抽象，一句话都是抽象，抽象到数不容易，今社会科学追求定量。

先生言：

月令，每月的命令。

闰，王在门中，为五。天地此时有个差别的地方。

　　　　天地变化要平衡一下。

　　　　运动本身要符合客观规律，否则唯心。

明堂，明明德于天下。

大学在明堂之东序。

先生言：

禅宗舍利是五。佩服舍利，故绕塔三周。

你有本事，我来学了，故沩仰兜圈子。

九来问，你太多了，一来问太少，五没有兜圈子。

止观。观知道旁边八个东西是兜圈子，走到当中五是止。

十二经络兜圈子（命功）。

禅宗要思想兜圈子。

乾坤十二爻，相当十二经络，另外有奇经八脉。

这次只讲洛书和阴阳，没有讲洛书和五行。

先生言：

述而不作，信而好古。知父母未生时本来面目。

看到父母前是什么？客观世界。

看见前，亦能看见后。后，孔子不讲。

曾子的孝我不赞成，墨子反对音乐我不赞成。孔老的程度较高。

老子岁数最大，释迦牟尼（-565—-486）次之，孔子有（-551—-479）最小。老子黄帝，孔子尧舜，释迦牟尼七佛（前有六佛）。老子离开周，大致在-520年。

孔子有一个不好，重男轻女。他支持父系社会，可能当时母系社会还有遗迹。

女子、小人有生理心理问题，难养，难相处。宋儒抓住此，汉不同，司马相如、卓文君当风流韵事。

二月十一日

先生言：

我读《论语》到十九章时，有一个明显的感觉，孔子死了。真想让孔子再多讲点，但孔子没有了，都是弟子在讲话。

先生言：

十八章已经散了，二十章是个总结。

先生言：

《论语》最后记的是曾子死，启予手，启予足。

先生言：

最好的学问，懂的人最少。

介眉问艺术。

先生言：

艺术的最后是宗教，不然无所归。

又言：

孔子言：游于艺。

介眉问：现代艺术反到底，反文化，反到根里去了。

先生言：

此即禅宗。想不到禅宗现在还有这么大的作用。

先生言：（谈及顾康年偈，以教混宗千载祸）

此句非，教就是宗，懂教一定懂宗。

按先生偈，单刀直入即大雄。顾偈，驾言有入即非雄。

先生言：

顾此句比我好，但以教混宗一句有大病。

二月十四日

先生言：

三晋文化高于齐鲁文化，因地方比较大。《易》主要是由三晋地区发展起来的，后世多传齐鲁文化。

先生与某机械学院党委书记讨论气功，此人已能带出学生。

先生言：

想通了，自己会知道。

先生言：

明堂穴里有很多东西，意极深。

先生言：

他看我百脉都通，我通了几十年了。生病实与此无关，王重阳气功这么好，仅活了五十余岁，这是另外的东西。我吃药，仅为尽人事。（大意）

此人自言：

他教功，仅让人放松了瞌睡，利用场的感应，使人通。

二月十八日

先生言：

《曹》《桧》在《唐风》以下，已经衰老得不得了，起不了大作用了。但是还有点东西，孔子把它们保存住了，还有点作用。

先生言：

诗象就是易象，区别在《易》可占《诗》不可占，然而后世亦发展出诗筮。

先生言：

我写孔子，把孔子全部翻过来，此稿好不好是另外一回事，但是另辟一条途径已成。（指《孔子与六经》）

先生言：

孔子与子贡的对话，可见孔子本人思想亦逐渐变化，此孔子之所以为孔子。

先生言：

子贡开出纵横家，但他是有东西的，其重要性在子夏西河设教之上。（大意）

先生言：

于《子张》所述五学生，可见当时已分派。

二月二十一日

先生言：

孟子言："人之患在好为人师"，故不能上出。《易经》永远走在时代前面。

因问：朱熹注《论语》，独自上出，到一阶段没有办法上出。如有人（师）助其一把，可判然开一境界，然已找不到此人。因自己已无师，已为人师。

先生言：

《汉书·艺文志》言百家出周官，错，事实是百家出孔子。（墨子亦出孔子，因孔子言与禹无间然。）孔子的学生可注意，你写的东西，都还只是孔子的学生。

先生言：

你有去国外的机会不要放弃。孔子去鲁，如脱重负。

先生言：

你写《东周人物志》，可当一篇博士论文。

先生言：

日日新。每天有新东西出来，故《易经》永远超时代。

二月二十三日

先生言：

《东周人物志》分封是一个触机，孔子是一个触机，以后墨子是一个触机，孟子、荀子是一个触机。

二月二十四日

先生言：

曾经有一个说法，你打任何一个结，和尚念经将其散开。

问：《五灯会元》卷一六祖慧能章次：尝有僧举卧轮禅师偈曰："卧轮有伎

俩，能断百思想。对境心不起，菩提日日长。"祖闻之曰："此偈未明心地，若依而行之，是加束缚。"因示一偈曰："慧能无伎俩，不断百思想。对境心数起，菩提作么长。"

先生言：

是。此偈与"明镜亦非台"一个意思。

对境心起是一股青年人的朝气，菩提也不要。

又言：

心佛众生，三无差别，就是要完全一样。

又言：

你将此偈和明镜台偈看成不同，是对境心起了。但这个对境心起还是好的。

又言：

对境心起后有办法解决，心起有什么不好。

又对某人（复旦研究生）言：

你脑子里有什么思想，我不管，但你谈出来，我对你说不是。（极深）

二月二十八日

问："王船山"之类文章（指《论王船山以易学为核心的思想结构》），即使写上一百篇，仍有不足之感。

先生言：

面上的点是无穷的，永远不会穷尽，故只能是举例。

先生言：

"王船山"一文，自己欣赏最后一句话："石船山是否'仍还其顽石'，后继者莫不有责焉。"这句话压住了全文。写文章最后结局要好（极深），故最近一直在考虑如何结束《孔子与六经》一文，将《论语》人物一百几十人排成一个大系统，可压住。此法闻于唐（文治）先生。《论语》"三人行必有我师焉，择其善者而从之，其不善者而改之"，改之也是好的结局。

问：跟收功有关？

先生言：

是。

先生拟编《易老与养生》，十五万字，解释五书，因言：

《参同契》到《胎息经》重生理，《黄庭经》到《入药镜》已至心理。《悟真篇》三教合一。

三月一日

越王勾践（47）。本月写成（47）—（54）。

三月三日

先生言：

儒道佛最后看到的东西，说同也不对，说不同也不对，极为微妙。

问种子。

先生言：

即"阳气潜藏"。（按：《乾·文言》："潜龙勿用，阳气潜藏。"）

先生言：

种子如瀑流，如何办，走到当中去（否则螳臂当车），当中的东西还要化到没有。

先生言：

问：密宗灌顶方可言。

先生言：

孔子亦有戒。毋不敬，尚不愧于屋漏。

黄福康问：

某道士言（对中央顾问），没有神仙，但有气化的人。

先生言：

此即上友古人。白玉蟾（南宋）看见一百多年前的张伯端（北宋），我相信。

先生言：

汤显祖《临川四梦》为侠、情、道、佛。

侠不敌情，霍小玉终未合。情能生死人，杜丽娘仍活过来。黄粱梦破时间数量级，南柯梦破空间数量级。侠、情相当于儒。

或问：

此梦不醒。

先生言：

永远不会醒。不要醒好。

三月四日

先生言：

你写的东西，我对你说还只是"读书"。我要的是全新的东西。

先生言：

二十几岁的时候，读了近十种《易经》，自以为有点懂《易经》了。看到各种书的注解都不同，就去问唐先生，哪一种对，自以为这个问题够深刻了。你知道唐先生如何回答？他不回答，要你再看几十种《易经》。你没有回答嘛，我对老师是敬重的，但是心里总觉得没有回答我的问题。后来再读几十种《易经》，好，懂了，知道这个问题是没有答案的，各种解释有各种不同角度。唐先生这一指示我终身受用，这才是真正的老师。其他此类事还很多。

又言：

能自己找出没有答案的答案，能找出没有答案的问题，程度就高了。

又言：

桌上有一个苹果一个生梨，人们的问题往往是问，这是二个苹果还是二个生梨？这问题本身不对，但是人们往往如此。

先生言：

我最初气功来的时候，一开始也怕。声音响得不得了，一只细胞（DNA？）听这么多血气的流动，如大瀑布，恒转如瀑流。让它去，就是如此，不动。以后再慢慢变化，贯通十二经络。

先生言：

一般炼命功，来得快。我炼的是性功，在两眉中。年轻人可以，年龄大的不宜，要脑充血。性功的变化觉不着，你们讲我不教具体的，根本没有懂我。

先生言：

炼气功得着的是另外一种东西，与一生的生老病死不成比例。

先生言：

性功即命功，命功即性功。

三月六日

先生言：

孔子绝笔《春秋》，与老子出函谷关之意同。

先生言：

自己研究特别有心得处，不管别人怎么说，自己相信了，就有一种力量。

问：下午在家读书不懂，来先生处才看出它的精彩处，感到精神状态不同。

先生言：

我自己就是这样读懂的，在杨、薛诸先生处得着。

先生言：

武术界有这种情况，先生在旁，学生能将对手打倒。先生不在，就不行。

问：有时测验能逼出东西。

先生言：

所以考试还不能完全废除。我当年读的是教育，考试是不好的办法中最好的办法。

三月十五日

先生言：

一、临济宗。临济义玄（？—867）的先生是黄檗。棒喝。

二、曹洞宗。曹本指六祖曹溪，洞为洞山良价（807—869）。

四宾主四照用，宾主随时变化（阴阳变化）——真正懂的人是不响的。其弟子曹山本寂（840—901），曹洞变成洞曹。

三、沩仰宗。沩山灵祐（771—853），仰山慧寂（814—890）。

圆相里有各式各样的东西，懂了以后将其师慧忠九十七个圆相全部烧掉。烧掉，懂了。

四、法眼宗。

五、云门宗。（比法眼稍早）

历史上产生禅宗是时代，现在特别对禅宗感兴趣也是时代。

今天会不会再产生禅宗大德，还不知道。

法眼宗已到五代，禅宗发展跟乱世有关。赵匡胤安定了，禅宗就没有了。因为大家又可以去弄文字语言了。

文益（885—958）960年宋开国，已有本事合起来前三种。

提出三个问题：

1、函盖乾坤　　以前话头你讲一句，他总可以反讲一句。因为诸宗都是一分为二，此一句包括全部话头，全部正反可合。

2、截断众流　　全部思想扔掉，众流逃不出乾坤。

3、随波逐浪　　未截断众流者，不肯随波逐浪。自以为我有一个对的东西，怎么肯随波逐浪。

截断众流：64 — 32 — 16 — 8 — 4 — 2 — ①，截断。

禅宗当下，全部截止。截断众流后处于五代，只好随波逐浪。

孔子，子在川上曰：逝者如斯夫。

孔子这时候心里有个不动的东西。

看到时间，就不动了。此即截断众流。

个别人懂时代，函盖住时代的乾坤，一截，就随波逐浪下去了。

永远随波逐浪。

达磨到一花到五叶，随波逐浪下去。

《五灯会元》随波逐浪到现在，我们现在还在读。

当时多少人，多少书都没有了，只有少数人，少数书随波逐浪下来。我们呢？

过去佛教内部常有此争执：一云随缘不变，一云不变随缘。——能函盖乾坤都可以。

法眼对禅宗的总结还有自己的东西，其学生永明延寿（904—971）著《宗镜录》总结"一花五叶"（在杭州南屏晚钟）。完结，人的性灵怎可总结。

良久，你的公案参都不高兴来参你。师良久，在讲堂上打瞌睡。

宋以后的禅宗没有好的了，失去性灵。（又：公案演变为学案。）

禅宗不是空的，有一批人还是读过《华严》。如何函盖乾坤云云，《华严》都有。

先生问：

风动？帆动？仁者心动？

——慧能！

先生问：

当今时代最有生气的是什么？

——癌！

（诸人回答不一。）

先生自言：

当今时代最有生气的，圆上一定要加六点。

三月十七日

先生今日写成《孔子与六经》一文，写作时间约四个月，三万五千字强。

问：刘先生（衍文）言聪明，不善创作善研究，内在性格急，皆对，然而似感觉浮泛。

先生言：

要彼此互知所藏，如孔颜。

先生言：

陈抟有比慧能好得多的理论。

先生言：

理学家皆出入佛老，程颐用一个艮卦代表一部《法华经》，象的程度提高了，神秘性也增加了。佛教的最后理论也是一个象。

（按：《程氏遗书》卷六："看一部《华严经》不如看一艮卦。"《程氏外书》卷十："周茂叔谓，一部《法华经》只消一个艮卦可了。"）

三月二十六日

欧美　　　　　印度　　　　　中国

先生言：

太极图基本由三个东西组成。

1、〇　2、Ƨ　3、〇 ●（已分）或 〇（未分）

所以可画二种太极图。

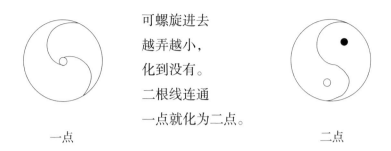

可螺旋进去
越弄越小，
化到没有。
二根线连通
一点就化为二点。

一点　　　　　　　　　　　　　　　　　二点

螺旋为河图

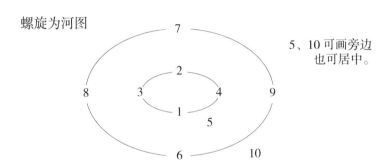

5、10可画旁边
也可居中。

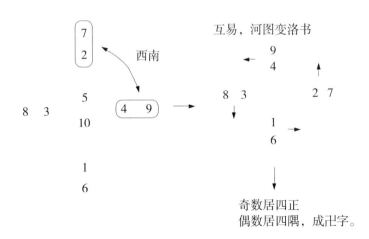

互易，河图变洛书

奇数居四正
偶数居四隅，成卍字。

转动看不见

河图　（体）　　　洛书　（用）　　　　双曲线
　　　　　　　　　　　　　　　　　　　　时间

先生言：

在中国没有读过《华严》，其思想还在唐之前。

禅宗要从《华严》中出来。

先生言：

现代派与道教里的画符有点像，人心不正，看见也要怕的。科学永远不可能到最高点，这是文学的作用。希腊某次战争，好长好长，因为天怒，遂罢战。符兴起时是有作用的，现在拆穿了，没有东西了。但拆穿后自然而然有东西出来，现代派绘画有其象。

先生言：

慧忠画九十七圆相给德山，沩山看后马上点把火，全部烧掉。

圆要接得不露痕迹，其实总有痕迹的。

西藏苯教反佛教反得这么厉害，一结合，出来东西了。

三月二十八日

先生言：

卦者时也，爻者位也。

六位时成，时间随着空间变化。

太和——大和，最大的和合。

元通仁，二样东西阴阳合在一起，乾元中合坤元。人的生命力，元气。

亨，出现变化，通烹（亨），人文化。火化（一百多万年）是农业社会产生的思想，水永远流动（生物圈），人要合于自然界。亨交往最多。要礼，否则乱。

无咎。《易经》有七十几个"无咎"，只有一个咎，其余都化掉了。

四爻执住一条路就不对，最好二条路兼顾。

《易》第一变化，二升五降。

因思：

利，收成，拿刀收割。贞是形成一个暂时不变的东西，看从哪点发出来。贞是过去到现在阶段的结果，贞在最末一点。贞是现在，故贞为占卜，贞为不变，悔为变。《尚氏学》云："易者占卜之名，……简易、不易、变易皆《易》之用，非易字本诂，本诂固占卜也。"

先生言：

明，从阳看，大明，乾为大。

　　从阴看，文明，坤为文。

乾为衣，坤为裳，衣冠楚楚，故黄帝尧舜垂衣裳而天下治。

"象其物宜"——唯物，不是要客观来跟从此。

元亨利贞到春秋战国变化成六七八九，《文言》至少在孟子后。

只有元、始，只有一，没有相对的东西，不可能亨。

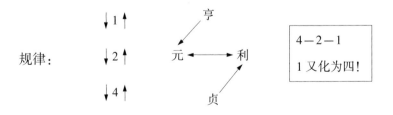

四概念变二概念。元亨着重元，亨以后，有利有不利，然后守着元，叫作贞。乾元不言所利，坤元有所利。无所不利，也无所利，把利化掉了，故大，又回归元。春秋是变化的，冬夏是绝对的。

《易》由隐之显，《春秋》推见之隐（把事实抽象到根源）。过去读《周易》，必须上通群经，下通诸子百家，否则空讲。

利，和。推情合性，一切用理智，不要用感情。感情要发，一个人不可能没有情，但要中节，应当喜则喜，应当怒则怒。中国人是不要过分，但不是不要情。大分辨！

性中必须有情。印度一套没有情，只有性。礼乐，乐感万物，以礼节之。性其情，性情合一，故精。

纯，不杂其情。

粹，兼容其情。

精，一其性情。

六爻发挥，旁通情也。相对就有情，六爻各种各样，文学要发挥，要旁通，绝对一，执著了。

给关键，不给结论，所谓"引而不发"。

"圣人之情见乎辞"，辞是卦爻辞。写情，故社会科学。

利贞，刚柔正而位当也。这是全《易》的纲领（汉），王弼扫，清恢复。

先生言：

宽以居之。如果只是居自己的学问，就要拒人于千里之外。兼容并蓄，由纯而到粹。宽，方向、目标不能狭。静的德是居，动的德是行。你知道对方的东西，你的东西就起作用了。

四爻，一定要或（惑），故要改变环境，否则不能生存。或（惑）就是疑，一直疑不行，或（惑）要解决掉。（慧能不断百思想）

神道设教。阴阳不测之谓神，一阴一阳之谓道。

不知道，之谓神，知道了，就是道。知道阴阳变化的道路（卦象之推移），就是从神到道。

倒是墨家相信鬼神，阴阳家不相信鬼神（一阴一阳之谓道）。精气为物，游魂为变，是故知鬼神之情状，物变产生了鬼神。

鬼神是人事的抽象。神，阳气，鬼，阴气。

先生言：

天人合一的关键性，合于天地则唯物，不合则唯心。天且弗违，孔子主先天，老子主后天。只要不违天，先也可，后也可。

亢，过分了。宗教就是亢，一定要到底。孔子不了了之，未知生，焉知死。

健，动习惯了，动而不知其为动。

乾为冷天，坤为热天，阴中阳，阳中阴。兑为霜，乾为冰。

义，春秋战国大变化。孔子较少讲，孟子大力讲。孟子告子辩，孟子仁义都是内，告子仁内义外，何人深一层？《文言》中孟子、告子合。

朱熹理学，拿坤卦二爻做标准，实际作用是应乾五。"不疑其所行"不对，故产生封建思想。

地球围着太阳转，但地球本身也有力量，否则早被吸过去了。（以从王事，弗敢成也。）

《文言》有处世哲学。三含不住，四含得住。

孔子读《易》，韦编三绝，前前后后要翻的。这是读《易》方法！其实不一定孔子，别人也可以这样读。我读乾《文言》好，坤《文言》宋儒发挥，但是《易》以道阴阳，要合起来。

美在其中，中心化到四方。

正位居体，当中重心要对。

卜筮本身就是学问（概率），理解所有情况，从绝对论到统计论。

王船山云：四圣一贯。

问：可扔掉历史事实？

先生言：

此即史变经。

问：按照新学说熵定律，古老文明不可能复兴，中国将走巴比伦、埃及老路，也许就在此数百年。

先生言：

人类应该变化了，我看下来如此。照佛教讲法，弥勒快来了。孔子也讲他只看三千年，三千年也近了。人应该更进化。

问：除非中西大量、彻底地交，看不出中国自己走出来之象。

先生言：

中国的大发展我是看不见了，你也看不见。

先生言：

《左传》把当时人的好思想装到前人身上去。以后每个时代都有《左传》，神化先人，《道藏》里全部是这种情况。孔子说"吾党之直躬者异于是，父为子隐，子为父隐"（《论语·子路》），极深。

先生言：

人到月亮，差得远了，出太阳系为等离子态，一切这里的物质全部改变。密宗就是研究此，这根本不是宗教。

先生言：

朱熹曾言，佛教把中国人的好东西全拿走了，中国人把佛教里坏东西全拿来了。道教仪式等完全是佛教里的东西，但三教合一道教完成了。

问：上友古人，人是否能碰到二十一、二十二世纪的人。

先生言：

可知，人难道真的一生就死了吗？你这是法先王、法后王之别，但不可空讲。孔子未知生，焉知死，未能事人，焉能事鬼，好极了。

五

一九八七年

四月一日

先生言：

时代有其整体，作者也有其整体，在两个整体的相交点，可以看出东西。

先生言：

"杓携龙角，衡殷南斗，魁枕参首。"《史记·天官书》这十二个字读懂了，中国天文学也懂了。

先生言：

把散乱的卜辞编成《周易》，已形成系统。系统地利用这套卦爻辞，不是简单的事情。一本正经的解释，不懂《易经》。卦爻辞也有这样的作用，你有怎么样的思想，它就显出来怎么样。王弼一看，《老子》全部在内。干宝一看，全部讲周代的历史。《易》的整体不在二篇，也不在十翼，在卦象和卦数。

先生言：

《系辞》都是刻刻实实地做的。

先生言：

道教《度人经》，元始天尊只有少数人可以碰到，下面的人碰不到。到元始天尊的宝珠中去，元始天尊才为你说法，不到程度不给你讲，给你讲你也听不懂。内圣，外王，自觉，觉他，自觉就是要看到这颗宝珠。

先生言：

读《易》的一种方法是，什么注解都不看，只看卦象、二篇、十翼。这就是费氏易，不用章句，只用十翼解二篇。

又言：

十翼被王弼减去五翼。我现在看来不但不能减，还要加，不止十翼。

先生言：

卦象的根本是数，我对此深信不疑。

四月二日

《史记·律书》称十干为十母，十二支为十二子。

《后汉书·律历上》注引《月令章句》：

> 大桡始作甲乙以名日，谓之幹。作子丑以名月，谓之枝。

梁启超引丹徒马良云：十干、十二支与腓尼西亚——希腊——罗马字母同物。

> 一岁四时之候，皆统于十二辰。十二辰者，以斗纲所指之地，即节气所在之处也。正月指寅，二月指卯，三月指辰，四月指巳，五月指午，六月指未，七月指申，八月指酉，九月指戌，十月指亥，十一月指子，十二月指丑，谓之月建。天之元气，无形可观，观斗建之辰，即可知矣。斗有七星，第一曰魁，第五曰衡，第七曰杓，此三星谓之斗纲。假如正月建寅，昏则杓指寅，夜半衡指寅，平旦魁指寅，余月仿此。
>
> （建，训健，即《周易》"天行健"之义。辰，训时，每时三个月，即孟、仲、季。）

> 张介宾《类经图翼》卷一《斗纲解》

《史记索隐》引《春秋运斗枢》："斗，第一天枢，第二旋，第三玑，第四权，第五衡，第六开阳，第七摇光。第一至第四为魁，第五至第七为标，合而为斗。"又引《文耀钩》："斗者，天之喉舌。玉衡属杓，魁为璇玑。"

司马贞《史记索隐·天官书》

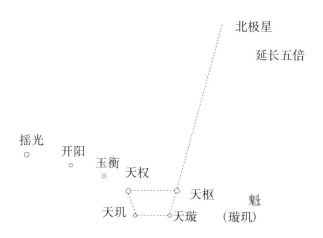

先生言：

读《史记》不可不读《八书》。(《礼书》《乐书》《律书》《历书》《天官书》《封禅书》《河渠书》《平准书》，律历度量衡。)

先生言：

禅宗一至六祖发展至最高峰，慧能以后下来了。下来时有点小波动，产生了五张叶子。最后二张小叶子，为杨岐方会、黄龙慧南。理学的产生，完全受禅宗的启发。

黄龙三关：

一、人人尽有生缘，上座生缘在何处？

二、我手何似佛手？

三、我脚何似驴脚？

禅宗发展到宋，没有什么了。黄龙死去之年，即张紫阳悟道之年。

先生言：

二篇之辞，收入于《礼》，不如《诗》《书》受人重视。到战国逐步形成十翼，始能大幅度提高《周易》的学术价值。传《易》者和十翼作者有关，内有楚人，尤可注意。《汉志》已有十翼以外之注。

三圣，可否定其人。三古的时代，未可否定。

先生言：

《易》大别为五：汉易、魏晋易、唐易、宋易、清易。此外又有先秦易，科学易。

汉易据卦爻象辞为之说，精辟之言，不下于十翼传二篇。汉易据十翼而融合三古。

先生言：

朱熹集理学大成，陈、邵犹伏羲易，程犹文王易，周、张犹孔子易。朱从吕祖谦本，已分辨二篇、十翼，三古之时灿然明白。晚年注《参同契》《阴符经》等，为其思想的归宿。

先生言：

孙星衍重辑《集解》，全收王韩注，焦循重虞氏易而及王韩，皆由汉而魏晋。深研汉易而知其弊，唯焦循足以当之。

清人未知唐易，与宋人未解汉易之失相同。

李道平《周易集解纂疏》取卦气、消息、爻辰、升降、纳甲、纳十二支、六亲、八宫卦、纳甲应情、世月、二十四方位十一例。

☵☷ 萃。初六，有孚不终，乃乱乃萃。若号，一握为笑。勿恤，往无咎。

虞注：孚谓五也，初四易位，五坎中，故有孚。失正当变，坤为终，故不终。萃，聚也。坤为乱为聚，故乃乱乃萃。失位不变，则相聚为乱，故《象》曰："其志乱也。"

先生言：

失正当变 ☵☷ ☷☷ 为终乱，相聚为乱。

初往四来 ䷽ ☷为志，☷为不终。

    虞注：巽为号，艮为手，初称一，故一握。初动成震，震为笑。四动成坎，坎为恤。故若号，一握为笑，勿恤。初之四得正，故往无咎矣。

先生言：

䷽ ☷为手，☷为号。

䷽ ☷为笑，☷为恤。

一握为掌握总原则，孚谓信任九五，坎为孚，因坎水流有一定的时间，所谓"早知潮有信，嫁于弄潮儿"（李益《江南曲》）。乾为始，坤为终，上不孚则下终，上孚则下不终。

问：萃变屯，屯初爻利建侯，是否有关治乱？

先生言：

可以有关，可以无关。三百八十四爻皆有关联，最后归于太极。

先生言：

开始观象玩辞，后来研究观象系辞。

史公书，句中有图，言下见象。

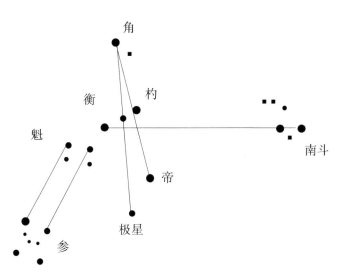

《史记·天官书》：

> 杓携龙角，衡殷南斗，魁枕参首。

图为朱文鑫绘。
见《史记天官书恒星图考》，商务印书馆发行，12 页。
为李约瑟《中国科学技术史》第四卷《天学》所取，146—148 页。
二十八宿。

> 宿为小屋，应当是日月五星的临时休息站，主要为度量月球运
> 动。月球望—望或朔—朔的相周（朔望月）需时 29.53 日，而回到恒
> 星间同一位置（恒星月）需 27.33 日，两个周期无法调和，28 为平均
> 数。　　　　　　　　　　　　　　　　　　　　　　　　156—157 页。

四月三日

《廖季平年谱》，廖幼平编，巴蜀书社 1985 年版，共 194 页。廖平生于
一八五二年，卒于一九三二年，享年八十一岁。

115—121—126 页：

> 平自序《四变记》曰："壬寅后于梵宗有感悟，终知《书》尽人
> 学，《诗》《易》则遨游六合外。因据以改《诗》《易》旧稿，盖至此
> 上天下地无不通，即道、释之学亦为经学博士之大宗也。"其《孔经
> 哲学发微》云："《内经》旧以为医书，不知其中有天学，详六合以
> 外，有人学，详六合以内，故《病能篇》末有曰上经下经，《易纬》
> 文也。上经者言气之通天，为天学；下经者，言病之变化，为人学。
> 区别界限，不容涵杂，此《内经》所以为天人合发之书也。"……黄

熔述《五变记》引《齐诗翼氏传》云："《诗》之为学，情性而已。五性不相害，六情更兴废。观性以历（十干），观情以律（十二律），律历迭相治，与天地稽（天干地支）。《内经》五运六气之说，盈千累万，言之甚悉，即解此性情之义，莫非《齐诗》传说也。《论语》性不可得闻，即谓《诗》学深邃，性非性理之谓。《诗纬》以邶、鄘、卫、王、郑五国处州之中为五音，《民劳》五篇为五民五极。《邶》四风，谷风东，终风西，凯风南，北风北。……五变以《易》为形游，《诗》为神游之书。神游之境，即《诗·周南》'辗转反侧'之义，大人占梦之说也，与《易》之'周流六虚'，《楚辞·远游》之'周流六漠'，《列子》之'御风而行'，《庄子》之'游于无何有之乡'，《中庸》引《诗》之'鸢飞戾天'，其旨正同。谓《诗》本灵魂之学，人以性情以进修，则卷之在身心，放之弥天地，自西而东，自南而北，无思不服矣。六变以《诗》《易》二经为大同之后，民物雍熙，相与合力精进，研究上达之学术。一据班氏《艺文志》言，《诗故训传》取《春秋》，采杂记，咸非其本义，而独以鲁为近。《鲁诗》传自申公，后鲜述者。惟《齐诗》四始五际（四始即《诗》篇名，正月、四月、七月、十月，《诗纬汎历枢》'《大明》在亥，水始也。《鹿鸣》为《小雅》始，《文王》为《大雅》始，《清庙》为《颂》始'之说），屏去人事，专主纬侯之说。性情律历，发明于翼氏者，博大精深，浅见寡闻者所畏避。盖《诗》天学，翼氏斯为得之，犹《书》主大统，惟邹子为能言之也。《诗》非述往，乃百世以下之书，《楚辞》是其师说，《中庸》为之大传，盖先人后天，由小推大，《齐诗》多主谶纬者此也。暮岁于术数方技之言，无不明晓。堪舆家言成书五种，医家言成书二十余种，驳《难经》文乱古法，创新诊（斥寸关尺之谬，主复古诊法），自谓志在医医，不在医病。……读王冰《素问》八篇，以此为孔门《诗》《易》师说。……皆能贯通融合，专以五运六气明性与天道。此廖氏说经第六变也。"

壬寅（1902），廖平五十一岁，始悟天人之学。此年康有为《大同书》成。

有《易经经释》《诗经经释》，七十九岁成。

同学杜之韦赴美。

同学陈敬容探望先生（他领悟气功）。

先生言其两眉间宽了一些。

先生言：

你没有领悟内在，你领悟的是外在。某一句句子执牢了，要放放松。外在也要，更重要的是内在出来。

先生对陈言：

你积十年，保险两样。一、二年后就会有东西。

先生言：

你看到的那个打结的东西似 DNA 键，但里面还有不自然的东西在，所以要松掉。丹要自然而然结，结成后放在体内也可，放在体外亦可。

先生言：

传道不入六耳，你听和他听完全两样，此之谓泄露天机。

陈言：现在做事不如过去急。

先生言：

炼此没有降低效率，工作和学习一切如常。

先生言：

骨髓更新。

先生对陈言：

懂气功要有作用显出来。你的作用还没有显出来，我显出来就是写这些文章。

先生言：

超声波、红外线等，过去说听天乐，我的多维空间实受此启发。好比万花筒，不可追求。

先生言：

王船山晚年懂气功，有《愚鼓词》。环境极为困苦，懂气功给了他力量。

四月六日

先生言：

后代人注《易经》，都是来自《系辞》的关系。在《系辞》中强调其中某句，即成为一家。

先生言：

宋易开象数、义理二派，数看一、二、三、四、五的数，象看一分为二、二分为四的象。河图洛书是数，太极两仪是象。

先生言：

当年我见杨先生时，杨开口第一句就是王弼、程传一样的。起初我不相信，后来才知道这是对的。他把两个时代会通了，读《易》必须知此，方识抽象。

先生言：

朱熹《本义》四十八岁写成，七十一岁死，为未定之书。特别一点是不放弃《易》为卜筮之书，因先儒说道理太多了。《启蒙》极好极好。但朱熹认为《说卦》的广象未合《易》，其实全部合，朱的智慧未及此。用吕祖谦本分别经传，三古灿然大明。十九个卦卦变有特色，但用于科举，限制住了发展。

先生言：

项安世《周易玩辞》略晚，全准程传义理，其卦变在文字中。

先生言：

电，自然界中早有了。社会结构越复杂，离开自然越远。从复杂里看出简单，思想进步了，但不是扔掉复杂。所以原始文化有魅力——象数没有更好。

因思：城市结构犹五线谱，高高低低。

四月十三日

先生言：

文化的灭亡是自然而然的，但只要有一个人喜欢，就还在，这就是人的作用。如埃及、巴比伦文化，没有了也就没有了。地球也要毁坏，但与我们搭不着。

先生言：

我对神秘之事总不喜欢多谈，此与《易》于卜筮、算命一样。（按：先生曾言及《易》为卜筮之书，但仅知卜筮不为读《易》。一、于卜筮深入可见数理，数学模式；二、经学用《易》早已超出卜筮，对卜筮的掌握在人。）

问：读《桃花源记》，感到有深意，为传道书。文中所用词语，皆句中有眼，为一指示寻求者的路线图（见《渔人之路和问津者之路》）：

> 晋太元中，武陵人捕鱼为业。缘溪行，忘路之远近。忽逢桃花林，芳草鲜美，落英缤纷，渔人甚异之。复前行，欲穷其林。林尽水源，便得一山，山有小口，仿佛若有光。便舍船，从口入。初极狭，才通人。复行数十步，豁然开朗。……问今是何世，乃不知有汉，无论魏晋。……此中人语云："不足为外人道也！"既出，得其船，便扶向路，处处志之。及郡下，诣太守说如此。太守即遣人随其往，寻向所志，遂迷不复得路。南阳刘子骥，高尚士也，闻之，欣然规往，未果，寻病终。后遂无问津者。

先生言：

《桃花源记》仍然反映客观历史。陶渊明"不为五斗米折腰"，反对南朝刘裕的改革，"不知有汉，无论魏晋"，何况魏晋以下。当时庐山有三种力量，陆修静（帮助刘裕）、陶渊明、慧远（庐山结莲社），陶最后归宗于"自谓羲皇上人"，"无怀氏之民与，葛天氏之民与"。

问：《象》："云行雨施。"

先生言：

阳于阴为施，阴于阳为受。（☵☵上坎为云，下坎为雨。）

先生言：

☶☱咸，初四一调，脚跟立定，脚是动力。辗转反侧，成既济为恋爱成功。圣人扩大至一个国家。

先生言：

中国用卜筮，但解释卜筮是一套大道理。后来的卜筮是控制百姓的方法，是愚民政策。汉朝的书对日食月食早就讲清楚，但仍利用其于政治。

先生言：

朴学研究汉易慎重有余，发展不足。虞翻一个字，要用来直接文王孔子，不如陈抟从卦象入，直接文王孔子，爽快。朴学在残缺的资料中要自圆其说，真是费尽心思。

先生言：

每天都有既济的象，既济的象随时在变。

先生日来曾言及咒语事（因陈敬容问）。当年杨先生想为《易经》完成一个体系，同先生弄了十几稿，最后归结为一组诀。如果照诀而行，最后也会有特殊感应。但是先生觉得不对，全部推翻重来，又上去了几层。把搞出来的东西给杨看，杨最后首肯。

先生言：

我读惠栋、曹元弼，一度百读不厌，不是读他们，而是读自己的思想变化。

四月十八日

☷→☱（蒙→革）。发蒙，一定革正。

四爻是所谓"乾道乃革"。

革《彖》："天地革而四时成。"

因思：

发蒙的刑，是"刑于寡妻"的刑，是仪式，每个时代不同。典礼，是规律。

四月十九日

先生言：

过去种种为的，今日种种受的是；将来种种受的，今日种种为的是。这些事旁人不能帮忙，帮忙反而不好，只能自己来。（问："圣人不仁，以百姓为刍狗"是否亦此意，先生似可之。）又如气功，如鱼饮水，冷暖自知，父不能传于子，臣不能进于君，只能自己来。

先生言：

马王堆《老子》"常无欲也，以观其妙，常有欲也，以观其噭"，在有欲无欲处点断，王弼点断于有无，化为哲学问题。这是黄老尚实和王弼尚虚的区别。妙与噭同出，有欲才炼得好。欲是生气，于欲可以观过知仁。所有的噭都是妙，要了解噭与妙同在什么地方。

（按：王弼本仍点断于有欲无欲，此处先生误忆。）

先生言：

杨先生曾在晚间出来和某人约好碰头，第二天两人会面互述所见，以此核对。同时代这点距离的感应不算稀奇，要知禹与颜渊易地皆然之理。

先生言：

杨先生言：地球南北有个道理，即两极。东西有个道理，就是中国和美国，两头隔太平洋紧紧挽住。上古白令海峡是通的，中断后，中国这块地域大发展，美国是空的。近代美国大发展，成世界中心，中国有渐空之势。但是中美仍有关联，中国的发展，从深圳、广州来似不行，从苏联来则落后，主要还是看美国。中国古代确为世界中心，澳大利亚人种与中国有关。现在这块地域摆在那里，台湾、日本、朝鲜等地区虽发展，终不行，最后仍在大陆。知道一点历史的人，决不敢轻视中国。人类发现美洲、澳洲，不过几百年的历史，故全球观念的意识有时间性。

先生言：

美国开始从欧洲来，今全世界仍用格林威治时间。中国称洛阳为天下之中，可以用时区解释。欧洲不能统一，是拼音文字问题。拼音文字如隔开一个地域，声音一定两样。中国如不用方块字也不能统一，方块字是符号。

先生言：

《春秋》是现在世界上的一切事实，现在的人都是读《春秋》，无人能上升到《易》。托夫勒《第三次浪潮》，有一点《易》的味道了。

先生言：

第一次世界大战后，出来一个苏联。第二次世界大战后，出来一个中国。

问：今后如果欧洲统一，形势进一步再变化，在联合国范围内，会不会出现五霸的局面？

先生言：

这些是后来的发展，你和我都是搭不着的。

先生言：

刚才说的还只是地理形势，人类出月亮，出太阳系后全部要调换。

先生言：

对将来如何发展，仍需要取鉴过去，这是《易》的彰往察来。

为先生提供世界可耕地面积资料等，因问及此。

先生言：

我对可耕地面积等不大重视，现今时代之要不在面积多少，而在产量多少，科学一来就够了。薛先生讲，化学解决了穿，现在要解决吃。如果真的这样，可耕地面积无关紧要。气功的"辟谷"，从生物学上解决这问题。

问：×××、曹建等，虽好，但总感缺一点常人的什么，而熊先生、唐先生、廖平等皆有德者之容，是否对？

先生言：

炼气功不可后面有东西控制。

先生言：

陈敬容炼的是小周天，把紧的东西松掉，重新来，会有完全不同的景象。

先生言：

以色列有二次大战后新兴国家之象，犹太人历来受迫害。

先生言：

马克思全部针对资本主义，但不知道资本主义还有自我调节、改善的功能。我赞成马克思的认识达尔文，生物学在达尔文后的进步，马克思没有见到。

参观法国摄影大师布勒松摄影作品展览（世界十大摄影家之一），作品有萨特、庞德像等。论艺云：

> 摄影只是我自我解放的方式，而不是用来表现和确认自己独创性的。

四月二十日

先生言：

易有六位。六位"之正"，应的关系初四、二五、三上，有六种次序，是"时"：

初四、二五、三上
初四、三上、二五
二五、初四、三上
二五、三上、初四
三上、初四、二五
三上、二五、初四

仅此六种，可示意如下：

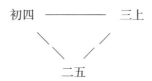

除应外，还有比，初二、三四、五上、二三、四五、上初，又各有六种：

将应、比关系合成，有6×6＝36种变化：

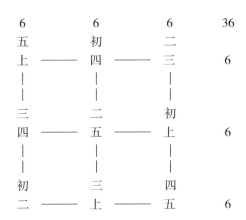

先生言：

此即"六位时成，时乘六龙以御天"。六龙是变化，天为自然规律，即"乾元用九，乃见天则"。

又言：

其中还有变化。

先生言：

王船山合汉宋，汉孔安国"河图则八卦也，洛书则九畴也"，此虚言船山实之。

四月二十一日

先生言：

"圣人之大宝曰位"，对位的之正自己要有主张。

先生言：

䷗復《彖》："復其见天地之心乎"，藏在最深处的东西显现出来。人心和天地自然之心，自然界的生灭，人的生死，是《易》的原始思想。反映自然规律和哲学规律，恢复到阴阳只有两个。

《易》的可贵在周期，自然的周期，生物的周期，推理社会的气象。

先生言：

《文言》把卦爻辞变成儒家理论。《系辞》中好多解释卦爻辞的文字都可以属《文言》，《乾凿度》有几爻也极好。

文王时已有观象系辞，今已得"××无咎"四字。卦爻辞有原始的资料来源，极早，但可贵吗？不可贵。古史辨派的大病，在仅仅查卦爻辞中的历史资料。历史事过已无关系，把历史弄出哲学来，就是象。把这个象拍到卦象上去，叫观象系辞。有象就有这种思想，卦象的根本就是数。

先生言：

二千年前有马王堆帛书易，三千年前有数字卦，把传统易学全部打破。文王时仅知观象系辞，孔子时刚编成卦爻辞，且孔子所读和今本不一定完全一样。

殷周数字卦的发现对《周易》是大事情。阴阳五行合一，用六十周期。

先生言：

完成《系辞》的时间极长，从编成卦爻辞到西汉末。卦爻辞与最早的十翼，相差时间极短。当时编成卦爻辞者，自己再解释，成为《系辞》的一部分。故《系辞》极早，内容有极深的，也有比较浅的。

先生言：

读《易》当从"古者庖牺氏之王天下也"一段读起，此思想大大超过孔子。八卦应该包括天文、地理、近身、远物种种内容，从尧舜推到伏羲，当时的时代认识飞速发展，且已包括中华土地上各地域各民族不同的文化思想。

先生言：

三圣三古，实际上是三个大时代。

先生言：

一人的文集是一人的思想，《诗》包括数百人、数百年的思想。从卦象到十翼完成，至少有几万年，所以《易》的思想极为丰富。

先生言：

二十八宿三、四千年前已有，传说黄帝时代（产生上层建筑）大桡造甲子，完全可能，因为知道阴阳五行十进制的内容。

破《左传》的卜筮，史一、二年不可差，哲的时间数量级就长。

先生言：

卦象非伏羲作。

二篇非文王作。

十翼非孔子作。

四月二十二日

先生言：

卦是肯定这个象，爻是这个象的变化。

先生言：

《易》有四百五十节，一百九十二阳爻，一百九十二阴爻，要在用九用六。

先生言：

不要说《易》处处行，《易》与牛顿理论就是不合。《易》讲相对的东西，与绝对的东西就是有矛盾。

先生言：

卦名是义理，爻名是象数。

先生言（论阴阳位置）：

太阳在上午、中午、下午完全不同。

先生言：

读中国传统的思想，要知道它文辞往往极后，但不能否定它的思想极早。

先生言：

卜筮预知未来，是根据当时的信息判断，这信息是真的，所用为统计规律。一年之后，还要看几则准，几则不准。

先生言：

读《易》，当先知卦辞和爻辞的严格分别。卦辞要在"元亨利贞"，爻辞要在"吉凶悔吝"。卦辞立坐标，爻辞是在这坐标内的变化。

清人戴棠《周易爻辰补》，十二爻用十二宫的信息。

《易》有全息照相的作用，把某一卦可以推广到全部。

先生言：

"伏羲氏王天下"六大类，是卦爻辞编者这样看的，把它托到伏羲身上。

先生言：

卦爻辞作者当然是一人。

吉凶悔吝之间都是厉的，《易》要在无咎，仅共初有咎，"往不胜为咎"。所以必须重视确乎不拔。

四月二十四日

先生言：

王阳明龙场一悟后，著有《玩易窝记》（戊辰，1508），只此一篇，可许其懂《易》。

　　阳明子之居夷也，穴山麓之窝而读《易》其间。始其未得也，仰而思焉，俯而疑焉，函六合，入无微，茫乎其无所指，孑乎其若株。其或得之也，沛兮其若决，联兮其若彻，菹淤出焉，精华入焉，若有相者而莫知其所以然。其得而玩之也，优然其休焉，充然其喜焉，油然其春生焉；精粗一，外内翕，视险若夷，而不知其夷之为厄也。于是阳明子抚几而叹曰："嗟乎！此古之君子所以甘囚奴，忘拘幽，而不知其老之将至也夫！吾知所以终吾身矣。"名其窝曰"玩易"，而为之说曰：

　　夫《易》，三才之道备焉。古之君子，居则观其象而玩其辞，动则观其变而玩其占。观象玩辞，三才之体立矣；观变玩占，三才之用行矣。体立，故存而神；用行，故动而化。神，故知周万物而无方；化，故范围天地而无迹。无方，则象辞基焉；无迹，则变占生焉。是故君子洗心而退藏于密，斋戒以神明其德也。盖昔者夫子尝韦编三绝焉。呜呼！假我数十年以学《易》，其亦可以无大过已夫！

《玩易窝记》

某炼功人问止观，是观内心还是观外物？

先生翻出《易经》观卦：

要大观，"大观在上，顺而巽中正，以观天下。观天之神道而四时不忒，圣人以神道设教而天下服矣"。大观观得好啊，所有一切包括自己都在观，观时内心没有东西了，外界还有声音，所谓树欲静而风不止，不可能没有东西。顺而巽极要，观客观世界自然而然的变化，最重要的是观见不可见的时间。

某人问如何处理人际关系？

先生言：

根据来人的一股气（信息）决定。孔子曰："可与言而不与之言，失人；不可与言而与之言，失言。"

先生言：（阐发王船山《远游》）

真铅在外头。还丹，丹还到你自己身上。

动几，气母。

问：杭辛斋未成，杨先生未成，到先生成了。

先生笑：

我亦未成。

问：何时。

先生言：

等。

先生言：

你问过骊姬，骊姬时整个民族合起来了。

四月二十六日

先生言：

脑容量变大，脑细胞增多，这不是我们一生的事情，气功对此也无能为力。气功在于沟通，重在相交，将二个不同的概念，贯通在一起看。不单脑细胞，全身细胞都在交流。气功重视整个的人，决不单讲心脏或肺。

一切在进化，大脑也在进化。我们不是要增加脑容量，但是已经有的要保持。

先生言：

经络解剖，体会身上的交流。人活着才有气，死了没有气，如何能解剖。

先生言：

人的一生由盛而衰，∧，对此仍无办法。气功年轻时开发智能，年纪大了相对维持住，⌒。

先生言：

我当年做几何题，日思而夜梦，梦中做出来了。某一问题一交流，作用就有了，气功开发智力，就是交流。

文化程度好的人，自然而然懂一点气功。

先生言：

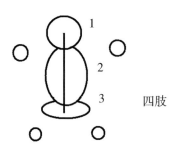

先生言：

世界（主观时空）＝ 宇宙（客观时空）

主观可合于客观。

先生言：

五十营，增加五十倍。

36×28（1008 分，人的生物钟）。

天行一周，太阳走一圈。

人长（空间）八尺。五十营，锻炼呼吸的时间，分比现在的分要长，二分多一点。

内气的流转很慢。

好像梦，也不是梦。

气功态中接受外界的东西多得不得了（所谓"偏差"出于此），有遗传的，有出生后与外界接触的。这里要有德，涉及人生观。

一个呼吸走三寸，思维也有了依靠。

排列组合，自由组合。

五十次后，不一样了。活子时。

时间放大，缩小。

气功合乎实验室原理，实验到什么地方，就是什么地方。

先生言：

头（性）—— 冷静头脑（心理）——➤ 胸腹（命）。

没有我自己，再产生我，化为大我。《老子》"吾之大患，在吾有身"，性没有办法，命给束缚了。

我做的气功，并不是我一个人做的，而是你、我、他、古人一起做的。

得着以后，共同语言来了。

交流当然不止两个人之间。

炼气功的人，用的具体方法都是命为主。

先生言：

心相应舌

肝　　目

脾　　嘴

肺　　鼻

肾　　耳

性为食色。性：食——维持空间。

　　　　　　色——维持时间。

先生言：

自己的呼吸要一点一点慢下来。

照《内经》标准要五分二十秒（深呼吸静到一分不容易），一分钟为气功态程度。

二百七十息，当时最高标准，五分二十秒。

身体没有了，完全客观自然界的信息，最可贵。

先生言：

气走两圈一小时，阴阳相对又不同。

呼吸慢五十倍。

自己没有了，根本不知道自己在呼吸。

五十与一，不知是天，不知是人。

旧的越老，新的一定要接受，再新的再接受。

结合新的东西，反映出更新的东西。

$24 \times 4 = 96$。100 刻，1 刻 $= 14$ 分 24 秒。

十六丈二尺，气走多少路。

自强不息，永远在转化。

六个周期。跷脉，过去忽略。

有二种方法，1、睁目；2、闭目。

走通了，信息就多了。

先生言：

人体内分泌不止肾水，五五二十五，共二十五种液体。

气功中的音乐，到一定程度方知。

先生言：

每日练习气功的时间，及正常进入气功态的时间，合于今日的时间间隔一周于身，当 28 分 48 秒，故每日必须练习约半小时，约经过五十天，基本可进入气功态。

气之不得无行也，如水之流，如日月之行不休。故阴脉荣其脏，阳脉荣其腑，如环之无端，莫知其纪，终而复始。其流溢之气，内溉脏腑，外濡腠理。

《灵枢·脉度篇》

四月二十八日

周家盛言：

炼太极拳，全身的份量在脚上。

周言：

炼太极拳外面在动，里面极静，如一碗水始终平衡。等炼完了，外面静了，里面动起来，等于气功。

周言：

我和我的老师有分歧，他认为太极拳高一层的境界是技击，我认为是开智慧。（因思：技击有假想敌，可以将精神凝聚到一点上，然后化掉。）

周言：

我打太极拳极慢，杨氏一套四十五分钟，实际上是把一个一个站桩慢慢连起来。

五月三日

问：孟子。

先生言：

孟子好。

好的地方，他懂《春秋》；不好的地方，言必称尧舜。他的问题是社会科学谈得太多了，实际上他是懂自然科学的。气功极好，养成浩然之气。但是孟子、告子的争论，我对孟子的观点有疑问。孔子的思想，由子贡到齐开稷下派，成书为《周礼》，在鲁成思孟学派，以五行配五德。以荀子作为标准，可以写出孟子。

问：庄子。

先生言：

庄子了不得。

良久又言：

庄子懂《易经》。

问：屈原。

先生言：

屈原是为楚，不是为君，他舍弃不了郢都数百年的高度文化积累。现在不能了解屈原心情，因为不知道楚当时高度的文化成就，今出土有编钟等，已可完全理解。（因感受白起等战争有极大破坏性。）

中国数千年辛苦积累成的文化，今天面临楚郢类似的处境。

问："用九见群龙无首吉，用六利永贞"之义，何以统率全部卦爻辞？

先生言：

提醒得好，文章应该补上去。（指《论编辑成〈周易〉者的思想结构》）

"见群龙无首吉"和"利永贞"即元亨利贞，由坤利贞推乾元亨。

"群龙无首"为乾元亨。龙为阳气变化，群龙是春天，阳气一齐发出来。决计不是限于某一条龙，有满园春色之象。

"利永贞"，永贞一摆，带出乾元亨。利贞为秋冬，由坤到乾，总有一个体要放着。利贞为种子，这粒种子永远要发的。无首之中有一个东西在，现在讲就是遗传密码，永远有一个上出的东西在。

先生言：

《周易》卦爻辞作者与孔子思想不同，变总是好的，就让它变好了，一点也不要拉住它。

先生言：

爻名作者比卦爻辞作者要晚几十年。

先生言：

卦爻辞作者是极聪明之人，超出卜筮又不废卜筮，于卜筮出入无疾。卜筮今云统计规律。

先生言：

所谓文王易、二篇全在此文。我写完《周易终始》后又积了二十年，要知道此文和传统说法的不同处。

先生言：

你现在已初步接触了初级，可以进入接触中级。《易》后面还远远有东西，但不到程度不能说，此非为隐瞒。

问：讲过以后，此文两样了，文章必须有文章之外的信息。

又问：是否可以再明显些？

先生言：

你不知道写得再好还是这样，语言文字永远是糟粕。我过去不大愿意多写，但还是不得不有语言文字。

问：结论处为何删去"非有非无，非虚非实，即有即无，即虚即实"，因思可保留前八字，和文章的节奏通贯。

先生言：

必须删，这里有禅宗等的思想，编成卦爻辞者的思想不是如此。

五月四日

袁进言：(《张恨水评传》作者）

张恨水有存在主义思想，曾自述人生在世，有对死亡的恐惧。人为了躲避这种恐惧，必须做点事，他本人选择写小说。

昨问先生：个人以己意玩辞皆可以，但是没意思，当以时代（写作者时代）玩辞。先生许之。

昨晚记先生谈话时，更深人静，瞥见《笑傲江湖》现量（明河版）。

〔法〕于·列那尔《日记》（徐知免译）：

人到年事稍长，厌于完美，这时才会喜欢莎士比亚。

1950年，12月4日。

五月六日

先生言：

白起破郢后，楚人逃至阜阳建都，今沿途发掘出大量文物。江陵出土几千只龟（-347？），阜阳出土《易》（-105），为楚易。

先生言：

徐昂——王驾吾（和先生认识）——宋祚胤（著有《周易新论》）。在现代如果没有根，不会去弄《易经》。

先生言：

古代人读得好《易》，因为他们相信"三圣一心"，三个圣人是一个思想。古史辨派出来后，《易》的面貌显一显，但是显出来以后，仍然要完成新的整体。

先生言：

象是伏羲的，辞是文王的，你会观象玩辞，你自己就是孔子，故三圣一心。

先生言：

《序卦》思想是先谈夫妇，后谈君臣，所以过去有人不满意。王船山就扔掉《序卦》，抽出《大象》，成十翼。

先生言：

"精气为物，游魂为变"，精气抓得住是物质，人在天地之间上下无常，进退无恒为游魂，飘飘落落。

先生言：

☷☶，风吹不过去了，挡住了，悲回风，所以生病了。地球的最后一次地质运动造成喜马拉雅山，挡住一股气，造成中国的局面。

先生言：

1＋1＝2是基础，没有变过，电子计算机是发展。三圣一心，到现在仍然是一心。

先生言：

"神以知来，知以藏往"，积累了无数经验，得着一个"神"。这个神可以知来，要善藏。

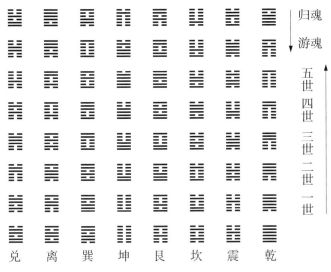

京氏八宫世魂图

先生言：

宫是空间，世是时间，八宫分好，看其时间变化。时间中，一个可逆，一个不可逆，这和十二辟卦消息不同。

把此图发展下去，共有六张，京房（–77——–37）仅画出一张。当时人发明此图不容易，但是后人没有发展下去。

1＋1＝2是基本法则，电子计算机是发展。

京氏八宫，用科学来讲，是四维八胞腔。

上爻宗庙不变，再变就成为对立物了，自己的痕迹就没有了。

上面有了阻力，回下来，故倒转走。

先生言：

"观象玩辞，观变玩占"。变是象的变化，六十四卦整个变化为观变，整个变化中某一部分的变化为玩占。

掌握时空为观变，什么情况来就反映什么叫玩占（什么人来给他讲什么叫玩占），任何提出的部分就是玩占。

因思：占有二义，一、占据义，即整个时空中某一部分时空；二、卜筮义，分析时空。（《说文》：从卜口。）

先生言：

先要学会观象玩辞，然后才学会观变玩占。

《周易》卦爻辞结构：

六十四节　　　　　　　三百八十四节

卦辞 ——— 爻辞

二用
二节

五月七日

先生言：

每天要花半小时，在这半小时里，脑子在休息，但不是睡觉。

先生言：

气功炼到深处，血要扔掉，血仅一百年，二百年。气不可扔掉，到死的时候都不能散，所以活着的时候要炼通它。

我心脏不好，之所以无碍，是因为气畅，心脏还是血。

先生言：

全世界只有中国讲气循环，这是中国文化的特色。

气功完全和中医合在一起。

先生言：

气功也可以走（行），我当年上午从来不出门，下午走到王家沙约半小时，这个东西来了，然后一口气走到外滩。我走在路上，眼睛完全看到相关信息。

行、住（站桩）、坐、卧皆可。

先生言：

孔子喜欢听人家唱一遍，然后跟着唱（"必使反之，然后和之"）。

先生言：

这个东西完全要自己体会，二十八脉还是假的，这是《黄帝内经》在骗你，我喜欢拆穿讲。

完全不能请人教，要自己来。完全要等你里面自己告诉你，里面告诉你什么，什么时候告诉你，不一样的。

脉走到哪儿，哪儿就有东西出来，这里有许多景，完全要看到。

要得到脉里的信息。

先生言：

炼气功基本两条路线，一条是左右左，一条是右左右，一条过来到任督，一条过来到跷脉。跷脉应该是开的，任督应该是闭的，开的也可闭，闭的也可开。

从脚跟到眼睛有两条脉。

气功基本有两种方法，一种是闭眼，一种是开眼。

走路跨出去，先用左脚还是先用右脚，都有关系。

先生言：

有二种方法可得着外界信息。跷脉通，可从眼睛得着外界信息。任督通（所谓"开顶"），可从头顶得着外界信息。

先生言：

陈敬容仅通了二根脉，已经蛮适意了。

先生言：

每夜做的梦能连续下去，基本就可体味气功。

五月八日

康德言：

形而上学的全部不幸在于"可以说任何谎话，而不用被揭穿"。形而上学没有科学所拥有的一切检验手段，因此形而上学迄今没有成为科学。但是它有优点，可以有终端，可以不变，因为不可能有其他科学所必然有的新发现，因为这里的认识源泉不是外部世界的现象，而是理性自身，而在理性充分阐明了自己能力的诸基本规律后，再没有什么好认识了。

古留加《康德传》175 页：

他彻底研究了自己身体构造，自己这架机器，自己的体质，并且观测着它，就像化学家观察着某种化学反应那样，时而加上点这种因素，时而加上点那种因素。

这种保养学艺术是以纯粹理性为基础的，他用理性和意志的力量制止了在他身上已经初露苗头的许多病态。

正如传记作者所断言的，他甚至能够制止感冒和伤风。

有一篇文章"论仅靠意愿的力量战胜疾病的精神能力"。

一封信中写"每个人都有使自己成为健康人的方法，只要这种方法没有给自己带来危害就不应该违背它"，从现代医学角度看，这些做法经不起批判。

不锻炼器官和使器官过度紧张，都是有害的。

问：逆地球而行的道理。

先生言：

从日本向东经太平洋往美国，时间提早一小时，顺。日本，所谓日之本。

往西经大西洋，延迟一小时，逆。时差也有关系。

问："天地革而四时成"，什么是革？

先生言：

因天地运行中有误差，故过一段时间就要革。所谓闰月，革正以定时间。三百六十五天是大纲，实际一年在三百六十五至三百六十六天之间。现在用"革"字没有具体标准，不知道革什么。

现在的革是人类上月球和用铯周期原子钟。

问：马克思论生产力的标准是生产工具，但马克思的生产工具没有标准，仍然是空的。今知生产力应包括科学，生产工具应包括时间标准。铯周期原子钟是生产工具的最高标准，如果到广泛应用的程度，人的生产力和思维可达何等程度。

先生言：

是。且已在运用，如航天，时间差一秒，航线就相差极大。

问：《步天歌》。

先生言：

晋人作，好。

问：《方壶外史》。

先生言：

陆西星作，传说他是《封神演义》作者。

问：新发现的释迦牟尼舍利子是否真实。

先生言：

所谓真实，就是有流传下来的记载，具体如何则难以肯定。

问：《周易》卦辞是根本，卦名从卦辞中提炼而出，爻辞根据卦辞而写，分辨某一空间的具体情况。

又问：编成《周易》者的思想是否用一爻变？

先生言：

是。

先生言：

杨先生有时对来人随口瞎讲，和对我谈的全部两样，当时感到很奇怪。但来人也得着东西，这就是《易》。

五月十二日

先生今日重编《论语新编》，分六大类，协助先生剪贴成书。
继程朱编今日之《论语》，有破体的作用。

陈敬容述先生言：
行、住、坐、卧，怎么舒服怎么来，或半小时，或半小时多。

先生言：
剪纸静心半小时，也相当于做气功。
先生言：
走路，一直走，一直走，也会来。
先生言：
中国言五星是对的，这是一张后天图，天王星，海王星，冥王星是另外一回事。中国言五星极早，马王堆有《五星占》。

太阳　）水星　）金星　）地球　）火星　）木星　）土星

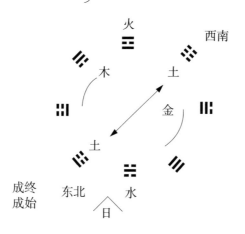

木生火，火生土，土生金，金生水，水借土的力量再生木。

是否真的如此，我都不敢相信，但卦象是这样排的。

中国重实测。

五月十四日

先生言：

编《论语》，是要它马上起作用。不是熟读后意味深长，它本来就意味深长。

先生言：

编《论语》，绝对不立一个偶像，此即历史唯物主义，此即《易》无体，因为其本来如此。

先生言：

《论语》编成者只录伯鱼，不录子思，此见编成者所属的学派已不同意子思的思想。

先生言：

孔子传《书》于子张，由十世可知进至百世可知。曾子等讥其不仁，其实非。不仁，即老子"天地不仁，以万物为刍狗"之不仁，故时间数量级长。

先生言：

"吾与点也"一段特别长，为子游一派所加，由曾点进至曾子。子游是南方学者，他懂音乐。

先生言：

《论语》不是孔子一个人的思想，而是孔子及其身后一百年的思想。

先生言：

写《论语新编》序言，本拟按章写。写至第二章，又从十九章五个学生的分歧开始写。

先生言：

子贡为《周礼》的根，子贡开纵横家。

先生言：

范蠡思想和子贡同。

问：吴起似偏重外王。

先生言：

战国诸子皆偏重此，孟子亦不例外，内圣好的仅为庄子一人。

先生言：

刘先生（衍文）说你研究重于创作，此语对，但研究也可发展。气功与此无关，完全根据各人的自身条件。

先生言：

能知活的东西，再古也是现在，否则昨天已成过去。"法先王"与"法后王"之争是不通的。

先生言：

陈敬容说，做气功时想也不要紧。此语泄露天机，这是他听《悟真篇》之所得。

先生言：

陈敬容气往上冲的时候，其力量大得不得了，因为内部的东西成熟得还不够，只好开眼放掉一点。

先生言：

如果可以到高的程度，为什么还去用低的方法呢？

先生言：

不开顶，性功里没有东西。

先生言：

气功是连续做梦，但不是在睡着的时候，而是在醒着的时候。而且要它做什么梦，就做什么梦。

问：不管最高的东西是什么，只弄懂眼前的东西。

先生言：

眼前谈的东西就是最高的。

五月十五日

先生言：

专心致志就是气功态。

先生言：

孔子喜欢直，至七十犹云从心所欲不逾矩——不言规。

先生言：

子夏还弄不清楚君子儒与小人儒之别，故孔子为之言："女为君子儒，勿为小人儒。"

先生言：

《里仁》很重要，为曾子和子游合作搞出来。中有曾子一语，末有子游一语，为传道之言。

问：二个人有二个人的气氛，三个人有三个人的气氛。有时二个人的气氛，不对就是不对。

先生言：

孔子和左丘明，皆不为"匿怨而友其人"。

先生言：

气功中跳一级，境界两样了。

问：学问是能量。

先生言：

薛先生的能量是经济条件好，完全不操心。他是声色场中人，当时天天在跳舞场中。

杨先生条件艰苦，妻子死后，决意不再娶。但是儿子成右派，对他打击太大，其能量全从气功中得着。

先生言：

有中人以上之智者，常常仍有中人以下之习气，佛教所谓无始以来所积，故非加增上缘不可。

先生言：

文化革命以后，我的明显感受是：先生没有了。文化革命前我写《读易提要》不困难，两天写一篇，因为先生在上边看着，下边可以自由发挥。好为人师是一病。

先生言：

我认识任继愈的一个学生，他修密宗，静功极好，和我也谈得拢。他真的看见许多奇怪的东西。

先生言：

我相信阿姆斯特朗，阿波罗飞船上月球之前，已有人到过月宫。道教"卧斗法"好，他想象斗柄弯过来，变成一张床，人去睡在那里。

先生言：

一部书的传与不传，有许多妙不可言的触机。有时一部书失传了，只留下几句话，后人据此信息恢复这部书的内容，反而比读这部书还好。

先生言：

文化大革命把我的书全部拿去了，我的学问也就此而更新。如果这些书还在，我翻翻也能得出东西，说不定和今天走的是另一条路了。

问：立德、立功、立言，是否有生物学的意义？

先生似许之。

问：建议写完先秦西汉易学后将重点转入科学，先秦以后的易学就直接出版《读易提要》。先生许之。

问：把写的东西烧掉了，其信息是否依然存在？

先生言：

存在，这是出太阳系的事情，等离子态。密宗、道教都把写得极好的东西烧掉。

先生言：

我早年读《论语》，挑出一句话作为全部《论语》的关键，即"志于道，据于德，依于仁，游于艺"，我有一部《易经》就是以此为标准写的。现在我喜欢的是另一段话。（问：是否"礼云礼云，玉帛云乎哉"和"天何言哉"？）这是好的，但我想说的是"人能弘道，非道弘人"。

先生言：

我年轻时读书，尚有读书人习气，杨先生反复吟味孔子称许管仲之言"如其仁，如其仁"。后来阅历渐长，才体会到话里的意味。

先生言：

"伯夷叔齐求仁得仁，又何怨"一段，子贡避讳地问，孔子避讳地答，师生心照。

孔子早年重视原宪，晚年特别看出一个子贡。

问：《论语》有一个特色，即孔子与隐者打交道，每每让子路出面，有隐含提调之意。然孔子与隐者借子路为媒介而互通大量信息，子路往往没有感觉。子路保卫孔子是第二义，此是第一义。

先生言：

子路结缨而死，孔子有责任。庄子批评孔子，好好的子路被孔子教成什么样子。

问：我感觉现代中国有两个学问可发展。一是象数之学，可大大发展；一是禅宗，抛开语言文字，简单直捷，因现代人生活节奏快，没有时间纠缠于繁琐事物。

先生言：

禅宗是用老庄的理论解释佛教。

五月十六日

先生言：

从电视中看见日本的世界博览会，很有感触，博览会上展出的许多先进的科学技术，不要说不可能普及。第一届博览会上出现的无线电，当时极为稀罕，今天已不稀奇。六十年代博览会上出现的冰箱，今天已普及世界。这次的博览会有两大特异之处，一是食物可由水中合成，中国强调可耕地面积等等已落后于形势，一是脑功能研究的大力发展。

先生言：

天地不仁，以万物为刍狗。圣人不仁，以百姓为刍狗。国家和人如果落后于形势，将被淘汰。

刘先生（衍文）言：

荷兰某人，一日从高处摔下，脑子震坏，忽获得特异功能，如他心通。人的大脑，都给世俗的东西污染了，清除污染，可获神通。

先生言：

人从小到大经过多少污染，这些要逐步消除。

先生言：

杭州马一浮宅有一副对联，当时我每次去都看到，对联为"痴人前别说梦，白昼下莫掌灯"。

先生言：

不可看轻中国。薛先生解放初期已到了香港，然后回来。他还是对这里有兴趣，弟弟在美国发展得极好，不去。

五月十七日

因思：

炼气功可注意子、午、卯、酉的时间。

以后注意活子时。

思之思之，鬼神通之。

因思：

站桩，行走，静坐似皆无碍。

因思：

陈抟先天图把气聚起来，可总结禅宗，各方面的信息聚进去。

先生言：

尚秉和的学问重卜筮，得力于一部《易林》。解放前出过二书，一部《焦氏易诂》，另一部收集几百例卜筮，研究其象。

我没见过尚，因为他一九五〇年病故了。我一九四九年去过北京，但当时尚未接上关系。见过其徒卢松安、黄寿祺，黄是文革后第一个带《易经》研究生的，卢收集《易经》一千五六百种，为国内《易经》的最大收藏家。

卢松安的女婿是北京市副市长刘仁，文革时被迫害致死（文革直接从这里发动）。审判江青时，其妻（卢女）上台作证。

卢为收集《易经》，曾和江南的几个易家联系，杨践形等也在内。我到北京去，和他谈了一个多月。

他的书后来藏于济南市图书馆，在大明湖旁边。卢希望我去一、二年，帮助他整理好，但是我在上海走不开。文化大革命后，风气转为保守资料，看书不方便。

尚秉和的《尚氏学》不好，《易林》是西汉的思想，怎么可以当春秋战国的思想。但是有一点他懂了，象是通的。

先生言：

章太炎弟子王佩诤同时做了二部书，一部是《盐铁论校释》，一部是《易林校释》。二书同时交中华书局，《盐铁论》出版了，《易林》不知下落。这件事我很有感慨，后书的价值远高于前书，但是出版社不识。

《易林校释》的手稿，我在王家看过。现在打听了几次，打听不到了。王的学问功夫虽好，但是没有读到《易林》，读到《易林》的是尚秉和。《易林》作者的思想没有几个人懂，尚秉和懂了。

下死功夫的书，加上大纲，内容就出来了。

先生言：

西汉有《太玄》，有《易林》，与东汉程度相差大了。《太玄》《易林》都是直接研究卦爻辞，然后当仁不让地继承下去，东汉则只知道注经。

《太玄》合三圣，《易林》发展 64×64 为 4096。《易林》之后仅有黄道周，黄以后至今无人。

先生言：

《水浒》一百零八将有一百零八种不同的性格，也是先排好天罡地煞的数，才能描写一百零八种性格。没有此预定之象，小说如何写。

读书要推本到作者的意图，先要有轮廓。

先生言：

微积分，微分到后面一定要查积分表，《易林》是两汉之际的积分表。

先生言：

古今象是可以相通的，洞穴中壁画打猎的象，描写的是当时的情况，今天仍可感受应用。

先生言：

《红楼梦》讲故事大家觉得好，但是抽象到太虚幻境的却没有人。

先生言：

读《易》不把《四库》的经部和子部合起来，根本不懂《易》。这两部分原本是一个东西，黄道周《易象正》在经部，《三易洞玑》在子部。

先生言：

"贲于丘园"，隐蔽到山林里去。

五月十九日

先生言：

岁差

尧舜在　　　虚

汉在　　　　牛

今在　　　　危

先生言：

认为中国学问是不变的说法不正确，中国的学问是变的，要在岁差。王船山在《黄书》里也谈到岁差，他懂了。

懂岁差的人懂中国学问。

先生言：

朴学家要搞出中国不变的东西，如孙诒让《周礼》注极好，但是他以汉代为标准否定岁差，因为汉以后的书不读。他也注重实测，从十几岁看到七十几岁，天象仍是如此。因岁差要七十一年八月差一度，这么微小的变化，仪器不精密看不出来。这点变化人的一生也看不出来，故不能我执太重。孙诒让坏在天文懂一点，但是懂一点不好，一知半解比什么都坏。

有很多事是单凭一生经验得不到的，故要看古书。

汉后的人相信司马迁的记载是对的，再继续观测，发现岁差，这是魏晋的大进步。

汉后的人谈天文，司马迁、扬雄、邵康节、司马光、朱熹、王船山都是懂的，胡居仁《易象抄》也懂。不懂岁差的是假学问。

先生言：

竺可桢把四千年历代资料聚集起来，考察气象变化。

现在的气象变化很大，但到底是不是转折性的大变化，要看历史资料。

先生言：

Scientific American 1974 年第一期，有一爻变的资料。

先生言：

卦象排好了，再看其意思。

国外发展到后面，还有不了解的东西。

中国如未知数一样，全部排好代进去。国外来了解中国，就是想了解整体。

推想文王所系之辞，未免有感而言。编辑者复杂的思想隐于《易》，隐蔽得不得了，所谓忧患作《易》。

先生言：

扬雄有南方思想，故不读《诗》《书》，读《离骚》。

扬雄一面观象系辞，一面观象玩辞。

先生言：

《太玄》五行取象与《内经》不同：

肾水　肝金　肺火　心土　脾木　　《太玄》

肾水　肝木　肺金　心火　脾土　　《内经》

《太玄》比较合于解剖。

瑞士，德·索绪尔《普通语言学教程》，157页：

语言是组织在声音物质中的思想。

从心理方面看，思想离开了词的表达，只是一团没有定形的，模糊不清的浑然之物。哲学家和语言学家一致承认，没有符号的帮助，我们就没法清楚地坚实地区分两个观念。

波兰，沙夫《语义学引论》，117页：

错误从来没有像当它扎根在语言中那样地难以消除（边沁）。

212页：

到今天还存在着席勒在他的讽刺诗中描绘得很妙的那种对话：
"我虽然听到一个人接着另一个人说话，
        可是没有一个人
在同别人说话；谁能把两个独白叫做对话？"

五月二十四日

先生言：

"元亨利贞"（卦辞）"吉凶悔吝厉咎"（爻辞），此十余字必为数字卦下本用之字，《周易》编辑者逐步安排相应于卦爻象。

先生言：

秦焚书，主要烧《诗》《书》，把各诸侯国的历史烧掉了，只准讲秦朝的历史，所谓功高三皇，德败五帝。卜筮、医药、种树之书不烧，《易》仍然流传。

先生言：

淮南王不喜欢打猎，喜欢鼓琴，故《乐经》未失传。于十二律吕取五声制，15、52、26、63、3ⅰ，其间的音最和。

今无史料说明九师易与淮南八公是否重合。

《易》的思想，是将天文和音乐（律历）合起来，有具体的东西，不是空说义理。

先生言：（大意）

《易》的概率就是过揲数。

在 144—216 之间，有 49 种不同的情况（7×7）。

过揲数	36 — 9	4	45	4
	32 — 8	种	44	5
	28 — 7	循	46	6
	24 — 6	环	42	7
			41	8

36×9＝216　　　　当用九

24×6＝144　　　　当用六

36×192 ＋ 24×192＝ 二篇之策万有一千五百二十（11520）。

先生言：

大衍筮法，可能成于战国末西汉初。

49 种类型，每卦的概率都不同，有些卦一生也难得遇上一次。（比如算盘珠，一粒一粒加，一生一世也加不到最后一位。）

小数目是统计的，大数目是肯定的，此即大量恒静律，卜筮之理在此。

先生言：

确实有决不定的东西才卜，不疑何卜。

卜不卜你的方针一样，不会因卜筮而改，可卜。

比如打猎去，这已经决定，不会改变目标。具体往东去，往西去，你确实决不定，可卜。

人确实有许多未知的东西，故卜筮未可废。

先生言：

班固讲"《易》为六经之原"，他看见这套道理。

将阴阳五行合于《易》，这套东西如果不懂象数，执著了就不行。

《礼》《乐》是春夏，完全发出来。《诗》《书》是秋冬，执著于文字，写诗的诗人都是执著的。《书》是把历史总结到知识中去，故以"智"当之。这些都要合于《春秋》的客观事实。《春秋》以圣人的决断为标准，而《春秋》隐于《易》，故《易》为六经之原。

先生言：

《史记·司马相如传赞》云"《易》由隐以之显，《春秋》推见至隐"，看出《春秋》和《易》的关系。《春秋》242年客观事实，有一个原因造成，根本隐在里面，"春王正月"将思想隐了起来。同时董仲舒重《公羊春秋》，以圣人决断做标准，把春秋时代的是非，断汉武帝时代的狱，必须经过由隐到显，又由显到隐的阶段，否则不可能。也因此《易》可以万古如新（按：隐了，再见出，隐了，再见出）。

人的根本要看人的性，不是孔子的性。

先生言：

汉武帝通西域有大作用，司马相如有帮助之意，其劝百讽一，不仅仅是逢君之恶。司马相如思想解放，跟蜀易有关。

先生言：

《史记》把六经放在《滑稽列传》中讲，是有意的。

问："《易》不可见，则乾坤或几乎息焉。"

先生言：

极深。今云一元论就是二元论，二元论就是一元论，相对就是绝对，绝对就是相对。《易》不可见，可见了就是乾坤，而乾坤是一个东西，收到里面即成《易》，这三个东西是不息的。今云 0、1、2 三个数字的变化。

五月二十六日

先生言：

《论语》包括孔子死后一百年的思想，关键在第十九章五弟子传五经。其时大弟子颜渊、子路已死，所剩为五弟子，子张、子夏、子游、曾子、子贡，伯鱼亦先死。

子张传《书》（鲁？大意），子夏传《诗》（魏），子游传《乐》（吴越），曾子传《礼》（鲁），子贡传《春秋》（入齐，开稷下派，为《周礼》之根）。

子张传《书》，故孔子告以百世可知之道。曾子、子游批评其不仁，实为"天地不仁，以万物为刍狗。圣人不仁，以百姓为刍狗"。

《论语》不是孔子的，是孔子学生记的，几个大弟子收集资料，最后完成于曾子一派。《论语》为曾子传，故子思的改变儒家，《论语》已不记载。

《春秋》子贡传出，由鲁至齐，由齐至秦。孔子不治《易》，故无人传《易》。

先生言：

中午公园气好，早晨炼功人发出的气尚有遗留，早晨公园里病人多。剧场里的气好。

问：炼功时是否有东西发出来。

先生言：

人人都在呼吸。

周家盛言：（炼太极拳）

乘公共汽车常感到不舒服，因乘车人有种种不同思想，扩而大之可感觉到别人心情的不平静。炼功深处得他心通，当与此有关。

因问：是否可以安闲不受影响。

先生言：

可以。乘车照样可以舒服。

先生言：

炼功有十分能力，教学生时只可教到五分，还有五分在学生发生偏差时，加上去可纠正。

先生言：

《悟真篇》最后讲禅宗，好。

先生言：

日常听声音数量级为十六次至二万次，气功态时不止此，声音小而刺激大，故雷响时不敢坐。

先生言：

成熟时，"法财侣地"缺一不可。正式来的时候，一动也不能动一动。连蚊子也不可有，故需要人保护。

某人言：

炼功时，房子没有了，头顶上是满天星斗。

先生言：

炼功要抓住时代。孔子言："逝者如斯夫，不舍昼夜。"此境界好。

五月三十日

先生言：

中国学问最高到岁差，岁差之上还有学问，但是中国没有谈。薛先生用岁差，邵康节《皇极经世》亦以岁差立论。

1924 年岁差入危（倒行，恒星东移），此一生不会看见其变化。不看见岁差的人，我执太重，非要在我这一生看见结果，这怎么可能。我年轻时本来想，我这一生总可以把《易经》弄好了，故读了这么许多书。薛先生说，还是留点给后人谈谈吧。今天我也有此感慨。

有这种想法还是好的，是青年人的生气，故孔子云："后生可畏，四十五十无闻焉，斯亦不足畏也已。"因到四十、五十岁这股气衰了，但是二十、三十岁的这股气，可以永远保持下去。

友人陈思和言：

读《水浒》有残酷的东西，决不比《现代启示录》差，但是电视剧中这些东西省略了。

闹江州时，《水浒》把某官用蜡烛涂满，当蜡烛点。

这是一个意象，鲜明。

问：魏晋南北朝酝酿隋唐文化，有大发展，当时人不知陆续传来的佛教的底蕴究竟是什么，故一方面拼命翻译，一方面又根据中土原来的思想加以猜想，这样就发展出中国佛教（格义）。猜想得最成功的一例，即"一阐提亦能成佛"（生公说法，顽石点头）。不断有人想探索佛教的根本是什么，故不断有人取经以求印证，如此水涨船高，发展出中国佛教的面貌。最后老师拿不出东西来了，戒贤在印度等玄奘取经后，那烂陀寺乃至全城已无一人可与之对话。而与印度不同的中国佛教面貌在隋唐成形，以后中印皆发展密宗。

先生言：

印度此后发展的婆罗门教、印度教，和中国的道教相似。

鸠摩罗什的大弟子是僧肇，僧肇的《肇论》已结合老庄，极好，与鸠摩罗什思想不合。鸠摩罗什和庐山慧远有通信。

先生言：

陆修静驻庐山，所创道教全抄道安、慧远的仪轨。

陆修静助刘宋，已破陶渊明不为五斗米折腰之执。但他过高估计了刘裕，以为此时的形势已是李唐时统一全国的形势，但刘裕无此能力，因为时代还未到。

五月三十一日

问：法执。

先生言：

自然规律就是法执。牛顿三定律也是法执，故被爱因斯坦破去，爱因斯坦的四维时空连续区也是法执。《金刚经》云："无我相，无人相，无众生相，无寿者相。"又云："无法相，亦无非法相。"

先生言：

知我者希，则我者贵（《老子》）。

王医生（佑民）建议先生少疲劳，脑力劳动大量消耗 CMP，减少百分之一，会出现白血病，又容易得癌。先生肾亏，阴不足，据脉象和舌有锯齿形判断。

王言：刘先生（衍文）为木形人，故爽直。

先生言：

《论语》称赞孔子的话，以颜渊（瞻之在前，忽焉在后）、子贡（宗庙之美，百官之富）两段最好。

某人问：

过去有人用牙牌数卜筮，极准。

先生言：

再巧也没有用，这是过去禅宗讲的"第二楼头"，都在别人排好的范围内。第一楼头是看出他如何排成这样，自己也可以排。

杨先生曾经研究过牙牌数，这里有一套宇宙的大道理。

六月一日

先生言：

十翼中任何一个翼，都有一种特别的思想。

《大象》用易，和二篇的思想不同，已根本不是卜筮。

每种卦象代表一种思想，一种环境，讲大点代表一个时代。

《大象》的思想和整部《吕氏春秋》相合，极可能为吕的门客所作，属三晋地区的思想。吕不韦为洛阳人，《大象》当由周王孙——丁宽——三家易传出。

《大象》的取象方法是贞悔卦象，六十四贞加六十四悔，共一百二十八象。

先生言：

先王是过去，后是未来，復是现在。《系辞》"颜氏之子其殆庶几乎"，以颜回当復象。颜回只有理论，又早死，什么东西都没有，完全是反诸身的道理。

復的时候要和客观环境断一断。

冬至一阳生。

先生言：

"君子以思不出其位"，不要去想其他十一卦做的事。

先生言：

艮"上下敌应"，咸"上下皆应"。艮山，敌应，我是山，我就是这样，就是不应。

硕果不食，食了就灭种，如恐龙。

先生言：

古书里就是《周易》这部书最自强不息，永远跟着时代走。

先生言：

统计规律：

1	8	皆应
3	24	二应一敌应
3	24	二敌应一应
1	8	敌应

此即"唯上智与下愚不移"，社会上走得通和走不通的人都是少数，大部分人只能做个君子。

问：是否可变?

先生言：

观象熟了，自然而然可变。

先生言：

☱☰泽上于天，夬。君子以施禄及下，居德则忌。

在上积聚这点阴，没有意思，下面要决掉你，所以恩泽要施下来。

☶☰天在山中，大畜。君子以多识前言往行以畜其德。

天是时间，是流动的东西，用山聚住，是历史。

小畜是文学，大畜是史学。从文学到史学，最后到后的"天地交泰"。

☵☱节犹水库，制数度，议德行。在不舍昼夜中，还有一个止的东西。

☲☵未济，慎辨物居方。辨证唯物，各得其所。

☰☲同人，类族辨物。元素周期表有作用。

☰☵讼，作事谋始。在开始的时候就要小心，免除讼因。

☲☶睽，君子以同而异。分析，有科学之象，卦辞："小事吉。"越分析越精细，同到后来，异出来了。异到后来，同出来了。

☲☴木上有火，鼎，君子以正位凝命。凝在九三,六爻唯此爻位正。

☱☲革，治历明时，弄清时代。革在九四，《杂卦》："革去故也，鼎取新也。"

☵☰需，养生的道理。等下雨，需得越远越好，九五需于酒食最好。《大象》总结六爻爻象写出。

因思：师卦兼有教师义，容民畜众为大教育，比蒙还要深。

☱☳随，注意休息。否则夜气不足以存。

☳☴雷风相应，恒。跑到动里去，方能恒。永远跟着变化，恒。

☳☱归妹，君子以永终知敝。写时间。一样东西决不能不毁坏，人摆在时间里面，故不能不死。天地不仁，自然无情。

☳☱归妹中，☳为春，☲为夏，☱为秋，☵为冬，此即后天图。我不知道《大象》与后天图谁先谁后。

先生言：

乾为志于道，坤为据于德。自己没有德去体味，道就不显出来。

先生言：

《序卦》上经讲宇宙规律，所谓法相。下经从个人出发讲社会（个人——家庭——国家），所谓我相。上经乾、坤后为屯、蒙，下经咸、恒后为遁、大壮。我读《易》时，这给我一个启发。本来欢喜遁象的，现在自然而然喜欢大壮。遁远小人，不恶而严，遁得好。但大壮为非礼弗履，礼不一定是周礼，而是自然而然有个规矩在。遁朝后看，大壮朝前看（明夷为遁讳）。客观情况是，有遁必有大壮，各人性情不同，改变的情况也不同。下经损、益开个局面，与上经泰、否同。

问：颜渊已内圣外王合一，故禹与颜渊，易地皆然，不是没有外王。

先生言：

最早的先王是生命起源。

先生言：

《彖》一卦，《大象》两体，《小象》六爻。

先生言：（大意）

印度教是印度贯穿始终的民族宗教，佛教为其中一段。中国相称的是道教，原始社会至今未断。

先生言：

透视是多维空间问题。

六月二日

先生言：

时间完全是絜矩之道。

一种东西，
八种可能发展。
64 句大象就是从
一贞八悔而来。

过去到现在，现在到未来要
有个蓝图（计划）。

研究史就是看此。四维时空连续区，就是这两个东西的变化。

佛教是三世如来。

大乘佛教是在中国发展的，比印度思想要进步得多。

先生言：

弄丸，三维球。方寸之间，心。

以八卦立体，根据的是阴阳光线。最重要光线是变的，故《易》有阴阳变化。

时间有时一万年动一动，有时倏忽之间已变，故卦象刹那刹那变化。

一贞八悔，现在到未来有八种可能性。

先生言：

文艺复兴用二维表现三维，现代派以二维表现四维，总是把二个思想结合起来，或古今或中西，或童年经验和现在结合等等，关键在时间。现代派的图画再怪诞，不可能看不懂。

先生言：

弄一个结构，一定要弄到本身的过程上。故《易》无体。

先生言：

时间就是能量（？大意）。

牛顿，质量不变。爱因斯坦，能量不变。

先生言：

爱因斯坦死前一年表示：他考虑再三，维数不能再加了，除了时间可作第四维外，决无第五维可加。

从纯数学讲，维数无穷，与自然数是一件事。但是用什么东西讲，是概念问题，也就是哲学问题。

先生言：

成功一个直角是一维，点是零维。三维是三个直角相交，四维是四个直角相交。

人出生后只看见三维，第四维是什么，我花了很长时间才真正想通。

可垂直于三维的第四维时间，其数学由闵可夫斯基作出。

读书要看见时间，此上友古人之象。

先生言：

爱因斯坦学生卡鲁查，早就立五维，但他不敢冲破老师，故只讲数学，不讲哲学意义。

先生言：

弄一个结构，一定超出本身的过程之上。包括过程的结构，至少要超出过程一维。

种种不同的四维时空连续区的事件，要统一起来观察，非要立五维的坐标不可。

苏联的福克认为四维时空的边界是什么，爱因斯坦不清楚。

爱因斯坦观测红移，认为此问题人没有办法解决。犹如中国的岁差，积累了多少文献才搞清楚。

过去文人诗词感慨时间，文人灵感及此，科学表示不清楚，立四维把时空合起来。

立五维，把四维的边界看清楚。

这个永远上去，好了还要更好，好了还要更好。

无穷相加，量子论上讲无穷维，几维几维没有意思，到无穷维解决。

数学计算客观存在的东西，故一些人反对立第五维。第五维是什么，一谈就错了。

先生言：

高维空间维数的边界用人做标准，这一维当什么，生物的进化（此句是我的理解，并非原话）。

《易经》的维数是什么，《易经》具体为六维。六维今天的数学已能及，但哲学概念摆上去深得不得了。

《周易》六根直线完全垂直，《易》具体如此，再上去也是无穷维的问题。

《易》的坐标为天地人三才的坐标，把人的坐标加到天地的坐标之中。

先生言：

人超过四维时空，就由物理学转到了生物学。

爱因斯坦死的时候还是空时思想，玻尔、薛定谔与其不同。玻尔欣赏太极图，薛定谔欣赏《奥义书》。1953 年由薛定谔学生沃森、克里克成功分子生物学。

生物学只能统计论，不能决定论。

《易》六维垂直（爱因斯坦），卜筮是统计，是概率（玻尔、薛定谔）。（此为我的理解）

人可以无穷维，也可以不无穷维（佛性、阐提）。（此为我的理解）

人可以从两条路研究，一条生物学，一条社会学。

读《易》不是钻到死的书中去，而是时时注意客观事实的变化，比如科技的发展等等。

先生言：

坤卦六爻为：

履霜；

直方；

含章；

括囊；

黄裳；

玄黄。

基础思想在此，其余爻辞是对此思想的变化。

"履霜"为表面积霜，坚冰即体，时间的变化。直方大，线面体。不习无不利，听其自然。《文言》积善积不善为发挥，卦爻辞无此思想。含章、括囊为人，含章有万物皆备于我之意，括囊是保持住这个体。黄裳，乾衣坤裳。玄黄，天地之杂，时空相合。

坤卦思想是，地积起来一个体，人保持这个体，与乾相交。

乾坤一交以后，六十四卦都出来了。

先生言：

宗教家讲神创造世界，这是有神论。有神论可以不同意，但是生命起源前的唯物主义和生命起源后的唯物主义不同，这是事实。

先生言：

庄子通《易经》，还有和现代拓扑学的关系，"易以道阴阳"是他说出来的。（按：杭辛斋《学易笔谈》言："易以道阴阳"是三代以上旧说，故史公、庄子皆道之。）

六月三日

先生言：

上天台山国清寺，看到"隋代古刹"四字，马上觉得信息多得不得了。

丁治宏（其人炼功约八年，能放外气）言：

在里面炼功蛮适意的。

先生言：

住在里面的和尚往往可惜了。

丁言：

炼功到半小时后，有腾起来的感觉。

先生言：

思想已腾起来了。

先生言：

能到微观空间看，时间就长了。

你里面动的东西和一千年前人动的东西是一样的。

先生言：

现在人理解气功，认为就是这样，实际上不是这样。现在认为懂周天就是气功，根本不是。到后来北方河车不能转，一转就不好，这样才可以有结丹等东西出来。

宿世的东西都出来了。

先生言：

《胎息经》是《参同契》的总结。

《入药镜》是《黄庭经》的总结。这是唐代文化的总结。

先生言：

《抱朴子》曾著录《胎息经》，今本《胎息经》非此书，但能体味当时人的思想。

《入药镜》是给你尝着药的味道，镜是让你看看里面的景象，如此进入气功态。此二书听名字就有信息。

因思：贾岛《寻隐者不遇》：

> 松下问童子，言师采药去。
> 只在此山中，云深不知处。

先生言：

北方河车是不转的。如地轴不动，实际上也是动的，如岁差。

先生言：

讲具体功法，一做功就是这套东西，而且只来这套东西，其他功法怎么还能看清楚。故不讲功法。

《楞严经》七处征心，其实是中国的思想。

先生言：

这个东西出来后，自信得来，就是它，不会错的。

先生讲《黄庭经》，每次一章。

先生言：

第一章十三句，是根本的东西，用佛教讲就是缘起。道教分三清，上清、太清、玉清，《黄庭经》是上清。

分为内外经，极好。历代争内外经先后好坏，无意义。内外经功夫两样，真正的要合起来。

《内景经》三十六章，较长。

"上清紫霞虚皇前"，紫霞紫外线，是微观空间的形象。红紫为儒道，一个波长越弄越大，一个波长越弄越小。

"太上大道玉辰君"，这些都是假的，虚构得好像是真的。唐明皇注，玉辰君为老子之号。

"闲居蕊珠作七言"，闲居极好，不是一本正经急煞的，炼功当注意此。蕊珠是坎象。三光散出来，随口念出这本经。

"散化五形变万神"，五个东西变化无穷。

"是谓黄庭曰内篇"。

"琴心三叠舞胎仙"，天地人三个丹田气在回旋，仿佛在弹一只曲。三叠，三反复成九。

"九气映明出霄间"，3×3＝9，是一张洛书。

"神盖童子生紫烟"，这个童子指肺，肺里出的气，不是呼吸的气。

"是谓玉书可精研，咏之万过升三天"，读一万遍，包你气来。

"千灾以消百病痊，不惮虎狼之凶残"，虎狼是微观空间中的细菌和病毒，这从来没有人说过。道高一尺，魔高一丈，越是上去越是来，如毒蛇，一个僵掉，它就上来。但越是这样，越是不怕，看谁战胜谁。（大意）

身体还是无关，气功再好也没有办法。但也就是这样，自己在大化中化掉。

先生言：

虚皇	零	玉辰	一	三叠	三
五形	五	七言	七	九气	九
百病		千灾		万过	

以琴心三叠升上九天，咏之万过，扔掉百病千灾。

这里用奇数，不是用偶数，此即蓍之德圆而神，而不是卦之德方以智（西方人智慧用得多，不重视神）。

易卦以方以智示圆而神，故用二仪、四象、八卦的偶数，偶数要表达奇数。

圆而神不是限定的，碰巧这样一来，那样一来，就来了。

先生言：

胎仙，就是《胎息经》，使胎仙舞动起来发出音乐。

周家盛（6月7日将赴日）言：

云游天下，采各式各样的气。

丁治宏言：

星星的气也可采。

先生言：

对于气不敏感，是智慧用得多。

六月八日

问：《论语·阳货》，阳货归孔子豚章，阳货所云："怀其宝而迷其邦，可谓仁乎？"曰："不可。""好从事而亟失时，可谓知乎？"曰："不可。""日月逝矣，岁不我与。"孔子曰："诺。吾将仕矣。"阳货的话看上去不错，孔子似无可反驳。

先生言：

阳货讲的是表面的一套大道理，处于其权势下，孔子不得不与之周旋，不久阳货即败。如此状况以后屡屡重现，如汪伪、四人帮，当时说的都是大道理（大东亚共荣圈等）。又任何时代一反过来，也是这种状况。

问：陶渊明最高境界在《形影神》："纵浪大化中，不喜亦不惧，应尽便须尽，无复更多虑。"不敢相信他对，岂非佛教所谓"断见"，体味下来，又觉得有些意思，是对还是错？

先生言：

他还是"道法自然"的思想。

又言：

注意，研究学问不能说此对此错，只能说这个过程的结构这样，那个过程的结构那样。说对说错，你还是有个体。

夜访先生，因识神凝气充之象。

六月九日

先生言：

人进入气功态后和进入气功态前判然划一界限，完全两样。进入气功态后，才可与语气功，丧我之后出来的我，人人都是一样的。但是刚进入气功态的人，其程度才＿■＿，其后＿■＿，其后有＿■＿（原为手势），未入气功态者，都在此线以下。

执著功法者，也能得到一点气功，但是得了以后功法扔不掉了，故只能得到这点，难以进步。

先生言：

冬天我走路，走着走着，手脚发热了。手脚发热是最自然的现象，有什么奇怪？就在此。观这股热从哪里来，又到哪里去，就自然而然来了。

不执著功法，来了以后，无穷变化。

先生言：

你们年轻人要注意炼精化气，炼气化神，这是医学的道理。

处处可使气回上去，气一回上去，思想完全两样。

先生言：

思伤肾，我也有一点肾水不足，靠肺里气来补。

这和知识是另外一路，博士、教授，不懂就是不懂。一字不识，照样可以炼得很好。

先生言：

气功总是抽象的，太具体没有气功。

陆西星《方壶外史·玉皇心印妙经测疏》：

丹之为字，象日象月，是乃日月交光而成真体。

先生言：

炼气功，德最重要。不要以为一个人的行为没有人知道，有些气功师缺乏此。

先生言：

我今天讲的，不亚于讲一次《黄庭经》，足够你们回去体味一星期了。

先生言：

《论语》有"危言危行，危行言逊"之言（《宪问》），不懂避讳也就不懂气功。

先生言：

孟子曰："君子有三乐，王天下不与焉。"

先生言：

避讳是入世法，不要看轻入世法，入世法也就是出世法。

先生言：

对你们讲只能讲到这里。进入气功态后，说的话就两样了。

六月十二日

先生言：

左光斗识史可法是气功。

史可法赴考，倦极而于风雪夜卧于破庙。史可法为赴考的考生，精诚所至，在睡梦中进入气功态。此象为左光斗所见，故识拔之。

先生言：（大意）

就熵理论而言，人是一个开放性的巨体系。管出入的是一个麦克斯韦妖，真是个妖怪，此即《黄庭内景经》和《黄庭外景经》之合。出去进来，一个汗毛孔都可出去，可发外气不稀奇。在有出无入之际，没有进来，会完的；有出有入，不会完的。

先生言：（大意）

要开放系统，杨先生去世时，我得着不少东西，薛先生去世时，我又得着不少东西。原先还不大清楚的东西一下懂了，而且六维空间的象也一下全部出来。当然自己性宫里也要有东西，否则不会得此。

问：今感苏秦、张仪已无大作用，当追其根，来自鬼谷子。试从《史记》一句话中得其象，鬼谷子有生气。

先生言：

纵横家为今国际外交的一切事情，纵横家在当时有作用，时间一过已无价值。

先生言：

生气可观这张新开出来的叶子，和旧叶子颜色是不一样，叶子是新开出来的好。

先生言：

植物的根在下，人的根在上，故要开顶。人的头是这样的（手势），开顶后成这样的（手势）。可观新生小孩的头顶，扑扑在跳。

先生言：（大意）

头顶有几个细胞极为重要，全身的营养都供应这几个细胞。

问：生气是看得出的，小孩的生气最足。又一群人聚集，观人群视线之所止，可识生气之所在。比如先生讲课，大家视先生，有新人来，众人视新人。

先生言：

还是要掌握自己。

问：读过一本《堪舆辞典》，言其原理：一、起源于樗里子和《系辞》；二、葬者，乘生气也；三、水为气之聚，风为气之散。

先生言：

读堪舆学掌握原理即可，又当知现在的地理学观点。

先生言：

父母遗传对孩子的影响极巨大。二十几岁生的孩子，和近四十岁左右生的孩子，作风完全两样。（按：此有极深刻的思想，记录不能显出。）后者往往气血稳定，当然也可能相反。一部《春秋》，皆为兄弟相争的事实。

我父亲二十几岁由地主阶级转成资产阶级，可能有些不大好的思想。晚年完全乐善行施，一直处于中等阶级偏上的地位，生我时已近四十岁。

先生言：

6、7、8、9 的概率如下图：

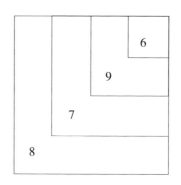

阴变阳最难，故仅 1/16 ；
阴不变最易，故 7/16 ；$\Big\rangle \ \dfrac{8}{16}$

阳变阴稍易，故 3/16，其概率大于阴变阳；
阳不变难于阴不变，故 5/16 $\Big\rangle \ \dfrac{8}{16}$

问：卜筮观象，剥之坤，符合我喜欢简单彻底的个性，又常思考复象。因遭遇一类事极感烦心，于卦求启示。

先生言：

从卦象看（六月十一日，剥之坤，䷖ → ䷁），你快变了，但是还没有变。变了成颜回，复象出来。不过你似乎急于求变，这不必。

问题是"硕果不食"的硕果，是否真正吃到了心里。

《易》为君子谋，不为小人谋。

六月十三日

与先生言及张亦煦（时已移居加拿大）。

先生言：

中国人的思想，当以四海为家。在新的所在地安定下来，以后还会发展。

六月十五日

先生言：

庄子之时，《易》已通行。

《齐物论》中有段话极好：

> 夫道未始有封，言未始有常，为是而有畛也。请言其畛：有左有右，有伦有义，有分有辩，有竞有争，此之谓八德。六合之外，圣人存而不论；六合之内，圣人论而不议；《春秋》经世先王之志，圣人议而不辩。

> 故分也者，有不分也；辩也者，有不辩也。曰："何也？""圣人怀之，众人辩之以相示也。故曰：辩也者，有不见也。"夫大道不称，大辩不言，大仁不仁，大廉不谦，大勇不忮。道昭而不道，言辩而不及，仁常而不成，廉清而不信，勇忮而不成。五者圆而几向方矣！故知止其所不知，至矣。孰知不言之辩，不道之道？若有能知，此之谓天府。注焉而不满，酌焉而不竭，而不知其所由来，此之谓葆光。

先生言：

"天府"、"葆光"之义极要。

六合之外，存而不论。有出世入世之别。

六合之内，圣人论而不议。因为再解释也解释不清楚，解释总要比被解释高一维。

《春秋》经世，圣人议而不辩。《春秋》存六合之内，如此可存，可论，可议，一层层下来，把《春秋》看小了。

到《春秋》的最后也可以辩，但用不着辩，相视而笑，莫逆于心。

《春秋》是对时代的反映，又属于特殊人物的反映，故有特殊的观点。

分与不分，辩与不辩，当《易》之消息。

经消息转化成了对立物，乾变成坤。只以乾坤建立对立物，不懂《易经》，因尚有其他种种转化法。

象是几何，数是代数。

先生言：

五者圆而几向方。五行是圆，由五行到八卦，圆而几向方。

孔子重方，故从心所欲不逾矩。说庄子得着儒家的人有道理。

相对于方而几向圆，八卦到五行。

知止于其所不知，至矣。到达顶的地方，可知不言之辩，不道之道。

懂自然科学才明不可知论，最后可知是另外一个问题。

自然科学是第二层次。

要知道现在自然科学远有未知的东西。

以现在的数学语言，用《周易》卦象全部解释清楚。天府，葆光，今云多维空间。

辩、不辩，分、不分，转化成对立物，卦象，生生死死。

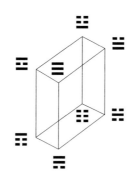

先生言：

抓住立方体相对的两点转，其他六个卦就是这个次序。

《直观几何》309 页。

克莱因瓶，即天府、葆光，注焉不满，酌焉不竭。

成三角矩阵，这张东西叫天府、葆光。

旁通反复看在一起。

六十四卦中有十四旋卦。

刚体的标杆，上去一百公里不可能直，总之一定要相交，转化成对立物。（康德按照平行线不相交的原理，发展其理论。）

上升到无穷远，回下来。下面搭着上面。有三种搭法。

先生言：

错综是最根本的道理，两千五百年的历史，不知转过多少弯，不可能完全复原。

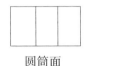

圆筒面

默必斯带

搭成管子。

圆筒面剪开，一分为二，此太简单，正式的事实不是一分为二。

连环可解，是到四维可解。搭的道理懂了，可解。

只有一点搭不起来，因超过三维空间。数学术语称 2.5 维。

错、综、旋合在一起看，此象数复杂，种种不同的反复，又混合成一个圈子。

孔子注意一半，逝者如斯夫，不舍昼夜。

庄子看到海，注焉而不满，酌焉而不竭。水到海里后去了哪里？

自然现象是表面现象，表面现象背后是天府。

现在水的大循环至今未研究出，人工要海水变淡多么不容易，自然界就是在做此事。

克莱因瓶注焉不满，因为进去的东西，它倒到了外头。

不会停的，吸收好再还给客观。

先生言：

《易》有两个体系，一为卦的体系2^x，方；

一为1、3、5、7、9，圆。

读《易》的人，如果自己本来有些知识，得到信息就多。

错，综，旋！

不如此，齐物齐不起来。

你用不着去管它，到这个知识，自然而然可知道些东西。

这个方法用到养生，也可以注焉不满，酌焉不竭。

初步通任督脉，跟脊椎有关，动物自文昌鱼开始有脊椎。

养生炼到自觉，懂了以后不要声张，看它里面自身。

《齐物论》：

> 天地与我并生，而万物与我为一。既已为一矣，且得有言乎，既已谓之一矣，且得无言乎？一与言为二，二与一为三，自此以往，巧历不能得，而况其凡乎。故自无适有，以至於三，而况自有适有乎。无适焉，因是已。

先生言：

天地并生，万物为一，得一。此一表达出来，表达与被表达成二。此二加上本身的一，已变成三。自己主观不加上去，是最好的，已变成三。故自此以往，巧历不能得。

一、二、三是维数，八德是八卦。

表达最好的是数学语言，如何表达的数学也是发展的，这是人类认识自然界的进化。

西方的数学模型，给欧氏几何束缚二千年。十八世纪末出现非欧几何，当时无人懂。近代开始，知平行线可相交。打破束缚后，有日新月异的变化。

中国的数学模式，想象的是多维空间的形象。

中国与西方有相似有不似，从上古到今如此，不能简单讲统一。不是附会，是不即不离的关系。

唐以后唯识可以不要，因为先秦有一套更高深的东西，也就是易学。

先生言：

西方几何为柏拉图，逻辑为亚里士多德，哲学至黑格尔《小逻辑》，今发展为数理逻辑。

变，辩证；不变，逻辑。辩证是辩证大前提。

玄奘立宗，因大前提是自己立的，故无人可破。

解放后，发展辩证法，把三段论扔掉了。

读《易》，在认识不变的东西。

社会进步，体现在抓住了一个不变的东西。这个不变的东西发展到后来不够了，更上出抓住了一个不变的东西，社会就进了一步。

读《易》不是看它变，它自然而然都在变，只不过变化的时间有长有短。

《易》不能执一，就是想从变中找出不变。

陈抟的伟大在于易图。认识阴阳变化的根本，找出不变的东西，比如三段论。

凡人皆死　　　大前提，辩证则辩证此。

凡人是人　　　这不能辩证，否则混乱。

凡人将死

此思想在中国产生问题，中国有"仙人不死"的观念，辩证此大前提，另外来一套三段论，同样可以通。

仙人不死

仙人是仙人；

仙人不死。

《易》研究大前提。《易》的认识论，就是明确所有大前提。

六月十九日

先生言：

《易》研究大前提。

《系辞》上（一）：

> 天尊地卑，乾坤定矣。卑高以陈，贵贱位矣。动静有常，刚柔断矣。方以类聚，物以群分，吉凶生矣。在天成象，在地成形，变化见矣。是故刚柔相摩，八卦相荡。鼓之以雷霆，润之以风雨，日月运行，一寒一暑。乾道成男，坤道成女。乾知大始，坤作成物。乾以易知，坤以简能。易则易知，简则易从。易知则有亲，易从则有功。有亲则可久，有功则可大。可久则贤人之德，可大则贤人之业。易简而天下之理得矣，天下之理得，而成位乎其中矣。

此言易简。

由天地人推理到贤人之德（时）、贤人之业（空）是一系列推理。德业包含多少大前提。

易简　　　　有不变的推理
成位乎中　　有变化的大前提

三段论也有六十四种变化——有三十余式不通。

《系辞》上（七）：

> 子曰：易其至矣乎。夫易，圣人所以崇德而广业也。知崇礼卑，崇效天，卑法地。天地设位，而易行乎其中矣。成性存存，道义之门。

此言易（变）。

三爻失位，在德业之间变化。

大前提是因时代变化而发现的新问题。

认识的智慧从小到大会变的，被认识的东西也会变的。

《系辞》上（十二）：

> 乾坤，其易之蕴邪？乾坤成列，而易立乎其中矣。乾坤毁，则无以见易。易不可见，则乾坤或几乎息矣。

此言不易（不变）。

乾坤《易》之蕴，有行，于是有立，看好两个，去立在当中，顶天立地。

立好，两边要看一看，有没有乾坤。

太极就是阴阳，阴阳就是太极，可贵。

乾坤毁，太极就没有了。《易》没有了，乾坤也没有了。极深极深。

严复《天演论》引此，《易》与此相合。今《天演论》已过去，《易》还是《易》。此即《易》随时代发展，永远自强不息。此即《易》的认识论。

立

天　　　　　　人　　　　　　　地　　乾坤成列

生物的作用

先生言：

一变三，故参天。

西方物理学研究纯客观世界，不够。

大前提，中国认识天地人坐标。

人参天地之间。

先生言：

卦爻辞，能指出卦象的一点信息。

卦爻辞里的信息，远远不及卦象给你的信息。

读《易》要在文辞之外，直接从卦象得到信息。

易简而天下之理得矣。

先生言：（谈《读易提要》）

虞翻这张图，可合于错综旋卦图。

可以有几何解释。

里面有种种大前提可辩证。

两端是时空。时（乾坤），位（既济未济）。

海森堡，宏观 10^{24}，微观 10^{-36}，为最大无比的时空。

从纯粹到交错，种种成为对立物的相对情况。

"人生不满百，常怀千岁忧"，古今未来，都要合到这一百年中去。

变，有个不变的原理在里面。

客观事实不止乾坤，有三十二种不同的情况在转化成对立物。

姤、復产生师、同人，乾坤不可能产生。

一个卦的消息有六次，每一卦当一爻。六十四卦变成三百八十四卦。

先生言：

天地无人

↓

天地有人　　　有人之后，人能弘道，非道弘人。

认识与人相应，不是同狗猫相应。狗的嗅觉特别灵。

受想行→识。有了行动，人的知识成功。这种知识有了以后要破除。

主客观合一在人的思维中，好极了。

知识如果没有象是得不到的。

《系辞》都是根据卦象讲的。

有了卦象的信息以后，读卦爻辞容易了解。

六维空间基本三张图，卦、爻、蓍。

虞氏《错综旋卦图》。

没有这个东西，一变化就迷失方向。没有不变的东西。

先生言：

积德。积德到后来要立业，立业到后来也要积德。

《秋水》，惠子和庄子濠梁之游。惠子知道庄子不会知道，何必问他。既已问他，则已知他知，但是尚在辩。

《易》于"注焉而不满，酌焉而不竭"以外，还有东西。

经学易，《文言》好，《彖》《象》为时空结构。

六月二十八日

先生言：

微观空间，要修法修到一定时候才显出来。

先生言：

莲花生大师入藏，是将三个东西合起来（按：指印、汉、藏）。

密宗和道教的东西一样。

外国人认为，西藏有整个人类文化最高明的东西。

红教和黄教的区别：红教莲花生，黄教宗喀巴；红教纯粹学术，黄教和政治有关。

黑教也厉害，会作法。

地球最近的一次大变化，是喜马拉雅山耸起，造成喜马拉雅山北面和南面的思想完全两样。北面和南面不同的思想在莲花生合起来，所以说是一套非常高明的东西。

先生言：

中国传统有医卜星相，医已抽象出来成科学，卜星相尚未抽象出来。后三者中的人思想狭窄，无论如何不肯将里面的东西讲出来。现在的形势是医卜星相再合起来。

里面就是天干地支、五行生克，后面的东西都是加上去的，越加上去越不准。

先生言：

禅宗全部是庄子。

先生言：

算命不是要算某个人的命，而是要算时代的命。不但有命，还有运。

乾隆时代有一种甲子现在是没有的。你现在命算得再多，也算不着这个时辰。

什么时代？这样一批人一来，就是这么个时代；那样一批人一来，就是那么个时代。

$60 \times 12 + 60 \times 12$，这样一个统计数。

刘先生（衍文）言：

大运十年一转，运重地支，流年重天干。

某人言：电视节目《世界知识》，有人带电，二百支光的灯，手里一捏就亮，自己能控制。

先生言：

转识成智，到智不得了，这些东西都显出来。

六月二十九日

先生言：

微积分到现代，电子计算机变整数，仅用0 1阴阳二个符号代表一切，琐碎的东西没有了。

今数学有"点集论"。

观六维图，可知由乾曲曲折折到任何一点的路线。

超时空，数学讲无穷维，这和自然数是一样道理。提出概念来，就要超，故维数可上升无穷。

感到有了束缚，一定要发展出去，此思想可贵。

二点定直线。三点有直线，有曲线。三维有直率，有曲率。

四维从看不见处一曲曲出去，到光速又变了。

先生言：

一维，无穷的点积起来。

二维，用一维的框架包住。无此框架，不可能围成二维。

三维，用二维框架围成，可大到无穷。

四维，要用三维的框架围起来。

此一曲是历史。

汉是三维，宋是三维，清是三维。

但是易学史这根东西，汉无，宋无，清无。

先定好，否则写不出。

先生言：

《易》不但是四维，而是六维。六维不是讲客观世界就是六维，这样讲是错的，而是讲在传统范围内只能排到六维，这样已极复杂。

六维的纲在此（观图）：

原则：消息，旁通，发挥。

先生言：

《易》卦爻辞中"三"极多（"王用三驱"、"三岁不觌"等等），今知任何一卦只要变化三次，就可达到既济。三之变化无穷，又易简。古代人未必知道，但是他们凭经验知道变化三次可得出一个结果。黑格尔正反合亦此义。

乾坤交到既济未济，只要三次变化，经过三次达到主客观合一。

以既济为标准，变，这里变化；不变，坚持不变。这个变不变，简易得不得了。

二五，初四，三上，经过路线两样，殊途同归，百虑一致，从家里到外滩可以有不同路线。

先生言：

我读《易》是先宋易，后汉易，后清易，否则可能为焦理堂束缚。

焦为六种变化，虞翻我看下来是 6×6=36 种变化。

比，初二亦可变（不用应），也是三次。一个应一定相称于二个比，方才成功变化规律。用排列组合的数学原理。

比	应	比
四	三	初
五	上	二
初	二	三
上	五	四
二	初	五
三	四	上

此三十六种变化，我称为"六龙图"。

在数学上排列虽简单，但合入相应的内容就复杂了，好比频道一换，节目全两样。

此图三纵三横都可，应比的变化就是这六种变化。焦循的《易图略》仅为此六分之一，虞翻得此全，合数学原理。

《易》为何三个变化，此变，彼变，一齐变。三驱三锡，他们知道经过三个变化，这个东西就来了。

如何变，要根据自己的情况，还要知道相对的象如何。

理在象中，象中有抽象的变化。

数如电视机的结构，象是具体的东西。（大意）

六维图如舞台，先画出这个变化，翻进去，再翻出来，成社会上的语言。

要放大，慢点给他拘束。

此开关一来，这一群象出来。彼开关一来，那一群象出来。

先生言：

主要有三部书，《周易终始》，汉易，有文字的。

> 《周易发蒙》，相对于《启蒙》。二书有既济象在。

> 《周易㧑谦》，文化大革命被抄走，今在脑子里。不是之正，不到既济。

看象的自然变化，不要有目的。也有一系列图。

先生言：

《易》为寡过之书。程颢言，读《论语》前这样，读过《论语》后仍这样，便是不曾读。为什么，读过几句反身后，象变化了。读《易》也是如此。

《大象》为用易。

出太阳系后，三态消失，全为等离子态，但是象仍在。全为阴阳电子。

先生言：

我读大学时，已知道人有能力可上月球，但不知道这辈子我能看得到，原来的估计保守了。一九六九年人上月亮，此事给我刺激很大。

理论和实践差得大了，人今天认识水平已达光速，每秒三十万公里，但实践每秒仅七公里，故人体科学可能有突破。

六维卦爻著有三张图，与爻名结构图、虞翻乾坤消息旁通图可合，皆为根。

六月三十日

先生言：（谈认识论、方法论）

二十多年前，我写了一部《易经》（《周易终始》，1958 年），当时觉得能够解释《易经》了。完成此书后，我全部在想象数这一套道理，又完成了几部书，并从此开始注意史。此书能总结一点点，但是历史总是要发展的。

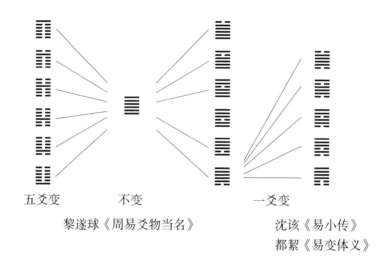

五爻变　　　　　　不变　　　　　　　　一爻变

黎遂球《周易爻物当名》　　　　　　　沈该《易小传》
　　　　　　　　　　　　　　　　　都絜《易变体义》

至少有一、二百种《易经》照此方法解释。

一爻变的根，从邵康节通到蔡墨。

变成圈圈，六十四卦全在，它是封闭性的，但里面是开放性的。

邵雍本人未画出此图，但是他的脑筋里有。可上推京房八宫，直接同马王堆卦序有联系。

逻辑，在几何里面！

一爻变合乎六维空间，京房图为六分之一。

先生言：

现代的认识论是无穷维，《周易》的理还是超过象数。画出六维，不是说看见客观世界只有六维，这点必须注意。《周易》象数只排出六维，在六维空间中，一切都平稳了。究竟是否六维，要客观科学证明。

中国的思想看轻三维物质，因三维是变化的，人肯定超过三维。

任何一点，只有六根线，有六十四个顶点。

到三卦是空间，还有三卦不在空间中，但是思想可到达。

只画时间还是四维，还要把人的思想画进去，就不止四维。

一到思想，维数无穷。

先生言：

洗心二义：一、洗心革面；

二、先心。客观存在，不要人类智慧。对此退藏于密，不到时间不能谈。

三维矢量，以上张量。

二维圆，三维球——六维球，六维球无穷滚，滚到某一卦某一爻。

先生言：

经学不够，《周易》还不够，但《周易》已相当高深。

《周易》《说卦》是大哲学家编成，看见秦统一天下，他统一哲学。

乾之復，我看出我对的，其余五爻听他变，我掌握阳不变。变有其本身不变，黎遂球发展邵康节。

解释卦爻辞方法很多，最重要的是体例。

象数是不变的，里面内容是变化的，任何时候不要执著。

穷理尽性，尽自己的努力。东北大火，没有办法。你只要穷理尽性，而成就如何，有条件限制。这是命，不是迷信。

先生言：

太极就是种种不同的相反的东西合在一起。

无穷维，我的思维也可达到。

七月三日

先生言：

命功，西医认为无所谓的东西，道教最宝贵，使其精化气，气化神，发挥出作用来。

性功者何，即《中庸》"夫妇之愚，可以与知焉，及其至也，虽圣人亦有所不知焉"。道教张伯端等，就是要知"圣人亦有所不知"的东西。

先生言：

有神论我不同意，但不可以无神论为先入之见，否则学问不会提高。无神论之弊与有神论之弊相同。

先生言：

执著禅宗者，把不要执著的东西执著了。

先生言：

如同电视频道，思想不提高，有些象你永远不会看见的。

先生言：

张良的辟谷是破社会，不吃人工食物，而只吃天地自生的自然食物，不是绝对不吃东西。

周在韩境之内，故韩非有《解老》《喻老》，又张良可与黄石公相应。

先生言：

君子有三乐，王天下不与存焉。不但王天下，其他呢，还是有没有办法的地方，人应当尽自己的努力。

先生言：

司马光、曾文正公"无事不可对人言"，这是中国人的道德品质。

七月十二日

黄福康因研究艺术中造象问题，问及结手印，向先生借阅《印图》。此《印图：胎藏界不动十四根本》，属东密。

先生言：

手印厉害，某种手印一结，五分钟就来，心里翻出来。但就是这样平伏下来，逐步到一小时，这样气功可提高。

十指连心，有其道理。

事实上十二经络都通于手指。（或十二经络并不是都通于手指，未能听清。）

先生言：

佛教气功传下来的第一本书是《安般守意经》，其时《参同契》已独立完成。《安般守意经》由康僧会传到江南，后来结合《参同》《黄庭》等才出现天台宗。天台宗的止观法门等，同《安般》味道完全两样，为什么，因为已结合《参同契》《黄庭经》等在内。

先生言：

现在的人读《参同契》还可以，读《悟真篇》一个人也没有。因《悟真篇》懂从达磨到六祖一切的一切。

先生言：

甘地孙子的看法：印度本身是印度教，当中出现一段佛教。

佛教的衰落在玄奘取经以后，那烂陀寺崩溃，因为当时已没有人又是懂性宗，又是懂相宗。

先生言：

苯教的根是道教，在五斗米道以后。

先生言：

最上一层，一般人是碰不着的。不是地上有阶级社会，才说天上有阶级社会，而是事实上存在许许多多等级。

地上要看到一个首长，也要有许许多多的缘。

先生言：

中国是什么宗教都摆在一起，宗教不管，另外有个东西。我就是欣赏这个。国外两个宗教决不能坐在一起开会，就是同一宗教的两个教派也互不相容。

先生言：

禅宗的讳有道理。

《印图》：

金刚起

本尊普礼

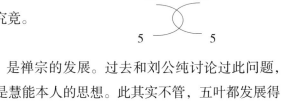

先生言：

谈科学也是方便法门，非究竟。

先生言：

《坛经》不同版本的变化，是禅宗的发展。过去和刘公纯讨论过此问题，刘问"慧能无伎俩"一偈是不是慧能本人的思想。此其实不管，五叶都发展得如此好，一花为什么不可以开得更丰满一些呢？

先生言：

回顾过去，与幼年时代比较，这不用顾及。我是一直朝前看，永远向前看。

先生言：

《系辞》"五尽"与庄子合，与王弼不合。卦辞"尽情伪"，爻辞"尽利"，二用"尽神"。因立象"尽意"，故系辞已"尽言"。卦爻辞已把古今中外所有之言都说完了，故不愿解释卦爻辞。

先生言：

生死为二，丹体则一。

七月二十四日

先生言：

我于气功只讲五本书：《参同契》，到《胎息经》为总结；《黄庭经》，到《入药镜》为总结；此后《悟真篇》集大成划时代。《悟真篇》后无总体超越者。今天可以超越《悟真篇》的是把科学摆进去，《悟真篇》里有密宗。

先生以牙牌演《易》。

问：通三关难。

先生言：

这也是走到哪里是哪里，我当初读《易》就是这样，一本一本地读，读到今天，自己感觉与当初味道不一样了。

问：卢胜彦灵仙宗。

先生言：

他就是宋以后三教合一的东西，但自居为教主不好。

先生言：

过去的史，《尚书》等其中有道，现在的史没有道，故把过去的史也看成没有道。

从唐武宗毁佛到五代，禅宗大发展，最后，一切禅宗都被陈抟化到卦象中去了。阴阳变化成先天图，怎么可能逃得出此图。

王弼是最早的禅宗，只是不及禅宗。禅宗有具体的东西，但竹林七贤都是空讲。

周天绝对不在人的身上，闭外窍。

先生言：

薛先生写《第三八卦》，认为有孔子八卦，是原子时代的原子，对此我有保留。排列可以极多，任你选择。

1×2，　　　　$1 \times 2 \times 3 = 6$

$1 \times 2 \times 3 \cdots \cdots \times 7 \times 8 = 720$ 种

《说卦》讲过的排列方法就有近十种。

$1 \times 2 \times \cdots \cdots 62 \times 63 \times 64 = !$　　　　极大的天文数字。

先生言：

《象》出名的有十二时卦，遯、大过、颐、豫、随、坎、睽、蹇、解、旅、姤、大壮（损、益本身是时）。

可见天地万物之情，咸、恒、萃、大壮。

先生言：

薛先生讲，易九图如果没有朱熹，早就失传了。一千年前，全世界未达此水平，朱熹价值就在此。

朱熹十九个卦变，极其深刻。卦至少是一个时代，卦变是一个时代如何变化，你起什么作用是爻变。朱熹体味此十九卦，其他掌握不了。

《易》三才的坐标，里面取哪根曲线，是你的学问。

先生言：

䷔跟随天地人。天—调，噬嗑。

　　　　　　　地—调，困。

　　　　　　　人—调，既济。

朱熹这种思想，有谁懂。

后天次序，研究遁甲的人都是背出的。

京氏易，八宫乾震坎艮（四阳）、坤巽离兑（四阴），先天图震巽（都属木）特变，即成此。

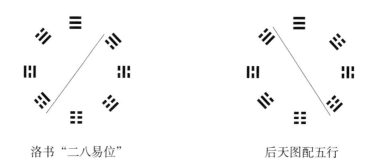

洛书"二八易位"　　　　　　　　后天图配五行

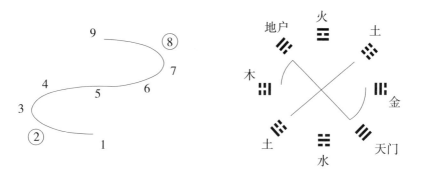

京氏易，上爻宗庙不变，这股气就朝下走。京氏有十六变，八变是对的，八变是多余的。上来下去共四次。

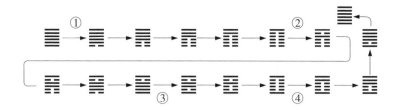

16×8=128 卦，除去重复一半，是六十四卦，减少八个，无非描写上天入地。

八个是归魂，八个是游魂，即鬼神之情状。

有物质世界，一定有反物质世界。未知生，焉知死，未能事人，焉能事鬼。孔子并没有忘记。

八宫一起看，是描写时代。

先生言：

第七识的相分，就是阿赖耶识的见分。

意识的见分，就是末那识的相分。阿赖耶识的见分，末那识的相分，同为乾象！

末那识以阿赖耶识的见分（☰）为相分（☷），以阿赖耶识的相分（☷）为见分（☰）。

见分属内，当内卦，相分属外，当外卦。七识、八识就是泰、否（䷊、䷋）之变。

积善积恶，积在意根。

七月二十八日

先生日前写成《道教史纲领》，一万五千字，与《易学史简介》相对，分十点。

一、写史的方法。

二、道教的起源。

三、道教的教主。

四、明确宗教的概念。

五、道家和道教的关系。

六、黄老与尧舜孔子。

七、道教与易学的结合。

八、总结整体道教的内容。

九、决定道教史的分期。

十、道教史的目的。

概要

一、写道教史时，明辨由今至古和由古至今的顺逆向量，为最重要纲领，否则是在写道教而非道教史。因道教本身兼有顺逆的向量。

二、"道"的概念，"教"的概念，在东周已有极深刻的认识。东汉顺帝（124—144在位）时起源于张道陵的观点当否定。此起于宋真宗咸平元年（998）封孔子四十五世孙，大中祥符八年（1015）封龙虎山张真人（张正随），一儒一道，代代相传至今。"道教"内容，实汇合各种论"道"的教派，先秦早已出现。

三、道的哲理产生于孔子前，故孔子有"朝闻道，夕死可矣"，"志于道"，"鲁一变至于道"等言论。研究道德的有名古书，莫早于传说中李耳所著的《道德经》。唐代已确认孔、老、释为三教之主。

四、科学可扩大对事物的认识，这就是进化。未认识前，可以有宗教有神的思想，既认识后，对认识部分即有理性可言，然对未认识部分，仍可以有宗教有神的思想。此西方自然科学家从牛顿起直至近代所以尚多信宗教者，因不认为宗教与科学有绝对的矛盾。当然亦可认为宗教与科学，确指有神无神而有绝对矛盾的两个概念。道研究生命起源等问题，更能包括出入世，犹兼及科学和宗教两种相反的观点。

五、唐代编成第一部《道藏》起，早已有道家兼及先秦各家学说，成为道教的理论基础。故以学术论，可专论道家，与道教毫无关系。而以道教论，早已见及道家的精微处，方能进一步继承发展成为道教。道教加深道家哲理，犹后世佛教大德加深释迦的大乘教义。《四库提要》必以《道藏》收录先秦诸子为非，故道教内容自然贫乏，数百年来日在衰微中。

六、以战国中后期及汉初学者视孔、老，尚不能说明中国思想文化的根源。儒当基于《论语》而及六艺，道当基于《道德经》而上推黄帝的理论。黄老之旨决非限于《道德经》五千文，《汉书·艺文志》除《六艺略》外，基本可与黄帝有关。

七、元始天尊，"大哉乾元，万物资始"，"天尊地卑，乾坤定矣"。

八、重视《史记·封禅书》，中国的宗教，道教与儒教的基本信仰，皆出于封禅而可见其同异，可推至山顶洞人。

九、道教可分为三期。①古始至西汉末包括新莽；②东汉起（25）至唐末包括五代；③北宋（960）至今，今尚存正一——全真。宋代开始第三期的情况，第三期当起于陈抟创立三教合一的道教，并有《悟真篇》划时代的作品。

十、发掘道教史实，以史实显示道教存在于今日的作用，方为写道教史的目的。

七月二十九日

日来翻阅笔记，整理出先生一九八五年两篇讲稿，《易与唯识》（6—7月讲，11页）、《易与华严》（8—9月讲，26页）。先生谈话还有若干要点，仍拟录之。

六

一九八七年

八月五日

先生言：

五行模型的基础即此。但有二点基本要求：

一、相交的五点必须造立交桥；

二、五行之间每根线的距离必须相等。

这个模型如果想出来，就是时间。能够想清楚，时间也懂了。

过去我遇到这类问题就想，好比参禅，后来来了。思之思之，鬼神通之。

先生言：

《周易参同契》两孔穴法，目的在于水火调位置。具体用什么方法无关，目的在于此。

一定要掌握几种方法。只用一种方法，讲出去到处是矛盾。希望能掌握二、三种以上。

土在其中起调节作用。

先生言：

炼好了内丹，仍要炼外丹。此即《黄庭内景经》，仍要变《外景经》。

先生言：

过去改变气质，都是从心理学着手以炼丹，今天已可与医学结合，从生理学着手。如食某种微量元素，改变遗传病，此即人的进化。

八月十六日

先生言：

《易》是一部内容多端的书，用一句话讲清楚是不可能的。所谓《易》有整体思想，大致可以作比喻。唯其作为整体，故任何思想、任何学科，莫不可纳入其中。反之如果说某种思想、某种学科是《易》，那就不正确，且可成为笑话。于是对整体概念理解得不很明白的人，自然会对《易》产生神秘感。其实以神秘视《易》的人，莫不在门外。如果进入门内，第一必须打破视《易》为神秘之书，也就是正确认识整体。《系辞》释咸卦九四有曰："殊途而同归，百虑而一致。"任何思想是犹百虑，任何学科是犹殊途。入门者贵能同归一致，于《易》得其整体。由整体加以分析和研究，乃见其内容多端，层出不穷。

先生言：

《庄子·天下篇》有言："天下之治方术者多矣，皆以其有为不可加矣。古之所谓道术者，果恶乎在？曰无乎不在。"又曰："……百家往而不反，必不合矣。后世之学者，不幸不见天地之纯，古人之大体，道术将为天下裂。"所谓"道术"，所谓"天地之纯"，所谓"古人之大体"，犹《易》之整体思想。所谓方术，即道术将为天下裂。或视多端之一为《易》，此不啻盲人摸象。宜爱好《易》者虽多，能入门者有限，要在未得整体之象。《系辞》曰"易者象也"，可深思之。由是现代读《易》，如能以整体驾驭之，亦无碍于复杂繁难。既同为天地人之人，何可以不同国界为限，何可以东西方文化为限。大而以生物视之，动植物皆在其中，何况同为人类之思维，其差异实亦有限。由人而生物，由生物而无生物，《系辞》所谓"易与天地准"。故《易》之整体在综合天地人三才之道，此易道之整体，所以仍能适应于现代。

八月二十八日

杨践形《指道真诠》第九章《心法》，止治法：

> 《国清百录》《佛祖统纪》云："智者大师随诸病处以心止之，不出三日而愈"，"病如王，心如贼，使心不安于贼，则贼即散坏"。天台《小止观》云："病由心生"，"安心止于病处，其病即治"，"诸法本空，不取病相，寂然止住"，"坐禅之法，若能用心，则四百四病自然除差；若失所用心，则四百四病因之发生"。盖心生则万法俱生，心灭则万缘俱寂，心王所莅，则万魔俱遁矣。止心之法，先解衣，谛观脐如豆大。后闭目合口，以舌支腭，置心于脐，使气调顺，此止心以守丹田法，能医百病。若犹感痛苦，则移心而向足三里穴。痛犹不止，更移心而向两足大拇趾横纹，必足。若头痛目赤口热耳聋腹痛等，则止心于两足中间，可愈。佛家以四大不调而病，由于心识之上缘，若安心于下，则四大调适而病自除矣。故最下者，止心以守涌泉穴，行住坐卧，如如不离，可以百病不生。

九月三日

八月二十七日晚七时，上海天空出现 UFO 奇观，作阿基米德螺线旋转飞行（报载）。

阅《悟真篇》，得一诗，印象极深：

> 用铅不得用凡铅，用了真铅也弃捐。

此是用铅真妙诀，用铅不用是诚言。

因识此为大乘、小乘的差别，问之。

先生言：

南宗从张伯端五传至白玉蟾，白玉蟾于二、三、四祖尚能见到，但是张伯端则见不到，已不知在何处。后来得托名张氏的《金丹四百字》犹为小乘，尚在用真铅的阶段。延长几千年，山河大地一变化，即不行，故属小乘。

张伯端是最上乘，但有中小乘的基础。他是对凡铅、真铅都有体验后上去的，不是空的禅宗。地球上有三教在，他就在。（大意）

先生言：

真铅不用，气是不是没有了？没有气，是不是死了？死了才可活。庄子云："生生者不生。"

先生言：

认清现在所认识的时空数量级后，自己决定去待在何处。

九月四日

问先生《能海上师传》，参阅一九八六年七月十日。

问：能海读《阿含》，神通光明不求而自来。

先生言：

熊先生（十力）晚年亦读《阿含》，此仍为上友古人。《阿含》为小乘，含密法大乘。

问：能海受喇嘛四十多种殊胜灌顶，为何有四十多种？

先生言：

某一种灌顶贯通某一部分脑细胞，故有四十多种。根本的东西散开来，数量多得不得了，故密宗有种种不同的神通。密宗还有一种总的灌顶。

又言：

别人不会这么说。但是不这样说，无论解释得怎样清楚，总还有神秘色彩。故读《易》要知道伏羲。释迦牟尼前有七佛，宇宙人来之前，他们先来。

问：能海认为戒律就是密法。

先生言：

红教的戒律是禅机。

又言：

红教有一种大圆满法，是黄教没有的。

问：常常遇到这种情况，读此书有一问题，过几天一定在彼书中找到相应处。从小就有这种感觉，前几天翻到张伯端诗，也是这种情况。

先生言：

这类感应一定是有的。它在那里喊，你来吧，就在这里呀。书籍，尤其是古书，有古人的精神聚在里面。

又言：

有时就是要重复，重复就是提醒你注意。重复到一定时候，就来了。如太极拳掤捋挤按，就是重复。后来简化太极拳，将重复的简化了，味道就两样。

九月五日

先生写《释"屯以子申，蒙用寅戌"》，言火候如下：

《参同契》之长，并不讳言火候，因与炼外丹有关，在炼内丹"将欲养性"时，仍可法其火候。故两孔穴法之有无，得其主要的火候，功法诚简要之至。对外了解律历的原理，决不可疏忽其所认识的客观世界形象。此可由纳甲爻辰的变化，以见卦象所表示的信息。综合其信息，于炼丹时的作用，就是所谓火候。

既已法日月星的运行以固定客观时间，更法《序卦》之次，以考察每月中每日每时的客观卦爻，且所相应的卦爻，又可纳入干支。惟其配合之错，庶见时空结构之丛杂，人参其中，诚变化万千。当养生练功时用之，每人更有不同的条件。一言以蔽之，人有相似的生气与动力，故主客观间之关系，宜视此火候，以勉其增长功力，且有其配合之法，无其具体之实，方可为每人所用而各有所得。

先生本拟具体指明火候，有极长极长一段，后想一想仍隐之。改写一段以为结束。原段部分如下：

特举数例以说明之，其一试述初七上午十时的火候。依《序卦》初七上午十时为谦卦九三，此属客观的时—空；火候为丙申，此属主观的时—空。以月相言，初七将及上弦月，合诸气功约已完成一半，尚在发展中，然时当傍晚酉，今在巳，巳亦为火，可与丙相合。由巳而酉，由丙而申，皆以示火克金，故正宜炼火以炼气。

改写后结束语：

且了解主客观的时空后，必须配合炼功者本身之情况以调剂火候，此所以不可言喻，实仍可有自知之明。故能跳出火候之丛杂，贵能掌握"活子时"，识"火候"与"活子时"之相反相成，庶知"聊陈两象"之旨。

先生言：
一日有一日的练法，一月有一月的练法，一年二十四节气有一年的练法（客观环境对人的影响极大），最后得性宫活子时。

没练的，已练一个月的，练数年的，练十年的，练法都不同。我谈的火候是指人的标准，但一般炼功者还未达此水准，故不能言。

九月七日

先生言：
五部书之间的关系：《参同契》内外丹，内丹是两孔穴法；总结为一个，此即《胎息经》;《胎息经》一个化上、中、下三个,即《黄庭经》;《黄庭经》三个无非要进入气功态,此即《入药镜》;以上成内丹。至《悟真篇》在成内丹后再恢复外丹,但此时已是三教合一了。内丹是命,外丹是性。此已是极深极深了。

又言:(大意)

《悟真篇》之后还有东西,我在考虑要不要写进书里去,即外丹。《楞严经》七处征心,实际上是在外头守七个窍,有守外的,有守不内不外的。佛于其中大破十种仙,即破此。最后总结为二十四圆通,如大势至菩萨念佛圆通,观世音菩萨耳根圆通。

出去后,还要回来,即性宫成后,再恢复到命宫,还是要回来看我这个东西。此即张伯端高于许多空的东西的地方,也就是道教的特色。

菩萨回来度人,结果自己把上头的东西忘记了,此完结。如孟子言必称尧舜,把黄老忘记了。(笑)

此次谈话极深,从 UFO 问题说起。

1987.9.6《新民晚报》:

(外星人问题)世界各地科学家曾经精心研究,所得结论如下:

距离地球十四光年的"天琴星座"最有可能,其中不止一个有智慧生物存在的星球,但是它和地球相距太远,如果乘坐地球人类制造的宇宙飞船,要历时六百万年,方可抵达太阳系。对地球人类来说,那是不可能想象的事。

唯一可以解释的是,这些外星生物,可以打破宇宙时空的限制抵达地球。或者,所谓外星人,可能是有形无质的东西,它们本身可能只是一团气体,或者是一组游离性的电波,可以运用思想,但是不需要呼吸、饮食,甚至不用经历成长、衰老的过程,只有这样方可乘UFO 闯进地球大气层,向地球作善意的访问。

问:后段是否为人类所能想象的养生境界。

先生言：

现在研究的是生物的"生"究竟是什么。现代分子生物学研究DNA已贯通一切生物。人作为高等动物，就是这段东西排得极长极长，1为64，2就是4096，几亿个接连是天文数字。低等动物则较短，但是双螺旋结构则同。分子生物学和物理学之同，在分子阶段。现在不得不在生物与非生物间划一条界限，但深入下去，区别究竟何在？佛教一点也不要作为，一点也不要什么。养生最后到达无生物，此界限消除。反过来，万物都是活的，都是生物。真正是上帝造人啊。（大意）

先生言：

人要吃点铁，菠菜里含铁（有铁分子），但人可吃洋钉吗？五种元素氢氧氮碳磷，多得不得了，但是它们没有用。DNA同样是它们，已经过组合。

人的智慧完全有不同，DNA排列不同，人的思想也由此定。走到这一段出现什么，走到那一段出现什么。气功有的能返老还童（或长出牙齿等），就是自己把这一段退还到前面一段去了。前些天报载鲸鱼自杀，就是触及到某一段上某个东西，这个东西指令它自杀。人的自杀也是这种情况。

问：为何收功重要？

先生言：

此与佛教念经后要念一段回向偈相同。因炼功无论如何是逆天行事，盗天地之灵机，无论如何是违反自然的。收功后摆在旁边，等它去，到一定时候改它回来。（大意）

《汉书·艺文志》说"同死生之域"为养生之要，这是对的，因为人基本逃不出死生两个对立，此为阴阳。

先生言：

过三、四百年，时代思潮一定变化。十口为古，十口为三百年。（因思孟子云：君子之泽，五世而斩。小人之泽，五世而斩。《孟子·离娄下》）

九月九日

唯识四智：

一切自相、共相都如实明白	妙观察智	前五识
众生与佛平等无二	平等性智	六识
自己有能力成就自己想干的事	成所作智	七识
一切事事物物天上天下尽法界量所有，无不影现其中，喻如大海波澄，万象皆现，称海印三昧	大圆镜智	八识

——贾题韬《论开悟》

先生说此书好，因三次看，三次睡起。

先生言：

现在读书，要么因为不好而不看，要么因为好而吸引看下去。有什么书能使我睡起，睡得很恬静。

问：是否此书之气和顺。

先生言：

是。过去禅宗大德有上堂睡觉的，不说法。

因言及所遇的情景。

先生言：

快点扔掉。你还以为气功有什么，不对，气功就是无所得，这是养生的方法。我已经说过，养生高于气功。就是一直不来也不要紧，来了以后变化多端。

现在外面炼的大周天（通十二经络）、小周天（通任督）都不对。《入药镜》的功法是理解，张伯端的功法是参禅。

你完全可以走另外一条路。（此次谈话约在九月一日）

先生言：（八月三十一日、九月六日讲）

薛先生讲西方心理学只到第六识（意识）。我读过西方心理学，知其已到第七识（末那识），他能知道人的个性，但没有办法得到一，看不出每个人所同的地方。唯识的研究已超过人。现在还讲文艺复兴的人文主义是不对的，人无非是人参天地，西方心理学把人从天地中抽出来，是不对的。

第八识，今云物理学。从物理学恢复到生物学，两样了。现在只到分子阶段，故罗素云："物理学越来越玄妙了，心理学越来越机械了"（大意）。不知道阿赖耶识，人的思想不会豁达。

过去不知业是什么，今知 DNA 就是业。

问：（因缘、增上缘以外）所缘缘。

先生言：

你所缘的东西的缘（归根）。

问：等无间缘。

先生言：

微积分，完全连续相，不会断的。

先生言：

唯识，从心所到心王的转变，全部是卦爻变化。

唯识到最后，束四智成三身，就是变易（化身9）、不易（法身7、8）、简易（报身6，最简单，全部定好）。

先生言：

常乐我净，就是元亨利贞。后来刘公纯告诉我，马一浮也如此说。

先生言：

太虚弟子大愚苦修几十年，做梦，得心中心法（此经外面没有）——传王攘陆——传李钟鼎（在上海，我遇见过其人）。一般认为心中心法为大愚所造，不期现在于苏州随光塔发现一部佛经，与心中心法同，竟证明大愚所得不误。

心中心的方法，是密宗加禅宗加其他。

先生言：

密宗好就好在即身成佛，但是你担当得起吗？

先生言：

佛可能到过南洋，《楞伽经》传说就是在南洋楞伽山所讲。

先生言：

《大乘起信论》印度没有，是中国佛教。真如开两门即太极生两仪，真如无门即无极而太极。为此而争执，乃天下本无事，庸人自扰之。我懂大乘佛教，最初就是读了《大乘起信论》才懂的。后来深入了，知大乘佛教尚非如此，但这又有什么关系？

《大悲咒》——印度没有中国有，也是中国佛教。后来知道一件事，印度佛教就是中国佛教，才算懂了。

《易经》就是讲第八识里的东西，而且早已转识成智。

刘先生（衍文）言：

太乙数是推算大数。

我学的是子平，最平实。（先生在旁言：最有根据。）

相，一种讲气色，一种讲骨骼，一种讲部位。

先生言：

南宋白玉蟾所得的《金丹四百字》是小乘，张伯端《悟真篇》是大乘，故白玉蟾找不到张伯端。

问：讼三"食旧德"，继承旧文化。

先生言：

东汉易读三家：虞翻（王弼死时还活着）、荀爽、郑玄。清人花了极大功夫就是踏上这一步。上去有西汉三家：《太玄》、《易林》（认为焦延寿所作之误始于《隋书·经籍志》，其中有昭君和番事，在焦后）、《京氏易传》。上去有十翼（《史记》四篇，《汉志》十篇。十翼之名始于《参同契》，今十翼为郑学之徒所数，见孔疏）。其中《说卦》最早，早于二篇，故合不拢。《左传》记易象与鲁春秋（昭二年），易象指《说卦》，孔子当读此。

九月十一日

与裘小龙（外国文学副教授）、陆灏（文汇报记者）三人谈金庸十四部武侠小说："飞雪连天射白鹿，笑书神侠倚碧鸳。"

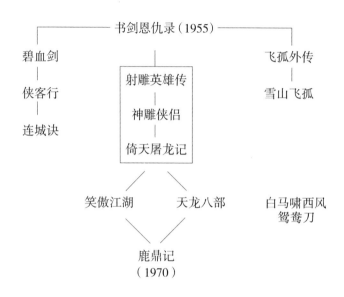

九月十二日

《胎息经》（八十三字）：

> 胎从伏气中结，气从有胎中息。气入身来为之生，神去离形为之死。知神气可以长生，固守虚无，以养神气。神行即气行，神住即气住。若欲长生，神气相住。心不动念，无来无去。不出不入，自然常住。勤而行之，是真道路。

先生言：
胎息，人在母胎中从单细胞发展成婴儿，经历了三十亿年的历程，养生求此原点。

胎息与外界隔绝，它在里面自己制造大量东西。结胎，是细胞形成细胞膜，有了这层膜后就两样了。

先生言：

释迦牟尼来了以后，地球上两样了。孔子来了以后，情况也两样了。爱因斯坦来了以后，两样了。薛先生说，他们都是高僧高道，都是圣贤。热力学第二定律发明者也是这样，发明后两样了，影响至今，但安知不会更有人出。热力学第二定律还有不对的地方，人吃得好不等于身体好。

把热力学第二定律引申到社会科学，完结，它给一切改革都泼了冷水。应当从社会科学看自然科学，不应当从自然科学看社会科学。人能弘道，人要有掌握。

对热力学第二定律，我有一种宗教的浪漫主义。

九月十四日

刘先生（衍文）言手相：

诸线皆喜长忌短。

算命有二书最要：

一、《滴天髓阐微》。

二、《三命通会》。此书有类书性质。

九月十六日

去复旦哲学系，听英伽登的学生（德人）讲现象学。

入浦东，见林国良，谈三小时，甚畅。

林国良言：

禅宗有一机："随缘消旧业，任运著衣裳。"无意之言，给我极大启发。

九月十七日

任何系统熵都＞0，故不可能有永动机。

信息，消除不肯定状态。熵的导数与信息正负不同，熵增大，信息减少，信息增大，熵减少。（热力学观点）

先生言：

从一门深入，至其极，即至另一个胞腔的中心。故为学须由一门深入。

先生言：

《悟真篇》，六十四首，加十六首，加角上一首。这一首五言象太乙，是关键。

女子著青衣，郎君披素练。

见之不可用，用之不可见。

恍惚里相逢，杳冥中有变。

一霎火焰飞，真人自出现。

九月二十日

黄念祖《谷响集》，一九八七年印。
夏莲居云：

> 净宗乃密法显说。   33 页

诺那祖师开示曰：

> 故修佛者，任修何佛为本尊，均须兼修西方净土。   33 页

诺那上师开示：

> 大密宗的境界，即是《金刚经》的境界。   57 页

黄念祖云：

> 您不知愈高之法，愈简单。诺祖有许多无上大法，都极简单，根本没有迎请、加持、灌顶等等这一套，有时一部大法，根本不观咒轮，甚至不念咒，只观一个种子字。如果你遇着如是之法将怎么办？故老子曰："下士闻道大笑之。"   65 页

黄云：

> 今秋我在广化寺念佛七讲《阿弥陀经宗要》，末后引用印光老法师开示，谓念佛未得到一心者，不可急求见佛。若有此躁妄求见之心，则为自家的冤对提供机会。有一年老之女居士连声问曰："您所讲的，正是我的病。我的病已两年多。因念观音，就想见观音。谁知

见到观音后，从此见种种相，扰乱不息，遂致精神恍惚，身心俱疲。”末后并问是否应念大悲咒来除魔。

我对答曰：“您不必修法去压制，若去压制，即是在作对。则这个结子，拉得更紧，更不易解开了。”我告以一法：“古有大德，在深山中，结一茅蓬，该处山精野鬼，时来干扰，诸众力劝大德迁移，但大德不为所动。三年后，野鬼俱寂，诸相皆无。大德曰：‘野鬼伎俩千般有尽，老僧之不闻不睹无穷。’古云‘见怪不怪，其怪自败’，正此意也。”她当时要求小女写下来交给她。本月初一日，我在居士林讲《净修捷要》。讲毕，该女子判若两人，体态安详，容光焕发，精神奕奕，特来道谢。盖小女所写的字条送到后，诸相俱隐，干扰全清，大患顿除矣。可见“不闻不睹”，真是去魔之良方。　　81—83页

黄云：

树上之猴，必以一手攀枝，若两手齐放，即是悟境。　　　　86页
又如喻“贼入空室”，此语更好，盖“死尽偷心”也。　　　　87页
悟是“行不到处”，非一切修行之法所能及。但应知舍离修行更不能及。　　　　　　　　　　　　　　　　　　　　　91页

九月二十一日

先生言：
《参同契》新编后，可分二部分：大易、黄老。

先生言：
我在小时候，二十岁不到，初读《金刚经》，就全部读，没有人教过。我读《易》，最初喜欢《周易本义》前的几张图，当时不懂，但就是喜欢。现在要还掉点，以破所知障。

问：我在所有佛教经典中，最喜欢的是《金刚经》，这是熟读的。

先生言：

你喜欢《金刚经》，说明你脑筋里已经积累了许多相，否则不会喜欢。已经有了相，破相难，不如索性把相弄弄清楚，这就是《易经》。

问：黄念祖五十年前读《金刚经》，当时便思以凡夫心欲臻此境，非念佛或持咒不可（当时三十左右）。

先生言：

此外还有《易经》。

先生言：

我到北京会见黄念祖时，两人有一点相合，即黄念祖非常反对说佛教所说在第四维或第五维。我说，是无穷维。他说，对了。

黄念祖也非常推崇《易经》，他说他先生（夏莲居）懂《易经》，他来不及搞了，支持我搞下去。

先生言：

我在上海，佛教不显出来。

先生言：

长生一个人一生不可能完成，故唐以后的道教早已不搞白日飞升。到了那里，去听法，去修，情况完全两样。基督教讲天国审判，尚有一种不忘世情的味道，其实不是这么回事，这一点上中国的理论比较高。

先生言：

亿万个细胞在脑筋里的细胞中都有一个象。

先生言：

《参同契》是内外丹，《黄庭经》以后中国理论发展内丹，现在西方的路子都在发展外丹，正在反过来重视内丹。

先生言：

性宗。相宗。华严。禅宗。最后是密宗。

禅宗与密宗结合，在文成公主、吐蕃僧净之后。

九月二十三日

问：临川四梦。

先生言：

侠（《紫钗记》）、儒（《牡丹亭》）、道（《黄粱梦》）、佛（《南柯梦》）。

侠不敌情，《紫钗记》侠虽能主持正义，但最终未能偿霍小玉心愿。《牡丹亭》属儒家，用情来超生死。《黄粱梦》看破人生，人世间的荣华富贵只不过是黄粱一梦。道，把时间缩短了。《南柯梦》变化空间，写入蚂蚁世界，进一步看破一切生物，故世情一切可破，更深。

侠不敌情，情不敌生死，生死逃不出两个道理，一个道，一个佛。

九月二十五日

先生整理《参同契》的原则是：

尽量不变动原文次序。

有一重要思想是，气功练成后仍要变化。

看先生在戊戌五月（1958年）写的《参同契考释》，因思只要你在做，感应自然而然会来。写的东西体现了二十年的进步。

十月二日

日本故事片《伊豆的舞女》，川端康成原著，吉永小百合主演。此片可当一个意象看，充满虔诚意味。

宋捷言：此片现实部分用黑白片拍，回忆部分用彩色拍，可见回忆总比现实好，这是编剧者的意图。

按：日本民族文化有一种美瞬息即逝而永存于艺术中的思想，川端康成、东山魁夷都有此感觉。

此片充满青春初醒的气氛。

十月七日

先生言：（大意）

人面向西，子午周天，任督逆行（张伯端云，释氏教人修极乐，亦缘极乐是金方）。面向东，顺行。面向南，卯酉周天（从左至右）。面向北，卯酉周天（从右至左）。这些都是自然而然的，所以过去有人要坐二十四小时（二十四小时的圈子是可以缩小的，故二十八分四十八秒也是一个圈子）。此外还有带脉的一圈，至带脉层次高了，成为三维。

在里面是丹，在外面是浑天仪。

后天功法惟坎离不变，先天功法相对两点皆不变。天地定位，山泽通气，风雷相搏，水火不相射。

先生言：

一直讲"道"，老子自己有没有正面谈过"道"，这要直接读《道德经》。《道德经》开始就说，"道可道，非常道；名可名，非常名"。首章之义，不但名不可执，实都不能执，即实质性内容亦不可执。这一点非常重要，此为老子所见："有物浑成，先天地生，寂兮寥兮，独立而不改，（周行而不殆）。吾不知其名，字之曰道，强而名之为大。大曰逝，逝曰远，远曰返，没身不殆。"养生看到"先天地生"，生物在无生物之前，这是唯一的东西，但不是本体，执著为本体完结。寂寞而不改，超乎变化。马王堆本无"周行而不殆"字样，好，一讲周行，已落于后天。对此无法称呼，只能勉强称它为"道"，且非名，而为字。大了以后，一个出去，极远极远。远了以后，贵在返。没身不殆，人死了，这东西还在，此之谓长生。

老子的道，当从这里理解。此后庄子《天下篇》："建之以常无有（德），主之以太一（道）。"此即《易》与黄老合，虞翻尚知，注云："太极，太一也。"讲太一，《淮南子·原道训》最好。

老子，天地之后的东西不谈，庄子称其"不毁万物"，完全和光同尘。

先生言：

印度的四大与中国的五行，不能相提并论。四大没有重视无生物中有生物存在，于数学唯五行兜得转。宇宙中总有生物，现在科学至少没有否定宇宙人的存在，还在找。

先生言：

我读《庄子》，现在越读越觉好。这套学问老庄是懂的，并非印度来了才有。唐太宗对玄奘说，你翻了这么多印度的东西过来，也要翻一点中国的东西过去，要他翻了一本《道德经》。以后没有流传开来是另外一回事，但当时佛教传过来，在中国至少双方是可以谈谈的，此之谓交流。但是现在一边倒，不谈了。佛教过来，反而有取于这套思想，形成中国佛教。

先生言：

牛在印度为神物，故传说老子出函谷关骑青牛。又传说关尹老子遇见后，相约在四川碰头，故成都有青羊宫。

先生言：

我见过《因是子静坐法》作者的先生顾伯叙，当时为唐生智军师，因促动唐反蒋并掩护过共产党，解放后周恩来征询其意见，安排为上海文史馆馆员。五、六十年代，薛先生、杨先生、我在此处讲《易》，他也一周一次在家讲《安般守意经》。在湖南时曾开办学校，收养孤苦儿童。其中有一人吴明，见其有出息，将女儿嫁给他。此人现为湖南省委统战部长、船山学报社社长，与我极好，注《船山愚鼓词》也好。

先生言：

朱骏声《六十四卦经解》是简单的汉易，有一张卦变图。

朱先生（泠）言：

佛教以密宗最高，密宗以红教最好，然红教稍稍不拘戒律。

刘先生（衍文）言：

于魏晋间喜欢二部书：《抱朴子》（华）、《人物志》（实）。后者品题人物，造成魏晋清谈之风气，不读此书，看相没有理论基础。上推还有《大戴礼记·本命篇》，何地人有何性格。

先生言：

《汉书·艺文志》最好，因时代风气，刘向不得不以六艺作标准，抖开来全部是黄老的东西。

先生言：

中国人写东西，常常是怕自己忘记，过一段时间烧掉也是有的。

问：古希腊毕达哥拉斯，为何也懂参天两地的实质性东西。

先生言：

因为毕达哥拉斯懂音乐，参天两地之根在音乐，三二的音乐最和。

先生言：（黄老与老庄）

道在天地先，故天法道。

以下尚有道法自然的概念，故浑成之物，尚未可认为老子所认识的最后境界。

且名此道曰大，殊可深思，亦就是本书屡次提到的扩大时空数量级。

人或局促于一生，不啻坐井观天。庄子《逍遥游》与《秋水》等篇，屡言及之。

大而逝而远，关键在远而返，返者反身之象。人体本身，仍属开放的巨系统，当既返而观此大道。道可分四，实为道兼及天地人三才之道。

天网恢恢，就是多维空间的胞腔。

若老子的理论，贵在能以人类本身的巨系统开始，以体验各种子系统的关系。于子系统中，自然有分子一级的时空结构，可相应于遗传工程之研究。而人体之奥秘，决不限于遗传密码。

人道不同于天道，在人道自生而天道、地道不自生。然不论天地人皆须得一，唯得一者始可明道。人而得一，渐能法地道、天道而不自生。

"天道无亲，常与善人"，犹善知三才之道者，处处忘私而去小我，终能吾丧我而宁且清，后身、外身以达无私的过程中，必"为而不争"，乃能如天道"利而不害"，能成其私当养生有成。今日之养生理论，正须重视人类之进化。

老子能认识成浑成之物而不执之，最后归结为"道法自然"，则自然的概念可永有新义。以维数论，当然可及无穷维。

合诸功法言，黄老当死子时，老庄当活子时。当究其理而困乏时，宜一读庄子而通其气，散其郁，以彼之寓言，高吾之功力，所谓由小我而大我。然大我之境界仍变化无穷，虽知"无私能成其私"，然自认为已无私之象，事实是否已能完全无私？故必须常读庄子的寓言，以大其无私。凡能取其适吾境者用之，斯为得之。

人地天三籁，为老子人法地，地法天之序。人籁比竹，《养生主》当之。天籁义极深邃，风吹万不同，咸其自取，怒者其谁邪。地籁众窍之极致，即"梦蝶之化"，亦即通贯生物以见当时认识的生物起源。

先生言：（老子与道教）

外丹未明《参同契》"挺除武都，八石弃捐"之义，此为最大流弊。然炼外丹未可非，反之医学而未明养生，犹失《内经》的基础。

《参同契》未分内外丹，正当今日因分子生物学的建立而使生物化学合一的情况。

《胎息经》闭气以见"世界"的奥秘。闭气之独立，应可观其开放。闭气愈深，能量愈足，愈能远离平衡态而显示生物的作用。进化成人，闭气法不待外求而在遗传结构中早有其密封部分，即 DNA 长链，唯 RNA 可响应之，改变之。

《黄庭经》已经过保存者加以改作。《参同》内外丹，《黄庭》内外景同属内丹。

《入药镜》改神气为性命，为养生概念的重要变化。张伯端兼及三教，实能深得陈抟之旨。张读《参同契》，乃见古为今用之理。

一尺之棰，日取其半，万世不竭。六日即得六十四分之一，即"七日来复"的思想。继续取半而不变，则万世不竭。

时间为连续，空间为不连续。在三维空间中，见到种种不连续的万物，包括生物体，使之相连续莫不包括其中，就是时间。

十月十三日

先生言：（大意）

"易地皆然"，是孟子由命功到达性功。如知性而不知命，则为纯粹的哲学思想，其弊为清谈，如王弼者之流。故知命功者和不知命功者，有此一点点差距。懂性功者命功一直不来，也是有的，但也无妨。于性功研究下来了解确实有此东西，相信有了也可以。道教有"生前正直，死后为神"的概念，即此思想，但必须不搞清谈。儒家思想属此路，但把这些东西弄梗了（执著了），又不对，种种封建从此出（又杨朱等何尝无君无父，但孟子有所不能理解）。又性命合一所得虽高，但仍无法改变社会，故时讳必避。

先生言：

密宗和禅宗的结合，在吐蕃僧诤时就开始了。

先生言：

《易老与养生》把文献上最后能讲的，都讲了，后面还有东西。

十月十七日

先生今日完成《易老与养生》书稿，二十万字，此书为先生思想的总结之一。（写作时期：九——十月中旬）

其理论和实践以多维空间为归，上及无穷维，以及世界和宇宙、生物钟和化学钟的变化，以象数为主，极精深。

问：化学钟。

先生言：（大意）

化学钟现在用的是铯周期，同位素相差一点点，时间相差极大。

几个元素这样搭起来，就是生物钟，那样搭起来，就是无生物（因思：上帝造人），这是化学钟的变化。

化学钟是宇宙还是世界，即化学钟是否是宇宙的生物钟，还是个问题。（先生之意似为不是。）

先生言：（大意）

六十四卦化成六十花甲是基本火候。

六十个四维空间围成一个六维空间。（因思：火候为四维与六维的交通？）每个人的火候都不一样。

互卦四维，六爻六维。从六维看每一个四维的变化。

增加多少维都不对，是无穷维。

把人的时空与天地的时空合起来。

所以必为六十四卦和六十花甲的关系。

十月十八日——十一月一日

出差至广州、深圳，见朱岷甫。于两地诸图书馆查书，所获甚多。

二十八日，访光孝寺、六榕寺。

民谚"未有羊城，先有光孝"，广州光孝寺是岭南年代最古、规模最大的一座名刹。

三国时，吴国贵族虞翻流放南海，居此讲学，时人称为虞苑。苑中多种诃子树，后人称之为诃林。虞翻死后，家人施宅为寺，此地作为寺院的历史从这时开始。南朝宋永初元年（420），梵僧求那跋陀罗三藏到此传教，说本寺所植的诃子树即西方的诃梨勒果，宜称诃林。历代寺僧均有增植，此为仅存的一棵。

寺有六祖发塔。六祖慧能受戒时削发埋入此处，同年（676）建成此塔，覆盖其上。

唐塔大多方形，此塔却为八面。对于研究塔的建筑艺术，颇为可贵。

古菩提树（The age-old Buddha's Tree）。菩提，汉译为觉悟，佛经说释迦牟尼在荜钵罗树下证得菩提，故称荜钵罗树为菩提树。据传南朝天监元年

（502）智药以天竺携来树苗种植于此，中国他处菩提树都由此分植出去。唐六祖慧能（仪凤元年，676）在此树下受戒，因此这棵树古来著称于世。

凤幡阁，唐印宗法师置风幡于此，慧能在此争论风幡，遂证法师身份。

六榕寺主要为六榕塔（九层）。购《大悲心咒像解》。

十一月一日晚，到达上海。无座位，站票归。父亲已于美归国，居美约一年半（十月十九日归）。赵毅衡归国来访未遇。

十一月七日

先生言：

陈敬容来谈气功，他后来不敢练了，因为脸上发出来，他刚由命功达到性功。我对他说两点，一是思想要纯正，因为各种象开始出来了。二是收功要收好，把热量收到身体上的某一部分。因为热量没收好，在身体各部分乱走，就发出来。

先生言：

钱学森推荐来《大易阐微》，最近为此书写了提要，给作者金文杰回信。其文核心有三千六百字，要在"三、三、七、九"。此书来时至今已放了两个月，不放两个月不行。感应。对一些东西相信而不迷信，就起作用。

恺撒名言：

Vini . Vidi . Vici . 我来了，看见了，征服了。

十一月九日

先生日来写成《论道教与三教合一的道教》一文，将以此文参加四川召开的《道教与中国文化》会议（十日开始，约一周）。

先生言：

三教合一的思想于道教，过去只推到南北宗，此文将其上推至南北天师道前（陶弘景、茅山道）。

先生言：

梁武帝因有三教合一的陶弘景为山中宰相，故不听达磨。北方达磨入北，面壁九年，学寇谦之的道教。南方陆修静吸收了慧远的佛教仪轨。道入佛，佛入道，南北两方面的发展，此为太极图。

问：符（陶去世时佩符）。

先生言：

符为一股气。

先生言：

一方面神奇得不得了，一方面一点也不稀奇。

先生言：

我今天去看清初四僧的画展，每个人都有特别的东西。画就是描写一股气，这我比画家还看得清楚。八大后来痴了，其和尚是假的。

问：忏悔。

先生言：

忏悔是对的，忏悔就是得一。将无始以来积的业障忏悔完（因 DNA 越积越长），这样才可以重新来一个结构。金属什么都可以放在里面，以得着最根本的东西。

立四辅的孟景翼造《正一论》云：

> 道之大象，即佛之法身。以不守之守守法身，以不执之执执大象。
>
> 归一曰回向。
>
> 亿善遍修，修遍成圣。

先生言：

洞玄分二部分：上清、灵宝。上清自度，灵宝度他。

十一月十日

先生言：

郑隐书目中，亦有青龙符、白虎符、朱雀符、玄武符。

先生言：

二十八宿亦有一宿名斗，因其形象与北斗相似。《参同契》中言及"始于东北，箕斗之乡"，取始于箕斗之间，与银河之起讫点有联系，此有天文价值，亦即《说卦》"艮，东北之卦也，万物之所成终而所成始也"。

十一月十四日

梦先生言：

每天清晨开始读书时将杂念抛光，这样能纯净思想。

梦先生言：

我与你相差的是禅定功夫，相差虽仅这一点点，这一点点却极大。

十一月十六日

今日先生参加《道教与中国文化》会议（在四川召开）归。

先生言：

在四川遇见二人，一，刘天华（九十岁），二，贾题韬（七十九岁）。与前者谈六小时，与后者谈一下午。

刘天华，中国第一批留法学生，与陈毅、李维汉、邓小平等在同一批，为这批人中唯一获得博士学位者。他用《易经》推算太阳系存在第十颗行星，并有轨道、数据。回国后由李维汉推荐为四川省政协委员。

贾题韬，《佛教与气功》《论开悟》的作者。他认为，佛教在现代，就是要提倡神通，否则科学不能发展。他为此上书赵朴初，认为特异功能研究缺乏人员，缺乏场所。场所可以是寺庙，人员可以是僧道，就是要他们练这种东西。

先生言：

人到六十岁以后，精力应该聚集到中心上去。我的中心是两部书，一为《易学史》，一为《道教史》。

问：刘天华言 do 分至六十四再也分不下去了，何意？

先生言：

按琴键一个 do 和连续按八、三十二、六十四个 do 的声音，在耳朵听起来是一样的。这和电影每秒二十四张片子看起来是连续的一样，连续与不连续其实是骗过耳朵，连续与不连续其实是一样的。

十一月十八日

先生言：

从牛顿 $F=ma$ 到爱因斯坦 $E=mc^2$，是一个发展。

先生言：

《易》就是要打破现在科学的束缚。

因思：

基督教通过祈祷来调节自己的思想和行动，某种程度上可比较佛教的修本尊，通过和本尊不断交换信息以求达到纯粹，由丧我而达成吾。人和上帝的交通是不是必须隔一个教会，这是天主教和新教的区别。康德以上帝为范导原则，因上帝的概念超生死，相应不同的时空数量级。如祈求消灾解病，上帝则在灾或病之外，如执著于此生，上帝则在此生之外。虽然时空数量级可以有不同，但上帝仍相继在此时空数量级之外。此康德所以归上帝为不可知，要皆趋于无限。

又思：

人的根是头，土壤是虚空。

《说文》"天，颠也"，乃向上指向。

十一月十九日

法籍学者陈庆浩（1941年生，原籍广东潮州），专长《红楼梦》"脂评"等，现正主编《艳情小说大系》四十种，包括《金瓶梅》等，在法国国家科学研究中心从事研究。

问：现在法国思想界、文学界的主要倾向是什么？

陈言：前段是结构主义，现在是解构主义，但我们对这些不大耐烦，好比巴黎时装换来换去。

陈言：普鲁斯特《追忆似水年华》的层次比劳伦斯《查特莱夫人的情人》高，此书在法国的地位可以与《红楼梦》相比。

孙琴安言：《追》极好，人心打开一层还有一层，打开一层还有一层。

先生言：

《易》卜筮在最困难的境况中，总是指给你一条生路，此即《易》为君子谋。

先生谈《悟真篇》（杨宏声述，十月三十日）：

《悟真篇》与《黄庭经》不同，读《黄庭经》后更容易理解《悟真篇》。有一奇怪处，学问悟了以后，不到时间，不会给人理解。我感觉，我至今谈的东西，是不是到了时间？张伯端千辛万苦，死去活来，遇一个触机，懂了，要其他人懂还得遇触机。做学问，一得永得的DNA结构，形成遗传基因，遇到人会显出来。得了以后想传，往往无人能听，无人可传，不得已写《悟真篇》。一得永得的东西，不能讲，非其人不传，非其时不明，懂的人片刻之间就懂。张伯端其时，只遇一个石杏林可传。懂了以后还要再参禅。

《悟真篇》全篇是禅机，是三教合一，非三教合一不能通《悟真篇》。今人解《悟真篇》，全不懂禅宗总结在《悟真篇》，《悟真篇》以后无禅宗，气功不要形式。

《悟真篇》中有不能对外的许多东西，功法无穷。

1069 年极有意思，此年黄龙死，张伯端生。

十一月二十五日

先生言：

中国传统七色配洛书（五色加黑白），白色用三种，叫三白，有六种配法，三横三直，即六龙，见万年历。

信息一定要二个以上的联系，才叫信息。

先生言：

鹅湖之会朱陆之争，似乎无是非而散。陆九渊还要问朱一句，尧舜读何书来，被其兄阻止，不知朱听后再如何回答。陆是从上到下，朱是由下达上。由下达上是渐教，渐教五十三参，少一参就不行。陆是先悟最高的东西。

问：何谓"修性"？

先生言：

就是所有生理后面，都有一个心理。

十一月二十八日

问：柏拉图，关于桌子的理念先于桌子。

先生言：

理念在中国讲就是象，当然先要有个象。人先有一个决定，到月亮上去，然后阿波罗飞船各个部件才可以一点点设计出来。

先生言：

古人席地而坐，无桌子，有几。几在宗庙里，上面放几部书，就是典（象形）。涣卦"涣奔其几"，人心涣散的时候，奔到庙里去，把精神聚集起来。人伏在几上祷告，今基督教尚有其形象。

先生言：

人如普里高津所言，是远离平衡状态的系统，如一杯水放着，马上冷却。

先生言：

《招魂》历陈楚国所有的物质文明全部在宗庙，说物质这么好，你怎么舍得离开呢？可见当时的生产力程度。（恍恍惚惚的时候，外头帮一帮也是好的。）

先生言：

日本已有《昭和新修道藏》，中国正统《道藏》、万历续《道藏》以后未续修，此工作由日本人代做，和国家文化不兴盛有关。

十二月十五日

赵毅衡来访（约六年未见面，夜谈过十二点）。

赵言：

拟举行金克木、李幼蒸、赵毅衡三人谈，引进符号学，并成立全国符号学学会。

赵言：

钟阿城的《棋王》拟用解构主义分析，谓其有"第三世界心态"。

十二月十七日

先生四日至九日参加第二次国际《周易》学术讨论会，会议在山东济南召开。十五日先生回沪。

晚孙琴安来访，谈最近发现"人生是一片大和谐"，此和谐遍及时空，小至茶杯所放及的位置，大如攻占巴士底狱。

他说十九岁起散步至今约二十年，最近才有此发现。

赵毅衡言：

国外习惯，如谈话中获得的资料及启发，均需注明，以志其所出。

十二月十八日

先生言：

《杂卦》作者一定有特异功能，真可称之为神通。《易经》篇章的许多内容，非读熟不显。

先生言：

"易穷则变，变则通，通则久。"《易经》变来变去，你抓不住的，你刚抓住它在此，它就立刻到彼。薛先生的时候在物理学，但《易经》已到了生物学。你要抓住《易》就是生物学，它又走了，去研究与宇宙人联系的问题。

先生言：

《易经》重后天，绝对不是宿命论。

先生言：

读《易》的人自己有伟大的东西，《易》就显出伟大的东西。

先生言：

象数、义理是一贯的，象数不返回身心则无归束。《庄子》说："天下之中，在燕之北，楚之南。"

先生言：

你们还没有懂《易经》。《易经》还有许多关键性的地方，现在还不能讲。

先生言：

这次参加全国会议，感到现在懂《易经》的，真的是没有人了。

先生言：

明年要参加两次会。一次在西安，是国际性的周原文化讨论会，要我去讲数字卦。一次在青岛，全国特异功能者会议，要我去讲《易经》。拟讲三部书：《参同》《黄庭》《悟真》。

十二月二十一日

《素问·举痛论第三十九》：

> 黄帝问曰：余闻善言天者，必有验于人；善言古者，必有合于今；善言人者，必有厌于己。如此则道不惑而要数极，所谓明也。

《气交变大论第六十九》：

> 余闻之，善言天者，必应于人；善言古者，必验于今；善言气者，必彰于物；善言应者，同天地之化；善言化言变者，通神明之理。

按：此即《黄帝内经》的天人之应。厌，足也。

先生言：

《宋史·方技传》（462卷）有魏汉津、王老志、王仔昔、林灵素，皆宋徽宗时之道士。魏于皇祐（1149—1054）中与房庶俱以善乐荐，崇宁（1102—1106）初犹在，年当已近八十，能"以帝指三节三寸为度，定黄钟之律，而中指之径围，则度量权衡所自出也"，不可不谓有其识见。后用王老志、王仔昔，每况愈下，及用林灵素，可云是妖孽。林灵素至京师四五年，约当政和末至宣和初（约1117—1121），妄以徽宗及蔡京、童贯、刘贵妃、诸宦等为天府下降者，其言既可笑，徽宗信之犹可笑。徽宗由是自册为道君皇帝，已现北宋将亡之朕兆。《宋史·徽宗纪》："宣和元年（1119）春正月乙卯，诏佛改号大觉金仙，余为仙人、大士，僧为德士。易服饰，称姓氏，寺为宫，院为观。改女冠为女道，尼为女德。"未久林灵素被斥还故里，改佛亦不了了之。迄今仍有称观音菩萨为观音大士者，似即受徽宗之影响。

十二月二十五日

《印度三大圣典》，糜文开译（钱穆学生），1970 年版。

三大圣典：《吠陀经》（Vedas，意为知识），《奥义书》，《薄伽梵歌》。

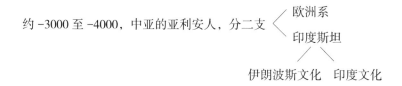

约 -3000 至 -4000，中亚的亚利安人，分二支 〈 欧洲系 / 印度斯坦 / 伊朗波斯文化　印度文化

吠陀文化，远比希腊和希伯来文明要早，产生年代：-1500—-1000 五百年间。

共四部，《梨俱吠陀》（赞颂明）为主干（1017 篇，分十卷，内容大多为对诸神的赞歌）。

分化出《沙摩吠陀》（歌咏明）和《夜柔吠陀》（祭祀明）。

《阿达婆吠陀》（辟灾明），原有咒文，为亚利安所吸收。因有四种祭官，吸收吠陀成四部。

吠陀勇敢而快乐的人生观，到后来变为厌世。

吠陀加祭仪等解释，形成婆罗门教。一、吠陀天启；二、祭祀万能；三、婆罗门至上。

婆罗门学者不满，附入梵书（-1000—-700）。

梵书的最后一部分，即为吠陀的终极意义。Vadatanda，吠檀多，意为吠陀之终。又标 Upanisad（近坐），即子弟侍于父师，方秘传以奥义，故又译《奥义书》（-700—-500）。通共 108 种，一切哲学从此出。有十一种为古《奥义书》，加二十三种新《奥义书》，认为是正统，其余为旁支。

《奥义书》不重仪式，不用祭司，反对吠陀，受压迫。后期失去哲学上的求真精神，成为概念游戏。

于是东方有佛教（革命）和耆那教（严格修行，发展不大）的兴起，西方有《薄伽梵歌》的创作（-400—-200），以保守精神综合吠陀、《奥义书》，吸收佛教并作弥补（因佛教以出世号召人民脱离生产，《薄伽梵歌》强调用超脱精神从事实际工作），使长期潜流的婆罗门教复兴为印度教，并代替佛教。

把《奥义书》的个人完善引向社会，把哲学思考引向宗教热忱。《薄伽梵歌》是史诗《摩诃婆罗多》的一段插曲，是史诗发展数百年后的最后加入部分，把《奥义书》以后诸系统都加入了进去。

十二月二十七日

问：我想能够进入现代生活的是禅宗和密宗，可以面向社会。因为现代生活的节奏加快，人们不可能读很多典籍，只能抓住要点往上跳。"得诀再来看丹书"，诀难得，只能一面得诀一面看丹书，一面看丹书一面得诀，只能如此。

先生言：

诀是没有的，得诀也要有力量才能得。读《易经》六龙就是一个诀，而且已写在那里（指《易道履错》），谁能得？有力量，诀会自己显出来，没有力量，诀写在那里也没有用。诀是没有的。

先生言：

《卜筮正宗》的方法，当初杨先生分析，这里到这里是什么道理，这里到这里是什么道理。但我就问他最后的东西，最后使判断准的是什么东西？他说不上来，我于是就不愿学下去了。其实判断还是在人，最后靠的还是灵感，其他是形式。卜筮最后的判断就是非理性主义，其他一切的一切都只是形式。

先生言：

《易经》我只抓住二个纲领，一为史，完全是历史唯物主义。一为科学，有实验为基础。

到王兴康家吃火锅，度岁末。一九八七年结束。

一九八八年

一月七日

先生言：

《肇论》是中国佛教的开始，把印度的般若和中国的老庄合起来，比单纯的般若更为深刻。

先生言：

般若是一种天生的智慧，人人都有，即使白痴也有，如有人拜经拜经，忽然会讲经了。

先生言：

一句佛号，消灭万千业障。印光大师好，佛号积在那里，功不唐捐。（在座某人言：自感增福报，开智慧。）

先生言：

三大阿僧祇劫是时间数量级的不同。从细胞的角度来看，在我们谈话之间，不知道过了多少阿僧祇劫。

先生言：

初学三年，天下去得，再学三年，寸步难行，真是有这种感触。过去听杨先生、薛先生讲，一直感到他们为什么不把后面的东西谈出来，谈出来好了。但现在自己也感觉到后面的东西不大好讲。

先生言：

我严格分清楚信仰和研究。我其实是极其信仰的，但信仰是不谈的。

不能用宗教把自己限制住。

问：《卜筮正宗》。

先生言：

明人的著作，从京氏易出。如今天几日几时，起个课，问件事，得出某卦，但在判断时有四五个关键的东西，他没有说出来。其实最后的判断还是在人，不在卦上。

判断越陌生越好，最后不要这个东西也可判断。

先生言：

卜筮的判断其实有一套江湖诀。不要看轻江湖诀，就是靠这套东西得着信息，再上去就是特异功能。

先生言：

现在中国有人试图从另外的角度解决"四色问题"，解决"哥德巴赫猜想"，这在方法论上有一定的意义。但借此否定西方的一套，我不赞成，因为有种种技术的细节。西方解决这两个问题，有种种规则、束缚，必须在这个条件下解决。这套东西有层层限制，弄得不好，往往是作茧自缚。但就是有限制才好，一旦跳出来，不得了。这好比《易经》的象，极复杂，也有种种限制，看上去极笨拙的功夫，但是一旦跳出来，全部的象是活的。所以正式读《易经》，《周易集解》非读不可。如果《周易集解》不懂，不认为他懂《易经》。西方人也不是不知道这套规则是限制，但就是要在这套限制中工作。因为没有这套限制就不好玩了。不玩玩这套东西，人的精力用到何处去，正所谓不为无益之事，何以遣有涯之生。譬如下棋，大家都遵守规则才好玩，《易经》讲"观象玩辞"。

先生言：

西方现在的思想达到"破本体"，之所以如此，有种种关键。认识论可谈，本体论根本不谈。一谈本体论总是有一个问题，认识论是东西方文化可合的关键。"刚柔有体"，一分为二可以有体，整个的是无体，"神无方而易无体"。

本体论，认识论，方法论，还是这三个。

先生言：

王弼所辨的概念相当于是七地还是八地，精细如此还是清谈，没有用。现在人所懂的一点《易》，其实都是王弼易。王弼二十四岁就死了，只能如此。如果他四十四岁死，六十四岁死，他本人还会发生变化。

一月十日

先生言：

上海气功协会筹备了三年，今天正式成立。气功和宗教有极密切的关系，与其研究宗教，不如研究气功。宗教只在宗教场所可以研究，气功在任何场所都可以研究。

先生言：

李约瑟《中国科学技术史》第二卷，把道教十二长生概念看成科学。认为人死了就没有了的思想是"断见"，太浅了。佛教、道教，都是假定看到全过程才讲的，科学则从另外一个角度研究上去。把将死的人严格称好分量，人死了，马上轻了一点点，认为这轻了一点点的就是灵魂。佛教讲是识离体了。（朱泠在旁言：是细的四大。）

先生言：

再坏再坏的人，只要临终念三声佛号：南无阿弥陀佛，南无阿弥陀佛，南无阿弥陀佛，马上就有宇宙飞船（莲花）来接你。但这只是下品下生，而且速度不同。上品上生开得极快，一会儿就到，下品下生则必须过几亿年。他这个宇宙飞船是不到的，要等你业消了才到，所以还是一样的。但是有一点极重要，他一上飞船就是八地菩萨，要退转也退不转了，其他地方也无路可走，无论如何保证你到达目的地。

先生日来结束《易学与史学学》一文。

一月十七日

问黄念祖《谷响集》，因问密合于显。

先生言：

红教大圆满法最后归依为禅宗，是吐蕃僧净的结果（有法国戴密微著《吐蕃僧净记》)。既然最后可以归依为禅宗，为什么不可以归依为净土。

因问：最后一句怎么讲？

先生言：

净土到后来还是禅，禅到后来还是净土，所谓"禅净双修"，我不喜欢分开来。

一月二十二日

先生言：

"变通者，趋时者也"，《易经》就是趋时，但是原则不变。

问：孔子云："富而可求也，虽执鞭之士吾亦为之。如不可求，从吾所好。"（《论语·述而》）

先生言：

孔子的意思是不可求。比如个体户生意做得好，你不要以为自己也会，你就是不会。他做的好不好，上来下去，是另外一回事。你有你的缘，他有他的缘。

先生言：

现在的高校都在放弃学术，只讲求经济效益。这种思想过十年一定会翻转过来说不对，但目前就是这样的风气。其实学术研究真正通了，自然会有经济价值，现在把经济效益看狭隘了。

先生言：

整部《华严经》的结构是张洛书，五十三参是张河图。

先生言：

华严七处九会，在普光明殿有三次。第一次即将上升，放光，好得不得了。上了四重天，忉利天、夜摩天、兜率天、他化自在天。只顾上去是小乘，菩萨要下来，故七次又在普光明殿，八次不放光，表示与世间法完全一样。心佛众生，三无差别，与众生有一点两样就不对，不显神通等等思想就是在此。可是虽然不放光，整个却在华严三昧里。但不要忘记第九会《入法界品》，善财童子五十三参，一个圈子，兜回来了。

禅宗，七佛至释迦，取七日来复之义，七佛可作无量佛的代表，指时间数量级极长。

西天二十八祖——四七二十八祖之数，为二十八宿，所谓释迦睹明星而悟道。二十八宿已知南北二极，形成中国思想中的整体星空。

六祖、五家、七宗，仍然为数。

有面壁九年的基础，然后才可以谈"禅不在坐"。

先生言：

显教华严到顶了，再后面就是密宗，共九乘次第：外三乘、内三乘、密三乘、密密三乘。

先生言：

自力与他力是一回事，外力加持你就起作用，加持别人就不起作用，也就是自力到了。要注意内与外之相交处。

先生言：

李鼎祚《集解》赞《易》："故能穷理尽性，利用安身。圣人以此洗心，退藏于密。自然虚室生白，吉祥至止，坐忘遗照，精义入神。口僻焉不能言，心困焉不能知。微妙玄通，深不可识。《易》有圣人之道四焉，斯之谓矣。原夫权舆三教，铃键九流，实开国承家修身之正术也。"古今赞《易》者未有能超过此，我讲《易》就是照此纲领。

一月二十七日

问：想把中国的书读完。

先生言：

书读完就是读不完，不读完也就是读完了。

先生言：（答某人问）

《太上感应篇》成书在宋代，有袭用《抱朴子》处，合乎儒道思想。惠栋注用先秦儒家经典，全部相应。可见梅赜《伪古文尚书》非伪，"人心惟危"等所抄的《道经》，本来是先秦道家典籍。（大意）

二月八日

先生为东北徐志锐处来人讲授《太玄经》筮法。

筮法见《太玄·玄数》，原文：

> 凡筮有道，不精不筮，不疑不筮，不轨不筮，不以其占若不筮。神灵之曜曾越卓，三十有六而策视焉。天以三分，终于六成，故十有八策。天不施，地不成，因而倍之。地则虚三，以扮天之十八也。别一挂于左手之小指，中分其余，以三搜之，并余于艻。一艻之后，而数其余：七为一，八为二，九为三，六算而策道穷也。逢有下中上，下思也，中福也，上祸也。思福祸各有上中下，以昼夜别其休咎焉。

先生言：

《易》三次变化，得四个数：六、七、八、九。

《玄》三次变化，得三个数：七、八、九。

策数三十六，象征整个自然界。

18（天）＋15（地）＝33策，实际5（天干数之二分之一）＋6（地支数的二分之一），所谓五运六气。

太玄八十一首，要看是阳卦还是阴卦。阳卦从阴卦开始，阴卦从阳卦开始。

先生言：

纳甲是天干与《易》，爻辰是地支与《易》。

先生言：

对于卜筮而言，整个《易》，整个《太玄》，没有一句话是绝对坏的。

读徐乐吾《子平粹言》。

"十二长生"概念：

长生、沐浴、冠带、临官、（帝）旺、衰、病、死、墓、绝、胎、养（有着重号为五行之用）。

"六神"概念：

一、克我；二、我克；三、生我；四、我生；五、同类；六、自身。

先生言：

奇门遁甲就是洛书。

二月十七日　　　农历戊辰年春节（龙年）

先生言：

中国确定岁首，至今已二千多年了，可见汉武帝时改历影响之大。中国最重要有三个节日，春节、端午、中秋，公历的节日分配其实还是这样：元旦、五一、国庆。

问：唐君毅写一文，说中国思想是神无方而易无体，给熊十力看，熊说开口便错。

先生言：

这是不谈的。

我和熊先生最后也印过一印：我说《易》是"復其见天地之心"，熊否定。我马上再讲，不用恢复，本身的东西更好。这样一来，《易》也懂了，禅宗也懂了。

你们听我讲，还是没有用，要自己也这样来一下，才会懂得。

先生言：

要懂《易》，非读《周易集解》不可，因为资料全在此。

问：那么薛先生是否懂《集解》?

先生言：

薛先生是悟《易》，他懂的比《集解》还《集解》。

二月十九日

给导师施蛰存先生拜年（八十四岁）。先生健康，订二年工作计划。
施先生赠新著《唐诗百话》。

二月二十二日

问：化学元素周期表。

先生言：

此尚是无机化学，从碳开始进入有机化学。再进入生命化学。化学与物理
何者更为根本，一直是争论的问题。

先秦两汉典籍列出的六经（或五经）次序：《庄子·天运》："诗、书、礼、
乐、易、春秋"；《天下》："诗、书、礼、乐、易、春秋。"《荀子·劝学篇》：
"诗、书、礼、乐、春秋。"贾谊《新书》卷八《六术》又《道德说》："书、
诗、易、春秋、礼、乐"。《淮南子·泰族训》："易、书、乐、诗、礼、春秋"；
又"诗、书、易、礼、乐、春秋"；又"易、乐、诗、书、礼、春秋"。《史
记·太史公自序》："易、礼、书、诗、乐、春秋"；又"礼、乐、书、诗、易、
春秋"（《滑稽列传》同）。《汉书·艺文志》："易、书、诗、礼、乐、春秋"；
又"乐、诗、礼、书、春秋、易"。

二月二十八日

黄福康问：《皇清经解》已出版。

先生言：

《皇清经解》当然读过，已经不准备再读。经学的最后在廖平，把经学和人会通起来，但是当时人已不理解。

此书和《道藏》不同，在《道藏》里还要发掘东西。

先生日前在白云观讲《道教宗源》。

先生言：

此书是判教，《道藏》纲要全在里面，以此为标准，《云笈七签》已收。

《道教宗源》最重要是始于"无先"。释迦之前是七佛，再之前是无量佛，无量佛之前呢，还是无先。这是先天地生的东西，大爆炸只能认识一个限度，无先产生妙有。

性空＋缘起。

先生言：

我不是宗教徒，拈花微笑印度就是没有，这方面我赞成吕秋逸。拈花微笑即使有，也是开始于达磨的脑筋里。怎么不可能呢？释迦牟尼照样可以到达磨的脑筋里告诉他。

不过迦叶仍入定于鸡足山，我又是相信的，我赞成到鸡足山去印一印。

先生言：

是一个宗教徒，再好宗教的宗教徒也一样，就完结。做宗教徒实际是依靠他力，不做宗教徒照样可以利用他力。认为完全可以依靠自力，那太狂了，人多么渺小。人一方面要有即身成佛的思想，一方面又应该而且必须依靠他力，他力其实也就是自力。

先生言：

"神无方而易无体"，对某些人不能谈，对他们要好好地讲"刚柔有体"。

所以要有礼，在宗教是戒律。没有礼不能贯通，但礼也不能执著。

先生言：

《圆觉经》，我把它看作和《华严经》同样重要。《华严》天干，《圆觉》地支。

《占察善恶业报经》好，占卜三世因果，即《易》为君子谋。

过去皇历说此日不宜出门，确实那一日出门发生了事情。它按干支排，有一个规律。

问：对没有见过皇历的人，这规律是否起作用？

先生言：

不起作用。不疑何卜，疑了才去看皇历，它已经给你卜好了。

先生言：

对现在的病疫流行，就是要举行法会消灾，个人也可举行法会。一念之间，确实有不可思议的作用。形式可以不拘，礼法岂为我辈而设。《华严经》善财每到一处，即说发阿耨多罗三藐三菩提心，上面说的内容都已包括在内，决计不可有幸灾乐祸之心。为个人消业障，则是小乘。

三月十三日

先生今日始讲《安般守意经》。昔日顾伯叙曾讲过，先生去听。顾为因是子蒋维乔之师，其婿吴立民为湖南省统战部长，船山学报社长，曾注《愚鼓词》。顾最擅长二经，《药师经》《安般经》，他每周讲一次，一部经讲二年。

朱熹《调息箴》：

> 鼻端有白，我其观之。
> 随时随处，容与猗移。
> 静极而嘘，如春沼鱼。
> 动极而翕，如百虫蛰。

氤氲开辟，其妙无穷。

孰与尸之，不宰之功。

云卧天行，非予敢议。

守一处和，千二百岁。

唐道宣《续高僧传·慧思传》：

时禅师慧文，聚徒数百，众法清肃，道俗高尚，乃往归依，从受正法。性乐苦节，营僧为业，冬夏供养，不惮劳苦，昼夜摄心，理事筹度。讫此两时，未有所证，又于来夏，束身长坐，系念在前。始三七日，发少静观，见一生来，善恶业相。因此惊嗟，倍復勇猛，遂动八触，发本初禅。自此禅障忽起，四肢缓弱，不胜行步，身不随心。即自观察，我今病者，皆从业生，业由心起，本无外境，反见心源，业非可得，身如云影，相有体空。如是观已，颠倒想灭，心性清净，所苦消除，又发空定，心境廓然。夏竟受岁，慨无所获，自伤昏沉，生为空过。深怀惭愧，放身倚壁，背未至间，霍然开悟。法华三昧，大乘法门，一念明达，十六特胜，背捨阴入，便自通彻，不由他悟。后往鉴最等师，述己所证，皆蒙随喜。

（智颛）又谘师位即是十地。思曰："非也。吾是十信铁轮位耳。"

爱丁堡大学教授戴德勒（Alexander E. Tytler）论翻译三大原则：

一、翻译应将原著的内涵意义完全转移。

二、译文的风格和形式应与原著相同。

三、译笔应具原著的自然。

三月二十三日

问：现在不知怎么，看一切问题总以超乎生死为当然的大前提。

先生言：

这就是破体。这个体破得怎样，还要看你以后在身上的体验。

先生言：

《管子》言衣、食、住、行。衣，二十年前薛先生说已经解决了，现在确实如此，已在提高阶段。食也已经解决了，只是我们现在还没有明白，还在争论可耕地等问题。住，有些紧张，其实也可以解决。行，现在已经到月亮，这就是现在的发展。但是这些怎么够，所以要另外求发展。

罗素《西方哲学史》下册，23 页：

引英国神学家阿鲁昆《书翰集》，拉丁文原句 "Von populi, Von Dei"。

按：参考《尚书·泰誓》（中）："天视自我民视，天听自我民听。"

三月三十一日

先生拟讲授气功，提纲如下：

气功文献研究讲授纲要

1、易学象数的"近取诸身"

2、孔、颜、思、孟修身之旨

3、老庄的究竟

4、黄老学与《内经》

5、淮南子与楚王英

6、《参同契》的《鼎器歌》

7、《安般守意经》的十二种解释

8、《胎息经》的内视返听

9、《黄庭内、外景经》与《肇论》

10、南北天师道的修炼法

11、达磨面壁与智者止观

12、从司马承祯《天隐子》到李鼎祚《周易集解》

13、神秀、慧能与唯识、华严

14、陈抟"观空"与一花五叶

15、禅密与《悟真篇》

16、程、朱、陆、王的理学

17、北七真

18、王船山有感于屈原

19、《性命圭旨》与《慧命经》

20、今日对气功的认识

先生言：

二十题已概括整部历史，《参同契》是二个，《黄庭经》是三个，并分内外。《胎息经》是一个，到《入药镜》分先后天，又是二个。到《悟真篇》将一个东西一分三：儒、道、佛。全部无非是得一，观空，还是"道生一，一生二，二生三，三生万物"的变化。

这些是又进步，又不进步。

问：二十题从先秦的孔孟老庄开始讲，为什么不从更早开始讲？现在已有种种考古资料。

先生言：

往上讲没有底，因为如果早了，还可以更早。分子生物学三十亿年，如果以此为起点，三十亿年中任何一段都可修，至今仍是如此，没有变过。再上去要到地球人之前。

问：那么动物也能修。

先生言：

能修。所以过去特别着重狐狸。

先生言：

我极看重《悟真篇》，《悟真篇》是禅密。密宗是从大手印（身、意）归结到大圆满。

先生言：

现在已经到了人类再进一步的变化时代。

四月九日

先生言：

现在讲《参同契》《悟真篇》的人都不对。二者实际不同，《参同契》不知汉易、象数就不来，《悟真篇》不知佛教、禅宗就不来。

《参同契》是京房易的思想。

问：我最近看《世界日报》图书部港台书目，得知其全貌，觉得最高程度也就是这样了，大量的书是重复。

先生言：

我早就说过，生也无涯，知也有涯，人类智慧不过是这一点点，目前都被限制住了。一定要做到生也无涯，那就有另外的智慧来。

先生言：

《道藏辑要》基本是宋以后的东西，所以没有价值，与《道藏》不能相比。也就是因此，清代道教没有发展。

问：把《易经》《圣经》等书拆开来（《易经》先生做了，《圣经》西方也有人在做——联系希腊、印度），是为了得到它们的先天气，对否？

先生肯定。

先生言：

《道藏》我最重视的是《度人经》，刚开始读不下去，读了几个月。这本经别人还没有谈过，目前可以说只有我一个人知道。我也没有谈过，一谈完全两样。《度人经》读通以后，《道藏》其他经一天翻几十部，很快就读通了。《度人经》作者有许多神话，实际是葛巢甫做的。葛氏五代，三显（葛玄、葛洪、葛巢甫）二隐。《度人经》吸收了（用《易经》和中土哲理）佛教的东西后造出元始天尊，道教也给我打破了。

问：《易经》和科学结合，就可能从宗教中走出来。宗教本身的象，自然有加持作用。

先生言：

在我看来，一切宗教都已无所谓，更不要说哲学了。

宗教的作用是愚夫愚妇没有文化也可以相应，好与坏人们心中本来就知道，这是 DNA 里的东西。

问：《洞真贤门经》，此经无其他内容，仅列神名，好。

先生言：

这和佛教有关，当在《华严经》以后。

先生拟讲道教史（外）、气功文献（内）、易学史（外）、周易研究（内），称可概括其一生的主要学问。气功文献讲授纲要已见前（三月三十一日），周易研究未见，其余二种如下：

道教史研究讲授纲要（二十题）

一、古至殷周之际的宗教信仰

1、中国的自然条件

2、概述史前文化

3、中国的原始宗教

4、殷周之际的祭祀

二、抽象成对"道"的信仰

1、周民族的兴衰

2、春秋时各国的宗教信仰

3、确立天地人三才之道，以始祖配天的天人合一思想

三、阴阳学派和方仙道

1、战国时代各国的宗教信仰

2、方仙道和黄老的结合

3、秦始皇的信道

四、方仙道和儒术

1、汉初的尚黄老

2、司马谈、司马迁父子

3、刘安、刘彻（汉武帝）叔侄

五、黄老与浮屠（佛）

1、黄老与医学

2、两汉之际的谶纬学

3、佛教用"格义"

六、黄老道、太平道与五斗米道

1、《太平经》的完成与郑隐的书目

2、黄巾起义始末

3、张陵、张衡、张鲁的五斗米道

七、五斗米道与天师道

1、张修、张鲁治汉中

2、陈瑞的天师道

3、上清灵宝派的兴起

4、五斗米道的分裂和孙思、卢循的失败

八、南北天师道与佛教的关系

1、寇谦之、崔浩相结合的北天师道

2、陆修静、孟法师的三洞四辅

3、陶弘景的茅山道

4、《太平经》的再现

九、确立儒、释、道三教及编成第一部《道藏》

1、从《汉书·艺文志》到《隋书·经籍志》

2、孟安排的《道教义枢》

3、概论第一部道藏《三洞琼纲》

十、唐代的道教（上）

1、傅奕的《道德经》

1、朱元璋时道教的认识

2、周颠与张三丰

3、叔侄之争与姚光孝

4、朱棣与张宇初

十七、道教的退化

1、完成《正统道藏》及其背景

2、南北宗的发展

3、《续道藏》的价值

4、正一道的式微

十八、道教的衰弱

1、《道藏辑要》的大义

2、《四库全书》观点对道教的打击

3、道教教义的混乱

4、太平天国和义和团

十九、近百年的道教

1、民间信仰的丛杂

2、西方文化的不断传入

3、学者研究道教者日少

4、可喜的转机

二十、今日世界各国对道教的认识

1、日本及东南亚各国对道教的认识

2、英国、法国等欧洲各国对道教的认识

3、国内对道教认识的情况

易学史研究讲授纲要（二十题）

一、概论易学史及其分期

二、"数字卦"演变成"阴阳符号卦"

三、卜辞演变成四百五十节《周易》

四、《易传》的形成与施、孟、梁丘三家易

四月十五日

先生言：

道教中任何一个概念都不能普遍适用，只能运用在某一段时间中，全面推广即错误。此即历史观念，但是一般人不懂。

问：现在西方好几个人都写书，主旨是西方不行了，希望在东方。

先生言：

西方现在的情况和本世纪初不同，本世纪初爱因斯坦等一批人是飞跃的进步，此后就没有进步过。薛先生就说，把相对论、量子力学这套东西掌握后，西方就再也没有东西出来。后来的进步是上月亮，但这也只是把原有的东西配合起来，不是新的东西。这样下去，二十一世纪会怎么样呢？中国现在忧患得不得了，似乎没有任何措施可以发生作用。"无敌国外患者，国恒亡"，中国乾隆后，鸦片战争后忧患至今，难得不得了，但就是希望在这里显出学问来。

问：《数学——它的内容、意义和方法》（［苏］亚历山大·洛韦等著）。

先生言：

此书是空间，《古今数学思想》是时间。（《古今》有一大缺点，就是不谈中国。中国一套数学思想自有其特点，但现在中国也没有人谈，外国也没有人谈。）此书第一册是现在一般中学的内容，第二册的纲领我都知道，基本内容已可编入电子计算机。大学生反复演算即此，有大量分支，如陈景润即从素数一门深入。第三册，我花功夫最多，《易经》即跟此有关。

（按：第一册有解析几何、代数等。

第二册有常微分方法、偏微分方法、复变函数、素数、概率论等。

第三册有抽象空间、拓扑学、群论等。）

做几百门几何题后，就可知道此二书的概貌。不会具体的演算没有关系，但上面的东西必须知道。

先生言：

我的易学史有取鉴于这两书之处。即数学发展到什么阶段，就有什么样哲学思想出来，中国、西方皆如此。

因思：

Question（问题）和 quest（探索）是同源词。question 是一个挑战。

四月二十五日

先生言：

将来秦始皇墓发掘出来，对中国文化的认识又将有一个大变化。中国文化在秦汉前和秦汉后，完全两样。

先生言：

天台宗"一念三千"对，的确是"一念三千"。

先生言：

子思相应孔子，《中庸》是一个发展，诚合外内，不容易，又用阴阳五行。荀子程度低，《非十二子篇》否定思孟，但是另一方面又有发展，《成相》篇首次提伏羲、文王。《系辞》中伏羲"仰则观象于天，俯则观法于地"，是《易经》最精华的部分。

问：读《太上感应篇》《阴骘文》，感觉如搁置佛教学说，此思想来自《尚书》。《大禹谟》所谓："惠迪吉，从逆凶，惟影响。"故梅赜造古文《尚书》以敌佛教。

先生言：

后期道教的儒学化，是道教的大衰落。

五月九日

先生言：（大意）

将几个元素另外排列组合，另外来一个结构，智慧就要高，宇宙人怎么不可能。

先生言：

《西游记》取经，孙悟空一个跟斗就可以翻过去。但是不行，还必须唐僧经历八十一难，一步一步走过去，所以顿悟和渐悟并不是两件事。

先生言：

道教修炼有一特别之处，就是时空变换。三大阿僧祇劫入微观看只有一小会儿，很快可成。

五月十五日

先生言：

在"种子如瀑流"中看出定的东西。

先生言：

现在的心理学研究到最后，人还不过是一台极其精密的机器，但机器里的软件却是另外的东西。人的可贵在于能自己设计软件。

先生言：

"观"是另外的东西。

先生日来完成《论〈周易·说卦〉作者的思想结构》，约八千字。

问：读完这些（《论十翼作者的思想结构》《论二篇作者的思想结构》）后，就可以读一字一象解释《周易》全书的书，如《周易终始》，此后可破体研究其他。

先生言：

是。

先生言：（论《周易》为朴素辩证法的观点）

辩证法和逻辑绝对不能分。中国思想当然有辩证法，也有逻辑，但并不限于辩证法，也不限于逻辑，这二者都不是中国的精华。中国可以是这二者，也可以不是这二者。二者又可分，又可合，又可都不管，是直觉，更妙的是抽象。

问：基督教可以包括尼采，尼采却包括不了基督教，故尼采反基督教虽鼓舞人心，却不能动摇基督教的根本。尼采本人有独见，如在瑞士某一天亲见永恒的轮回，高出人类与时间六千英尺。

先生言：

尼采、叔本华均未做到"丧我"，成就有限。他们好在直爽，知道什么就说什么，天真还是好的，做到这一点不容易。他们所见到的，在中国是一个基础，到此才可谈学问，后面还有很多东西。

尼采受了点佛教的初步影响，所反的是当时的基督教。其实一个东西流传下来，永远有好坏两面。

问：《道藏》形成后，自有其力量，这点已能体会。即使能看到，也自有其机缘。

先生言：

是自有其机缘。一页一页翻一遍也不容易，就这样已有所得。北京颐和园今有转经台，转一遍就算看过了《道藏》。《道藏》全部书名知道一下，也就有所得。

问：自焚。

先生言：

大多数属于走火。吕洞宾言"进火须防斗牛危"，是危险，进火不当即走火。精神聚后，要在感通，故打雷闪电时，不要练功，要当心。孔子"迅雷风烈必变"，就是身有气功，在此时要当心。

一般人就此害怕练功，其实大可不必。因为你离此程度差得远了，如果接近这程度，则需先生处处提调当心。当然需要师，但是有了师，最后还须自己想通。

自焚一路在密宗属虹光法。北京有人在炼，炼成就去，炼不成就一声阿弥陀佛去，也一样。

先生言：

离太阳系最近的星球二光年，如何去？大爆炸种种理论都有想象成分，因为最小的验证也需二百年，如何看？爱因斯坦讲，生于如今，要知道宇宙的究竟，除非是白痴。认为再发现一个什么就能解决，全部是错误。其实认清后都是想象，和宗教差不多，倒不如宗教直截了当，爽快。

先生言：

《易》的根本是卜筮，全部是偶然性。

先生言：

封建社会知识分子在地主阶级，以后土地改革，这是应该的，进步的，因阻碍生产力，但是这一部分知识分子没有了。以后又去掉资产阶级，这就不对了，因为他们属生产力的先进部分。这两部分人没有了，中国知识分子也就没有了，知识分子的发展和国家的发展一致。

问：《安般守意经》苦集灭道。

先生言：

例如呼吸，现在空气污染，吸进去就是苦，躲进山里再清净，还是在大气层内，还是苦。苦之积累为集，经过灭苦得个道。

先生言：

佛教练功练到极深处，有一个信仰问题。《黄庭经》《参同契》也有这种信仰问题。气功有此东西，还不好。正式练的时候，完全任其本身的自然。《易经》这部书，就是不与宗教有关，是纯粹的学术。

五月二十五日

先生辑出道教的几则佚文：

俞琰引陈希夷《指玄篇》：

"自然功绩自然偏，说自然来不自然。"（二见）

"多少经文句句真，流传只是接高人。"（二见）

"但能息息皆相顾，换尽形骸玉液流。"（二见）

"邈无踪迹归玄武，潜有机关结圣胎。"

"寥寥九地移神管，黯黯长天运斗魁。"

"礚碄光中挟赤飞，鼓鼜声里用将军。"

"苗苗裔裔绵绵理，南北东西自合来。"

"一马自随天变化，六龙长驾日循环。"

"必知会合东西路，却在冲和上下田。"

陈抱一（显微）引陈希夷：

"破体练之，纯体乃成。"（坎离成乾坤）

"日为天衁自西而下，以交于地。月为地衁自东而上，以交于天。""男女交精之象也。"

陈希夷睡诀三十二字，名蛰龙法：

龙归元海，阳潜于阴。人曰蛰龙，我却蛰心。

默藏其用，息之深深。白云高卧，世无知音。

七

一九八八年

六月四日

《小象》：

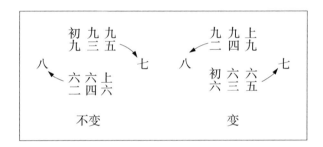

先生言：

《小象》的精要全在此图。

先生言：

《上海道教》创刊后，我写了二篇文章。一篇讲道教的大符《五岳真形图》；一篇讲吕洞宾的《沁园春》，吕洞宾提出懂此须"三千功满"。一天练二十四小时也是一功，一天练一小时也是一功，总之，经地球自转一周的变化才满一功，故三千功共需九年。

先生言：

中国文化的最深部分，在上层统治阶级和下层民间文化中有一个循环。上层没有了，却转移到最低层，过了一段时间以后，又从最低层返回最高层，有一个圈子。在建国前还有这种情况，在乡间和村民一起喝酒的一些人，都是外国留学生，胸怀的是一些治国的大经纬，因为看到四周形势不对，就隐在乡间。为什么有可能？因为当时还是地主的生产方式，他们的生活有保障。但是这种情况现在已不可能，民间文化一落千丈，中国自己的圈子兜不过来了，不得不和整个世界在一起兜。

先生言：

《易经》二千年来给传统紧紧束缚住了，已不够相应现代和西方。我把它拆了开来，拆开来就够了。

先生言：

《四书》好，知识分子无论如何值得读一读。读过的人和没有读过的人，气质就是不一样。就是当作反面的教材也应该读一读，可惜现在都不读了。

先生言：

现在最重要的问题当然是宇宙人，"飞碟"（UFO）之类还差得远，远远要超过，如释迦牟尼等，思想还大大要解放。《思益梵天所问经》讲宇宙之间的思想沟通，这部分文献还在宗教里，相信如此，不相信完全是梦话。

先生言：

现在人类已知道光速，能认清光速，其智慧已超过光速。能预知未来，一定超光速。《左传》"观国之光，利用宾于王"的卜筮一定是后代倒装上去，预知不是这样预知的，而是从另外的角度知道。

人类每秒九公里已到月亮，十一公里已出太阳系，超光速是何等境界。

先生言：

王阳明格竹子是格一股生气，竹子生长最快。

先生言：

天干 10 为 2×5，地支 12 为 2×6。

二抽出为阴阳。五为五运，抽出为五行；六为六气（六律、六吕），抽出为六爻。

先生言：

研究学问，不能把自己摆进去。一旦把自己摆进去，就只能局限在一、二百年之内。但是在整个历史看，这一百年和其他任何一百年都是平等的。所以历史唯物主义好。

先生言：

中国从西北到东南，是地球自转的关系。东北到西南有喜马拉雅山，因喜马拉雅山不可过，今年才第一次过（一九八八年五月？）。此前则有丝绸之路和海路完成东方文明的交流。

先生言：

苯教和五斗米道有关。

先生言：

咒语要人点一点，一点马上起不可思议的作用，不点不行。

先生言：

《四库全书》第一部是《子夏易传》，根本是伪书。第二部是东汉的郑康成（郑用京房）。如此见界，如何能上去。西汉有易著，京房、扬雄、《易林》都有大价值，却贬在子部。

先生言：

司马迁的"序象、系象、说卦、文言"，不同于《汉志》的"十篇"。《汉志》的十篇，不同于东汉的十翼（此辞始用于《参同契》），十篇内容要多于十翼。当时数十翼的也有多家，现在用的十翼，为唐孔颖达采用郑学之徒所数而定，此后读十翼者思想束缚在孔颖达之下。颜师古注《汉书》称十篇即十翼，已受到孔颖达的影响。

先生言：

费氏易，以十翼解释二篇，完全不用本文外一字，这是不对的。不过此功夫值得做一做。

先生言：

汉末至晋，印度佛籍翻译日盛，主要分二大系统：安世高之禅学，属小乘，承汉代道教，义通《参同契》《抱朴子》；支谶之般若，属大乘，与玄学同流，义通王弼易注。两晋以还流行之佛学，莫不上接此二家。

先生言：

佛学之相，义犹《周易》之象。《周易》穷理尽性以至于命，当法相境、行、果。果当日进，命贵改革，非二观之道乎？

六月十二日

图（宇宙中各向同性背景辐射谱）

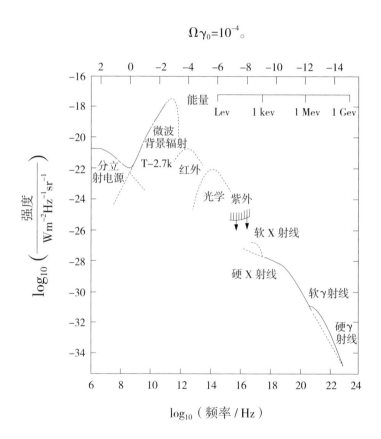

先生言：

孔子往红外方向出去，老子往紫外方向出去。

神而明之。

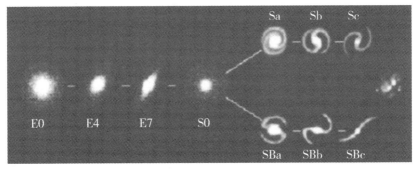

哈勃音叉图

先生言：

还是河图、洛书。

从一点螺旋出去。

图（宇宙中各种层次的参量）

（图见下页）

先生言：

地球发展的方向可见此图。

六月十八日

先生写关于"人天观"的提纲，略云：

东西方对人天观有不同的认识。

西方宜重视自然科学的成就。

一、爱因斯坦狭义相对论已为实验所证实；

广义相对论正在研究中；

统一场论应如何认识，是否有完成的可能？

又，相对论和量子论的争论问题：

理想实验的设计，统计学的地位，上帝掷不掷骰子，皆应有统一的认识。

天体	p天体$/p$宇宙	尺度	质量（以太阳质量为单位）
球状星团	10^{10}	0.1 千秒差距	$\sim 10^5$
星 系	10^6	30 千秒差距	10^{11}
星 系 团	10^3	1 百万秒差距	10^{13}
超星系团	10	30 百万秒差距	10^{17}
宇 宙	1	5000 百万秒差距	10^{22}

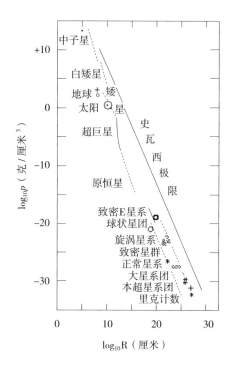

宇宙物质密度谱。横坐标为半径 R 的对数值，纵坐标为给定 R 所对应的球状体的平均物质密度和对数值。图中列举了目前观测到的最密的中子星到由星系计数求得的宇宙平均密度。虚线为按维里定理求得的估值，粗实线为史瓦西里极根。

二、受薛定谔、玻恩影响，分子生物学及量子生物学建立，有大作用。

认识生物的进化历程，地球上似以人为主体，遗传密码中，仅 H、O、N、C、P 五种化学元素。于高等生物体中，微量金属元素的含量，可起主要作用，似可与化学同位素情况共同研究。

反之，处于等离子态的情况下，是否仍有生物？推而广之，不可不对宇宙人留一席余地。

三、普里高津的耗散结构有其独见，而对时间分可逆不可逆是否适当，亦应郑重研究。

四、惠勒的黑洞及宇宙大爆炸理论，是否是唯一的？

五、数学于非欧几何外，更应注意希尔伯脱的非阿几何及维数间的相应关系，以形成种种数学模式。

六、海森堡提出的时—空数量级的两端，是否适当，可否逾此两端（不仅是超光速问题），如果逾此两端后情况又如何？

凡此情况，当根据系统学加以分类，否则很难有共同语言。

对此类与现代化密切有关者，当有所认识，乃能考察东方人天观思想。

东方文明自有其渊源，思想的高峰在东周（-770—-249）。中医理论、气功及特异功能等，皆自东周起有文献记载，人天观亦达到高峰。秦汉后通行董仲舒观点，思想比较凝固，唯在东汉初传入佛教，于人天观略有变动。梁武帝时已有三教合一之说，至唐中叶后，三教合一思想进一步发展，宋明理学的所谓儒，其实已合释道思想。今唯中医理论，仍保持中国的特色。气功及特异功能，有纯属中国的，亦有取诸佛教的，亦有三教结合的，其内容不可不加分辨。对人天观，必须对东西两方面先有认识，然后使之拍合，以数学概念为喻，情况相似于泛函。故研究人天观，首先根据系统学加以分类，每类提出课题，从各方面入手研究，随时交流，逐步扩大课题的范围，最终目的使东西方文化的核心能结合而产生二十一世纪科学革命。

下附本人历来所重视的课题：

一、研究东西方的各种数学模型。

二、探索气功的理论。

七月四日

《人民画报》1988.3 期载《中华第一龙》（有图）：

　　一九八七年六月，河南考古工作者在濮阳西水坡发掘距今六千余年的仰韶文化早期遗址，有一大型墓葬，墓主身旁首次出土用蚌壳堆塑的龙、虎图案各一，轰动考古界。

墓主为一壮年男性，身高 1.84 米，头南足北，龙虎在其两侧（按：龙东虎西），又有三人随葬，可能是人殉。

仰韶文化，为黄河流域最重要的新石器文化，以磨制石器与彩陶为其重要特征。

问：现存最早龙、虎图案为战国，为星象，此发现大大提早。龙西虎东，自然有原始宗教的意义。

先生言：

其实我们对原始文化的猜想全部是对的，所以才会被逐渐证实。但是六千年还不够，一万年内有这种思想不稀奇。

先生言：

虞翻易的大义共六点：

一、卦变；

二、纳甲；

三、之正；

四、取象；

五、消息旁通；

六、爻变权象。

把这六点完全弄懂，汉易就可以懂了。清代朴学从乾隆起开始弄清楚的，也不过这点东西。

问：报载毛泽东一九七六年春节看电影《难忘的战斗》，感动得泪如泉涌。毛越到晚年，越时时想起共和国诞生前那场震撼世界的斗争。

先生言：

一九四九年共和国成立后，有一部开国大典的纪录片，当时人都不太重视，也不组织观看。我倒是特意去看的，看后很感动，有一种气象。

第一件事是土改，悲惨的事情时有发生。但土改是生产力的改革，有副作用还可以谅解。

第二件事是镇压反革命，常常一天几十个。当时仍可譬解，因为是武装斗争，有时不得不然。

第三件事是三反五反，这场运动可以总结为一句话，"灭商"。这就有些不对了，因为商通有无，是必需的。现在大家重视的个体户现象，正是对当时过分之举的反冲。但这件事仍可以有理由，因为当时的确有些不法商人剥削得太多了，又造假货。

完全错误的第四件事，一九五七年的反右。这件事针对知识分子，完全无可譬解。这件事后，心理完全改变，以前还准备帮助国家搞好，此后开始敬而远之。所以我在各种运动中一直没有碰着。

反右之后是文革，那是到了顶峰。反右还给人一句话，文革则不需要任何理由，那是几乎人人都受冲击的。

文革以后，翻转到了现在。

因思：

汤显祖"临川四梦"，黄粱梦看破人的一生，南柯梦进一步看破一切生物的一生，所以佛之觉，为一切生物而觉，《金刚经》所谓卵生胎生湿生化生。

七月十五日

先生拟示论显密的一篇手稿，未找到。

先生言：

你目前和密尚无缘，以后给你看。

先生言：

到了密，境界完全不同了。

先生言：

中国儒、释、道三教，儒会通显教，道会通密。

先生言：

密宗的九层，最后要做到，做到不容易。

先生言：

密宗的最后一层是禅宗的东西。

先生言：

密要会通显，禅要会通密。上去的时候分一分是必要的，最后要会通。

先生言：

和这篇（指密宗）同类的文章，我写过极大量。许多关键在思想上全部打通了，学问才能到今天。

先生言：

先秦的儒家我把它分四段：第一段孔子，已有《孔子与六经》。第二段为孔门诸弟子，即编成《论语》的这些人。此文我最近准备写出，子贡很重要，马王堆帛书有子贡和孔子论《易》。第三段为孟子，有五行学说。第四段为荀子，儒家已由齐鲁至三晋，这我已经考证清楚。荀子还自信为儒家，此后儒分为八，就变化了。

先生言：

研究史的必要条件是"丧我"。

先生明日赴青岛休养并讲课，住湛山寺，时间拟一月，所讲内容有《周易》、禅宗等。受"华夏人体信息科学研究中心"之邀请。

子鼠，丑牛，寅虎，卯兔，辰龙，巳蛇，午马，未羊，申猴，酉鸡，戌狗，亥猪。

墨西哥十二生肖和中国有六个相同，印度十二生肖和中国有十个相同。

八月二十八日

先生二十二日归，为"华夏人体信息中心"学员讲课，讲《参同契》《黄庭经》《悟真篇》等丹书。此研究中心为原国防科委主任张震寰主持，大专班。

先生言：

贾题韬今年八十岁，他一生曾遇到不少异人。解放初去西藏十年，藏传佛教的那些思想全懂，他的《佛教与气功》《论开悟》都好。《论开悟》我二次读，二次都睡起，可见气之和顺。这次讲课，知道贾题韬去，我才愿意去。

抗战时候空袭，贾和一道士在一小店吃饭。群众听到警报纷纷去躲防空洞，道士笑说"何必"，和贾二人在店中吃喝，炸弹就是不扔此处。要预知一小时不容易，生死不挂于心尚是空的理论，就是这一小时此处不会炸，这才是最可贵的"当下"。

先生言：

普里高津分时间为二：可逆，不可逆。我不大赞成，因其时间还是相对于空间而言。（不相对于空间，全部可逆？）

先生言：

所谓限定，只不过是限定个报身，化身就两样，更不用说法身。

现在特异功能者针灸，可在纸上扎针，仍能治病，其实人的气早已出来。

先生言：

国民党时期最后物价失控，背后实际上有个大势，不解放不行。现在的物价形势，背后也有个大势，不开放不行。要认清大势。

先生言：

现在对光还远远没有研究透，光里面吸收保存了多少东西。

先生言：

周天功不彻底。人在临终时，气从口鼻出，可惜了，应从头顶出。不懂周天，不要谈气功。懂了周天，仅仅是基础，还要向上。

（孙先生故世，嘱先生去整理遗物，遗物中有先生在文化革命时手抄的《黄庭经》原本，又有孙先生多种手抄的道书。孙为二十年代圣约翰毕业生，解放前通周天，后因未得师指，没有开顶。他通周天已三十余年，日前逝世，年九十余。）

先生言：

没有顿悟，顿悟全从渐修中来。渐到哪儿，顿到哪儿。渐中得着窍门，就顿了。天台山有拜经台，是顿了，但还是要你去拜，在重复中渐渐加深。

九月十三日

先生言：

《参同契》是两孔穴法。

《黄庭经》是三丹田。

《悟真篇》功法之要在禅机（性命）。自己先弄通了一个命，又与雪窦禅师（云门宗）谈通了一个性。

> 一粒金丹吞入腹，
> 始知我命不由天。

确实如此。

先生言：

陈抟传下两派，一派谈老子哲理，经张无梦传至陈景元，注《老》极好，为张伯端同乡。一派为具体修炼，至四川成都，不知何人，传于张伯端。

十月四日——十六日

赴敦煌参加第四次全国近代文学年会。

敦煌简史：

敦煌，地处河西走廊的西端，地形为盆地。

《尚书·舜典》"窜三苗于三危"，三危即敦煌地区。

先秦，此地游牧民族为"月氏"、"乌孙"。西汉初年（−203——−176）匈奴入侵河西，从此整个河西走廊全为匈奴领地。

汉武帝整顿西域（约二十年）。

–138 年（建中三年），首次派遣张骞出西域。

–119 年（元狩四年），张骞再次出征，率三百人（？），携马千匹，牛羊万头，以及价值千万的丝绸、珍宝，与西域贸易。五年后，–115 年（元鼎二年），自此"凿空""蹟路"（丝绸之路），于是"列四郡，据两关"即武威（匈奴休屠王故地）、张掖、酒泉（匈奴浑邪王故地）、敦煌四郡，阳关（因在玉门关南，故名）、玉门关（因进贡和阗美玉，故称），完备了西汉在河西走廊的军政机关，为后来基础。

此后丝路几通几绝。

永嘉之乱，汉人徙河西，佛教大盛（307 年）。

366 年（前秦建元二年），创建莫高窟。

607 年（隋大业三年），西域二十八国经敦煌入朝。

627 年（唐贞观元年），玄奘经凉州去西域。645 年（贞观十九年），经敦煌归国。

640 年（贞观十四年），设安西都护府。

安史之乱后，吐蕃入侵。783 年（建中四年），河西全归吐蕃。

846 年（会昌六年），张议潮因吐蕃内乱收复河西，任归义军节度使（872 年病逝）。

宋时辽、西夏、元相继控制河西。1036 年西夏攻取河西，敦煌。文书当封存于此时。

1274 年，马可·波罗途经敦煌。

1884 年（光绪十年），设新疆省。

1900 年（光绪二十六年），王道士发现莫高窟十六窟有大量古文书。

1907 年，英国斯坦因探险队取走大量文书。

1908 年，法兰西伯希和取走大量文书，次年在北京公开敦煌文书，影响巨大。

1944 年（民国三十三年），设置敦煌艺术研究所。

莫高窟，现存石窟 492 处。

从北朝至元，历时将近一千六百余年。

十月二十八日

先生赴京约三周。

十一月二十日

先生归。去北京三周，为北京体育学院等讲养生理论。

先生言：

继承过去要包括遗传、教育两方面，这就是 DNA 和 RNA 的关系。儒家讲孝，孝就是继承 DNA。孝要读《孝经》，不要从理学。《孝经》讲的是"善事父母"，理学讲"天下无不是的父母"，两者意思已大差。DNA 不知要经过多少代才会改，但可以就在这一代改，这就是师道，真正是改变气质。儒是世间法，要遗传的，所以造成中国这么多人，这是方内。也有不走此路的，不重视继承 DNA，重视一个人改革，这是方外。这就是印度的释迦牟尼，释迦牟尼所以道行高得不得了，就是已经到达遗传的根本。妙就妙在中国的道，不把这个东西看绝对，就在遗传中讲不遗传。所以道也有结婚的，也有不结婚的，也有结婚后再跳出家的。

释迦牟尼破九十六种外道，原则是什么？原则是不结婚。他是在雪山中苦修后得到的。讲功法男女老少完全不同，讲功理人人都可听，完全一样。现在就是功法、功理分不开，所以没有搞好。对功理，自私是没有的，不能有一点点。印度于释迦后发展到唐代时，没有办法，性宗、相宗已不能合。玄奘去了那烂陀寺以后，大乘佛法全部在中国。印度恢复释迦以前的宗教，即密宗。密宗结婚，尤其上层的密宗都结婚，这和道教有极其相似的地方。曾经有人来讨论《参同契》《悟真篇》的根是不是此，但它们却超出此，你还要它陷于此，那是不可能的。生理和心理分，气功绝对不谈这个，绝对绝对不谈这个。在西藏是红教，红教后来弄得一塌糊涂，所以宗喀巴黄教出来讲戒律。谁知戒律到某一阶段后还是此，所以不是最后的东西。现在外面流行的禅密功不知这里的关键分别，所以是不对的。道教气功最高到《悟真篇》。

先生言：

中国纯粹的气功理论是《参同契》，三教合一后的气功理论是《悟真篇》。到今天讲气功理论，就是要东西方结合。不懂中国先秦的一整套理论，不会懂《参同契》；不懂儒、释、道，不会懂《悟真篇》；不懂东西方结合的关键，不会创造新的气功理论。《参同契》到《悟真篇》九百年，《悟真篇》到今（1988年）又是九百年，是该创立新的理论了。《参同契》上去，那就是东西周之际，距今二千七百年。

先生言：

现在都以为孔子学说的中心是"仁"，大误，孔子学说的中心是"道"。《论语》的纲领："志于道，据于德，依于仁，游于艺"（马王堆"德而道"）。志于道，是终极目的，"十有五而志于学"就是学此。据于德，是根据遗传的东西，如性格、脾气等。依于仁，决计不是自私自利能达到目的。游于艺，对生平一切的处理，活泼泼的。孔子喜听音乐，会弹琴。这是内圣的道。

外王的道："齐一变（土地经济基础）至于鲁，鲁一变（道德礼法）至于道。"这是王天下。

而且"朝闻道，夕死可矣"，心诚如此。

孔子"严事老子"当在三十一岁，周室大乱，王子朝奔楚以前。此后老聃西之秦出韩非，南之楚为老莱子（与孔子同时），以后出庄子。孔子继承老子的是"述而不作，信而好古"，我去叙述他，不是改造他，这就是历史唯物主义，就是道。

知过去就能知未来，此即史鉴。孔子观三代损益，称"百世可知也"，就是看大势。

此日见术者钱重六，住上海虹口横滨桥北面秦关路。知其精子平，用《卜筮正宗》——出京房易，宋以后书——和《易冒》。回来后对先生提及。

先生言：

《卜筮正宗》的关键是一篇《黄金策》，传说为刘伯温著，讲五行生克。过去杨先生讲过，但我不愿学，因为这一路搞下去都在自私里。还是孔子对，看大势，"百世可知也"，所以今天还有作用。

先生拟编一本《易学基础》之类的书。

先生言：

焦循用三十七年精力编成三本书，一、《易图略》，讲卦象；二、《易章句》，讲二篇；三、《易通释》，讲十翼。曹元弼一生亦成三书，一、《周易学》，即我们今天要编之书；二、《周易集解补释》，总结前人；三、《周易郑氏注笺释》，讲自己心得。

先生言：

河图十数的"十"，我解释得极好，即两个五，即"爻"字。

十二月五日

先生言：

春秋序幕时，为河图、洛书形成的下限（–770——–723）。《周易·系辞上》："河出图，洛出书，圣人则之。"此语说得极模糊，既未明说"图"、"书"的内容，更不知则之的圣人是谁。分名"图"与"书"，似当有所区别，然而区别在何处，尤难捉摸。读《尚书·顾命》，则有"天球、河图在东序"的记载。近年来已发掘出先周的宫室，于东序中未得"天球"、"河图"，只得到一大批先周甲骨，与《周易》有密切关系的是数字卦。故"天球"、"河图"虽可视为星象图与河流图，亦非常可能各系有数字。汉孔安国"伏牺氏则河图而画八卦"，当指由数字卦变成阴阳符号卦的情况。当然"天球"、"河图"连言，图亦可指天象中银河系的天河。至于"洛书"之名，今存其他先秦古籍中未见，唯《尚书·洪范》分九畴，是天赐大禹治水时所用，因此有"龙马负图，洛龟出书"的神话。《大戴礼记》记有明堂位之数，此方为具体的九畴数。总的来说，从早期文献记载中，似乎无法得到有关"河图"、"洛书"较确切的内容。事实上若以数字论，中国的确有六七千年的历史。十进制为计数的基本方法，出于手指足趾皆为十，而中国的特色在能辨其对称，分成二进制与五进制。

先生言：

丹道唯一，炼而得之，外丹即内丹，内丹即外丹，斯为炼丹之本义。所谓"诚合外内之道"，成己以成物之理，"大还丹"盖取其象。

或谓此已属"南北宗"之金丹理论，唐以前不然，此说似是。葛洪之炼丹确以炼外丹为主，得外丹而服之，方能"得道"而"白日飞升"。北魏寇谦之重视外丹，于死后有不断出气的记载，虽然可能出于夸张，亦不可否认其不炼内丹。更上推至东汉《周易参同契》，其指外丹还是指内丹，见界仍未统一。唯其确指炼丹言，已无可怀疑。至于作品的时代，因虞翻注《周易》曾取其说，且虞注《周易》上于朝，孔融有书赞之，故可肯定《周易参同契》为东汉作品。今直接从其书以究其炼丹法，可见其早已内外合一。故分内外丹为二，乃后代发展炼丹法而成。尤其是炼外丹，于汉后有新发现，方能逐步独立。

十二月十五日

先生言：（释卦辞）

《周易》的纲领在乾九十度（四分法），坤四十五度（八分法），河图三十六度（十分法），洛书三十度（十二分法）。

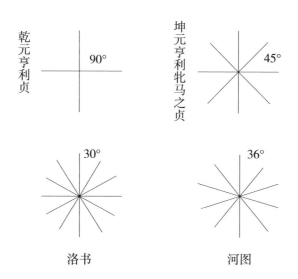

十二月二十五日

先生言：

天文时期　　　天皇氏

地质时期　　　地皇氏

生物时期　　　人皇氏

人类时期——旧石器时期——伏羲（渔猎社会）二万年前，始作八卦

　　　　　　　　　　　祠在甘肃天水市西关　渭水流域的天水

　　　　新石器时期——神农（农业社会）一万年前

　　　　　　　　　　葬于长沙　祠在陕西宝鸡市渭河南岸峪家村

成立农业社会的上层建筑 ｛黄帝（母系社会）

　　　　　　　　　　　尧｝

　　　　　　　　　　　舜｝（父系社会）四千年前　　　　　载

　　　　　　　　　夏　　　　　　－2100年　　　　　岁

　　　　三代　　商（帝用天干名）－1600年　　　　　祀

　　　　　　　　周　　　　　　　－1100年　　　　　年

一九八九年

一月三日

先生拟写《易学史纲要》，十五万字，为一百多万字三卷本《易学史》的简编。

《绪论》介绍易学三原则：

一、阴阳（包括五行）。

阴阳五行相合于六十甲子（包括十的周期、十二周期）和数字卦。阴阳化

入五行中的生克，则阴阳深入了一步。

二、天地人（三才之道）。

天地为物理学，人为生物学。从古到今，三才的内容不知深入了多少，但是系统未变。

三、顺逆。

顺为过去，即史；逆为未来，是预知。筮的大道理在此。

先生言：

此三原则比变易，不易，简易三原则又深了一层。

先生言：

《二十四史》中《天文志》最好的有二部，一是《史记·天官书》，一是《晋书·天文志》，后者是唐李淳风著。

一月七日

吕洞宾《沁园春》：

> 七返还丹，
>
> 在人先须炼己待时。
>
> 正一阳初动，
>
> 中宵漏永，
>
> 温温铅鼎，
>
> 光透帘帏。
>
> 造化争驰，
>
> 龙虎交媾，
>
> 进火须防牛斗危。
>
> 曲江上见，
>
> 月华莹洁，

有个乌飞。

当时自饮刀圭，

又谁信无中养就儿。

辨水源清浊，

木金间隔，

不因师指，

此事争知。

道要玄微，

天机深远，

下手速修犹太迟。

蓬莱路，

仗三千行满，

独步云归。

先生言：

"七返还丹，在人先须炼己待时。"七返是六、七、八、九，语出《参同契》。气功要返祖，当然不是返中间某一段，而是要到达"古始"。七为乾经七次变化到达乾的根，复。▤ →1 ▤→2 ▤→3 ▤→4 ▤→5 ▤→6 ▤→7 ▤。就是自己知道自己的身体（乾）是如何来（复），知道无穷世的业，知道DNA的结构。"在人"，是任何人，炼己要知道生物，又要知道自己所身处的时代。"正一阳初动"，复卦。"温温铅鼎"，身体上感觉到此现象。"光透簾帏"，热化光，眼睛要垂帘。"造化争驰，龙虎交媾，进火须防牛斗危。"光透不是炼出来的，是本来有的，并不奇怪，是从不自觉到自觉。此尚属坐驰，下一步要放功夫了。"进火"危险，"牛斗"逆，江上见经络等曲折。要慢慢来，不能精进过甚，百脉鼎沸。"月华莹洁，有个乌飞"，出现阴阳两股气。"当时自饮刀圭，又谁信无中养就儿。"刀圭在有无之间，分辨极微。"辨水源清浊，木金间隔，不因师指，此事争知。"水源，性地。木金，因东西旋转，进南北立轴。师指什么当思之，指出你自己的遗传。"道要玄微，天机深远，下手速修犹太迟。"玄之又玄，众妙之门。下手速修犹太迟，是，故越早醒悟越好。"蓬莱路，仗三千行满，独步云归。"练三千次当九年，利人即利己，自己练功也是帮助别人，因为有影响。独步云归，庄子称"九年而大妙"。

先生言：

《洞神部》都是气功、符咒之类实质性的东西。只可惜历代编辑《道藏》，《洞神部》的书目一点点少下去，现在要收集。

先生言：

术数大类分四，一、命理，是内五行，得出生时的信息。二、相，是外五行，得现在的信息。三、此外是卜筮，得一个触机，越不相关越好，要用一个数判断下去。实际上天气预报、检验产品合格率等，都是用此。四、阳宅，阴宅。风水好，DNA死后还可继续修。但是术数为个人，总是小道。邵康节死前，张载为邵算命，邵说某知天命，何用算？张载退。这才是境界。现在气功走的是偏路，都讲身体如何如何才好，为胎生求气功，完全错了。

一月十日

先生言：（论唯识）

《唯识三十颂》，短短六百字，搞通要好一会。

五蕴皆空：五蕴包括

色：客观。

受：物与物互相受不管，与生物受就是主观。

想：对此要加以思考。

行：付诸行动。

识：有了思想和行动，你才有知识。色是物，受、想、行可以说是心。识不是色也不是受，故不是唯物，也不是唯心，而是唯识。现在世界学术的形势，是沟通唯心唯物。

识分八识

眼耳鼻舌身　前五识　受　　反映也不同。末那是最坏的东西。

意　　　　　第六识　想　　接触的环境一样，意根不同。

末那识　　　第七识　意根　是我执，是一个人的身体结构。

阿赖耶识　　第八识　藏识　古往今来一切的一切都藏在里面，由前七识转来，新名词叫小我变大我。一生没有遇到过的事情也会出来，这里有不可知的东西，由前七识到八识，所以要修持。

八识转四智

前五识　转　成所作智

六识　　转　妙观察智

七识　　转　平等性智

八识　　转　大圆镜智（全部反映）

束四智成三身

前六识　报身

第七识　化身　化身要思考自己是怎么来的。

第八识　法身

识要破掉，四智、三身是没有的。在天成象，在地成形，形象分离，总是第二楼头。

先生言：

熊十力读《唯识三十颂》，读通了，却写了一本《新唯识论》，于是有《破新唯识论》，又有《破破新唯识论》。熊对欧阳竟无的学问还是敬仰的，争论后熊曾在四川想拜见欧阳，吕澂不让见，结果熊只能在窗外跪下磕一个头，就此师生一场。最后连《新唯识论》也不要，能不信唯识，已全部解决，因为整体已合。

晚年熊和刘静窗在上海讨论学问，刘用《华严》破唯识。但《华严》最好的还是禅机，熊又得，故还是熊对。

熊破唯识后，作《原儒》，儒归结于《易》，作《乾坤衍》。他在文化大革命中，有伯夷叔齐绝食而死的样子。最后还是念《往生咒》，因为他相信另外有不同的世界。

问：《楞严》为何耳根圆通，六识中为何耳识特别？

先生言：

这是中国的思想，耳通肾，跟遗传有关。

先生言：

人的脑筋中仅知道三个无限，一、线，可包括无穷的点；二、面，可包括无穷的线；三、体，可包括无穷的面。第四个无限是什么，可包括无穷体的东西是什么，人脑中还没有这个东西，全世界都在寻找。中国人的思想就是在考虑此，易学象数就是描写这个东西。☶为象，六为数等，这是抽象。象数与现代数学联系，象为几何，数为代数，有趣的是可以用数描写象。《易》五维成圆，六维成方。

先生言：

易学象数于维数当无穷维，以汇通相互对偶（方）与自对偶（圆）的关系。

一月十七日

先生言：（论六经）

经学好就好在有整体，包括气功等都在内。

孔子的时代没有经学，经学完成是在西汉末东汉初。

最初是许叔重，他写成一部《说文解字》，把古文经学的文字训诂讲清楚了。成功一套学问，需要积累几百个术语，经学的术语就是《说文解字》。所以理解文字（以成篇）是基础，但是还不够。对于《易》来说，文字再通，还是不够的（中国讲积字成句，积句成段，积段成篇），其他经尚可以。

先生言：

礼是舞蹈，进退动作，是行动。

乐是音乐。《华严经》念四十二字母，是音乐的道理。故程颐入庙，言三代礼乐都在此了。

文字显出礼乐的作用，好比标题音乐，如此已不是传统的说法。现在外国来宾，检阅仪仗队，礼；奏国歌，乐。还是礼乐。

经学的实质永远存在，孔子的实质是废不了的。

墨子主张废乐，乐不能和神，故只能"明鬼"了。

先生言：

《诗》描写人的感情，就是这样写才好，才是诗。《诗》配乐。

《书》配礼。用文字记录的史书，作为人的借鉴，用来指导行动。

《春秋》，东周文化大发展，孔子生前以此当近代史的教材。认为孔子改变《春秋》史实，大误。史实无法改变，但可以对史实加以评论。懂了后看此书，非常好看。

解释《春秋》分三部书，《公羊》《穀梁》《左传》。《公羊》《穀梁》相近，《左传》大不相同。这里的区别，经学争执了二千年，就是争此一点点。两汉末就有今古文之争，到康有为、章太炎还是如此，经学争执在根本无谓的一点上，如何可以不崩溃。

先生言：

今文由秦始皇时博士传下来。古文壁间出，有蝌蚪文。事实上今文传授也有真假，古文也有真假，不在此。

今古文开始是《尚书》。今文，伏生传；古文，孔安国传。以后其他各经也有这种情况。《公羊》《穀梁》董仲舒，《左传》王莽时代出。

经学为汉武帝时出现的整体概念。许慎知古文的文字，郑康成知象数，知古文又知今文，汇通了今古文，故可总结东汉经学。

先生言：

《汉书·艺文志》："《乐》以和神，仁之表也"；如果不知神，那就只能明鬼。"《诗》以正言，义之用也"；诗是用，就是不能讲清楚，就是如此才对。"《礼》以明体，明者著见，故无训也"；讲仁不是空的，有一个礼在，礼、体相通。"《书》以广听，智之术也"；历史事实知道得多，就比较有智慧。"《春秋》以断事，信之符也"；《春秋》信是中心，重要的是关注现代的《春秋》。"五者相须而备，而《易》为之原。故《易》不可见，则乾坤或几乎息矣"；一元论即二元论，二元论即一元论。《易》极深，有乾坤的二，就有《易》的一，有《易》的一，就有乾坤的二。两者存则并存，亡则并亡。一没有，二也没有了，二没有，一也没有了。"言与天地相终始也"。《易》的一与天地同归于尽，一是人，二是天地。《易》道法自然，故《易》与老庄通。

先生言：

总起来看六经，五经是五行，《易》是阴阳。阴阳化入五行为生克，极深，故经学是完备的。五行《礼》《乐》七八不变，《诗》《书》六九变，有变有不变。《易》与《春秋》，《史记·司马相如传赞》："《易》本隐之以显，《春秋》推见至隐。"《易》能使不可见的东西显出来，《春秋》世事繁复，其根为隐。有隐有显，有变有不变，有理有事。

时时有《易》，时时有《春秋》，变动不居。五经的重点是《春秋》，与《易》发生关系，《易》理而《春秋》事。礼乐就是气功，经学是文史哲加实践。哲学家不懂实践，故误。

先生言：

郑康成《易经》看上去难读，懂了不难读，实际全部是联想。读《易经》，就是读联想中思想发展的状况。

读《易》之三名，要有化繁复为简单的能力。

先生言：

《列子》有蕉下客的故事，梦也可化真，真也可化梦。

四月十日

完成《钱钟书著作论》，去年十二月至今，约十万字。

Quench not the spirit. 切莫熄灭精神。
New Testaments. I. Thessalonians. Ch.5.19. 《新约·贴撒罗尼迦前书》

四月二十日

年初至今，先生拟写作《易学史大纲》。目录如下（略）：

先生言：（易学史分期）

一、自然科学之易——古至今，大小星系，生命起源，生物进化成人（根据二十世纪八十年代之自然科学水平，以理解二万年前属于今日中国国土上的具体情况）。

二、上古易——伏羲（-18000—-17000）至文王（-1200—-1100）（根据出土文物，由原始宗教的发展说明伏羲、神农、黄帝、尧舜及三代的易学象数）。

三、中古易——文王（-1200—-1100）至孔子（-551—-479）（已完备卜筮之理，由数字卦发展成阴阳符号卦而编辑成卦爻辞）。

四、下古易——孔子（-551—-479）至扬雄（-53—18）（由易学象数及卦爻辞编辑成十二篇《易经》）。

以上第一卷（自距今约二万年前—25止）

五、东汉易——班固（32—92）至虞翻（170—239）（十二篇《易经》由郑学之徒定为二篇、十翼）。

六、魏晋南北朝易——王弼（226—249）至陆德明（556—627）（易学之理本儒道之合，此时又及于佛）。

七、隋唐五代易——孔颖达（574—648）至陆希声（827—897）（易理兼及儒释道，更将统一之）。

以上第二卷（自25—960止）

八、宋明易——陈抟（889？—989）至王船山（1619—1692）（陈抟为三教合一之易，理学分裂成宋明，王之易已及汉）。

九、清易——毛奇龄（1623—1716）至曹元弼（1866—1953）、唐文治（1865—1954）（清易分裂易学为汉宋，迄清末尚未解决）。

十、近代易——科学易（汉易）——薛学潜（1894—1969）（拟作另书）。

以上第三卷（自960—1911止）

先生言：

由《战国策》之记载，可见赵武灵王所理解之古史，已为伏羲、神农、黄帝、尧舜而及三代，此与孔子所认识之尧舜，约经二百年发展而形成。稷下派之黄帝，所以通东西，更由神农而伏羲，于地势当南北。

先生言：

《易》的核心内容，在于随时间地位变化而变化。《易学史》上古至西汉的第一卷约五十余万字，二、三两卷则据《读易提要》以时贯穿即成，共计百万余字。

七月一日

先生交代关于易学的整套思想结构，并嘱我代他整理《周易表解》，此书是先生比较简易通俗的著作之一。先生所示的结构图如下，每一部分都有专著：

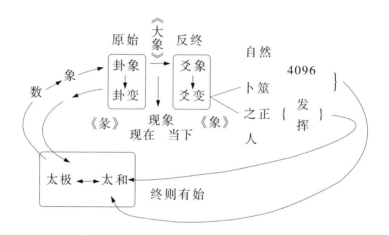

象数为本，义理为次。

《周易终始》已成。

《周易发蒙》应比，二、四、上，已成。

《周易撝谦》同功异位，一、三、五。文化大革命中被取走，还在脑子里。

《易学史》数字卦，通河图洛书——卦爻象 → 卦爻辞，写作中。

《过半刃言》，卦辞；《繇爻》，爻辞。

《周易表解》，一百张表。六十四卦，《系》上十，《系》下十二，《文言》

四,《说卦》六,《序卦》二,《杂卦》二。

八月二日

先生言：

六十四卦有三种形成方式：

2^6　　即六爻

4^3　　即三才

8^2　　即八卦

遗传密码用 4^3 种，四个碱基为乾、坤、既济、未济。

二十种氨基酸，用去六十一种密码，剩下三个是关键，于卦象为师、坎、升，为标点符号，指导如何取氨基酸。

先生言：

六十四卦表示三百八十四爻，有二种方式。一为蔡墨至邵康节一爻变，二为消息。

先生言：

多维空间为数学概念。这一数学概念产生大作用，起于二十世纪物理学有以取之。进入二十世纪，普朗克（Planck，1858—1947）于 1900 年发现电磁辐射的经验定律，为求"绝对熵"提出能量量子化加以解释，此为量子论的开始。继之第一个重视量子论而加以发展的人为爱因斯坦（Einstein，1879—1955），他于 1905 年提出光量子假说，并用以解释光电效应，同年又提出狭义相对论。量子论与相对论，为二十世纪物理学二大基础，而对数学应用各有所主，对多维空间认识亦各有不同。

八月六日

先生言：

佛教进来有三条路线。一条从丝绸之路来，是教下，时代是汉末魏晋。

一条从海路来，是宗门。达磨从海路来，故禅宗南方好。时代是南北朝。

一条直接从喜马拉雅山来，莲花生大师，是密宗，时代在唐。这三次传入，越到后来越精彩。

先生言：

中国的地形，东西方向是水流的顺逆，南北方向是气流的寒暑，故中国一直是黄河影响长江，合成以后是西北与东南。凡顺易而逆难，伟大人物可以逆走，老子的伟大在西出函谷。后天图西北是天门，天极为乾，东南巽为地户，此二方向永远冲突，但哪个最后取胜是没有的。西南是最后一次造地运动，形成喜马拉雅山，东北是白令海峡，故西南为坤土。白令海峡今已不可通，故艮成终成始。元是西北，满清是东北，古今一模一样。又艮阳土坤阴土，此二土合成于中，即《参同契》所云"饮刀圭"。此即后天图的四个角，后天图四正，震兑为东西为动，坎离为南北为静。而取坎填离，后天返先天有三法，杨先生之法为移风易俗，想出来后梦见伏羲。薛先生之法为第三八卦，写成《第三八卦》，要义在同位素。

先生言：

我另外有一法，全本《说卦》原文之自然。君藏图，即马王堆纳甲之次。

先生言：

等离子态中也有生物，即仙。

先生言：

天地人分阴阳的符号，就是八卦。

先生言：

贯通天地人，一直可以贯通下去。

先生言：

乾坤时间，既济未济空间。

先生言：

老子知雄守雌，知白守黑极好，永远从未济开始。

《易经》十二篇，"伏羲"仅于《系辞》一见，实际是倒装上去的。但是装上去后极深，《易经》的面貌全部变了。"盖取诸离"是畜牧时代的生产力，天人就是阴阳。

先生言：

《卜筮正宗》出于京房易。

根据出生的年月日时用五行生克，是八字。八字是命，流年是运。根据现在的年月日时，用五行生克，是卜筮，故卜筮比八字准。生出来的命，把学问摆下去要改，故今天的命与昨天的命不同。如果今天和昨天相同，那是普普通通的命，用不着算。天干地支，五行生克，在多维空间里完成变化，所以准。神秘也在此，但其实不应该神秘化。

判断不在方法上。对了，方法不准也准了。不对，方法准了也不准。

八月十二日

先生言：

《周易发蒙》主要是六龙图。

56	14	23	
34	25	16	杨践形（综）
潘四隅（比）12	36	45	

焦循（应）

比　　应　　比

杨先生为综比图。先生概括为六龙图。主要为两象易。

又有既成万物图（综为比的一种）。

$4^3 = 64$ 卦，准备用于分子生物学。

"六爻发挥，旁通情也"。旁通只讲了九种，还有六种。

同位异功，刚好共六种，人情全部讲完。此书为《周易撝谦》。

八月二十三日

先生言：

数的平方

$1 \times 1 = 1$

2　阴阳

3 4 5　勾股弦

$6 \times 6 = 36$　综合成为 36 卦

$7 \times 7 =$　蓍

$8 \times 8 =$　卦

$9 \times 9 =$　乘法数

$10 \times 10 = 100$ 总数

数的立方

$1 \times 1 \times 1 = 1$

$2^3 =$　八卦

$3^3 = 27$

$4^3 =$　六十四卦　此用于双螺旋结构

$5^3 = 125$（《内经》阴阳二十五人，再分金木水火土）

《神形篇》有五数，易一，凝二，合三，循四，定五。

$6^3 = 216$

$7^3 = 343$

$8^3 = 512$　立体八卦另有道理，但是详细没有去弄。

$9^3 = 729$　是洛书。

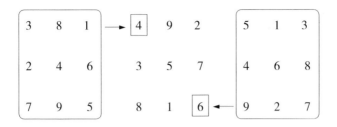

此一张图可化九张，以禹步方式。

$10^3 = 1000$　　天台宗将一个概念一化三，三化三千为一念三千。

先生言：

天台宗根本经典是《法华经》，《法华经》主要讲感应。《普门品》的感应厉害，我三十岁以后才喜欢这部经。天台宗完成佛教中国化。

一、讲三车：羊车，鹿车，牛车。三界火宅。

火宅是人的身体。人必然有生老病死，火已经烧起来了，所以要快点走出去，无论乘一辆什么车。

二、化城。即《西游记》讲的真假如来，就是要把感应摆正。《易经》最怕化城，我到现在还在当心。

三、相应，所以称为普门。随便你怎么来，都有东西和你相应。一念三千，完成中国佛教。

四、止观加入，从《参同》《黄庭》出。佛教《法华》主要是感应，止观并不重要。今天台山有拜经台，拜到后来会通了。

一化三，三化三百，三百化三千。法数一来，一个思想化成三千种思想。

三为立体，到立体再上去，就灵了。

先生言：

4^3，4为乾、坤、既济、未济。

乾	分	一阳卦	6	一爻得位	6	未济
坤	分	一阴卦	6	一爻失位	6	既济

二阳卦	9	二爻失位	9	36
二阴卦	9	二爻得位	9	<u>24</u>

60＋4＝64

先生言：

六十四卦成三百八十四爻，有二种方法。

一、一爻变，始乾坤，终既济未济。

二、消息，始乾坤，终姤复。邵康节讲"乾坤大父母，复姤小父母"，就是知道从父母到自己的变化。一代人之间的变化知道，人类的秘密全部知道。乾坤姤复之间，所有六十四卦全在。儒家孝，只有二代是不够的。当然从父母来，其他还从什么地方来。

先生言：

本卦错卦的飞伏。阴阳本身没有好坏，生克也是如此。当生则生，当克则克为善。

八月二十八日

先生言：

我讲气功，讲七次。

一、老庄孔孟　　　　先秦

二、内经　　　　　　西汉

三、参同契　　　　　东汉

四、黄庭经　　　　　魏晋

五、天隐子、五厨经　隋唐

六、悟真篇　　　　　宋

七、性命圭旨　　　　明

明于西方当文艺复兴，此后中国没有再进步。今深入研究发扬之，要开出二十一世纪新局面。

《性命圭旨》有两篇序，一篇帮佛教讲话，一篇帮道教讲话，用义均深。

法界化入色身为《华严经》，色身透出法界为《楞严经》，于色身即身成就为密宗。法界物理，色身生物。"三圣图"好，明代即此思想。

先生言：

外丹化学，内丹生化。

先生言：

五行生克，每一样东西都有生克关系，圆满于无体之体。

九月二日

先生言：

《悟真篇》序（1075）创三教合一的道教，为南宗的纲领，与儒、释并列的道教已不同，能因时而改革传统的道教。

先生言：

张伯端（987—1082）随陆诜入蜀（1070 卒，年 59），位犹幕宾。张于熙宁己酉（1069）悟道，他专心致志以明"金丹"的原理，实已知外丹不可持。

先生言：

石杏林（1022 生，1106 八十五岁遇薛道源）《还源篇》八十一章有曰："塞断黄泉路，冲开紫府门。如何海赡子，化鹤出泥丸。"又曰："吕承钟口诀，葛受郑心传。总没闲言语，都来只汞铅。"此钟、吕、海蟾之传，伯端实未明言，是否由二祖石泰时开始，尚未可信。

先生言：

今据《高道传》，视刘海蟾为陈抟弟子而非燕相，方可理解南宗金丹所自出。其下传五祖尚可信，石泰、陈泥丸之书确非自著，然不碍其传道。道源《还丹复命篇》已私淑《悟真篇》而作，故北宋时对《悟真篇》尚可直接反身以理解其义，随意发挥，不妨自作诗篇。南宋后距伯端已远，始重视原著，故叶、袁注出为南宗之一变，已失《悟真篇》宗旨。争论注解之是非，势必产生原著文句及次序的异同，此皆研究南宗之歧途。道源是否注《悟真篇》，既有自著不必重其注。翁葆光斥禅而归《参同契》，其见仍未及伯端。当白玉蟾受泥丸之道而扩大之，南宗始盛，犹朱熹总结理学。以道教言，时有钟、吕西山派，实即许旌阳派，起自民间的南宗与钟、吕派，于南宋后既日盛，自然须与本有的各种道派相结合。

先生言：

明代的内修法，早已兼及佛教的禅宗。且道教贵性命双修，则于镜台之象既可视作如六祖慧能之非台（性宫），亦可如神秀之勤加拂拭（命宫）。深味其象，庶可理解性命的实质。

九月十日

先生去北京参加道教协会主办的陈撄宁纪念会，有《论仙与道》一文。道之究极为仙，可通三教。

九月十七日

先生致浙江上虞俞曙信，略云：

外物之成毁，生物之生死，不可不究今日之认识论。打破大圆镜智而得第九白净识，然于法身外，应如何理解报身和应身，所谓"八识"、"四智"、"三身"之变，其"虚幻乎"，"真实乎"？故似经体验，仍须进一步打破概念，否则何能"了脱生死"。理论研究仅能画饼充饥，此即"穷理"而未能"尽性"。如能"穷理"、"尽性"，自然可各人"至于"各人之"命"。由一己之命而达人类之命，生物之命，是谓"天命"（此仍属概念）。故仅知"炼己"而不知"炼法"，何能有成。凡炼功者之志，宜深思之，而对客观现实，犹不可丝毫忽视。于此函复，未知能有所得否？

十一月十五日——十七日

先生讲授《参同契》的鼎器和连环，为气功理论进修班讲授。鼎器炼五脏六腑之气，连环可解是《参同契》的"诀"。讲四次的内容：

一、"考文"——考核《参同契》的文献。二、"论道"——论述《参同契》的道大。三、"验身"——体验《参同契》的鼎器。四、"连环"——如循《参同契》的连环。

十二月二日——三日

日来东欧局势大变，波兰、匈牙利、东德、捷克、保加利亚纷纷变化，为战后四十年的最大变局。东、西德之间柏林墙之拆除，亦为重要事件。

先生言：

《易》为八、九。八为八卦，九为九宫，抽去中心为八，放入中心为九。九之中心一格为太极图，太极图是八卦之根，否则八卦散乱。

一九九〇年

一月四日

先生言：（时空结构）

多维空间是 1844 年 Grassmann 提出的，相关拓扑学的重要思想，如摩比带、克莱因瓶等。

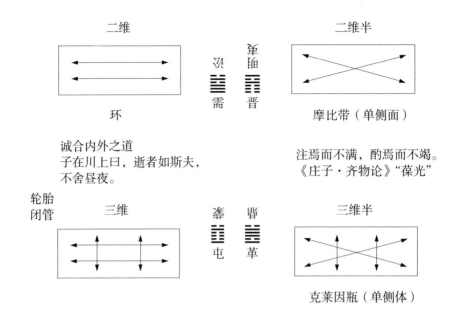

二维

环

诚合内外之道
子在川上曰, 逝者如斯夫,
不舍昼夜。

需 晋

轮胎
闭管

三维

屯 革

二维半

摩比带（单侧面）

注焉而不满, 酌焉而不竭。
《庄子·齐物论》"葆光"

三维半

克莱因瓶（单侧体）

《易》有二十根摩比带

八个克莱因瓶

六合内外（三维）

佛道　方外之人

儒　　方内之人

人仅处二维

仅宇航员、潜水员能进入三维

四维

先生言:

《易》有六十个四维空间, 于六维只取四维是《杂卦》。

由大过死至乾生, 总有东西生出来。 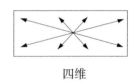 , 。

　　　　　　　　　　　　　　　　　　死　生

夬, 决也, 刚决柔也。

《易》取六维, 实际上是无穷维。

也就是禅机, 现在, 当下。

一月十三日

先生言：

易学的象数，其来甚古。今以东周论，对象数的认识已极深刻。至于象数之所指，一般人往往忽视规矩的作用，致使有数无象，此未合先秦的史实。至于我国的几何学，于平面以矩为方，以规为圆。天圆地方，有其阴阳相对的含义。《吕氏春秋·序意》："尝得学黄帝之所以诲颛顼矣：'爰有大圜在上，大矩在下，汝能法之，为民父母。'"于立体，以方为六合、为絜矩之道，以圆为圜、为丸。六合之名，先秦古籍中屡见，《大学》更明言上、下、前、后、左、右的絜矩之道。圜道有种种周期，《吕氏春秋》重视之。丸且为武器，故"市南宜僚弄丸而两家之难解"（《庄子·徐无鬼》）。及宋邵雍，则以丸为太极（《击壤集》），乃以三维空间视之。世传之太极图，确有妙义，然仅以二维平面视之。更观阴阳符号卦的卦象，《系辞》论其来源："易有太极，是生两仪，两仪生四象，四象生八卦。"此一分为二的二分法，正合几何学维数的增加。凡太极为零维点，两仪为一维线，四象为二维面，八卦为三维体。故八卦之象，恰当六合的八顶点，六合指六个平面相合以围成的三维空间。以六个平面的中心点由三维相交而三线交于一点，此点为太极，理犹《大学》絜矩之道。

先生言：

六十四卦皆消息，气于终始见焉。故乾坤消息，气积于剥、复、夬、姤，既济、未济消息，气积于家人、睽、蹇、解，此八卦可谓消息之几。其间以首乾正位为是，故吉先见而是之（复初元吉，睽初遇元夫小事吉），凶始生而非之（姤女壮，蹇难也，不利东北）。此虽难知，而研《易》者不可不知者也。迨由初及上则易知而人莫不知，若剥卦是也。

二月五日

先生言：

讲课要有集中的东西，一次讲一个，下次不再重复，至少今年不再重复。

《易》合礼乐，孔子以礼乐治天下。观音耳根圆通，看见声音；师旷废目，用全身无数细胞。孔子是大音乐家，在齐闻韶，三月不知肉味，不知为乐之至于斯也。此为全身心地听，舌头上的细胞也参与了听觉。我自己对礼有保留，主张破礼，但对乐则执之不可破。墨子《非乐》误，乐对人的精神世界起作用。

先生言：

今天是春节后第一次，可以谈谈乐。我自己在二十至三十岁之间最喜欢音乐，每年春节总去听戏。戏可分昆曲、京剧，皆极精妙，有中国特色，已结合音乐和对白。昆曲（明）是嘉靖时昆山人魏良辅所成。京剧（清）称皮黄：一、西皮；二、二黄，黄陂、黄冈（地名）。乾隆时四大徽班进京。相比下来，西洋歌剧无对白，话剧音乐性不强。但是后来就不要听了，因为渐渐失去原来的东西。京剧称乱弹，不定调，根据当天的情绪、身体状况定调。昆曲尚有俞振飞略知一二，京剧（有余叔岩、谭富英、梅兰芳等）已无人，原来那种味道，那种精益求精，百听不厌，日日变化的东西没有了，故已不要听。当明音乐的理论，孟子云"今之乐，犹古之乐也"（《梁惠王下》）。中国的音乐分三教，儒（祭祀，悲伤的音乐，不是治天下的音乐）、释（梵乐）、道（步虚），可以相合。东西方音乐也可以相合，严肃音乐和通俗音乐也可以相合。

中国的大音乐家，西汉京房有五十三律（十九世纪重新发现），扬雄有八十一首，法《易》，就是由八十一首变成六十四卦，即音乐的变化。

西方音乐
五线谱

C D E F G A B

中央

C

上　　黄钟

中国相当的是工尺谱

合四乙　　上尺工

　　　　仩（高八度）

长调　C——C　　舒展　　与中国的　黄钟　富贵

短调　A——A　　局促　　　　　南吕　悲伤　　极相似

物理学定中央 C1 为每秒钟空气振动数 512 次，实际取《易经》2^{11} 的变化。每秒钟 16 次以下、两万次以上听不见，为弦外。音乐高明就高明在表示此弦外之音，弦外仍要由弦内来表达，听就要听此弦外之音。大音希声，休止符最要紧。

国际音乐定 1 有两个标准。

第一国际标准（通用）。

第二国际标准（德国），振动数稍高于第一。

音乐治天下，振动数定得高，强悍。振动数定得低，衰弱。

中国重视的是比数：

低黄钟 40.5——黄钟 81——高黄钟 162。

谐音有二，一、1——i　　　八度音

　　　　　　二、1——5　　　五度音

其间规律是"三分损益，隔八相生"。

$81 \times \dfrac{2}{3}$（损）=54

　　　1－5　　反二黄

$54 \times \dfrac{4}{3}$（益）$=72$

      $5-2$ 二黄

$72 \times \dfrac{2}{3}$（损）$=48$

      $2-6$ 反西皮 悲伤，刘哭关、张。

$48 \times \dfrac{4}{3}=64$

      $6-3$ 西皮

$81-64$ 京剧理论完备也在此。

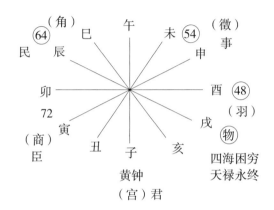

间隔一样，平均律，明朱载堉已成，后传入西洋（？）。

$7+5=12$。中国不用平均律，朱载堉并不对。

近代王光祈较佳，通中西。

中国是丝不如竹，竹不如肉，因音乐重视人声，《世说》所谓"渐近自然"。

易数即参天（三才）两地（阴阳），世界最高学问。

天地：一、宇宙演化

      二、物质结构   ——二十世纪

人： 三、生命起源

      四、生物进化   ——二十一世纪

人的感情   律历（时间）

人的标准   度量衡（空间）

下次讲历。

二月十五日

先生言：

《华严》十信、十住、十行、十回向、十地（至第八地尚可退）——等觉、妙觉，禅宗直接到达此。唐末五代禅宗发展。

陈抟《观空篇》：（曾糙集《道枢》卷一）

希夷先生曰：欲究空之无空，莫若神之与慧，斯太空之蹊也。于是有五空焉。其一曰顽空，何也？虚而不化，滞而不通，阴沉胚浑，清气埋藏而不发，阳虚质朴而不止，其为至愚者也。其二曰性空，何也？虚而不受，静而能清，惟任乎离中之虚，而不知坎中之满。局其众妙，守于孤阴，终为杳冥之鬼，是为断见者也。其三曰法空，何也？动而不挠，静而能生，块然勿用于潜龙，乾位初通于玄谷，在乎无色无形之中，无事也，无为也，合于天道焉，是为得道之初者也。其四曰真空，何也？知色不色，知空不空，于是真空一变而为真道，真道一变而为真神，真神一变而物无不备矣。是为神仙者也。其五曰不空，何也？天者高且清矣，而有日月星辰焉；地者静且宁也，而有山川草木焉；人者虚且无也，而为仙焉。三者出虚而后成者也。一神变而千神形矣，一气化而九气和矣，故动者静为基，有者无为本，斯亢龙回首之高真者也。

先生言：

陈抟以先天图、《观空篇》抓住佛教的总纲。先天图的完成，受到禅宗影响。不知道当时的客观条件，讲不到那么深。先天图出来以后，禅宗的发展就衰落了。

禅宗《黄檗传心法要》最后辨空有；临济，棒喝为阴阳；四宾主、四照用为四象八卦。夺人不夺境，夺境不夺人，人境俱夺，我执法执全部放弃，到主了。有破执为空，真空变妙有，表现出来的是先天图。

太空之蹊，虚空中的一条小路。空之无空，莫若神慧。空之无空指佛教，清静无为不是老子。儒内圣外王，佛自觉觉他，道教自度度人，三教合一在此太空之路。禅宗再变化，逃不出阴阳变化。

五空。

顽空，知一不知二，执得太厉害。性空知二而执一，扃其众妙（只出来离，不出来坎），为鬼通断见。一个不知唯心唯物，一个知而执其一。潜龙勿用，来了，法空二与一结合，动静结合，上下丹田结合。真空再空，《心经》五蕴皆以空包之。几转，真空变真道，真道变真神，真神一变（佛教一切理论）无所不备，万物皆备于我。阴阳四象，三变成八卦（河图洛书，一变而千，一化而九）。不空妙有，全部讲《易经》。三才之道天地人，把人提高到仙。不空而有，亢龙回首即高真，这个基础开出理学。

二月十八日

先生言：

《老子》："执今之道，以御今之有，以知古始，是为道纪。"一九七三年马王堆帛书甲乙本与通行本不同，"古"皆作"今"，"今"是什么？

禅宗的当下，今是现在，现在的时间标准。当今的现在是原子时代，是社会主义还是资本主义，这不是根本的东西。时间标准，今用铯周期。

今好极了。老子提倡今，邹衍是大科学家，先叙今，以上及黄帝。提倡黄帝，而看到前代只有老子与其一致，故结合成功黄老之学，此后传出黄老之学。古的毛病在孔子，孔子本人尚可，孔老无二致。问题出于孟子，言必称尧舜。宋再提倡尧舜、孟子，古史全部忘记，只是食古不化的尧舜孔子。故今不是孔子，是老子。老子不是执古之道的老子，而是执今之道的老子。

先生言：

今不简单。禅宗出生入死，一生一世都在参一个"今"字。"生从何来"？你倒答答看。"万法归一，一归何处"并不简单，现阶段用科学标准时间，到底如何还不一定，故禅宗尚今。有时睡起，睡起极好，生死犹睡起，虽死犹生。宋金北地全真教，王重阳却只能寻到七个学生，回开封，四个跟去，三个不去。王病故，仅五十多岁，此死犹睡起，极巧妙。因为他在，妨碍发展，故丘长春又是一来，丘策划成吉思汗的一切道理。王重阳十六岁徽钦二帝被掳，考文秀才武秀才，是文武双全的青年，一直喝酒，喝到四十多岁觉悟了。他说二次碰到仙人，一是吕洞宾（历史上不一定是真人），一是刘海蟾（历史上是真人）。他自己这样说，我们不一定相信他。他自掘坟墓，在里面待了三年，悟了，去烟台。他们都知今，今不容易。

先生言：

日月运行产生时间，人类开始懂得时间。算命太粗糙，八字用两个钟头太简单。《老子》"执今之道"前有这么一段："视之不见名曰夷，听之不闻名曰希，抟之不得名曰微。此三者不可致诘，故混而为一……此之谓惚恍。迎之不见其首，随之不见其后。"此接"执今之道"，以今及古为道之纪，此黄老之学与尧舜之道，相差十万八千里。

先生言：

问题都在地球上，1969年出了事情，因人离开地球到了月亮，不能再用原来的标准。1972年元旦，联合国通过用"铯周期"，故进入原子时代。

原子秒＝9192631770（铯周期），义指铯原子最外层的一粒电子，旋转九十多亿圈，基本近于通用的一秒，有了此数，方可知微观空间的形象。考验了数十年，去年1989年，发明者获得诺贝尔物理奖。可用来纠正太阳周期，差好几秒，极快，一当下就永远当下去了。肉体的生死有什么关系，人的智慧远为重要。

铯原子序数55，即天地十数之和，两者是否有关？1982年于实验室发现

109 号元素，为一秒的千万分之一，故此后愈难保存，愈难发现。

先生言：

过去周期排不好，主要是同位素问题（电子一样，中子多一个；相差一个，一个半秒钟，一个几十万年），如碳 14。

氢氧氮碳磷，五种元素结合成生物，自己会动了，太巧了。化学键为五价，1、2、3、4、5，是五行之象。一价 H 犹水，二价 O 犹火，三价 N 犹木，四价 C 犹金，五价 P 犹土。

最容易断的是磷，用功夫保存好，且越弄越好。人不进化就是这五个东西，因为碰不起。宇宙人不一样，加点金属元素就提高了。

外丹不一定不好吃，炼到什么程度吃什么，像汞里几分之几成分加点其他元素，一来就两样了。

今日要内外丹结合。

二月二十二日

先生言：

宋张君房辑成《云笈七签》，于卷二十六为"十洲三岛"。十洲题东方朔集，前有序言。三岛则未题作者，内容可相承。或早已相合，或张君房所辑合。《四库》退置此书于小说家，因书中引及华林园，系晋武帝（265—290 在位）之园名，故认为是六朝词人所依托。考此书《隋志》已著录，唐人引其文者甚多，故知确在隋唐之前。今更进而论其内容，虽曰六朝词人所依托，而托名东方朔亦有其故。汉武帝（−140—−87 在位）开西域以通丝绸之路，确可能有种种传说。况此十洲之旨，非但出于武帝时之东方朔，实本战国邹衍大九洲之说。今存托名东方朔之序曰："汉武帝既闻王母说，八方巨海之中有祖洲、瀛洲、玄洲、炎洲、长洲、元洲、流洲、生洲、凤麟洲、聚窟洲等十洲，并是人迹所希绝处。又始知东方朔非世常人，是以延之曲室而亲问十洲所在、方物之名，故书记之。"当汉武帝开辟丝绸之路后，西北方进入中国之商旅日增无已，国力强盛时能守御之，魏晋后外力则由此路而入侵，造成南北朝的情况。

此书之作可能尚在西晋，迨晋室由西而东（316—317），中原已失，难免有新亭之泣。与此十洲三岛有广阔思维，殊有不同之旨。

先生言：

重阳真人（1112—1170）开创全真道，有其独一无二之机缘。外境内识和合而成，是之谓"天造地设"。人参其间不失其机者，唯重阳真人能当之。著述有弟子为之编成《全真集》十三卷，一生经历悉在其中，属百读不厌之佳构。于卷一有《述怀》二首，妙在如说家常，而兼有出世创教之愿。其一："慧刀磨快劈迷蒙，剉碎家缘割已空。火焰高焚端子午，水源深决润西东。上中下正开心月，精气神全得祖风。既见旧时亲面目，更无今日假英雄。五重玉户光生彩，一粒金丹色变红。自在真人归岳顶，手携芝草步莲宫。"其二："茶言汤语是风哥，芝草闲谈果若何？不可人前夸了了，须知物外笑呵呵。赤龙搅海添离水，紫焰安炉养坎河。木马还能从水虎，金翁须是娶黄婆。汞铅亘昔交加作，儿女今朝婴姹多。坐客同归回首度，教君也得出高坡。"于第一首前二句之"劈迷蒙"、"割已空"，有千钧之力。这一慧刀为学道之动力，一如庖丁用以解牛者。能以慧刀自解，顺其经脉之衔接处，劈之，剉之，碎之，割之，则游刃于其间，其声音如奏幽雅之乐曲，其行止如起轻快之舞步。此《庄子·养生主》必为重阳真人所熟谙，有此基础，可由父母所生之人身，扩大成人类之身，其象莫不相同，故能空家缘。且全身虚灵后，方能经火焚而大明，暖流辗转，心准火势炎上之向，立定其起火点为子，炎上之颠之午。午顶天，子立地，如有指南针以端正其向，自然能立定脚跟，永不迷蒙。又子水起火午，位当北极而南极，由上下丹田，而于水源深处，更当决水以润卯东西西之周流。此犹中丹田，故曰"上中下正开心月，精气神全得祖风"。凡精属下，于天象属北斗，气属中，于天象属二十八宿，神属上，于天象属南极。因中国位处北半球，故未能见"南十字"等星象，然思想早已及之。能识其分合之自然，足以显见旧时亲面目，何必强作假英雄以自诩。重阳真人特写此"假英雄"三字，具有自勉勉人之旨，读者必当扪心自问，实事求是，不可有丝毫虚假处。"五重"二句明五行之采色，此处要在指出西方白色之金丹，变成南方红色，以喻气血调和之象。最后置此金丹于岳顶，即神通南极而自在无碍，手尚携中丹田之芝草，亦可步入南方莲宫，所以孜孜于炼精化气，以达精气归神之象。于第二首更于平淡中寓其至精至深之理，其理不妨于闲谈中出之。出之之时，忌在自夸了了，须知处处有物外者。风哥为重阳真人自称，特取风字，所以有悟于《庄子·齐物论》中所谓"夫大块噫气，其名为风"。

三月一日

先生言：

易学象数。

中国文化的特色，系统学＝目录学。

最重要的是象数，象数如何变化，影响文字如何变化。

先生言：

理解中国文化，以三部书做标准。

《汉书·艺文志》 汉

《隋书·经籍志》 唐

《四库全书提要》 清

这是三个伟大时期，所以文献整理成功。

《汉志》对，《隋志》半对，《四库全书》大误，其研究落后于人类文化，不及《古今图书集成》。

系统学分类，主要有二，因人类思维自然有偏向。

一、自然科学——再细分。

二、社会科学——再细分。

	一、辑略	（总纲）	
	二、六艺略	儒	
社会科学 ——	三、诸子略	九流十家	
	四、诗赋略		
	五、兵书略	军事家任宏	
自然科学 ——	六、数术略	尹咸	
	七、方技略	李柱国	

刘向、刘歆《七略》，二千年前与二十世纪都可合。

先生言：

我几十年搞数术略（数学语言），但现在社会糟粕当精华，精华当糟粕。隋唐七略化为四部，认为后三部自然科学无用，合并入子。经中有史，化出，诗赋略成集。

但是有一点，可贵在看客观事实的变化。《隋志》新辟二类，道经、佛经，成三教。唐以后的学问，一定要贯通三教。

《四库》只知道经史子集，不放入释、道。经类《易经》，有用的在子部，但杂乱不堪。经部不对，达不到《汉志》水平。

妙的是《汉志》《隋志》《四库》，全部以《易》为首。对于读《易》而言，读《四库》读不懂，得经部、子部合。

先生言：

阴阳化成五行中的生克，为一大进步。

先生言：

《易》始伏羲。

《书》始尧舜。

《诗》始文王。

《春秋》始鲁隐公元年。

三月五日

先生言：

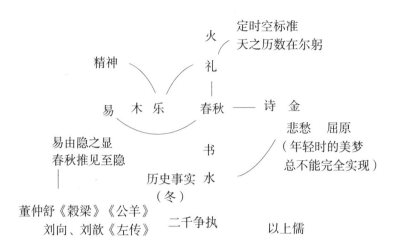

定时空标准
天之历数在尔躬

火
礼
精神 ┃
易 木 乐 春秋 —— 诗 金

易由隐之显 书 悲愁 屈原
春秋推见至隐 （年轻时的美梦
┃ 历史事实 水 总不能完全实现）
（冬）

董仲舒《榖梁》《公羊》
刘向、刘歆《左传》 二千争执 以上儒

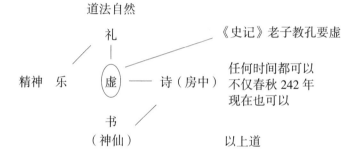

道法自然

礼 《史记》老子教孔要虚
┃
精神 乐 虚 —— 诗（房中） 任何时间都可以
不仅春秋 242 年
现在也可以
书
（神仙） 以上道

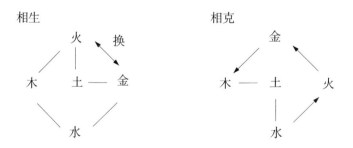

相生 相克

$(a+b)^3 =$ a^3 $+$ $3a^2b$ $+$ $3ab^2$ $+$ b^2

☳ ☴ ☵ ☶

先生言：

《方技略》最后一路是神仙，就是长生不老。

莫诺《必然性和偶然性》，遗传密码三十亿年没有死过。

三月十日

先生言：

《易》讲情感，情感化为易象。我有一篇《原情》，1966 年前写。

《系辞》：

> 六爻发挥旁通情也。
>
> 圣人之情见乎辞。
>
> 爻象以情言。

六爻阴阳变化。《文言》："利贞者，性情也。"《参同契》："推情合性。"

西方心理学，印度唯识。末那意根，是碰着的客观世界。八识，是生前死后碰不着的客观世界。《易经》从另外角度知道，从来没有碰到过的事情。中国在中医有五运六气（天干分阴阳，地支分阴阳）。秦医和言及好恶喜怒哀乐，六情生于六气，见《左传》昭公二十五年。又六气为阴阳风雨晦明，见《左传》昭公元年。

$$情 \begin{cases} 爱 \begin{cases} 喜 \\ 乐 \end{cases} —— 优 \quad 从嘉分，不敢喜，忧 \\ 恶 \begin{cases} 怒 \\ 哀 \end{cases} —— 惧 \quad 从怒分，不敢怒，怕他有力量 \end{cases}$$

《系辞》："吉凶以情迁。"

吉凶变化就是感情变化，情对了就吉，情不对就凶。

《系辞》："爱恶相攻而吉凶生。"

乾阳息而爱，坤阴消而恶，离日明而乐，坎月晦而哀，震雷外惧，艮霆内忧，巽风喜而天地相遇，兑雨怒以刚决柔也。

读卦爻辞知此，对吉凶判断有个把握。

后天图讲情感，乐而不淫，哀而不伤。

先天图不讲情感。

三月二十日

乾象时乘六龙以御天
六位时成

先生言：

爻名分三个层次：

哲学无始无终，具体一个范围有始有终，故生时空。

一、时空　　初（终）　　时取其初不取其终

　　　　　　上（下）　　空取其上不取其下

二、阴阳　　九

　　　　　　六　　　　　卦七八，爻六九，体七体八，用九用六。

三、爻等　　二　三　四　五

时空产生阴阳，故初六、上六，而不是反之。卦元亨（时）利贞（空）。

阴阳产生爻变，故六二、六三，而不是反之。

六十四卦是六十四个大时代，卦变看时代怎样变化。

十二辟卦消息，孟喜卦气图。

得位既济位当，失位未济位不当。

《左传》只称之卦，不称爻名。《论语》"不恒其德，或承之羞"，也没有称爻名。爻名来自子思学派，三传以后。

先生言：

杜子春（西汉）认为《连山》伏羲，《归藏》黄帝，《周易》文王。

郑康成（东汉）认为夏《连山》，商《归藏》，周《周易》。文化一点点退缩。

中国文化最可贵的在文字前，有文字总落下乘。

周易	归藏	连山
天	地	人

先生言：

《老子》："天门开阖，能无雌乎？"无雌，不管它。

《庄子·庚桑楚》："出无本，入无窍，有实而无乎处，有长而无本剽……无有一无有，圣人藏乎是。"时空都没有，超时空。

朱陆异同，到王阳明见本来面目解决。

三月二十五日

先生言：

东周主要学者生卒年：

李耳（老子，道）	—— -585 — -486	一百岁	黄帝
释迦（佛）	—— -565 — -486	八十岁	古佛
孔丘（儒）	—— -551 — -479	七十三岁	尧舜

孟子—— -387 — -308　　　尧舜

惠施—— -378 — -313

庄子—— -368 — -289

邹衍—— -350 — -270　　　黄老

公孙龙—— -352 — -250

荀子—— -318 — -238　　　伏羲、文王

《系辞》总结以上这些思想。

先生言：

庄子

一、出生地　　在河南商丘（梁），非宋安徽。

二、生卒年　　约八十岁，《秋水》提及"子唅让而绝"。

三、庄子与孟子（宋以后捧起）

儒道不是孔老，二人师生关系极好。分别在庄、孟，同时代没碰着。

四、同时代学者惠施，是庄子仅有之知己，郢人运斤（《徐无鬼》）。

名家，逻辑学，形影竞走的戏论。

道之为道，重体验而不重语言文字。

机就是自然。

五、著述。《汉志》五十二篇，现三十三，亡十九。

《庄子》是否一人著成，有怀疑，可归属同一学派，其中有弟子，思想不同。

庄子综合，孟子辟杨（老）墨，关键性两端。

三月二十七日

先生言：

生物学，十九世纪生物学，达尔文（优胜劣败，适者生存）。进入二十世纪，孟德尔、摩尔根。1905，豌豆；1931，基因，有几千遗传密码。《基因论》

（决不为后天条件所改变），谈家桢属此学派。米丘林，不承认基因，所以农业落后。

沃森、克里克，1953 年发现双螺旋结构，简化成化学元素，包括单细胞。从猿到人是进化中的枝节问题，现在要谈生命起源问题。磷 5 酸 4 糖 3 碳 2 碱 1，五个元素加结构，成了上帝造人，几百个氨基酸。

脱氧 DNA，不脱氧 RNA，生命元素。铯周期化学钟，生物钟比化学钟更深。

碱基，嘧啶，嘌呤。

其间化学键，成量子生物学。六七八九。

DNA 中心法则，宿命论。

RNA 改正先天，打破中心法则。

指导产生 20 种氨基酸。

穷理（物理）尽性（生物）以至于命（注定）。

六十四卦化成四卦，阴阳得失。

四月一日

先生言：

先天图：行列式，内卦贞行，外卦悔列。2×3、3×2 卦象完全不同，泰、否、困、节不同。薛定谔偏微分方程，有矩阵。乘法不可交换率，前后完全不同。有时宇宙为主，有时生物为主。

两象易 = 乘法不可交换率，卦名来自此。

两象易本身为自然科学，加卦名为社会科学。

$2\times2=2\times2$，为对角乾坤坎离线，象数自然。

六十四卦，28 个不可交换 =56，加上 8 个可交换 =64 卦

中国卦象符号 ▬ ▬▬ 与西方正负符号 ＋ －，无不同。

总是水上火下，既济。火上水下，未济。脑充血，肾水虚。

定数 —— 变数 —— 变数的变数

      微积分   泛函

测不准定理，坐标、动量，坐标三维，动量四维，不可能测准。上海到北京，坐标测准，动量实际取平均速度。

气体，液体，固体。

元素打破原子核，中子，电子，质子，夸克，越弄越微。

夸克破下去反而大了，化了，全部没有。

索性没有。不是没有，出现等离子体。等离子体，出入太阳系。离开太阳系，现在的生物无用。

基础踏稳了，方可一点点发展上去。

四月五日

先生言：

世界各宗教变化情况：

-500（周敬王二十年）儒释道（老85岁，佛65岁，孔51岁）。

1（汉平帝元始元年）耶稣，基督教。

500（齐东昏侯永元元年）穆罕默德，伊斯兰教。儒释道同在中国（禅宗）。

1000 东西教会大分裂，天主教。陈抟。

1500 马丁·路德改革宗教，新教。王阳明。

2000 物理学、生物学大发展，宗教也会有新的变化（仙）。

先生言：

取五行生克

先生言：

由唐天宝元年册封四子始，道教更进一步与先秦哲理相联系。由老子而及四子，始成道教规模。明《道藏》尚能保存，清《道藏辑要》起忽视此，此道教之所以衰落。今整理道教，必须以明《道藏》为标准。老庄等系吾国本有的思想，由佛教传入乃相互渗透。如果以始于张道陵自限，其先皆非道教，则历代道教如何能与佛教并存。王玄览、司马承祯引佛入道，更不可不察魏晋南北朝时引道入佛。天台宗起成中国化佛教，实即取法于道教中的先秦哲理。佛教和道教的内容皆因时代而变，未可执一而论。

先生言：

《列子》系两晋之际张湛所编纂，所引寓言有些受佛教影响而成，大部分仍属先秦内容而加以增饰。其中提及杨朱，孟子以杨墨对称，可见战国时上层阶级的生活已有此情况。

四月十六日

先生言：

在天成象，在地成形，象都是三维以上。西方反之，五个柏拉图体延续至黑暗时代，而忽视代数，至群论。

中国数放入象，就是多维空间。中国特色是保持代数，忽视几何。

为什么没有写出图象，是因为不会画投影几何。数的关系就从象里出来。

1844年，第一个多维空间图象。1905年，四维时空连续区。

三维投影成二维，二维再拉出一维。此一图象是四维。

生物钟在多维空间。

象犹几何，数犹代数。

代数解方程，解到四次方，伽罗华（1811—1932，仅二十二岁）创群论，于代数划时代。乘法不可交换，代数群论，几何多维空间。

十进制对面是阴阳五进制。

对偶，Duel。

自对偶——相互对偶（阴阳）

虹光法——净土

阴阳
无穷维
神无方而《易》无体
《华严经》
不可说不可说转

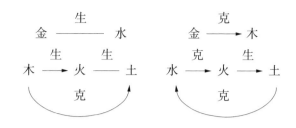

五月一日

先生四月底、五月初连续二次讲老、庄，于老、庄各讲一次，此后不再说。

老子讲《体老观门》，庄子讲内七篇纲领。《体老观门》观三门，玄之又玄，众妙之门（玄者同也，有无皆从一个地方出来，谓之玄玄。又，玄者深刻也，深刻还要深刻，谓之玄玄）；玄牝之门，是谓天地根（谷神不死，谓之玄牝。玄牝者，阴阳也。玄者不分，牝者辨之）；天门开阖，能无雌乎（天门者，出入也。天地互根，这扇门永远不会坏。橐籥者，呼吸也）。根本，有物浑成，先天地生。不出户而知天下者，由其门出入于多维空间也。

《庄子》总纲，《天下篇》；核心，内七篇；补充，外篇、杂篇。庄子之要，在"今者吾丧我"，为《齐物论》、内七篇，整个《庄子》之纲领。七篇，《逍遥游》，天；《齐物论》，地；《养生主》，人；《人间世》，人与人；《德充符》，人与地；《大宗师》，人与天；《应帝王》，浑沌，内圣外王之道。法地，昭氏鼓琴，有言；法天，昭氏不鼓琴，无言；天地与我并生，万物与我为一。丧我，把自己挥成时间，当老子浑成之物。

六月二日

一九五	〓六五	一九五	〓六五
一九四	一九四	〓六四	〓六四
一九三	一九三	一九三	一九三
一九二	一九二	一九二	一九二
一九五	〓六五	一九五	〓六五
一九四	一九四	〓六四	〓六四
〓六三	〓六三	一六三	〓六三
一九二	一九二	一九二	一九二
一九五	〓六五	一九五	〓六五
一九四	一九四	〓六四	〓六四
一九三	一九三	一九三	一九三
〓六二	〓六二	〓六二	〓六二
一九五	〓六五	一九五	〓六五
一九四	一九四	〓六四	〓六四
〓六三	〓六三	〓六三	〓六三
〓六二	〓六二	〓六二	〓六二

七月六日

《说卦》：

　　神也者，妙万物而为言者也。动万物者莫疾乎雷，桡万物者莫疾乎风，燥万物者莫熯乎火，说万物者莫说乎泽，润万物者莫润乎水，终万物始万物者莫盛乎艮。故水火相逮，雷风不相悖，山泽通气，然后能变化既成万物也。

先生言：

后天图抽去乾坤，则由八卦到六爻。"动雷"六卦言六爻，此言乾坤退位，六爻用事，卦变为爻。"水火相逮"云云，言六爻变化。二五爻，初四爻，三上爻，此三爻变化即先天图变为既成万物图，亦即由莱布尼兹二进制变为牛顿二项式。

$$（A＋B）^2＝A^2＋2AB＋B^2$$
$$（A＋B）^6＝A^6＋6A^5B＋15A^4B^2＋20A^3B^3＋15A^2B^4＋6AB^5＋B^6$$

完成《周易表解》整理，先后一年，先生嘱写跋。

九月二日

受先生委托，为日本关西代表团讲授《易学和人体修持》。

先生言：

洛书：　　　　内圈先天　　外圈 $4×15＝60$ 花甲

　　　　　　　外圈后天　　内圈 $4×15＝60$ 花甲

共八图，可配四时。

```
                    夏至 ——→
  立夏   4 —— 9 —— 2   立秋
       ↑  |  ＼  |  ／  |
  春分   3 —— 5 —— 7   秋分
          |  ＼  |  ／  |  ↓
  立春   8 —— 1 —— 6   立冬
            ←—— 冬至
```

先生言：

《周易》，包括阴阳五行。

西南得朋，为河图的阴阳相生。

东北丧朋，为洛书的阴阳相克。

先生言：

七千年—三千年，周原殷墟数字卦。东西周之际，河图洛书完备。

《乾凿度》："一变为七，七变为九，二变为八，八变为六。"

象：阳圆阴方；数：阳奇阴偶；理：阳实阴虚。

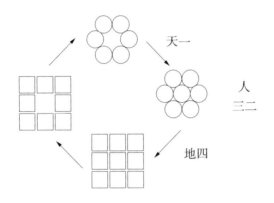

十一月五日

先生言：

《庄子·庚桑楚》："出无本，入无窍，有实而无乎处，有长而无乎本剽，有所出而无窍者有实。有实而无乎处者，宇也。有长而无本剽者，宙也。有乎生，有乎死，有乎出，有乎入。入出而无见其形，是谓天门。天门者，无有也，万物出乎无有。有不能以有为有，必出乎无有，而无有一无有，圣人藏乎是。"此体验宇宙之象，具有深邃的意义。且合于出入生死有无，而圣人藏于无有一无有，更有合于易学通于天地人三才之道，《系辞》所谓"圣人以此洗心，退藏于密"之象。密之为言，犹无有一无有，今日"超越时空"早有其象，读《易》者似当知之。至于宇宙之义，仅断章而取"有实而无乎处者，宇也，有长而无本剽者，宙也"二句。进而择取宇宙二字为易简的解释，则为《淮南子·齐俗训》："往古来今谓之宇，四方上下谓之宙"，其实仍为断章取义。《淮南子》之言，所以阐明《庄子》之义，亦未可仅知宇宙，贵能由宇宙而知朴与道。朴犹有所出而无窍者有实，道犹天门，原文为："朴至大者无形状，道至妙者无度量。故天之圆也不得规，地之方也不得矩，往古来今谓之宙，四方上下谓之宇，道在其间而莫知其所。故其见不远者，不可与语大，其智不闳者，不可与论至。"可与语大而论至者，即藏于无有一无有之圣人。上引《庄子》与《淮南子》之言，可喻在中国重视宇宙整体之象由来已久，其源实出于易学象数。

先生言：

由汉及宋，有陆象山（1139—1192）于十三岁（1151），即因四方上下往古来今的宇宙之义，而笃志圣学，其言曰："……元来无穷。人与天地万物，皆在无穷之中者也。……宇宙内事乃己分内事，己分内事乃宇宙内事。宇宙便是吾心，吾心即是宇宙。东海有圣人出焉，此心同也，此理同也。西海有圣人出焉，此心同也，此理同也。南海北海有圣人出焉，此心此理亦莫不同也。"又曰："道塞宇宙，非有所隐遁。在天曰阴阳，在地曰刚柔，在人曰仁义。仁义者，人之本心也。""是理充塞宇宙，天地顺此而动，故日月不过而四时不忒。圣人顺此而动，故刑罚清而民服。""此理塞宇宙，谁能逃之。顺之则吉，逆之则凶。""宇宙不曾限隔人，人自限隔宇宙。"如是理解宇宙，义更明显。且以宇宙之义合诸圣人之心，实经千余年之抽象而成，由无有一无有而为朴与道，由朴与道而为圣人之心，继之遂为陆王之心学。王阳明（1472—1528）悟于龙场，其年三十七岁（1508）。

一九九一年

一月

一九九〇年十一月二十九日起，先生主讲易学讲座。每周一讲，共计十讲，一九九一年二月结束。十讲题目如下：

第一讲　易学与系统学

第二讲　论易学的超时空结构

第三讲　东西方象数发展的情况

第四讲　数字卦与阴阳符号卦

第五讲　天干地支与五运六气及阴阳图书与大衍数

第六讲　二篇的形成及其内容

第七讲　十篇的形成及其内容

第八讲　之正与玩占之变

第九讲　五行八卦之变恰当四维正则空间中的四维－五胞腔与四维－八胞腔

第十讲　易学与分子生物学

二月

先生写成《周易与三密》一文，意密卦，身密爻，语密卦爻辞。三密以修身，故说不尽而不可说。

先生言：

《洪范》必见河洛而成，其五行非生非克。河洛形成的时代下限在东周初。

先生言：

《系辞》（《周易集解》本，非朱子本）曰："天一，地二，天三，地四，天五，地六，天七，地八，天九，地十。""夫易，何为者也。夫易，开物成务，冒天下之道，如斯而已矣。"开物当五行相生，为河图五十五；成务当五行相克，为洛书四十五；冒天下之道为大衍之数五十，卜筮由五十而到四十九。

```
            0
           0 0
          0 0 0
         0 0 0 0
        0 0 0 0 0
       0 0 0 0 0 0
      0 0 0 0 0 0 0
     0 0 0 0 0 0 0 0      九洛书
    0 0 0 0 0 0 0 0 0 0    十河图
```

先生言：

《周易折中》此图，考古已发现。于陶器、石刻等图案上，常发现有三角形的排列，此为极有意义的认识。此图若以十为止，其和则为天地数，就是河图五十五。或以九为止，其和则为洛书九畴四十五。二数合之即为百数，平分之为大衍之数五十。若深入推敲天地十数与《易》的作用，不外上述三种。

白起攻郢的一路已见河洛，故《大戴礼记》明堂位得其根。

四月

先生因心脏病住院治疗，此后休养。

先生言：

不破本体，不配谈天机。

六月

先生患脑血栓住院，七月出院。

九月二十九日——十月二十六日

赴北京出差。

八日，访黄念祖（原邮电学院教授，密教传人，诺那——王家齐——黄念祖）。黄闭关修行著书，见面，略谈数言而别。

十八日，和陆灏一起访钱钟书先生，杨绛先生亦在。钱先生赠《人·兽·鬼》《写在人生边上》。

十九日，访北京修持者王沪生，与其母老奶奶谈。老奶奶为黄念祖师姐，亦诺那再传弟子，修密法四十余年，深造有得。中午王沪生宴请日本气功协会理事长山本正则，陪席。下午访中国社科院世界宗教研究所徐梵澄先生，谈近三小时，甚契。徐先生赠《唯识菁华》，又赠《安慧〈三十唯识〉疏释》。

二十日，访中国社会科学院近代史所李洪岩，谈钱钟书先生。

二十四日，再访老奶奶，仍谈密教，其法殊胜，且极简，乃见密法深不可测处一二。数月间思想变化颇繁复，庐山归后，又极遇困境与危机，根基亦大变化，亦《易》穷变通久之义也。

二十六日，返沪。

先生用过三个名号，涉及三教。

一、佛：如实室主　　佛极虚的东西，从实而来，面壁。

二、道：橐籥轩主　　道极实的东西，要空掉。

三、易：二观二玩斋或观玩斋。

先生言：

《太上感应篇》言感应，《清静经》言禅宗，时间约在宋代，影响甚大。《太上感应篇》且未必对，因其间变化并非如此。

十二月

一九九一年十二月二十四日，零时十分，先生逝世，享年六十七岁。

先生病重，多次招谈。于藏密言及红教大圆满，白教大手印，先生言，禅机也。此先生最后开示。十二月二十二日下午四时许冬至，先生病危住院，且有笔录："明天早上一定有事"，"找中、西医来"。住院后犹能言，对陪同者说"你很好"。十二月二十三日七时，往医院探望，八时后走，乃探望者中最后离开先生之人。师母仍守候先生，病室气氛吉祥安和。二十四日凌晨零点十分，一代易学大德辞世。二十四日当天即圣诞夜，先生升西在冬至后圣诞前，且在子夜，此一年中生气最足之时，一阳来复，乘生气也。

一九九二年一月三日，于龙华殡仪馆大厅为先生举行追悼会。华东师范大学郭豫适副校长致悼词，上海道教协会会长陈莲笙致悼词，伍伟民代表学生致悼词，我代表师母（家属）致答谢词。参加者约三百余人。

"龙华"释义，名龙华者，本诸佛教教义，典出《法苑珠林》，谓"弥勒为佛时，于龙华树下坐，华枝如龙头，故名。亦云种出龙宫"。

又，上午道协于白云观举行暖魂超度，我（上海）和胡为国（北京）作为学生，代表家属参加。

八

补遗甲

一九八五年一月至十月

先生言：（论《诗经》）

感情就是一切事情要记住它。

诗无邪，邪就是遮遮盖盖。是怎样就是怎样，决计心里怎么想，嘴上怎么说。不能强作欢笑，无病呻吟。

《诗序》是第一个人读了《诗经》后的体会。后人不读《诗经》，只读《诗序》，于是框住。

先生言：

天命是自然一切的变化，在变化中造成一种势。

宗教在中国是假的，实在的是自家祖宗。佛教形而上，道教形而下。

《诗经》不可不读，不可选读，读后能变化作诗人的感情。

乐阳礼阴，《书》阳《诗》阴。孔子删《诗》《书》，定礼乐，有阴阳配合的道理。整部《诗经》偏于阴柔，故三分天下有其二，天命在身上，还不去显出来，温柔敦厚。

主观一开心，客观再坏也变好。

先生言：

场就是感应。质点的运动构成了物理的时间，质点没有了，就是感应。不存在物质的地方，也没有场。人死了还要感应，一定要有依靠的东西。生物的惯性系 DNA，读古书，就是改变自己的惯性系。一旦会变化了，就是执著好，所以绝对同时性没有了。"他人有心，予忖度之"（《孟子·梁惠王上》引《小雅·小旻》），时空必须认为是客观上不能分开的四维连续区。从外星球看过来，现在还是黄帝涿鹿之战。

先生言：

《雅》无论如何比《风》重要，读《诗经》就是理解文王。《大雅》如何化到《小雅》，再从《小雅》化到群众，故《关雎》是后妃之德。

禘（帝）是花草的根，一切从中化出。半坡文化把帝放在陶器底上，有四面八方聚集于此之意。

"不大声以色"，"不识不知，顺帝之则"（《大雅·皇矣》）。

先生言：

最重要是结构，结构看出来了，称之为通经。孔子删《诗》《书》，定礼乐，就是摆了一个结构，今云系统。

先生言：

《小旻》是传道之诗，孔子传曾子"战战兢兢"（《论语·泰伯》），与《小旻》总有一个在抄，实际上《小旻》在前。人知其一，不知其他，最坏。道，八十人知道，道成；五六人知道，道毁；但决计不会一个人也不懂。山崩地裂，自然条件隔一段时间会变。整个时代都有转机，人也有转机，一个一个转下去，龟烦死了（"我龟既厌"）。中国学问一定要古，古立住后，化出来不得了。孝就是往前推，客观乱了，主观不乱，只要有一个人懂就懂了。炼气化神，任重道远，爱惜自己，不是自私自利。这首诗至少在曾子前。

《风》是洛书，《雅》《颂》是河图。二条线出去，一条《小雅》，一条《大雅》。太极，正风103，变风208，阳一阴二，乱世总比治世多。《风》160，《雅》《颂》151，接近一比一，一阴一阳之谓道。正、变是孔子的感慨，当时为乱世，故取诗以乱世为多。读《诗经》要知道所有人的感情，推情合性。

《风》在洛书，情感有平衡的道理。《雅》《颂》转，三代不同礼。风总是两个相对的东西，东—西，南—北。

作诗是从今到古，删诗是从古到今，绝对不能执其一面。

《诗》的数	雅颂	150+1	风	150+11	一阴一阳之谓道	纬学
	正	100+3	变	200+8	阳一阴二	

以后可以讲一首、三首、十一首、八首各讲什么。分不是我分，讲可以随便我讲。中国书容易读，真正关键的只有几部书，然后抓住时代的发展，不会乱。

先生言：

声是任何振动，音是组织。

兴是向上，完全是言外之意。兴根本不管诗的内容如何，哲学也是兴，《小序》也是兴，不是六义的兴。群怨《风》，兴观《雅》《颂》。

人类进步如此，还是不能奋飞，飞不出银河系。你要知道自己不要飞，就好了，即心即佛，就是此地。

一九八五年十月至一九八六年一月

先生论《易赞》六十四句，将《易经》整体化于此。一九六〇年写作，杨先生当年讲还可以。

先生言：

太易，比天地还早，比《易》还早。赞《易》要赞到根本："广哉大易。"参话头，每个字都要想。

"天之苍苍，其正色邪？"天不是苍的颜色，上去一看天是黑的，庄子已经有疑问。

弥纶，网络结构。六弥卦，六纶卦，一爻得失，位置的消息所由起。乾为大赤，由最红变到黑。文字可有无穷解释，但用卦象一讲就清楚，与未济差一点的是弥卦（☲☵），与既济差一点的是纶卦（☵☲）。

朱熹《易赞》用的是先天象，我推到汉象、整个卦的象，再推到客观时空自然之象。

范，法也，是模型（内）。围是周，是外形。范围天地之化而不过，把天地变化全部包括在内，不是空的天地，不是静的天地。

照片是静的，电视机也是静的，动是骗你的眼睛。卦象像电视，描写的总不是客观的东西。六个等分是假设的限度，上去可以无限等分。六个等分相当于六张照片。

整数，能量本身一个一个来，不能再分了。

范卦：☳、☶、☴ etc.　　围卦：☵、☲、☱ etc.

这几个卦懂了，《易经》可以懂好多。范围是时的消息，弥纶是位的消息。

辅相，人去帮助天地。辅相从未济到既济，从坤到乾。前面是天地，此是人，故人能弘道，非道弘人。

函三，变易、不易、简易；道生一，一生二，二生三，三生万物。

抱冲，万物负阴而抱阳，冲气以为和。

人人身体内有个阳，外面有个阴，如何把阳体味出来，就是气功。

抱负是阴阳，冲气是和，合在一起。精神虽然好，不要否定物质。

大易是不易，广大配天地就是哲学，当一生二。牛顿曾经配成功，后来不够了，只能重新配，二生三。负阴是变易，抱阳是不易，和是易简。

先生言：

形质有始，乾到坤就有物了。太初御风，初九初六是时间开始，其初难知，微观空间看不见。批评御风，浅了。庄子批评列子犹有所待，根本在此前。

精气为物，至神蕴衷。精、气、神是三宝。魂是东方云，游是飘荡。游离电子不知多少，变化的时候精气相对稳定，即精气为物。郑康成注，精气七八，游魂九六。

精气变为游魂，游魂变为精气，一代一代，生生死死。这是生物学规律，根本不是社会变化。拆穿？老天不给你看穿，当中还有至神的东西。乾元为大，坤元为至，至神是大易隐于太初。

孔子绝笔获麟，再写下去是写不完的，永远无穷。

继天立极，先要立一个极，然后这个极要化到没有。列宁有本体思想，故否定彭加勒、马赫。

中国越北越有体，越南越破体。《易》有天地人三极之道。

先生言：

以开万物，河图五十五，洛书四十五，故河洛不能偏废，但《易经》一定要讲五十（十个量子无论如何不能切）。于是大大地衍，变化出来，体五十，用四十九。一又四十九分之一，散体为用，任何一个小事的应用，都有一个根本的原则，就是物物一太极，也就是量子、能量。留下的一，就是鸿蒙。开物，不要你去开，万物自然而然都在开。鸿蒙就是至神蕴衷，体化成阴阳，阴阳又化出阴阳，参两无穷。抽一根签看是迷信，一百根签统统看，就不是迷信。上帝不在外，就在四十九之内。

宏观上去，到一定数量级就两样。微观到量子，数学、化学、物理学、生物学是一回事。

仁是太极图，人通过太极，与对方相对。

我的易，地球没有了，是否毁还不一定，还要到其他星球去看一看。

一九八六年一月至十月

先生言：（论《庄子》）

由人而到天，就无涯了，周天是无涯的。

传心，道理传给你，隔几百年还可以传给你，几千年也可传。直接传人，才几十年。传心传哪一段？达尔文十二亿年，分子生物学三十亿年。

总有一样相对，把相对的东西化到没有了，就好了。知道待不容易，将待化到无待，就好了。

先生言：

丧了我之后，今之隐机者，就是昔之隐机者。

方生方死一段，当时我反复背，故神经细胞打通。"其分也，成也；成也，毁也"二句我最喜欢，物将成未成最好，故康德不能弄好，最终是不可知论。

议而不辩，《春秋》记载日食一点不错。客观认识什么，就记录什么，没有辩的。所谓辩，是事实没有弄清楚。

蝴蝶梦，变蝴蝶一切相合了。也可以想象，有人做梦，梦见现在的世界，故造成现在的世界。

先生言：

端而虚，勉而一，没有用。因为有一点成见的人，绝不可能否定自己。

内直端而虚，外曲用比方，成而上比举历史事实，仍是师心，想象一套自己的东西。孔子有极好的方法，但因为颜回心不静，不告诉。颜回当时思想乱得不得了，故要他斋（放掉自己的东西），关键在此，无听之以心而听之以气（气血）。几句话我反复思考，万有引力就是一股气，气根据物来，就是众窍怒号，怒者其谁邪？

虚室生白，七种光线相合，孔阳是气提到上头。坐驰，耳目朝里面通，鬼神来舍，自己最要注意，复杂。况于人乎？卫君自己会来，用不着你去。懂此什么环境都能处理，无入而不自得。

先生言：

无政府主义我不大赞成，一定有领导和被领导，这是阴阳关系。

始乎阳卒乎阴，阴阳变化的道理。就不欲入，和不欲出，不能显，显出来就是螳臂当车。

德充起来，符合于身体，自然发展的形象。

解决生死，今云看到唯物，看到自己不在世界上的这个世界。

先生言：

《人间世》坐驰，《大宗师》坐忘。每个人都可以划时代，划时代看出当下之几。

不可奈何，因为有一个界限。生物进化几十万年，你不可能一百年就了解，否则就是唯心主义。

其食不甘，修这个东西特别看重吃，就不对了。藏天下于天下，这段我一直背。

先生言：

金子也有记忆能力。

禅宗永远不会来碰你。你不碰他，他不会显出来，故永远不会知道。

庄子最后讲，不要转，大周天、小周天全错。

一百年的历史如何看，不要你在那里方能看，你在那里就不是看了。

如果你同庄子相应，照样可以和二千年后的人相应。

一九八六年十月至一九八七年一月

先生言：（论《五灯会元》）

鸡足山入定，在每个人的脑筋细胞里。

定，一定要有信仰。

一念一万年，《信心铭》，具体要读《华严经》。

四祖到五祖，横出一支，不要《楞伽经》，也不要《华严经》，不立文字语言。

拈花要有朵花给你拈一拈，有神秀方才显出慧能。

前段只读《唯识》《华严》，后段只读《坛经》，不对。

先生言：

悟后的修，比悟前的修还要重要。

五张叶子，五点悟的是什么——只讲思想关键性的东西（文化大革命时，先生三十八岁）。

明镜台如何传下去。

一切变化都是假的。孔子思想、庄子思想是真的，《易经》是真的，这些真的也是假的。

大破大立（临济），痛快。是也是一棒，非也是一棒。棒——喝，喝得他不敢打。棒是破，喝是理论，你感觉这个地方绝对正确，不给你棒，就是喝。

一九八五年六月三十日

先生言：（薛学潜《天文文字》大意）

薛先生最早搞政治，曾经起草过中华民国宪法草案。这跟家传有关，吴汝纶（挚甫）是他的外公，钱基博当过家庭教师。他后来转向科学。

早期思想在《政本论》，他从美国回来，是省议会里最年轻的议员。此书用《庄子·天下篇》的思想，由内而外。

三十年代抗战开始，写《物质波和量子力学》。四十年代写《超相对论》。

他对天文图像熟得不得了，随口可以背出来。用天文文字总结中国思想，马一浮极欣赏。中国甲骨文来自天文，因为天文几千年不会变。现在人看的天文和古人看的一样，伏羲所见即今日所见。

西方文字最早可以追溯到某处一块碑，还不成其文字。薛先生认为正式文字产生在中国，来自天文。章太炎认识的文字到周为止。周以前的文字是有质的，因为可以与天文相合。周以后的文字弊，与天文合不起来了。

文字的根本是简单一致，上古的人看惯了天文，没有灯，就看星星。天干地支，组成一套思想体系。他说得对不对是另外一个问题，思想境界到此极不容易。现在的甲骨文只知先王先公，不知天干地支，王国维的一套在兜圈子。

薛先生根据恒星东移的道理，推想出来伏羲作八卦离现在七千余年。我认为有一万多年，山顶洞人对阴阳方位已经清清楚楚。

薛先生认为天文有组织，无八卦不会成天文（南方七宿三卦半，东方七宿两卦半，北方七宿一卦半，西方七宿半卦）。西方有天文，还是得自中国。八卦与物理学，是一非二。相对论、量子力学、波动力学，都可用八卦算。只是他们不能一致，八卦给他们沟通了。

他认为《说卦传》是孔子怕天文文字失传而作。《易经》就是象，天文图就是象。

薛先生说，他讲的《易经》，今后人人可懂。但《易经》还是《易经》，不断随时代朝前走。

一九八六年一月五日

先生言：

要知道熊十力，必须读二书，《佛家名相通释》和《新唯识论》。熊先生当初也是如此劝我。

研究学问，首先要有几百个术语在脑中，理解了它们的意义，自然而然就懂了。我当年读《易》也是如此。

要理解《通释》，先要理解其术语。《佛学辞典》是无用的，要理解熊先生融汇贯通成体系的可贵处。

《明心篇》《体用论》之于《原儒》，等于《通释》之于《新唯识论》。

参"轮回有无"，证量重要。最后《乾坤衍》境论、量论合一，所以量论在他是完成的。

轮回问题实际是遗传问题。所谓上友古人，就到那一批古人中去，认识时间越早，延长得就越多。学问之人是有一种境界，一般人良非易到。

一九八六年一月十二日

先生言：

卦爻辞有这样的思想？没有，但是你这样读，你的东西就来了。这种教育方法，西方没有，极好啊。

背出来，联想的作用。

思想解放，有解放的方法，是经的作用，（洗心）形成条件反射就全部来了。思想解放是你解放，与作《易》者有什么关系，这就是学《易》的作用。

思想解放先要有一个东西，东西知道了，然后"啪"，裂开。

外国有人收集几千条签，作为研究民俗学的资料。科学再进步，签上仍然是婚姻妻子等事情，可见此问题依然没有解决。

乐的作用是中和调节，使难过的人听了心情平静一点，使平静的人听了振作一点。《周官》春有春乐，夏有夏乐，都相应。

《春秋》好在纪实，是确确实实看见的，才记下来。

马克思抓住达尔文，他出身牧师家庭，知道上帝造人太不通了。

是日和先生一起出门。先生言，昔日与杨践形先生春日一起步行走到西郊公园，吃了中午饭后，再走回来。

宋捷言：

东西方音乐不同，东方丝竹属木（如笛子等），西方属金（如交响乐）。

宋捷言：

东西方文化问题，就是左（理智）右（情感）大脑的关系问题。

一九八六年一月二十六日

先生言：

皇极经"世"，用人的标准，律历。

这几天满脑子《皇极经世》，写出来后，思想清爽了。我给他重新算一遍，直接看看不出。

道藏本是洪武年版。它继承北宋版，刻成后五百多年没人去碰过。

坏在他的儿子邵伯温，继承二程，把父亲的学问硬塞入二程正统。张行成继承他，张的错就是每一年用什么卦，这思想邵康节本人有，但是认为不重要。邵伯温死时，张行成已出生，故差不了多少时间。过去懂《皇极经世》就知道卦象值某一年，历史限定没发展。王船山骂邵康节，他没见道藏本。

《宋史·艺文志》还正常，将《皇极经世》编入经类，《四库全书》编入术数类。

邵康节原书没有卦象，惊心动魄！没有卦象，因为它是《春秋》。

杨先生讲，思想越到北方越唯物，越到南方越唯心，因为北方苦，南方吃穿不愁。邵是周口店地方人，从河北涿县至河南辉县，后又搬到洛阳。三十岁绕行天下，走了一大圈，回来，不动了。周敦颐是南方人。

邵小时艰苦刻励，立志很高，于学无所不通，夜不就席数年，懂气功。

一个人成功，总要有些东西。苦学不够，遍行天下不够，还要得着当时最先进的学问，故遇李之才。但是没有前面的基础，虽遇李之才也不会懂。

陈抟之后，种放没有著作，穆修没有著作，李之才有著作。他把五经合入《易经》，有一张卦变图。

陈先天图——李卦变图——邵一爻变图，是宋易的三大原理。

三十五岁知易道，有《共城十吟》，我最欣赏第二首，全是杜诗意象。但杜甫一生一世是这个境界，邵后来跳出来了，知《共城十吟》还不能成学，故到洛阳作一结束。诗中全都是充沛的情，没有化到性。

早年极艰苦，五十岁后才好，筑安乐窝，成《皇极经世》，心安了。现在想象他从小居安乐窝，极需纠正。

《皇极经世》把《资治通鉴》的道理全讲了。邵用其父邵古之律作《正音叙录》，比司马光《切韵指掌图》早几十年。

《皇极经世》纪时书，过一年必记一笔，到死的那年还在记，有孔子绝笔获麟之象。

张行成杜门十年读邵书，成七易。我读过其六，最好的是《易通变》。

三十年一世，十二世一运，国家的生死。清朝三百六十年，没有人能看完其全过程，只能见其中一段。三十运一会，聚起来，一万零八百年。十二会等于一元，《易》讲元，故伟大。北冰洋间冰期，故不可语冰。

《皇极经世》兜过来的时间极长极长，定标准元会运世（宏观），岁月日时（微观）。

《庄子·秋水》河伯见到北海若，才可以讲道理。

夏天准备棉衣干吗？天会变冷的。人因掌握一年周期故知此，邵掌握十二万九千年有余。

天亮以前已有光线，天暗之后还有光线，故中国已知昼夜不平分。不用180°的分法，故一分为五，得72°（中国人喜欢五角星）。

参天两地　　　72°×3＝216°

72°×2＝144°

216÷6=36°

144÷6=24°

除四（四时）

36÷4=9　　　阳用九

24÷4=6　　　阴用六

圆周是数学模式（一定要圆周，包括无遗），走完一圈，方可讲道理。夏虫不可语冰，不到一个周期就死了。

配卦象，是这样配，二进位制。其他配法不科学。

☰ 1×12（12月）——→ ☰ ×30 ——→ ☷ 360

360 的 31 次方，计算机算不出，故搞出一半，最后叫"无穷之数"，坤推想为一百位数。

任何一卦变六个卦，相当的连起来，就成六维空间。

十二万九千六百年还不够，五万零四百年后环境比现在坏，完全可能。生物本身没有智慧，自作孽，不可活。开物闭物，完全是数学问题。

秦始皇以后所有的学问都是不正确的，历史过分否定了秦始皇。功高三皇，德败五帝，本身没有错。邵康节是不正确中比较正确的。秦始皇的正确不能执死，要把正确的内容充实进去。

一九八六年二月二日

先生言：

邵康节父名古，是语言学家。他遇到好几个老师，一个发心弄语言学，专门研究声音。父死后，邵做《正音叙录》。

方言的地方不同，风土不同，人的呼吸不同（风吹万不同）。

司马光分发音部位：

       东方齿音   南方唇音

       西方腭音多   北方喉音多

分   律   君   声   男

    吕   臣   音   女

故有正音之志，声音之道，可以感动天地。

《华严》四十二字母，是印度发音的根本。善财五十三参，其中向一人请教四十二字母。

你的气，全在你的声音里。

咒语，声音出去，就感动，故和意义无关。古人长啸。

要人籁去合天籁、地籁，故有夜气、清明。

洛阳居四方之中，总结四方声音。

声，十天干，音，十二地支。

较古庖牺（重唇音），后来变伏羲（轻唇音）。

一排十六，排出来容易，但你能听出来任何人的声音，就不容易。庄子懂此："夫言非吹也。"

佛号完全听声音，真言不讲意义。

邵康节也已想到，语言文字隔绝人与人、人与自然间的沟通。战争最大的原因是语言障碍，狗、猫到了美国，也不会像人那样不通。欧洲这么小，不能统一，皆因为拼音不同。中国好在文字在语言之外，方言基本打破，故维持长期统一。

先要跳出语言，再跳出文字，至大音希声状态，可通鸟语、鱼语。

这个律大于音乐，超声波也放入，动植物感通。

一九八六年二月十六日

先生言：

一九七三年十一月至一九七四年初，发生了中国文化史大事。马王堆出土《易》、《老》、《五星占》、驻军地图（上南下北，此方位中国也已乱了，仅《易》保存着。二十一世纪假如中国文化起来，再调一调有何不可）。帛书易比蔡邕石经提早三百年，其次序可破《序卦》。今知《序卦》根本不是当时思想。

八卦就是八个方向，八个时间。

不知周流，不知中心。

因为全看你周流得圆不圆，圆了，中心就显出来了。

你们自己没有兜，先要问我中心，是没有的。兜到一定时候，我会给你们点。

某人（此人现已赴美）测出杜之韦想出国。此人据说有特异功能，说张亦熙亦全对，谓去年九十月出远门，五月必出国。

先生言：

光一秒钟能走地球七圈半，这些当时事不稀奇，《华严经》知无穷世。

先生对杜之韦言：

你把信息发在外面了，隐在里面就看不出来。

先生对某人言：

这类事要郑重点，郑重点。

先生言：

来人对我的话没听懂。他程度尚浅，如果深了，各种各样的东西都要来。

他既然相信这套东西，就要遵守这套东西的规则。有些必然要发生的事是不能阻止的，否则他的恶果就转到你身上来了。

一九八六年二月二十三日

先生言：

康熙送西人易图，现在有外宾来，仅可送《中国历史地图集》。

杨先生梦伏羲，至少从《汉书·艺文志》走到《史记》。任何地方你能跳一跳，就能达到伏羲！上出到这一点，可以；只守住这一点，不行。

比如解放前是有不对的地方，否则不会解放，但不对的地方不是他们说的不对。思及此，可以跳一跳。

脱离地球上出，就是乾。

方以类聚（归纳），物以群分（分析）。

胎息与客观时间无关。

纯阳纯得不得了，任六道轮回而不变。

一个凝牢，就是位。

外内使知惧。外卦，内卦，外王，内圣。师保是社会教育，苟非其人道不虚行，愿有其人出。

一九八六年三月二日

先生言：

马一浮，一九六六年春夏最后一次回沪，会见薛先生，并谈及《杂卦》（嘱先生完成《杂卦》）。

颐是养生。《易》生生之谓易，全是颐卦，但死不能不谈。

大过本末弱，本末把人束缚得不得了，去掉弱，要否定大过，復出一个乾来。

阳被阴包围，有棺椁之象，束缚。聚集到里面，二画的四象乾坤既济未济，随时散就没有力量。

大过，颠也！把乾元的力量压缩，聚在中心，爆发，十六互卦就是。

《杂卦》更活跃。妙在郑康成已不知，可见其隐蔽。

《杂卦》不只是从世间法看，而是从出世间法看，故可神而明之。作者也是不满现状故作此，所以马先生在文革前也感到《杂卦》的味道。

上篇的结论是晋明夷火，天一生水；下篇的结论是需讼水，地二生火。连下去应是天三生木，但是泽灭木，它要让木气再生出来，起死回生，长生不老（八公这些人还在）。

贞下起元是量子的跃迁。

所以《杂卦》要读熟。

先生言：

释迦再出来也不会如此了，孔子再出来也不会如此了。

百世可知也，孔子知三千年，现在还有些威力。

道教行满三千功德，自然成仙。没有为恶的，根本不会有恶的。

先秦思想完全是发展的。

一九八六年三月九日

先生言：

看星星看了几年，自己的气息也会自然而然地发生变化。

梦不要讲，讲给什么人听，自己要知道，要掌握。

做高级的事，旁边就是有东西。要注意，看感应什么。

特异功能越原始越多，几万年前就有气功。

场不是物质。爱因斯坦不敢讲没有物质，只有场，只讲有两样东西，场与物质。

永远有感应，就是开顶，但开顶并没有最终解决问题。

一股势来，就是没有办法。西藏喇嘛神通再大，没有用。王者之师来，再有魔法，没有用。

舍利——精神变物质。

<h1 style="text-align:center">一九八六年三月十日</h1>

先生言：

数字卦，过去当族徽、图腾，于是《易》的地位无论如何提不上去。现在发现是卦象，上去五百年。

数字卦一到十全可用，河图洛书本来没有根，现在给我达到根。

象数的根全部在此，中医的根也在此。

薛先生抓住六十甲子往上出。

过去认为《易》只讲阴阳不讲五行的思想错了，《易》就是阴阳五行结合。阴阳化成五行中的生克，才懂阴阳。

洛书、《大戴礼记》，阜阳出土庄子九洛之事。《庄子·天运》："九洛之事，治成德备。"

河图、《太玄经》，五与五共守。

从一点信息推出你许多东西，活的东西就是抓住信息。

《乾凿度》　　元　　画　　爻
$$1 - 7 - 9$$
$$2 - 8 - 6$$

隔代遗传，有奇偶关系。昭穆，民间有抱孙不抱子之说。

要读《华严经》，先看弥勒楼阁。

<h1 style="text-align:center">一九八六年三月三十日</h1>

先生言：

《序卦》之后，西汉二百年不会没有作品。忧患九卦继《序卦》之后，又发挥象数。陈抟有《易龙图》一卷，讲清九卦道理。书佚，仅存一篇序。

六十年的天象，没有相应的客观事实，故没有科学根据，只有数学根据。六十合于天象，决计不是作干支的本意。

八字	年	月	日	时
	对	不对	对	不对

一九八六年四月七日

先生言：

了解中国文化，基本看二书，《汉书·艺文志》《隋书·经籍志》。

爻名最初看出《易经》的整体，比卦名作用还大。卦名是象，爻名是数。马王堆爻名已定，卦名尚有变动。

爻名与卦爻辞并不完全相应，一是严格的几何结构，一是复杂的社会形象。

《汉书·五行志》迷信，全部不可思议。但五行好在根本道理（合数学原理），现云多维空间。天垂象，现吉凶，得着信息，还是对的。现在的科学，将来人也是要笑的。

五行，天定胜人。中国正统思想，人定胜天。

我学《易》的基础就是这张爻名结构图，《小象》的爻变更复杂。

一边用九过去，一面用六过来。

宋易全部有个根，在此图。陈抟先天图，李之才卦变图，邵雍一爻变图，与此完全相合。

分也成也，成也毁也，否则太泄露天机。现在已有数字卦了，阴阳符号卦全部扔掉。

分子生物学三十亿年，地球四十六亿年，太阳系六十亿年。由此再进一步，早就超过地球，从日月到星。故二千年的《易》有什么稀奇，全部讲出来，上去有数字卦，再上去有伏羲的阴阳。

一九八六年四月二十日

讲解《左传与易学》，共二十四件事。可见迷信到什么程度，科学到什么程度，孔子在此环境中删《诗》《书》，立礼乐。

判断的方法在卦之外。

孔子时，《礼》包括《易》与《春秋》。

昭公五年这段读懂了，《易》也读懂了。

一九八六年五月二十五日

《易与维摩诘经》，先生病后始讲。

一九八六年六月一日——十月十二日

先生讲《易》之总纲，懂不懂不管。讲《论周易大衍筮法与正则六维空间的一一对应关系》，一直至十月十二日，是极为复杂的象数。

《系辞》有三句话：

> 蓍之德圆而神，卦之德方以智，六爻之义易以贡。

懂此东方文化也懂了，《易经》也懂了。

一九八六年六月八日

先生言：

一点反而无穷，入不二法门。

三千大千世界入于一毛孔，那里完全是另外一个天地。

京房八宫是四维时空连续区，还不是真正的《易》。

佛教的精华全在《华严经·阿僧祇品》。

好就好在没有讲出是什么，一讲就有定法，故不立文字。但是数量级的架子要搭好，一百年和一千年，上去一个数量级差别大了。

五维有十个四维体，故薛先生云十方世界。四维以上的边界，叫胞腔。

时间看出来，就要看八个体。

三个面当中是什么。

八个体围的是什么东西。

这张 155 页图，看了不知多少时间，现在看上去清清爽爽。

此图可以解释半衰期，有的几秒，有的几十亿年。此生彼灭，此灭彼生。

西洋人有西洋人的思想，解释《圣经》的东西深得不得了。评论哪一种宗教好不好，任何人没有资格。如果有，一定是偏见。

一九八六年六月十三日

相互对偶—自对偶。

一九八六年六月二十二日

普里戈金（通译"普里高津"）《存在与演化》，他是比利时人，1977 年得诺贝尔化学奖。

《二十世纪科学技术简史》总结到七十年代，有一小段提到中医，承认是科学。

先生言：

普里高津的思想比较新，他把几何变拓扑，即面包师揉面。

揉面，小单位全部混乱了。揉过的面是否可回到没揉过的状态，即今天过了今天还会来吗？爱因斯坦、玻尔争论了一世，即时间是否可逆。

我相信是可逆的，超时间。可逆、不可逆要合在一起看。决定论，可逆，概率，不可逆。

人入世受教育就是揉面包，如何能恢复到本来面目？

没有揉过，旁边碰到是什么，揉过永远碰不到。要碰到，必须去掉自私。家庭、国家、家乡、人（完全破了），面粉都是一样。

先生言：

生物大问题，整个宇宙大循环，可重复。莫诺根本否定进化，DNA 总是这点东西在翻译，佛教云分段生死。

这里有数量级的问题。你处在某个数量级，对下面看得清楚，对上面看不清楚。薛先生讲，过二十亿光年仍回此处。到此一切成光，成黑洞，光就是时间。

人不得了，已经到了每秒九公里，但光速每秒三十万公里，理论和实践相差一大截。

太阳系外，等离子体，这里的东西全给揉乱了。

维勒（惠勒）想，到黑洞如何出来，超光速。超光速是时间，阴阳五行，意思太复杂了。

	易				
居	观象玩辞	可逆	存在	＼ 不变	全在《易经》中
动	观变玩占	不可逆	演化	／ 变	

翘的铅丝面上摆不平，故三维。五维虚灵不昧，时间可逆。虚灵不昧的东西可以无穷扩大，决计不是限在此处，永远可以上去，但上去自有个规律。

学问在于将不可逆的东西可逆，但仍有新的不可逆。永远如此，可逆——

不可逆——可逆，如此进步。

我看几千年历史都在重复，但是人们就是看不破。

先生言：

美国科学本来并不怎么样，爱因斯坦在希特勒时去美，后来德国崩溃了，美国没有动，大发展。中国则延迟至文化大革命后，才开始讲爱因斯坦。

中国着重关系，抽象讲关系，不同于西方执牢一个问题看。

几何规矩成拓扑，今云面包师揉面粉。

一九八六年六月二十九日

先生言：

爻名大义图——用九用六图——方圆、阴阳五行全在此，我的思想全在此。《黻爻》照此排，《易》义理基础全在此。

十二个五维十胞腔，六维有六十个四维。

乾一卦变六卦，成直角。

初九仅此三十二卦，等等。

一九八六年七月十三日

先生言：

方圆本来已是投影，再投影成用九用六图，内容一样，方法两样。脑筋中五维画出太复杂，投影就简单了。

参看五运六气图。

六块平面搭出立体，里面平面可无穷。

六十四堵墙砌出来一个六维空间。

任何学问达到最高一个点，包你到另外一个地方去。

自对偶在自身，不管多少劫。

一九八六年七月二十日

先生言：

到无穷维——无穷维是什么？阴阳没有了。

一九八六年八月十日

先生言：

《易》是群里看出来的。

伽罗华，一个年轻人，在决斗前写出群论。代数突破，非欧几何突破，群论上去，就是现代代数学。

一九八六年八月十七日

先生言：

生克要你自己寻，会寻，克中寻出生，不会寻，生中出现克。

三大阿僧祇劫，还是这样，六十四卦，六十甲子。

一九八六年八月二十四日

先生言：

气功腾空，此为抵抗地心引力（破牛顿）。

欧汉容，半身不遂，忽然从床上摔下来，懂了，并获特异功能。

写字台和床的角度差一点也不行。

刘先生（衍文）谈起刘铁云（鹗）阴宅。

先生言：

上海阳气足，压住了。

先生言：

杨伯峻，只知《左传》，不知《公》《榖》。

三传关键：《公》《榖》多一句，–551，孔子生，不记卒，记春秋获麟。《公》《榖》，孔子生前的思想。

《左传》记十六年夏孔丘卒。《左传》有获麟后的思想，对陈恒事看开了，跳出时代，无言之言在《周易》。

《左传》不理解孔子，故造卜筮，宣传《周易》。可以说《周易》与孔子没有关系。

一九八六年八月三十日

先生言：

用不着太认真，太认真还没到时间。

我是认真的，但认真就没有人来听了。

认真讲要认真听，但有的东西是要相应的。

数学超出物理学，几何就是讲现在还没有看见的一些客观事实。

一九八六年九月二十八日

老傅（傅紫显）说，杨先生讲“《易经》的光照着一点点是有好处的”，此话可深味之。

先生言：

我过去对特异功能很起劲，现在逐渐淡了。

汉钟离度刘海蟾，危如累卵。我相信抓住中心，气旁边一来，有可能。

小颜赴美，带许多术数的书。

先生言：

你尽管判断下去，自会来的。

又言：

这些书是给别人看的，会有作用的。

唯心就全部唯心，太阳、月亮全部不关。只讲准，不讲为啥准的道理（言外意指还没有反身）。讲太阳月亮，中唯物的毒。

每个神经细胞，它认识的空间，怎么会知道太阳月亮，此是微观空间之事（几亿神经细胞的空间）。

王船山，大梡以前，不谈活子时。此语至深。

八识转四智，四智转大圆境智。嘭，打破，东西出来了。

有人问密宗。

先生言：

全部是真的，与特异功能完全两样。

又言：

此不谈的，此要守法。

一九八六年十月五日

林国良问《灵枢经·五味篇》"天地之精气也，常出三入一"。

先生言：

三一为比例数，出去多，进来少，故人总是一点点衰下去。

又言：

你炼气功，进来可以多一点。

先生言：

清从注经到注子，是从汉到战国，不是他们自认为的从春秋到战国。

一九八六年十月十九日

先生言：（讲《易道履错》）

整个《易经》，一定要神而明之。

不可说在佛教是数字。不可说不可说转，今名无穷。

佛教理论，华严；信仰，净土；文学是禅宗；哲学是唯识。

一九八六年十月二十七日

先生言：

明夷，初筮，原筮。

做文字者不是这意思，但象是这意思。懂了象，随便你如何凑，永远无穷。

屈原卜居，是初筮时要问原筮的问题。

王者显比，失前禽也不要紧。

玩辞，是你去用句子，不是句子用你。丢掉辞，执牢的是象。

王弼得意忘象，辞却还没丢掉，所以弄不好。观象玩辞，辞是从象中出来的。

实践的路，都是高高低低的地方，没有平的地方。

错和对，八卦相错。

象定性，数定量。

一九八六年十一月二日

先生言：

毛、刘是马列里的禅宗。

萃庙与涣庙，只有在聚散的时候，需要庙。涣其群，以成群龙无首。

同人，旅人。

读《易》就是让脑筋里的象变化。

特殊如车祸，还是有个根，完全有道理。从这方面讲，完全宿命。

报载炼瑜珈者自焚，因问及。

先生言：

炼得不好，都是走火。

个人也有划时代，就是生死。

一九八六年十一月六日

先生言：

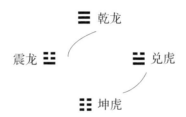

☲，☱兑为虎变，☲，☱兑为虎，☲，☷坤为虎，为欲。虎视眈眈，其欲逐逐。

老虎胃里不摆这些东西不成功。视履，看。夬履，改掉这个履。

释迦牟尼舍身饲虎，我有个时候想不通。后来想通了，身体化掉了，老虎吃不掉的。《金刚经》节节支解，《庄子》庖丁解牛，罗汉降龙伏虎。

三纵三横。

只有六套，没有七套，五套就不完备。

六龙调平，气功也懂了。时乘六龙以御天。

理（可以讲），事（不知多少因果积起来）。

人到底不是法身，最多是个报身。可以从法身入。

一九八六年十一月二十三日

讲反射二进制，比二进制进步，见《数字运算机中的算术运算》295 页。

先生言：

可永远上去。

当时还同杨先生谈，杨先生讲，你从电子计算机中发现八卦。

2×1=2

3×2×1=6

4×3×2×1=24（四象）

5×4×3×2×1=120（五行）

6×5×4×3×2×1=720（爻位）

7×6×5×4×3×2×1=5040（蓍数）

8×7×6×5×4×3×2×1=40320（八卦）

64！ ×63×…………×1= 天文数字

薛先生选一种为第三八卦，伏羲量子。

文王电子。

孔子原子。

八卦，六卦是空间，坎、离是时间。

一九八六年十二月十四日

先生言：

咸临，肥遯，小乘劫还要来。

復避在地下，临显出来了。

《易经》二千年来，人把它讲活了，扔掉可惜。

《易》不但有消息，还有之正，之正是人事的作用。

一九八七年一月四日

先生言：

中国文化现在的形势，就是巴比伦等文化灭亡前的形势。

去香港，与 1937 年的上海没有两样。

一九八七年二月一日

先生言：

孟子四十不动心，要具体实践，慢，故要等到四十。"告子先我不动心"，当然告子高。此儒道争论的关键处。

唐文治《十三经读本》，请印光作序。

圣言量就是信心。圣言量全部打破，看我在做什么。

所以你们不要全部相信我。

一九八七年二月八日

先生言：

廖季平从经学弄到医学，时空就拉大了。我无形中走这一条路。

一九八七年三月一日

先生言：

近代最佩服二人，孙中山，推翻二千年帝制；蔡元培，推翻二千年经学。

没有神仙，但有气化的人。上友古人，白玉蟾见张伯端。

问：灌顶方可言。

先生言：

儒家亦有戒，毋不敬，尚不愧于屋漏。

闻思修。

问：种子。

先生言：

即乾初"阳气潜藏"。

种子恒转如瀑流，如何可阻挡。到中心去，再把中心化到没有。

儒、道、佛最后看到的东西，说同也不对，说不同也不对。

极为微妙。

一九八七年三月十七日

卍　　　十　　　☯

一九八七年三月三十一日

先生言：

《史记》读八书。

黄龙三关，黄龙死之年，即张紫阳悟道之年。

予欲无言，不是《公》《穀》的微言大义。

满天星星。

补遗乙

先生言：

易理者，吾国固有之一切理论的基础，中医理论乃其一部分。

先生言：

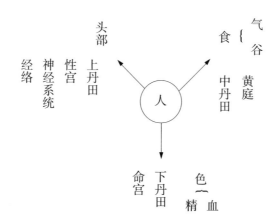

先生言：

卦变究时，爻变守位。

先生言：

中医理论从道教中发现，似可无疑。今日更可由道教中提出内丹之蕴，以开医学探索之路。

先生言：

尚变：正位不变；尚占：正位可变。以筮法论，一卦可变六十四卦。

吉凶似在象外，因象同而吉凶不同；然吉凶不同之象，似同而实亦不同，则吉凶仍在象内。九、八、七、六之变，本诸筮法，清姚配中《周易姚氏学》全准此义以解经，则吉凶莫不与象合。

先生言：

易学史：一、史；二、以象数建立坐标，干支、五行、五子、六甲、参两、河图、洛书、太极；三、几何。

天：1、纳甲、爻辰、北辰、二十八宿

2、卦气、时空四维体

3、赫罗图

地：1、化学元素

2、玻尔轨道

先生言：

大手印犹禅宗无，无中有有。

大手印成就，然后可修大圆满。

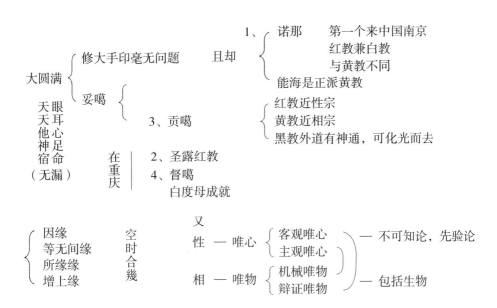

先生言：

破待复凿而贯通天地人，此犹释氏由识转智，破镜而虚之象，当禅机之第九识。

先生言：

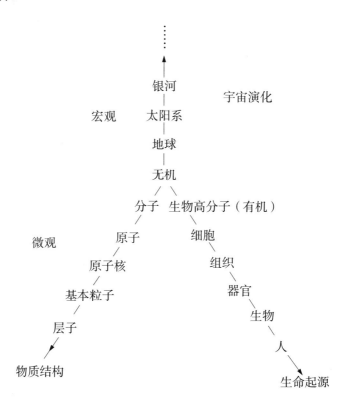

先生言：（和朱熹《启蒙·考变占》略异）

筮占之法，除筮仪外，变化有七类：

1、皆不变爻，占本卦卦辞，以《大象》为主；

2、变一爻，占本卦变爻之爻辞；

3、变二爻，占本卦二变爻之爻辞；

4、变三爻，占本卦三变爻之爻辞；

5、变四爻，占之卦二不变爻之爻辞；

6、变五爻，占之卦不变爻之爻辞；

7、变六爻，占之卦卦辞及《大象》。

如筮得恒之比_X，此初六、上六未变，占比"初六，有孚，比之无咎。有孚盈缶，终来有他吉"，"上六，比之无首，凶"。或兼取《易林》，即本恒卦中比卦之占辞："龙生于渊，因风升天，章虎炳文，为凶败轩。发轫温谷，暮宿昆仑，终身无患，充精炤耀，不被祸难。"

先生言：

冬至当甲子年甲子月（以建子论）须六十年一遇，四遇二百四十年，约一部《春秋》之时，其运可见。

先生言：（易学史纲要）

距今

一、伏羲易	连山	2万—1万年，约传三百代	八卦及变化		渔猎社会
二、神农易	人	1万—7千年，约传一百代	六十四卦及六爻变化	农业社会	
	大汶口文化	早 — -4300 — -3500			
		中 — -3500 — -2800			
		晚 — -2800 — -2400			产生私有制、彩陶
三、黄帝易	归藏 地	7千—4千年，约传一百代	3×4		母系社会
尧舜易	周易 天		12月	六十周期	父系社会
			2×5		
			10日	文字	
四、夏易	连山	-2100 — -1600年	夏时建寅	钟鼎	家天下
五、商易	归藏	-1600 — -1100年，约传三十余代	坤乾	甲骨、钟鼎	
六、周易	周易	卦象			
	二篇	西周	有数字当阴阳变化		乾坤
七、春秋					
八、战国		东周			
九、秦、西汉					
十、东汉		汉易			

先生言：

每一个历史时期的形成，必有较大的改革，以发展生产力而提高认识，方能掌握时代精神。

先生言：

《系辞》的知识分类：

$$
\text{古者包牺氏之王天下也}
\begin{cases}
\text{仰则观象于天}　（天文学）\\
\text{俯则观法于地}　（地理学）\\
\text{观鸟兽之文}　　（动物学）\\
\text{与地之宜}　　　（植物学）\\
\text{近取诸身}　　　（医学）\\
\text{远取诸物}　　　（物理学）
\end{cases}
\text{于是始作八卦（数学）}
\begin{cases}
\text{以通神明之德}\\\text{（形上：哲学）}\\[4pt]
\text{以类万物之情}\\\text{（形下：科学）}
\end{cases}
$$

先生言：

易与天文学：

三个层次：1、太阳系；2、银河系；3、银河系以上（即日月和星）。

太阳系，与地球关系最密切的天体是日月（阴阳）、金木水火土五大行星（五行）。《系辞》"阴阳之义配日月"，《史记集解》引孟康语"五星之精散为六十四变（《左传》哀公二十八、四十五年，另有太岁超辰十二次），记不尽"。

太阳为主，其变化状况改变地球的能量分配，其要为一日（自转）、一年（公转）两种，前为昼夜（阴阳），后为春夏秋冬（元亨利贞）。地球存在四十五亿年，此状况基本没有改变，周而复始，元发为亨，亨演为利，利归于贞，贞下又起元。

描述一年物候变化的是卦气图。坎离震兑四正卦示春夏秋冬，余六十卦分辟、公、侯、大夫、卿士等五级，要为十二辟卦，示一年十二个月的阴阳消长。至郑玄总结辟卦为爻辰。

月亮运行是纳甲图，其义见魏伯阳、虞翻。

银河系和恒星体系，有总结性二书，《史记·天官书》及李淳风《晋书·天文志》。体系在二十八宿坐标，精要在《天官书》"杓携龙角，衡殷南斗，魁枕参首"十二字，即极星、北斗、二十八宿的关系。今人朱文鑫《史记天官书恒星图考》已绘出此图（商务印书馆，12页），李约瑟采取之（《中国科学技术史》，128页）。

杓携龙角，指北斗七星。北极星和斗杓二星（开阳、摇光）延长线指向连接于二十八宿之首，即东方青龙角亢氐房心尾箕的角。

衡殷南斗，指北斗斗杓和斗的中心点一星（玉衡）连接延长至二十八宿北方玄武之首南斗上（南斗六星）。

北斗、南斗在道教有重大意义（北斗注生，南斗注死）。

《参同契》"始于东北，箕斗之乡"，箕斗即青龙七宿和玄武七宿的转换点，今知是银河的起讫点，也就是银河的中心处。由东而北，为逆时针，与天地运行反向，即东、北、西、南"恒星东移"现象。斗以下，即牛女，有牛郎织女为银河所隔的传说。

箕斗之乡为银河中心（银河今有银经银纬），太阳和地球还不在银河中心，而在银河的延长部分上。

太阳、地球

北斗不动（每夜可见），南斗是动的（不是每夜可见）。道教有拜斗法，感应斗，厉害。尚有卧斗法，把北斗当作可以变化的躺椅。今天科学也知北斗可以变化，那是极长的时间数量级。

魁即天璇、天玑、天枢、天极四星，四星延长线交于西方白虎和南方朱雀之交的参星上。

妙就妙在此图用眼睛是永远看不见的，角星要夏天看（如要在一天内看，角要极早在黄昏看，斗星要极迟在清晨看），参星要在秋冬之际看。人就是上到宇宙空间，看到的也不是此图的景象，此图的实质是已经描写了时间。一半直接见到，一半要用思想，真实情形永远如此。

然而此二十八宿之外，尚有极星问题，这就是岁差。《吕氏春秋》"极星与天俱游"已发现岁差问题，至邵康节弄清，为"十二万九千六百年"，用五个岁差周期，已远过人类历史。

岁差图朱文鑫亦已绘出，如下：

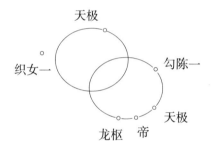

然此尚为盖天仪，未想象南十字形象。故汉代张衡完成浑天仪可贵（同时的王充，于自然科学意义不大）。但先秦哲人亦有知者，《庄子·天下篇》"我知天下之中，在燕之北越之南也"。

先生言：

水	金	土	火	木	土
太阳	太白	地球、月	荧惑	岁星	镇星

先生言：

《周礼》，故以太卜观之，兆卦梦之几可通，各以数辨其吉凶。三兆之数其算式如下：

$$5（五行）\times 24（节气）\times 10（五色 \times 墨坼）=1200（颂）$$

体数　　　　　繇数

三易之数，其算式如下：

$$2（阴阳）^{3（三才）}\times 2（阴阳）^{3（三才）}=64（别卦）$$

经卦

三梦之数，其算式如下：

$$10（天干）\times 9（九畴）=90（别运）$$

经运　　　九变

先生言：（略论生物物理学中的一些理论问题）

自然科学中唯独生物学突出，与物理学是否有本质的不同，总结历代之见界，根本不外二种：其一以生物学归诸物理学，其二，生物学决不同于物理学。前者名之为机械论，后者名之为生机论。虽然机械论亦因时而进步，今日以量子论诠释生物学，可云大进步。而以生机论而言，所谓生机仍为未可知。以为某点为生机者，日后常有物理理论加以说明，然而即以物理理论概括生物学，又必有某种情况使物理学终感到棘手而无从诠释。观人类文明之进步，可谓非此二者之辗转乎？故以认识论论之，是之谓相反相成，决不可偏废。以吾国哲学思想名之，是之谓阴阳。凡机械论属阴，生机论属阳，由此阴阳之相反相成，分析为四种不同的情况：其一环境和机体，其二结构和功能，其三预成论和新生论，其四因果论和目的论。又环境宜分自然环境和社会环境。

先生言：

物理和生物——凡物理理论之极致，仅能证明宇宙间一切物质变化，而此物质犹未发展成生物。当既有生物后，物理理论犹然，而生物与外物发生关系，乃有生物进化问题，即生命与物理理论之结合。其间生命起源为一特殊的转折点，生机论者盖仅视此一点，机械论者欲化此奇点为零而已。研究生物物理学的目的，乃在自觉本身有机体（人类）与宇宙之关系，而使之不断进化以控制外物。

生物量——五维非阿几何在本空间可连续，在另一空间即不连续。科学所通用之单位 CGS（厘米、克、秒）制，属物理量（米之来源，准地球子午周而定）。于相对论前，CG 与 S 尚可分言，今则已相需不可离，盖任何物质必有其寿命，而须另有生物量。

环境与机体——此矛盾可以正、负熵明之，机体的目的在积累负熵。环境一般对机体不利，机体可尽量适应环境。DNA 的能力有一极限（对任一生物体而言，非对整个生命言），当超过此极限，机体即不能生存而死亡。

预成论与新生论——未生时环境简单，已生后环境复杂。胎教确应注意，比较便于改变 DNA，出生后亦可改变 DNA，但比较麻烦。此一问题决不可执一。

目的论和因果论——预测能力永远为一概率，因 DNA 可突变，突变有得失，如某种生物突变成恐龙，即成未能适应环境之 DNA 而灭种。今癌细胞亦为突变，于人类进化不可谓绝对无用。

中医和西医——凡中医者医人而及病，西医者医病而及人。即中医医人为主，对任何人先有一整体概念，分析从人开始，包括此人所处之时间和地域。盖病在人身，其因殊多，故同一病生在某种类型的人身而治法不同，用药亦不同，今所谓辨证治疗。而西医分析以病为主，肯定病因所在而治之。故西医的研究中心，先由种种化验以寻求各病的特征，使每种病各有其明确的概念，继之研究治此病的特效药。今日西医的研究病因，已深及遗传基因，了解细胞核内脱氧核糖核酸（DNA）的排列规律，其基本病因在排列次序有误。故治病者用种种对应的酶，以切割 DNA 而使恢复正常排列，及与核糖核酸（RNA）的复制等。如注意癌症，亦从此理以研究其根本病因及对症的特效药。何以人身的正常细胞会转化成 DNA 不同排列的癌细胞，RNA 的排列次序亦能改变 DNA 的排列次序，当改变排列时，主要由量子的跃迁，此由分子生物学以及量子生物学。对医理病理研究如此精深，吾国中医如不从西医入手，可以说绝不可能了解科学精神的伟大。然以整体概念的辨证治疗论，中医迄今尚有特色，足以指示西医研究的方向。

先生言：

吾国科技史，颇多资料保存在《道藏》中，唯数百年未加研究。对于生物和物理的变化，对生物自身的了解，正为《道藏》的特色，今依科学标准取之，举数例以见其价值。

天文：辽天文十二宫以箕斗当子。

地理：五岳真形图。

生物：復根与天根图。

医理：内丹气功、胞符结晶体形状。

工艺：司马承祯铸剑。

数学：整体性。

先生言：

止即是观，观即是止。

止即不止，观即不观。

先生言：

太极者，当河图洛书之中而所以生八卦者也。《系辞上》曰："天一地二……如斯而已者也。"盖《易》之总义三，曰开物，曰成务，曰冒天下之道。如斯者，天地之数也。开物者，河图也。成务者，洛书也。冒天下之道，太极也。

先生言：（读《自然系统中的阴阳》评语，Norman D.Cook 著，张庭梁译，《中医药国外资料摘译》一九七八年第二期）

于原子、细胞、大脑三个层次中，原子属生物的物理系统为阴，细胞与人的大脑属生物系统为阳。以原子言，核外的电子属阴，核内的质子、中子属阳。以空间结构言，原子属四维空间，核子的变化已际于五维空间。若五维生命的现象，以今日的科学水平论，在完成认识 DNA 和 RNA 的组合变化。以人体言，则 DNA 和 RNA 的阴阳，吾国旧名为命宫，属阴，脑分左右两半的阴阳，吾国旧名为性宫，属阳。而核子于生物的变化，包括食物、饮料、呼吸等，其于体内调剂两宫的关系，此为人身最基本的阴阳变化。唯其失调则病，医者所以调正之，犹以酶切割 RNA 而正其序，亦有切割 DNA 的可能性。

先生言：

京氏易纲领

1、八宫世魂之次　　　　　2、八卦与五行

3、纳甲、爻辰　　　　　　4、世应、飞伏

5、爻建、积算　　　　　　6、五星、二十八宿

7、五行生克之称名　　　　8、纳音

先生言：

消息与互卦、旋卦皆归于乾、坤、既济、未济四卦。消息者，乾、坤与既济、未济各消息成三十二卦，前者曰往復，消息时也，后者曰平陂，消息位也。互卦者，初互成十六，再互亦成既济、未济而各及三十二卦。

先生言：（释时位）

时者，六十四卦之卦时，位者，六爻之爻位。时有得失之异，位有当不当之别。得时者，以乾处乾，以坤处坤，失时者，以乾处坤，以坤处乾。当位者，以刚处刚，以柔处柔，不当位者，以刚处柔，以柔处刚也。夫处乾有道，变其二、四、上而化其初、三、五，处坤有道，变其初、三、五而化其二、四、上。凡变化合时，犹正其位。得时当位者，是谓既济，失时不当位，是谓未济云。夫以时为主，六爻并观而一，无分上下之贵贱，以位为主，六十四卦辐辏而一，无分古今之先后。此时位之大义，卦爻之主旨，《易》曰"六位时成"是也。

先生言：

龙树、提婆定真谛而有俗谛，无著、世亲定俗谛而有真谛。

先生言：

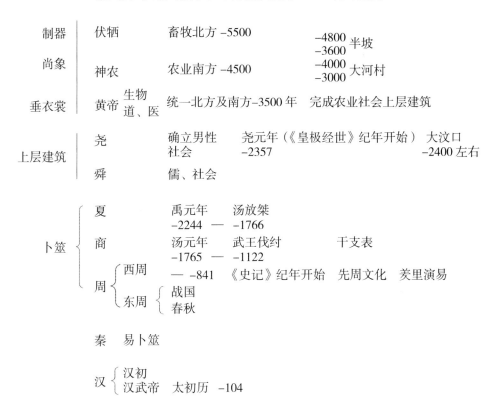

燧人氏　火化（更早）　山顶洞人距今 1 — 2 万年之间

制器 尚象 垂衣裳	伏牺	畜牧北方 –5500	–4800 半坡 –3600
	神农	农业南方 –4500	–4000 大河村 –3000
	黄帝 生物 道、医	统一北方及南方 –3500 年　完成农业社会上层建筑	

上层建筑	尧	确立男性 社会	尧元年（《皇极经世》纪年开始）　大汶口 –2357　　　　　　　　　　　–2400 左右
	舜	儒、社会	

卜筮

夏　禹元年　　汤放桀
　　–2244　—　–1766

商　汤元年　　武王伐纣　　　干支表
　　–1765　—　–1122

周　西周　— –841　《史记》纪年开始　先周文化　羑里演易
　　东周　战国
　　　　　春秋

秦　易卜筮

汉　汉初
　　汉武帝　太初历　–104

先生言：

世界四大文明古国，中国、印度、巴比伦、埃及。巴比伦、埃及本身未能保存，传于希腊，由希腊、罗马经文艺复兴而产生欧洲现代自然科学。其基础数学，以形象表示，是几何学，由泰勒斯（约 –625——545 前）传自埃及。而古学唯中国能代代相传至今，包含自然科学原理，可与西方互相借鉴。

徐光启（1562—1633）译《几何原理》，已谓吾国大禹治水时当有几何学，今已失传。易学就是吾国之几何学，从青铜器上推至古陶器，莫不有种种几何图案。马王堆得帛书《系辞》，则为先秦古说无疑，且帛书《周易》较今本为多。

1977年于岐山凤雏村掘得大批周室甲骨，用碳14放射鉴定，为 -1095 ± 90 年，则恰当三千年前文王与纣时代。此批甲骨中异形字，实即观察阴阳变化时所用的《周易》符号（《文物》一九七九年第十期）。宋代钟鼎上已有此类卦象，惜前人未识（见《考古学报》一九五七年第二期）。其数为一、二、五、六、七、八等，稍后亦有九字发现，其数仅有六、七、八、九，此五变为九，于易理易数的原委，关系甚重。准此甲骨，可确信有文王演易事，然其法尚未完备，《淮南子·要略》云："伏羲为之六十四变，周室增以六爻。"

先生言：（汉易、宋易相应）

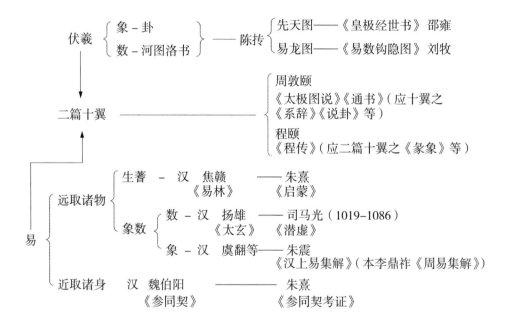

此相应关系见思想文化之遗传性。凡理学家什九出入佛老而什九排斥佛老，于印度佛学皆能探得宗门之机锋以得其拈花之旨。然微笑之应，能无时空之限乎？幸生物本来具"四维模式"，故不必定在亲族而传后裔。又相应之非连续，更不必如禅师之传灯，后世子云不必姓扬，温公应雄亦未尝觌面，是乃神经细胞之作用乎？希夷应伏羲，邵又应蔡墨之一爻变，实能由历法而历理。

先生言：

《圆觉》十二问犹十二爻，包括知行。明第一问犹问牛顿第一推动力，答以应了达无明，盖知今所知所有之一切皆由第一推动力而来，则今之一切皆为幻为无明。（一）

由是如何处幻，则宜真幻双遣，即今之一切及第一推动力或真或幻一时俱忘。（二）

能否双遣，尚存问题，然应渐次双遣，因知不外和合缘生，如电子、分子之结合，谁为和合者。（三）

渐次修行而至明透第一推动力，然仍为不可能之事，盖未出轮回，一切之知仍不免为轮回所拘。在轮回而论出轮回之事，于理未合，当顿觉。（四）

顿觉在断障，在能所双遣以得无生忍，今所谓由还原论以归生物于无生物，种种元素，电子、中子、质子以及极微而灭之，所谓开物成务、格物致知是其象。（五）

然后可论真空妙有而一切随顺无分别，自然可得玄黄之血，其何有乎第一推动力。若其知已不外此六问六答，然顿渐之修，悟盖属行，乃在下之六问六答。（六）

先生言：（《读易提要·自序》残稿）

庄子《天下篇》中，已合《诗》《书》《礼》《乐》《易》《春秋》为一整体。《易》未经秦火，传受不绝，汉尤盛行，视为六经之源，决非偶然。以今日之分科观之，《易》纯属哲学范畴。吾国所谓礼乐治天下者，《诗》通乐，属文学范畴，《书》通礼，属史学范畴。《春秋》者，当时之近代史，有是非之准则和哲理寓于史评中。司马迁有言："《易》由隐之于显，《春秋》推见之隐。"显者以哲理见于客观事实，隐者抽象客观事实纯言其哲理。若显于事，势有社会科学与自然科学之辨。《易·系下》曰"以通神明之德，以类万物之情"，前者犹社会科学，后者犹自然科学。凡显则殊途，隐则同归，以易理言固兼有之。

故自汉迄今，易注繁杂，有著述可考者足有千家以上。唯其见仁见智，隐显丛集，况视于时位之辨，参于三极之际，其几至赜。非直接从历代易著中撷取其要，决不可以意妄测，因有《读易提要》之作。清《四库提要》，经部易类收易著一百五十八部及附录八部，余存目三百十七部及附录一部，于子部术数类又收五十部及存目一百四十八部，共计六百八十二部。今则四百六十五部存目之书已不易全得，然加上辑佚及由乾隆迄今的易著，确有千种，历代有著录而全佚者尚不计在内，猗欤盛哉（冀县孙殿起耀卿录《贩书偶记》，易类有二百二十三部）。

读《四库提要》，可云简洁详明，然述内容尚多未及精粹处，且评价标准亦可商榷。今于易著之象数，更宜重视之。

先生言：

以分子生物学观之，遗传密码根本无动植物之分，必经约二十余亿年之进化，始有不同之进化路线，且宜以后代的明显不同，略可推原其分辨之几。今考察动植物分途之几，主要为定向问题，当由单细胞而多细胞，仍有生物整体能控制多细胞以起分工作用。凡生物存在之基本定义，能不断对体外有反馈能力，有此生物起源的能力，即能遗传而扩展，以使生物本身进化。而此整体的进化，必须逐步对体内与体外有深入的了解，其对体内的分工愈精细，愈能容纳众多的细胞，其对体外条件愈了解，愈能吸取体外的能力以成本体的生命力。试观动植物之异，就在于对外界认识后反应不同。植物之进化方向，在感觉地心引力，动物的进化方向，在始终对抗地心引力。经千百次地形之变，吾国所谓几经沧桑，动物之生存皆流动于水中或地面，而植物之生存定向于地心。唯植物早有定向，故于吸取外界的营养，可源源不绝，而动物须付出对抗地心引力的能力，故于细胞分工时若干种氨基酸不能在体内合成。这一进化形式，约于三百万年前的类人猿进化成人类时已做到了。人类的直立就起定向作用，此恰与植物颠倒，乃见生物的进化，宜逆地心引力而上出。当生命起源于海底，由水而陆，由陆而空，迄今已能上出而完全摆脱地心引力的束缚，此不可不了解生命力的伟大。

先生言：

依《史记》，夏自禹至癸约十四世，商自汤至辛约十七世。西周较明确，武王至幽王为十一世，东周自平王至敬王亦已十二世。

先生言：（前后《愚鼓乐》的关系）

王船山五十三岁写《愚鼓词》，内分前后，关系示于下：

《前愚鼓乐》：调寄《鹧鸪天》，名"梦授"凡十首。

《后愚鼓乐》：调寄《渔家傲》，名"译梦"凡十六首。

1、讲丹法精满气足神会之要

2、讲内药来源于涕唾精津气血液"七般阴"——以上总纲不必释

3、运火	1、炼己
4、真意	2、黄婆
5、走河车	3、水中金　4、子时　5、弦月
6、心死神活	6、采药
7、采药	7、龙吞虎髓　8、虎吸龙精
8、静炼	9、进火　10、退符
9、筑基固精	⎧11、沐浴　12、刀圭入口 ⎨13、后天气接先天气 ⎩14、三五一　15、光透簾帏
10、丹成后体内和谐	16、大还

先生言：

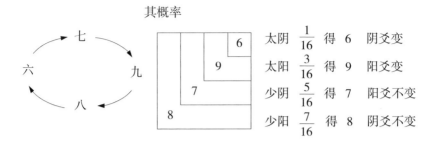

其概率

太阴 $\dfrac{1}{16}$ 得 6 阴爻变

太阳 $\dfrac{3}{16}$ 得 9 阳爻变

少阴 $\dfrac{5}{16}$ 得 7 阳爻不变

少阳 $\dfrac{7}{16}$ 得 8 阴爻不变

概率阴画最高，阳画次之，阳爻次之，阴爻最小，此相应于阳善变，阴不善变。如合阴阳，概率则同。

7/16（阴画）+1/16（阴爻）= 二分之一

5/16（阳画）+3/16（阳爻）= 二分之一

更合阴阳以分画爻，

得画的概率： 7/16（阴画）+5/16（阳画）= 四分之三

得爻的概率： 1/16（阴爻）+3/16（阳爻）= 四分之一

可见不变占四分之三，变占四分之一，可喻一切事物有惰性之象。

"十有八变而成卦"，其概率以坤之坤最大，约一比一百四十二，坤之乾最小，约一比一千六百七十七万七千二百一十六（1/16777216），此十八变之所有变化，共4096种。

先生言：

《内经》五行合五脏　　　　　《淮南子·时则训》及《太玄》

　　　　　　　　　　　　　　《吕氏春秋·十二经》《礼记·月令》：

　　　　　火心　　　　　　　　　　　火肺

木肝　　土脾　　肺金　　　　木脾　　土心　　肝金

　　　　　肾水　　　　　　　　　　　肾水

《洪范》则水、火、木、金、土之序

五行数之变化：5！＝5×4×3×2×1＝120

如以 5 数循环观之，五种可合成一种，则仅为二十四种，又环有顺逆而为十二种。

古书叙五行之次，当以《洪范》水、火、木、金、土为次。《内经》以金、木、水、火、土为次（《移精变化论》等）。《太玄》纳音，其次为火、土、木、金、水。若《洪范》主天一生水，《内经》主天五生土，《太玄》主天三生木，后出之《书·大禹谟》始以纯克之水、火、金、木、土为次，可见魏晋后始以纯生纯克为主。

先生言：

西方科学重实验，一切事物须经解剖。中国似重抽象思维，不重实测。或即认为此系中国文化不科学的症结所在，且亦有人误认为抽象思维反优于实测，其实非其然。至于中国重视抽象思维，仍有其实测的基础。在实测的基础上，更须有巧妙的抽象思维，方能逐步创造人类的文明进化史。然因中国文化来源已古，至少有三千年未中断，故百余年前出土殷墟甲骨文，基本仍能知其大义。即以三千年论，一般的实测或则已失其传，或则太简单化，或则实测有误。因有误的实测加以抽象思维，其结论自然不科学。然确有较简单而极有真实性的实测，今日仍应注意。至于年久失传或有记载而不为人所注意，且在此基础上所作的抽象思维，实有其极深刻的理论意义。中医的五脏问题，即存在极科学的实测。经实测后，经过五行间的抽象思维与心肾交媾的气化理论，自然形成《内经》所记录五脏配五行的方位（《金匮真言论第四》《平人气象论第十八》）。

中国的文化每为主要经典所固定。中医于五行配五脏的方位，二千数百年来，始终根据《内经》不变。而中医治病的理论建立在五行生克的基础上，既有深邃的理论价值，宜有明显的疗效。然而对何以肺属金等问题，尤乏人研究，由是中医的理论近百年来始终为人所疑惑。其间有二个主要问题，其一五行生克问题是否科学？其二五脏配合五行是否适合？这二个问题迄今未闻有彻底的研究。事实上这二个问题，以今日的认识水平，完全可利用数学原理加以解释。这一问题似较复杂，其实是时间与空间的结合，本属中国象数学的一部分。五行与五脏的配合，早以东南西北的方位，合诸春夏秋冬的时间。

先生言：

《易》有十二时卦，豫、随、颐、大过、坎、遯、睽、蹇、解、姤、革、旅。

先生言：（《悟真篇》象数结构）

张伯端悟道于熙宁己酉（1069），作《悟真篇》前序（乙卯1075），三年后（戊午1078）作后序。时经十年，当有变化，故传出版本有异。

《文献通考》著录其书，《通元秘要悟真一卷》已佚。晁以道（1059—1129）曰："律诗八十一首"（与前序同）。序又曰："续添《西江月》十二首以周岁律"，未知是否已有，故最早为八十一首。

陈振孙《直斋书录解题》："著五七言诗及《西江月》百篇，末卷为禅宗歌颂，有叶士表、袁公辅各为注五卷。"此书今尚存。原著由八十一至百篇，有禅宗歌颂，乃最早原文及注本。

元至元二年（1335），戴起宗《注疏》斥叶注，已为师承所惑，宜读百篇及禅宗歌颂（相应最后一首《西江月》），故一得永得，其理在象数结构中。知象数则"达者惟简惟易"，注文字则"迷者愈惑愈烦"。分四层，三层前序，一层后序。

一、八十一首。九九通于八八。首读六十四绝句，犹《周易》卦爻辞。"二八之数"贞悔，乃有得于"先天图"。六十四首之本，太乙五言一首，象太极，为任何功法抽象成理论的必具形象。未知太乙、二八至六十四之次，难知弦外之音。

二、《西江月》十二首。三分损益法，于十二律吕中取宫商角徵羽五音，旋宫而成六十调，可作无穷乐曲，以示六合内外人情物理之象。全部《悟真篇》片响功夫，在此"天籁"、"琴心"。

三、本源真觉之性，所悟者犹内圣，所增者外王之"权"，仅有绝句五首、《西江月》一首及杂言《读参同契》。又附七篇者，叶注本。《自序》有二种版本，另本作"及乎编集既成之后，……遂玩佛书及《传灯录》，……乃形于诗曲杂言三十二首"。如信此，则极重要之《读参同契》即不能收入。然张会通三教，禅宗之理岂能不知，何待成《悟》后更玩佛书？故自序不宜有此节，文字当准叶注本为是。故九九一十十由象数而来，所附七首，五首五绝犹五行，即十二律吕所取之五音。一首《西江月》当禅机，一首《读参同契》当道机，此理当由悟道而成前序时之思想变化。

四、象数结构产生于前序、后序之间，此期间世事更为颠沛，尤见有身之患，故陆续成"禅宗歌颂"三十二，皆归无生妙用。三十二犹四八，处于二八与八八之间，以见无生妙用，本在生生之间，此所以得最上一乘之妙旨。

《悟真篇》象数结构图

先生言：（"当下"功法）

三教，以道黄老，《易》三圣，佛达磨六祖，莫不以陈抟先天之学结合于"当下"，且承认禅机为性宫，道门为命宫的原则。命宫中，分易遇难成与难遇易成二大类，自属于难遇易成者，全同佛氏顿渐两大法门。二乘仅知坐禅而不知参悟，当命宫易遇难成。难遇易成之"参悟"，名之曰"金液还丹"，"夫金液……功成名遂"，达成宋初最圆满的认识论。以人类生物钟，归于天地人三才整体客观时空宇宙，见天地之阴阳。人参天地，故"超二气于黄道（世界）"，天地人三性，故"会三性于玄宫"。七、八、九、六四象，合于卦爻之变，当相互对偶之迁移，于迁移之际始得"玄珠有象"。圆而神之蓍，属自对偶，义当阴阳混沌而"太乙归真"。由胞腔中心迁移至整个空间顶点为增一维，由整个空间顶点迁移至胞腔空间中心为减一维，于出入维数之际，何可不慎。作前后序时，虽隔三年，心情殊多不同，由谈命以知性，变而为悟性以至命。"无敢复言"，不得不截断先天而虽生犹死，然仍后天奉天时究其当下功法，则虽死犹生。分七层。

其一，绝句六十四，关键"用了真铅也弃捐"（九），试思真汞真铅为何物？得既不易，仍须弃捐，是有"丧我"之象，故始见"混成之物"，是之谓"返根复命"（五十一）。由是"一粒金丹吞入腹，始知我命不由天"。得内气后，可逐步加以认识。

其二，七言四韵十六首，大义"欲向人间留秘诀"，不得不视为数学语言。"三五一"等，河图外旋或内旋。

其三，五言一首，总结六十四与十六。

四，《西江月》十二首当律吕。

五，附七篇。一、明知性不知命之失，失在"未免抛身却入身"；二、明修命之得，得在"真金"；三、明知命不知性之失，"奈何"；四、明修性之得，"释氏"。故张以"真金"所取的"屋"当释教"净土"之象，然当在生前到达；五、性命合一之象，合世界于"宇宙"，故"天地尘沙尽成宝"，犹生物钟归于"化学钟"。《西江月》兼及性命，以性为主，佛当之。《读参同契》兼及性命，以命为主，道当之。《西江月》一首，即承第五首绝句以归于"无生妙用"。《读参同契》取"易简而天下之理得"于当下。

六，百篇《悟真》通于《禅宗歌颂》，知"难遇易成"之"命术"，非百年中必能出其人以继之，故不得不作《悟真》以传后人。如未识"当下"，故有"泄露天机"之患——"性地颂"、"不移"合净土于禅，"眼见"归宇宙于"气"，"读雪"义同"无罪福"通三乘，"圆通"同陈抟"观空"，要在由空而有，故性命混一。惜"难遇易成"之命术，孰能知其可圆通于"养性"而得最上一乘之妙旨。有心研习《悟真》者，不读"禅"犹缘木求鱼。"宝月傀偏"犹"不敢为天下先"，"戒定慧"互为体用犹"混成之物"，"无心颂"喻"出入无疾"之机。《西江月》十二首，"二边俱遣弃中心，见了名为上品"，是即"终以真如觉性"云云，可喻三乘之象实互为体用。必得此真空坐标，方能示性命神气之变而知其所趋，则"当下"功法不期而自见，由未济返诸既济，可视为"当下功法"的具体形象。

七，百篇及三十二篇外的不言之言，即"当下功法"。"如其习气尚余，则归中下之见，亦非伯端之咎矣"。此为后序之末句，故所谓"当下"功法，研习者当以去习气为主，习气去一分即近"当下"一分，习气去十分即近"当下"十分。故不论神气性命。不论三教得失，不论鼎炉火候，不论顿渐难易，孰能脱离"当下"。

先生言：（《周易》三古五时之发展情况）

时间（公元）		《周易》内容
上古		伏羲前。
中古	上古	伏羲氏始作八卦（原始数字）。
		文王前已发现以数字表示阴阳变化的"卦象"。
下古	中古 −1100	文王易（系《二篇》上限）。
西周	−1100 —— −771	《二篇》基本完成。
东周 春秋 −770 —— −475		（由《二篇》而《十翼》）。
今 下古−551 —— −479		孔子易（系《十翼》上限）。
−513		蔡墨言龙引及"用九"（系《二篇》下限）。
战国 −475 —— −221		《十翼》基本完成。
秦 −221 —— −207		杜田生传《周易》，包括伏羲、文王、孔子。
西汉 −206 —— 25		
−168		马王堆帛书《周易》。
−53 —— 19		扬雄（−3 年，五十草《太玄》）（传《十翼》下限）。
东汉 25 —— 220		
今 32 —— 92		班固（《汉书》取三古，或据刘歆［？—23］之说）。
170 —— 239		虞翻（约 205 年成《周易注》）。
−206 —— 239		为汉易。

魏	220—265	由汉易而魏易。
	226—249	王弼（约年二十左右成《周易注》《周易略例》）。
晋	265—420	汉易渐衰，魏易渐盛。
	?—311	范长生在蜀传"虞氏易"。
	?—318?	韩康伯注《系辞》以下五翼。
南北朝 隋	420—618	北朝尚传汉易中"郑氏易"，南朝魏易日盛。
唐	618—907	以魏易为主。
	574—648	孔颖达于贞观十六年（642）成《周易正义》疏魏易。
		蜀李鼎祚于代宗元年（762）上《周易集解》。集汉易，以虞氏易为主。
五代 北宋	907—1127	汉易文献除《周易集解》外全部失传。兴宋易以代魏易。
	889?—989	陈抟创伏羲"先天图"，为宋易之基础。
	1011—1077	邵雍发展陈抟之说，《皇极经世书》。
	1017—1073	周敦颐发展陈抟之说，《太极图说》《通书》。
	1019—1077	张载。
	1032—1085	程颢。
	1073—1107	程颐著《周易程传》，基本承王弼例而以理学明之，以宋易代魏易。
南宋 元 明	1128—1643	完成宋易直至清初。
	1072—1138	朱震著《汉上易》，读《周易集解》尚未得汉易之蕴。
	1130—1200	朱熹著《周易本义》《启蒙》，完成宋易。
清	1644—1911	由宋易而汉易，由汉易及魏易而成清易。
	1650—1741	陈梦雷于甲戌（1694）取杨道声（1651—1717）之图，成《周易浅述》，为《周易折中》所取则，丙戌（1706）编成《古今图书集成》，杨道声参与编纂，为理学具体应用之最高峰。

1654 — 1722	玄烨敕李光地（1642—1718）等于乙未（1715）成《周易折中》，为发展宋易之最高峰。
1697 — 1758	惠栋著《周易述》，至卒年尚未完成，根据千年前之《周易集解》以恢复二千年之汉易。
1753 — 1818	孙星衍于嘉庆三年（1788）重辑《周易集解》，全收王弼易注。
1763 — 1820	焦循于嘉庆十八年（1813）成《易学三书》，完成"清易"。李道平成《周易集解纂疏》于道光二十二年（1842）。
	秦汉前"三古"与汉后"四时"。

先生言：

由上可见《周易》发展之迹及《周易集解》之重要性。因《周易集解》与《易经》十二篇有密切关系，属第一阶段发展《周易》的著作，于认识《周易》整体观仍同。凡《周易》之整体观，产生于"三古"之合。此"三古"的概念，可化成"象""辞""观玩"三阶段，于整体观的变化，全在对"象"有不同认识。深入考察《周易》整体观变化的实质，初有王弼的扫象，而成魏易之整体观，其理实受佛教般若的影响。历代皆认为王弼以《老子》之理说《易》，犹未尽然。因汉末黄老道盛行，今存道教文献如《太平经》《参同契》等，莫不有取于《周易》，且必为汉易的象数。虞氏自认为与道教有关，蜀地传其说之范长生亦为道士，故汉易于魏晋后赖道教保存。王弼的玄学，与当时道教所信奉的老子无关，其注《老》、注《易》同用般若新义，殊非以《老》注《易》。此说殊难有文献依据，全本分析王弼思想与当时环境而得，由实而虚，正与佛教教义相应。而道教亦因佛教刺激而迅速发展，理论根据亦在《周易》，唯不取"文王易"，故与魏易不同，其后葛巢甫撰《灵宝度人经》。至于般若学说，须待鸠摩罗什入长安（401），始传来佛教整个教义，或从其说以入于《易》，方能足成王注魏易之整体观。然孔氏《正义》不取，自序曰："……其江南义疏十余家，皆辞尚虚玄，义多浮诞。原夫易理难穷，虽复玄之又玄，至于垂范作则，使是有而教有。若论住内住外之空，就能就所之说，斯乃义涉于释氏，非为教于孔门也。"此十余家义疏，与王弼注相比更为虚玄，故即以王注为有。或以王注与汉易相比，早已尚虚，是即有取于佛教之般若概念。惜"住内住外""就能就所"之义疏，全部失传，不然可由《易略例》以观其发展之迹。今幸有唐李通玄《新华严经论》等著作尚在，应可喻《易》与般若之合其来已久，决非李通玄首创，而魏易整体观实为其嚆矢。

至于集汉注之李鼎祚，自序有云："圣人以此洗心，退藏于密，自然虚室生白，吉祥至止，坐忘遗照，精义入神。"又曰："刊辅嗣之野文，补康成之逸象，各列名义，共契玄宗。"其有得于道教可知。视《易》玄合一，正相应于虞氏取《参同契》之义。故唐代李通玄、李鼎祚二人的思想，实为以魏易、汉易之理通往佛道二途的代表者，而唐易整体观之成，盖在二李之书。

后经唐末五代之乱，佛教华严之法界，化成禅宗五叶之机锋，《周易》汉象之至赜，恰归钟吕传道之毕法。时陈抟理通三教，次"先天"之序为宋易作基，故理学兼三教之理而排佛老，尚非陈抟创先天图之旨。朱子完成宋易而本诸陈抟，其见甚远，且能注《参同契》《阴符经》而通于道，为其思想之必然发展。惜朱陆异同久久未能解决，其思想的实质犹道与佛，此须待王阳明理通于玄学，始显象山之旨，故李贽又继李通玄而有《华严合论简要》之作。惜王阳明于《参同契》未有专著，李贽之《九正易因》亦未出新义。此非他，因陈抟之图象，已得阴阳生生之基本原则，未能发展伏羲易之图象，极难形成另一种整体观。况陈抟之思已得三教合一之旨，故于道教本身即开异于《云笈七签》的传统，继之者有南北宗的创立。儒家得其理以解《易》，虽在朱熹之后，仍分象数与义理。或不究象数而仅读宋易之义理，则宋至清初实无发展，识其图书先后天之旨而观其变化，庶可考察宋后易学发展事实。

总上所述，以见《周易集解》发展至李道平时代之情况。三古《周易》整体观的变化，莫不起于汉易，尤见《集解》之重要。然李氏仅得惠氏、张氏书而能读《集解》，于孙氏、焦氏发展《周易》整体观之创举或尚未知。且经张惠言等阐发，汉易大义已见，唯于《集解》原书，凡集三十五家之说，于汉易之注正应逐条疏通之，于汉后至唐人之说，亦宜加以阐明。

先生言：

孔颖达撰《五经正义》，犹以王韩注为准，汉易尚有遗存者，任其淹没而不顾，惜哉。孔说中虽不乏据实以正王韩之虚，然全书观之，仍以魏易为主而不及汉易。迨玄宗迁蜀，蜀地有李鼎祚者，因迎驾上《平胡论》而召为左拾遗，录汉及当代三十五家之说成《周易集解》，于代宗登位上于朝（762）。虽亦及王、韩，然确以汉易为主，东汉除荀、刘、马、郑外，独多虞氏易，为汉易主流，而孔说未及之（虞有得于孟氏易）。李在孔说后百余年保存汉易，方能直继《易经十二篇》之旨，三古之易尚在其中。虞氏曰："庖牺为中古，则庖牺以前为上古。"又曰："马荀郑君从俗，以文王为中古，失之远矣。"此实能深味《系辞》之言，上体春秋战国之时而友其人。以三古论，文王仅可当下古。《汉书》以孔子为下古，其见已囿于汉。或以《系辞》作者观之，何能称文王为中古而认不甚远之孔子为下古，况当时尚认为《系辞》为孔子所作。可见虞氏与《系辞》作者，能认识伏羲之象仍同，此虞氏汉易所以能发展三古之《周易》。然李虽辑成《集解》以保存汉易，仍不破孔说。终唐之世未闻有重视其书者，经唐五代之乱，《易》整体观又一变。陈抟（889？—989）创先天象数之图，实仍有据于十翼以发展卦象，唯其未取王弼，故仅知魏易者，尤不信先天之说。而宋易之原，邵、周之学皆传自陈，此为历史事实，未可因抟为道士而讳言，故亦为理学之原。若张载、二程重在说理，程传仍据弼注，亦不及《系辞》以下五翼，唯玄学尚虚之整体观，一变为理学伦常之整体观。以《周易》论，程传犹未及三古之时，失与王弼同，幸有朱熹总结，合陈、邵、周与张、程而一之，庶成宋易之三古。凡陈、邵犹伏羲易，程犹文王易，周、张犹孔子易。既备三古之时，故宋易足与汉易抗礼，而魏易未足并论。朱熹必以筮占为《周易》之原，更合历史事实。进而观之，由先天图而《皇极经世书》，邵以蔡墨合于陈。由《易林》而《启蒙》，朱又以焦赣合于陈。先天之说，始显其有合于古的作用而未可废，由是陈抟与《系辞》作者对伏羲的认识亦同。故由《系辞》作者之志，下及虞翻、陈抟，以当汉易之殿和宋易之始，其理变通而一致，是当汉后一千年中发展《周易》史实。然《周易集解》之旨，宋代尚未察觉。程朱间有朱震者，虽已阅读《集解》，其《汉上易传》以宋易为主而参阅汉易，然对汉易的认识距离甚远。且自朱卒，理学大兴，宋易以朱为主，由元、明至清初未变。康熙敕李光地纂成《周易折中》（1715），为宋易发展最高峰。五百余年间，于魏易程传早取其精而弃其说，于汉易虽有《集解》

在，绝无一人能读其书，此见宋易独盛的情况。

清由雍正而乾隆，学风又变。朴学重考据，有合于历史唯物主义。若宋易之自我作古，何能敌史实之迹，故由明而宋而汉以及先秦，究古籍以核证史事，为朴学之的。以《周易》论，究汉易必取《集解》，此书成于唐，约经千年而兴于清。可见汉易兴衰，不通观较长历史时期，决难说明其内容。凡清世研究《集解》有成者，择要而言，初创于惠士奇（1671—1741）与惠栋（1697—1758）父子，继有张惠言（1761—1802）深入研究虞氏易。于仅存汉注，基本能说明其象，然于三古之易，赖此汉注而疏忽《易经十二篇》原文，难免有抱残守缺之惑。即使汉注尚全，亦属汉室四百年之易学情况，其何可不及汉后易学之发展。故孙星衍继李而重辑《集解》成于嘉庆三年（1798），能网络天下放失之汉唐旧闻，而全收王韩易注，则已合汉易、魏易而一之，唯仍严斥宋易。此孔氏之志，不期有焦循《易学三书》足成之。焦氏以三十七年之力成于嘉庆十八年（1813），其书有独见，庶可当清易而无愧。总观清室治《易》不外汉宋，治汉治宋者，什九为《集解》《折中》所囿。然知宋易而未知汉易者，有大批清代易著，其内容不足观。有价值者必知汉易，如能深研汉易而知其蕴，始可发展《周易》整体观，此唯焦循足以当之。焦氏者究汉易而重虞氏易，且直探卦象而得其理，则决非张惠言等辈所能及。所著《易图略》犹伏羲易，《易章句》犹文王易，《易通释》犹孔子易。由三书而应三古，清室三百年中仅焦氏一人，故足与虞翻、朱熹并立而为汉、宋、清三代整体易学。然焦氏之成书，必以虞氏易为非，其与王弼之扫象，有异曲同工之妙。或未究虞氏易，决不能成《易图略》，继之本《易图释》而成《易章句》，犹发展王弼扫象而扫辞，故以焦循为代表之清易，实为汉易与魏易之合。

先生言：

东密混入华严哲理，台密混入天台哲理。

先生言：

时当汉魏以降，适印度佛学之说传入不已，及唐而盛，六艺虽在，实貌存实亡。吾国与之争锋者为魏晋之玄学，属黄老之说，其理本《老》《庄》《参同》而《黄庭》，于养生之道实有所见。人类之生物电有其相引相斥之力，此与现代化之医学殊可交流。是时专重门第家谱，可视为人类遗传之实例。今之生物学，由孟德尔之豌豆实验，摩尔根之果蝇实验，始得基因之遗传规律。而于人类之遗传规律，须经若干世之历史记录，庶有原理可寻，此非本人类历史文化实无由知之。而吾国民族之兴衰事实，惟其迄今未已，故对研究人类遗传学者为不可多得之唯一资料。今之天文学，已知应用吾国古代之天象记录，若吾国家族之遗传情形直接影响国家之兴衰、民族之形成，亟宜加以科学研究，若楚之三户，六朝之王谢。虽然身之遗传，属生殖细胞之作用，其于后代之影响，重在形态。若性格思想以及文化亦有遗传性，然不限在亲属之内。试观曲阜之孔，龙虎山之张，其家谱至详，然于儒道思想主要变化，未必在其后代，是即尚有神经细胞之作用。又唐之兴，李氏不重近祖之谱，而志在认老聃为宗，清之兴，更取简狄、姜嫄之古说，是皆能越《春秋》之时而入于《诗》之时。

若吾国之易道，五世纪而《易》之卦象亡，乃寄象于养生，七世纪唐，精髓乃在佛老。虽有五经之注疏，于学术竟无发展。有玄奘之身通性相唯识，实又难陀之译成八十《华严》，印度之佛学全在吾国。他如天台与禅，其理在吾国更有发展，与印度之佛学已异，即吾国思想与印度思想相互交流而成。而唐之韩愈，文可起八代之衰，道则未得六艺之旨，仅知正心诚意而截去格物致知，其何以观易象，其何能排佛老。且总观有唐一代，通《易》者绝无一人，唯有李鼎祚尚能读汉易而辑成《周易集解》，通于自然科学之易学，赖有一鳞半爪之存。实则天地依然，人生未变，易道岂不流行。故唐之时，易道之近取诸身仍在于老，远取诸物者犹佛之法界。以法数观之，唯识之八识，犹八卦之象，能转识成智者，犹六爻发挥之象。若华严之十方，一如天干河图，且礼失求野，易象之取，竟有禅宗之洞山良价、曹山本寂，传以宝镜三昧，即用伏羲盖取之离而得其参伍以变。若自达磨西来，经六祖慧能而禅宗大兴，祖祖传灯，同祖隔房，一如父子之亲族，一花五叶，各有应境之理，是皆神经细胞之独特作用。唯其勿用生殖细胞，乃神经细胞尤敏感，此与《参同》《黄庭》养生之理可通，所谓触境开悟、明心见性者，盖欲直达有生无生之几。今自然科学之研究生命起源者，理应参考。以本身之思维为实验室，静观生理变化以影响心理变化，观心理变化之规律以深入能认识，时时参以尘境，助以师友而证以心，其实验所得自然各异，分门立宗，势所必然，实与学派无异。自见之几，或已有更精微之 DNA 双螺旋结构，若蔚然成风，必多滥竽充数。更观其时代，在晚唐末期及五代十国，盖佛学之理，由教下而宗门，由拜佛而呵佛骂祖，实已无生气。唐末有陈抟者，道家之流，于华山得伏羲先天图及天地十数之象，其为古物抑为陈抟自作，宋后之考据反复辨之不已。实则于古有征，虽自作犹古物，古今之时有相通之理，故古物之失而复得，必有可能，况尚能稽考于古籍乎。时当十世纪，计汉亡（220）至宋兴（960）七百余年，易象殊晦，幸有先天图复出，再开伏羲之新生。宋之理学肇始于周敦颐《太极图说》与《通书》，皆准《易》而作，由是易学大兴，宋朱震叙宋易源流，传衍分明。作图示之：

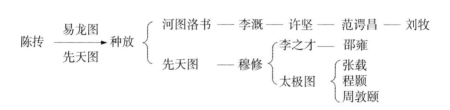

其后朱熹（1130—1200），于先天图用之，于太极图疑之，于河洛否定之。实则邵、周之说皆有悟于古，其近源则出于陈抟。又河洛者，皆否定其名，于实无碍。

先生言：
《周易终始》大义表

神	无方		
	太极乾元		一、元始
道			
	两仪阴阳	乾元　坤元	二、元亨
时位　时		二而三	变
	四象八卦	消息六十四卦	亨　　卦变
德	有吉有凶		

六十四卦　　　　　　　　　三、拟议万物

三百八十四爻　　　　　　　　　　天下至啧

时位　位　　　　　三而四　　化

　　　之正　　三极之道　　　　　利　　　　爻变

德　　莫不吉　　　　　　　动贞夫一

　　　既济定　　　　　　　　　四、利贞

各正性命

易无体

　　　太和　终　　　贞下起元

　　　太极　始　　　终则有始

先生言：（论周无所住之《金丹直指》）

宋代有南宗之理，实具至道。三教合一者，儒取理学，道取内丹，释取禅宗。今人仅知张、石、薛、陈、白五祖，此外殊无人，则此五人又变成有无之间。其实传其道者甚多，此周无所住即其人，自序于淳祐庚戌（1250），序言殊能记其实。究其取名"无所住"者，乃本《金刚经》义。"生其心"而其心犹"金丹"，反身有得，其心非妄，此佛道所以能相合。且知当时在赤城（天台山）有李真人，周于壬寅（1242）与林君往见之，因能体验于身。又曾于己酉（1249）相见盖继紫阳之传者"宗阳碧虚方先生"，得益尤多。继之者有莆田僧圆灿来访，且有缘与僧同修半月。由是自证《金丹直指》非虚，可与《悟真篇序》、陈泥丸之《碧虚吟》相应，确当为南宗作品之一，语皆浅显，可作为入门之书。然金丹之理当以有验于身为要，决非文字游戏。

此书首载十六颂，犹入门之次。其目为玄关一窍，真土，阳品，玄牝，龙虎，铅汞，真炉鼎，真药物，斤两，抽添，火候，法度，口诀，沐浴，工夫，温养。以道论，安排可取，然决不仅限于此。继之论三教合一之理，尚浅近，于壬寅至庚戌（1242—1250）八九年间，能有此成就，庶为可贵。

补遗丙

先生言：

先秦时重视规矩以成《周易》六、七、八、九的象数，而象数的具体应用，全在度量衡制度。吾国对此制度的认识特点，在于度量衡外增历与律。能合律历度量衡而一之，此为整体象数的客观基础。凡由度而量当空间立体，吾国所谓六合。由度量而衡，辨其轻重。增之以历，属时间概念，更辨度量衡之变化。至于度量衡之时空相合，当总以律，亦即生物人物之象，由物理范围扩展至生物范围。必合天地人而一之，方可见先秦的整体象数，亦即以数学形式使之归一。

凡六律六吕当十二地支，此三分损益有其客观事实。以之合于十二月，又当历法之自然。由仲吕不生黄钟当闰，亦有自然可通处。又以旋宫而取五声，更有九九至八八之象数。吾国八卦九畴的关系，全准此理。

先生言：

三洞皆不可致诘之书，晋起借佛理而兴起。

《抱朴子·释滞》不以老庄为是，是即郭象之进一步。

元陈致虚（北宗）不信《参同契》《悟真篇》。

中国言本体不离人生，以现实为第一要义。

先生言：

宝珠有对偶问题。

内外丹有生物物理问题。

十方对应有宇宙结构问题。

乘升五星有宇宙航行问题。

先生言：

诺那最高法最简，无法本。弥陀法完备，有单双身。

贡噶仪轨　　　　能海深于黄文殊。

督噶掘藏　　　　白度母、绿度母、二十一度母。

黄　严格五金刚　　红白九金刚

红　大圆满　　　　白　大手印

大手印成就再修大圆满。

先生言：

元	27	吉	147		
亨	50	凶	59		
利	120	咎	100	吝	20
贞	112	悔	34	厉	27
正言共 309		断辞共 387			

先生言：

∞维空间不连续，坐标中心在∞维球心为欧氏几何；

在∞维球面为非欧几何。

n维空间不连续，为非阿几何；

坐标中心在 n 球心属 2n－胞腔类型为欧氏几何；

在 n 球面属 2n－胞腔类型（通称 n+1 胞腔类型）为非欧几何。

n 维空间视 n–1 维空间为联系。

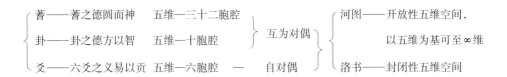

著——著之德圆而神　五维—三十二胞腔　　　　　河图——开放性五维空间，

卦——卦之德方以智　五维—十胞腔　　互为对偶　　　以五维为基可至∞维

爻——六爻之义易以贡　五维—六胞腔　　—　　自对偶　　洛书——封闭性五维空间

先生言：

$$乾—天—象（阴阳不测之谓神）五维 \begin{cases} 河图 \\ 洛书 \end{cases}$$

$$变化 \updownarrow （概率）$$

$$坤—地—形 \begin{cases} 形而上—道（一阴一阳）四维八胞腔 \\ \quad\quad 变通 \updownarrow \quad 四维 \quad 希尔伯脱基本方体 \\ 形而下—器（三维）\quad 柏拉图体 \\ \quad\quad\quad\quad\quad\quad\quad 五个正多面体 \end{cases}$$

先生言：

今日认识养生气功的究竟，以结合科学为主，当从儒释道三教中提出，不必再归诸有神的宗教。

以生物本能及生物进化而论，一万年来无大变化。

埃及、巴比伦文化形成希腊文化。

进化成人，闭气法不待外求，在遗传结构中早有其密封部分。

先生言：

禅的根本分别是顿、渐，显、密的根本分别是可讲、不可讲。

密的即身成佛与道的长生不老有相似处。

《悟真篇》禅宗得到了，还要身体上得到，即通密。但是密不说，《性命圭旨》说了，是道教里的密。

密宗手印与十二经络有密切关系，中脉与冲脉相似，最具体得到的是开顶。功夫到一定程度，没有上师也会开的。《黄庭经》由《内景经》到《外景经》，开天门，灵根二十八根，好于十二经络。顶骨有八块。

苯教加红教等于黑教。禅宗（792—794）进西藏，酝酿了二百年，出来白教，变化而出花教。特异功能花教大。

诀是时间，因时空不同。

王船山懂活子时，什么时间都可以，与外界条件无关。

先生言：

易学象数和卜筮，在哲学和宗教之间。

道法自然，宜今日自然科学亦在其中。

先生言：

道教史分为三期：

一、古始至西汉末。佛教传入以前的中国宗教，黄老、方仙、易学象数、封禅史。

二、东汉至唐末五代。三教冲突和交流。

三、北宋至今。起于陈抟，当三教合一的道教。

先生言：

自中国玄奘往印度那烂陀寺取经回国，其师戒贤圆寂后，该寺对相宗与性宗已难统一，于是兴起了密宗。唐中叶即有密宗传入，有名的一行曾习密宗。继之密宗东传日本，即成大日如来之东密。

继之莲花生大师更以密学直接传至西藏，是即藏密的红教。与西藏原有民族宗教苯教相互结合，略有进展。迨禅宗传入西藏，曾起辩论，结果又能使之结合，是犹"大圆满""大手印"之象。如确能禅密而一，其成就不期而可臻极则。而或未得其一，则非禅非密，将令人啼笑皆非。密教虽有东密、藏密之异，究其原仍有相通之点。于反身修持至深邃处，身口意三密归一，而识一之归处，则何碍于名实之辨。

以易学而论，《易经》属中国唯一之奇书，自汉武帝未通丝绸之路前，为儒道所兼取。其后"经学易"形成，中国第一部目录学，即刘向父子所编的《七略》，以《易》为六艺之原。直至清乾隆纪晓岚编《四库全书》，仍以《易》为十三经之首。

由是《易经》属儒家之经典似无疑，其实这是二千余年来的误解。在汉武帝时，司马迁父子皆研《易》，然其父司马谈主黄老，其子迁不得不从武帝尊儒术斥百家而《易》归儒。今已得长沙马王堆帛书《周易》，乃合黄老、医药、气功、宗教之书，而未及《诗》《书》《春秋》等儒家文献。因为当时《易》属卜筮之书，未遭秦始皇焚书之禁。此正见《易经》之原貌，已备卦辞六十四节，爻辞三百八十四节，及用九、用六各一节，而为四百五十节《易经》的基本文献。此四百五十节之内容，要在已有其整体结构，略同于身口意三密。以密教言，口贵念咒，咒不取义。事实上有义与否，与参禅之麻三斤相似，实不必谈。而于《易》必须熟念四百五十节经文，此为二千余年来的旧法，而其义可人人以意解之。故《易经》之注独多，今存者超过二千种。对此四百五十节文字，绝不能见有二种完全一致的解释。是犹咒语及所参的话头，有不可思议之作用。

凡身口意三密，与道教修持内丹极为相似。口之咒犹炼丹时之诀，所谓得诀归来看道书。当未得诀时，丹书虽在而未能得其要领，则何用之有。道教炼内丹以得诀为主，是犹密学之有咒。至于身与意，今言生理为身，心理为意，故言身犹命宫属下丹田，意犹性宫属上丹田。宋后道教分南北宗，若未能以诀通之，必视北宗为先性后命，南宗为先命后性，皆未得其本。必以诀会通性命双修，或分先后，难免有顾此失彼之虞。故三密之妙用，略如性命双修。以易象言，三画卦属乾坤坎离，六画卦当乾坤与既济未济，水火相息而不相射。由此岸达彼岸而得小乘之罗汉，又有彼岸返此岸而了菩萨之愿，既了凤愿彼此归一，是犹三密之所归。分诸所适之境，则儒曰内圣外王，释曰自觉觉他，道曰自度度他。唐李鼎祚《周易集解》于自序中已有《易》"权舆三教"之言，正见唐代易学极完备之识见。其后经陈抟而三教有相合之道，乃儒兴理学而佛兴密学，要能身心一致，道法自然而识一之归处。然则一归何处仍为极妙之禅机，三密之中枢，有志者其勉旃。

先生言：

解冤咒未闻，白衣咒是伪，有灵验。

念一种六字大明咒即可。念十种咒每种念十万遍，不如念一种咒一百万遍。专一一位本尊，一方面念一方面观想啥（衰）字。此字在心内白色莲花月轮上面，字面向前，各师传承不同。六字大明咒在西土亦有经，能念到一千万遍差不多成功了，可以明心见性，不是容易的事。各种咒各有基数，本身应念几十万遍以上。用时念几遍，即是作用。

唵音翁，念安不对。

万法归一，一归何处。第一步是善念不要紧，第二步是善念亦无，第三步起任何念心中仍不起念，即六祖动上有不动。

梦境难，想阴尽（出《楞严经》）方能窹寐恒一，先要少日间杂念，念大明咒或佛号，以一念排除万念，再去一念。

未到恒一不要紧，念到一个阶段，功不唐捐。

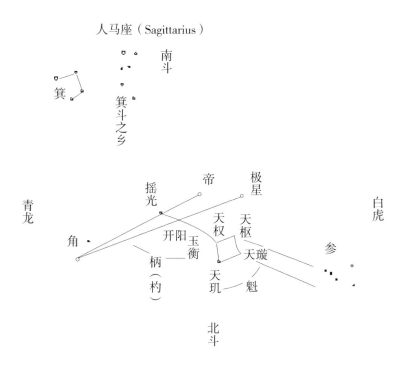

人马座（Sagittarius）

先生言：

《周易参同契》大义，以《周易》卦象说明日月运行及赤道、恒星二十八宿辗转的自然规律。人宜准诸北辰，以时养生，庶能阴阳和顺，精气流通，血脉舒畅，辅以服食，可却病延年。至于发动"真一难图"的"北方河车"，以使"龙呼于虎，虎吸龙精"，必知"始于东北，箕斗之乡"的中心。以今日天文言，犹准诸银河系中心。凡银河起讫，肉眼可睹，道教有拜斗仪式，实为重视银河的表现。观人马座（Sagittarius）内的银河系坐标中心，正当我国箕斗之乡，此事似非偶然，特为指出。

先生言：

宋易三大系统，一、先天图；二、河图洛书之数；三、太极之图象。

先生言：

伏羲易：阴阳，四时，自然现象（天），四方、八方（地），男女畜牧为主，食以动物为主（人）。神农易，以农业为主，谷，食以植物为主（人）。一年的周期，三百六十日，初有历法（天），固定居住点（地）。黄帝尧舜易，农业社会上层建筑形成（三才合一），发明种种生活用品，丝织品。

先生言：（乐律的"和"与"缪"）

《淮南子·天文训》有言："比于正音故为和"，"不比正音故为缪"。此"和"与"缪"二字，是乐律的专门名词。吾国于先秦已有极基本、极完备的音乐理论，具体的乐器如编钟等已不断出土，实物具在，乐律水平自然可见。惜乎《乐经》失传，乃乐理晦涩。今且不知吾国先秦有十二律吕，每以为吾国音乐尚处于一些不完全的音阶，国内外此不合历史事实的论断，必须加以纠正。

《吕氏春秋》成书于秦八年（公元前239年），其《季夏纪·音律》论及十二律吕："黄钟生林钟，林钟生太簇，太簇生南吕，南吕生姑洗，姑洗生应钟，应钟生蕤宾，蕤宾生大吕，大吕生夷则，夷则生夹钟，夹钟生无射，无射生仲吕。三分所生，益之一分以上生；三分所生，去其一分以下生。黄钟、大吕、太簇、夹钟、姑洗、仲吕、蕤宾为上，林钟、夷则、南吕、无射、应钟为下。"此明基本的十二律吕，理极简单，吾国古名三分损益律，亦名隔八相生律，此律今仍通行于世界，名五度相生律。此律吕相生，三分损益之数，《淮南子》有记载。

先生言：

隔八相生有顺逆之异，如由黄钟而林钟，林钟而太簇，以至无射而仲吕，此顺也。或由黄钟而仲吕，仲吕而无射，以至太簇而林钟，此逆也。凡以顺视逆犹隔六，以数言成反比耳。以易象言，犹乾之姤与姤之乾之异，若二律之音距仍同。今西乐中名隔八顺生曰纯五阶，隔八逆生曰纯四阶。盖本七声以定名，实未若隔八、隔六之切也。

《淮南子·天文训》："甲子，仲吕之徵也。"即由黄钟逆生之仲吕，故曰"徵生宫"。以旋宫言，己巳当仲吕宫，所用之七律为黄钟、太簇、姑洗、仲吕、林钟、南吕、应钟。《淮南子》所谓"比于正音故为和"。或不用逆生，则甲子当黄钟宫，所用之七律为黄钟、太簇、姑洗、蕤宾、林钟、南吕、应钟。其间黄钟与蕤宾乃子午相冲，音未谐，《淮南子》所谓"不比正音故为缪"是也。再者，此谓和与缪皆对黄钟言，或以仲吕言，又有己亥相冲，则不用应钟而用无射。《淮南子》所谓"庚子无射之商"也。以下以无射言，又有戌辰相冲，则不用姑洗而用夹钟，即"丙子夹钟之羽"也。以夹钟言，又有卯酉相冲，则不用南吕而用夷则，即"壬子夷则之商也"。以夷则言，又有申寅相冲，则不用太簇而用大吕（此变宫也）。以大吕言又有丑未相冲，则不用林钟而用蕤宾（此变徵也。凡二变声《淮南子》中未及）。以蕤宾言，又有午子相冲，则不用黄钟而用应钟。以应钟言，又有亥己相冲，则不用仲吕而用姑洗。以姑洗言，又有辰戌相冲，则不用无射而用南吕。以南吕言，又有酉卯相冲，则不用夹钟而用太簇。以太簇言，又有寅申相冲，则不用夷则而用林钟。以林钟言，又有未丑相冲，则不用大吕而用黄钟。

先生言：

律指乐律，历指历法，两者殊无明显联系。而我国于先秦时，早已合律历而一之。凡深通乐律者，皆合于天象历法而言。宜《史记》有《律书》《历书》，而《汉书》合称《律历志》。其后《晋书》《魏书》《隋书》《宋史》，皆称律历。盖律历间之联系，确有微妙之关系。惜善音乐者未必知天文历法，通天文历法者又未必懂乐理。故律历相合之几，知者本鲜，迄今尤甚。近人王光祈，深通中西乐理，所著《东西乐制之研究》一书，殊能发扬吾国固有之音乐水平。惜其未究于天文历法，故于伶州鸠以七音合天象，京房以六十律明历法等，皆删而不言。又有近人朱文鑫，既通吾国天文历法，亦知西方近代之天文学。宜其整理我国之天算，颇多成效。所著《史记天官书恒星图考》一书，诚为太史公之功臣。惜其未谐乐理，于《十七史天文诸志之研究》一书中曰：

"《史记》律与历虽分书，但《律书》首言七政二十八宿，曰：'律历天所以通五行八正之气。'又曰：'音始于宫，穷于角。数始于一，终于十。气始于冬至，周而复生。'又以十二律十二支配十二月，兼及八风二十八宿，其源盖出于《淮南·天文训》。律历天文已有牵涉附会之嫌，实足启班书合志之端，固不仅为太初之假托黄钟，而始有《律历志》之合并记载也。"

先生言：

《史记·律书》："王者制事立法，物度轨则，壹禀于六律，六律为万事根本焉。"《汉书·律历志》："度者，分寸尺丈引也，所以度长短也，本起黄钟之长。……量者，龠合升斗斛也，所以量多少也，本起于黄钟之龠。……衡权者，衡平也，权重也，衡所以任权而均物平轻重也。……权者，铢两斤钧石也，所以称物平施，知轻重也，本起于黄钟之重。……权与物钧而生衡，衡运生规，规圜生矩，矩方生绳，绳准生准，准正则平衡而钧权矣，是谓五则。"按朱氏必以律历合志为非，实未深究其理。更有吴南薰著《律学会通》，汇集古今中外之律学史料，可云已富，且自然提及律历问题。惟以律学为主，于律又以谐律为主，故于天象历法与律学相合之机，仍未深入讨论。若其相合之几，要在象数，此点朱氏已有所知。

先生言：（《养生与长生》删稿，为编辑所删）

中国二三千年以来，虽有求长生之鹄的，然未能确证有长生者，仙人是否存在，仍属不可证实。而以养生之道观之，殊可改变时空数量级，以不同的数量级反观自身，确可有超越时空的智慧。以此智慧乃可明辨生死，而免此恋生恶死之情，亦可打开玄牝之门以见长生之象。……自生命起源以来，今以分子生物学的理论推算之，生命至今已有三十亿年未尝绝迹，此指遗传密码。以遗传密码本身言，似有长生之象，DNA 与 RNA 相互影响，生生不已，于地球上不期有此条件，所有的生物莫不赖此以生生，故养生与此遗传密码有关。进而测得太阳系外物质基本为等离子态，则何能有分子，亦未尝有六十四种遗传密码，故太阳系外有无生命尚在考察阶段。然相似地球条件的天体，宇宙中多得数不胜数，其间是否有生物，亦难证实，且生物是否仅此一种遗传密码，尚在研究中。养生之生尚未知，如何知养？然致思于此，又将大而无当。故今论养生的理论，当合诸今日的认识论，已早为种种客观条件所限制，仅指地球上的生命。未能忘乎百年的本身，亦就是未能缩短百年或更长的时空数量级为一瞬间，则何能"丧我"之"情"以合"吾"之"性"。

先生言：

二千年来的易学基本分两大类：一、主阴阳不主五行，重文字义理的经学易；二、兼主天干地支阴阳五行，并不专重文字的象数易。经学易总结于《汉书·艺文志》，时间为西汉末东汉初，距今约二千年。象数易继承于先秦，最大应用在养生、医学上。而二者分裂乃成经学易的迂腐，与象数易的迷信。易学本贵有象数的基础，而后有文字的义理，而重合于本世纪的考古新发现，要紧的是甲骨干支周期表以及数字卦。

先生言：（西汉易学传授）

田何（齐人）——于高祖九年（-198）由齐徙关中杜陵，号杜田生。所授之《易》，除四百五十节卦爻辞外，今可考得者，疑有齐易之《彖》《象》《小象》《说卦》《文言》，门人可考者四人。

一、王同（东武人）——早期弟子，亦可能在齐所授的弟子。同著《易传二篇》，疑有与于消息。

二、周王孙（洛阳人）——有三晋之风，与齐易不尽同，年纪略小于杨何。有《易传周氏二篇》，疑有今本《大象》，来源于吕不韦门客。

三、丁宽，字子襄（梁人）——晚年弟子，来归时又从周王孙受古义。景帝时为梁孝王将军，拒吴楚反，号丁将军（-154——-153）。有《易传丁氏二篇》，作《易说》三万言，训故举大谊而已，今小章句是也，疑有今本《系辞》《序卦》等。

四、服光（齐人）——有《易传服氏二篇》，事迹未详，疑仍属齐易，与《彖》之卦气、《象》之"之正"有关。

四人王同、服光同属齐易，与田何略同，周王孙由三晋易合以齐易，丁宽能兼学之，思路较广，且东归而南，尚可及楚易。马王堆帛书（-168）时，丁宽尚在学《易》，且与黄河流域的齐晋秦易未必全同，间有战国时三晋与楚风。与三晋来源于魏之汲冢本有联系，其传由北而南。汲冢本尚有《归藏易》，马王堆已无而多黄老之书，此见楚易之一斑，其传与《淮南子》有关。《淮南道训二篇》，淮南王聘明《易》者九人，号九师易，此九师之年龄约在周王孙与丁宽之间。

先生言：

西汉的时间指汉刘邦开国至王莽代孺子婴（–266—8）。而以下古易论，主要在十翼的完成。在王莽未篡汉前，十翼早已固定，刘歆继其父校中秘书，似已有准。《汉志》："刘向以中古文《易经》校施、孟、梁丘《经》，或脱去无咎、悔亡，唯费氏《经》与古人同。"此指所谓文王二篇。《汉志》："孔氏为之《彖》《象》《系辞》《文言》《序卦》之属十篇。"或合郑玄之徒所数之十翼，尚缺《说卦》《杂卦》之名。又《说卦》可计入《系辞》中，而《杂卦》是否当时已有，或尚有缺之者。此一证实，必须以扬雄之《太玄》为据，盖《玄》法《易》而成，不但法二篇，且法十翼。若《说卦》《杂卦》之内容，《太玄》中悉有，乃确证今日所传之十翼，西汉末已全同。考扬雄五十岁草《太玄》，为建平四年（–3），故下古易之西汉易，止于是年为准（即 –206—–3），其后新莽时至今之易学文献，始属不变的二篇、十翼。而研究西汉易，基本当研究形成此十二篇《易经》的过程。

先生言：

今以帛书《周易》属之楚易，亦可以黄老易名之。且当时的《易》有田何的齐易，周王孙的三晋易，又有丁宽能兼取之，此外尚有以黄老思想为主的楚易。且既得马王堆的文献后，又可推得黄老楚易之传，可归诸淮南九师的易学。自黄老之楚易为人所讳言，而孟、京的部分易学，实有得于此。

当汉武帝颁行太初历（–104），以寅正为岁首，可视为尊儒术之完成。以易学论，恰当司马谈、迁父子的思想，虽同传田何、王同、杨何之齐易，然谈重齐易而主黄老，是犹齐燕易；其子迁亦主齐易而尊儒术，犹齐鲁易。

先生言：

《天官书》（唐都）认识天极星，其变化相应于岁差；《历书》（落下闳为主）为日月运行。恒星间的关系，为我国天文的基本坐标，天官的意识实为我国的宗教。

先生言：

唐人易注不多，且多佚失，然虽少而有其重要意义。总观唐代的易学，宜归诸孔颖达、李鼎祚、陆希声三人，分别当开国、中唐、晚唐。陆（828—897）有一梦（陆希声的梦与一花五叶的禅）。

先生言：

《易》与《华严经》的关系，大而言之，即我国思想与印度思想的汇合点。然各有其发展史迹，舍其史事而言，殊难得其蕴。关键之文献，本诸唐李通玄（？—730）《新华严经论》等。以佛教发展史迹观之，唐玄奘（600—664）唯识法相学，最可代表印度佛教理论。实地得诸那烂陀寺，且受戒贤法师亲授，似无可疑。然自释迦以后已经千年，何可不知千年间之变化。况戒贤法师圆寂后，那烂陀寺即起变化，亦不可不知其故。且法相、法性之争，早已存在于印度与西域各国，玄奘传于窥基之理论当然是佛学，然何可谓佛教理论全在于此。如认为此外即非佛教，则对佛教认识似太狭窄。唐代继玄奘以游天竺者尚有沙门义净（635—713），其于证圣元年（695）经二十五年游学而归，带回梵本经律论亦近四百部，《华严经》属其中一部。当时武后又迎实叉难陀于东都大内大遍空寺，与义净、菩提流志等重译，是即八十卷《华严》，凡经四年而成于圣历二年（699）。武后亲为作序，并敕沙门法藏（643—712）于佛授记寺讲新译《华严经》，即日引对长生殿，敷宣玄义，成《金狮子章》。此于吾国思想界有承前启后之发展，封法藏为贤首菩萨戒师，由是建立贤首宗，亦即发展华严宗以当华严三祖。其后华严大盛，绝非偶然。可先述慈恩宗的兴衰，以见佛学思想之变化。当玄奘于贞观十九年（645）正月回长安，房玄龄遣官奉迎，安置于弘福寺。

先生言：

《易》重视天地人三才之道的整体，凡天地为自然界，人为生物界。人类文化概而言之，不外人类认识自己，求自身的生存和遗传。为求保存人类，必须了解客观环境，总结客观环境成天地两方面，已积累许多世的经验而形成。

先生言：（一九八三年日记）

三月十六日，上午十时二十分抵北京。乘地铁至梁老家，放下行李，至史老家午餐。下午至梁老处聚谈，谈及彭诒孙事，与杭辛斋是郎舅，常谈《易》。梁老是彭办启蒙学校的学生，彭办《启蒙画报》为儿童报刊，《京话日报》为居民所读，《中华报》系文言文学者所读，间谈政治。杭记："袁杀康所派之二人（在京设照相馆，欲与光绪通消息，被发现）。"即封报纸，杭驱逐出境。彭充军新疆十年，到期后仍回京，其女为梁老之长嫂。

至师大住小红楼一号二楼 3-3，与章太炎孙念驰同住，晚曹建来。十七日晨黄老来，赴姜老太处午餐。访中华书局未遇，至熊幼光家晚餐。十八日上午往师院林书煌家，下午开会。十九日中华书局洽成，至仲光处午餐。北海休息一小时，晚访启功，林夫妇、曹、杜四人来。二十日参观毛主席纪念堂。下午访陆老仲达，虞老愚，史老廉揆。晚李燕、王健来。

此次赴京，黄老念祖赠《净土资粮》，畅谈殊洽。熊师生平又能进一步了解。姜老太盖不同。仲光师姐之功夫，亦有所理解。尚老病故。

先生言：（一九八四年日记）

假日独游，怀百年之事。晨五时半至复兴公园，已有近一年未往。与八十余岁之林老推手，观打陈式拳。后至人民公园，老万在杭，未遇老冯，见练陈式有朝气，又观看气功拳不能自控者甚多。小沈亦在教，不予招呼。门口乘二十七路到底，换二十五路至隆昌路，途经六十年前出身处。隆昌路乘七十三路至复兴岛。定海路码头为五十五年前左右常乘船至浦东处。复兴岛公园亦已三十余年未往，游人特少，有幽静感。观打气功太极拳，亦自发功之一种。回至隆昌路控江路杨浦公园，途经通引翔港之大路，为外婆家故居。一九四八年葬外祖母坟正在隆昌路旁，今已不知所在。生母出身处距今九十九年，亦已面目全非，然上海之建设尚不及时代进步之速度。此杨浦公园约十年前屡与刘老同游，今亦时过境迁。时代无情本如是，惟须自勉而已。於五十年代辟此杨浦公园，四十年代尚农田小堤，古坟累累。今湖面上游舟熙攘，地下人有知，当亦乐观欣欣向荣之情。然今日游园者中，未必有兴此怀古之情者，聊记之以备忘。数年前在汉口，初见足踏船，今已全国皆有，杭州在内西湖，今日杨浦公园中亦极多。

先生言：（六维对偶称名表）

一个六维 —— 十二胞腔　　对偶　　一个六维 —— 六十四胞腔

$$2n \text{ 型} \longrightarrow 2^n \text{ 型}$$

2^n 型之胞腔为减一维之 $2n$ 型 —— 2^n 型之胞腔为减一维之 $n+1$ 型

七八象体为卦，由一画卦至六画卦。

画卦	1	2	3	4	5	6
卦数	2	4	8	16	32	64

六画阴阳数　2　4　6　8　10　12

九六爻用为爻，由一爻爻至六爻爻。

爻爻	1	2	3	4	5	6
爻数	2	4	6	8	10	12

六爻发挥数　2　4　8　16　32　64

凡卦爻数互相对偶，六画阴阳数与六爻发挥数亦互相对偶。

画卦爻爻数犹维数，可无限增加至无穷。

卦数犹 $2n$ 型之顶点数，取六画阴阳数犹 $2n$ 型之胞腔数，对偶而卦数又当 $n+1$ 型之胞腔中心，取六画阴阳数，又当 $2n$ 型之顶点数。

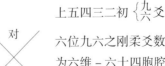

六维无体

卦上五四三二初{七八

六位七八相杂之卦画六十四
为六维–十二胞腔之顶点数

六位七八之阴阳画数十二
为六维–十二胞腔之胞腔数

对偶

上五四三二初{九六爻

六位九六之刚柔爻数十二
为六维–六十四胞腔之顶点数

六位九六之发挥数六十四
为六维–六十四胞腔之胞腔数

十
二
个
五
维

上五四三二{七 六}初{九 六}	上五四三二{九 六}初{七 八}
五位七八相杂之卦画三十二	五位九六刚柔爻数十
为五维－十胞腔之顶点数	为五维－三十二胞腔之顶点数
五位七八之阴阳画数十	五位九六相杂成三十二
为五维十胞腔之胞腔数	为五维三十二胞腔之胞腔数

先生言：（道经纂集三期）

一、《汉书·艺文志》始，经葛洪、陆修静、孟法师、陶弘景、阮孝绪、王延、尹文操等。目录虽备而丛藏未成，已定三洞四辅。

二、唐开元中始以藏名，目曰《三洞琼纲》，三千七百四十四卷。

唐末五季，统纪荡然。

宋太宗、真宗时，徐铉、王钦若校雠未成。张君房次为四千五百六十五卷，依千字文序，始天终宫，题曰《大宋天宫宝藏》。撮要成《云笈七签》。

徽宗崇宁中，收至五千三百八十七卷，此《政和万寿道藏》本为最古。

政和中访逸书，都五百四十函。金章宗时板尚存，有阙佚，命中都十方大天长观提点孙明道补成六千四百五十五卷，刊为《大金玄都宝藏》。

元宋德方遵师丘处机遗意，增至七千八百余卷。

宪宗世祖焚道经。

三、明正统十年重辑全藏，仍以千字文次，先成天至英，万历三十五年续成杜至缨，都五百二十函，五千四百八十五册，今尚存。

别有天启丙寅袖珍新刊本，甚少。

藏外有《道藏目录详注》，明白云霁撰。白云霁字明之，号在虚子，上元人，书成于天启丙寅六年（1626）。

《续藏》无解题。

先生言：（大意）

《道藏》所收内丹书有一百二、三十种。有关服食之书七十余种，一百二十卷。

先生言：（《阴符经》注）

观天之道（阴阳），执天之行（五行），尽矣。

天有五贼，见之者昌（见五行之生克制化）。

五贼在心，施行于天（以人心之五行，合天道之五行）。

宇宙在乎手（宇，空间，宙，时间。手以掌握时空之变，即阴阳之变），

万化生乎身（阴阳五行之变化，由无生物而生物，故曰生乎身）。

天性人也（无生物之性，犹生物之性，观其所同），

人心机也（人心之机，所以性其天）。

立天之道，以定人也（天道本有阴阳，以定人之阴阳）。

天发杀机，龙蛇起陆（此句文有不同，由水生而陆生）。

人发杀机，天地反覆（由天地不交否而成天地交泰）。

天人合发，万变定基（由否泰而既济，所以定基）。

性有巧拙，可以伏藏（以得失之位观性之巧拙，伏藏犹错卦）。

九窍之邪，在乎三要，可以动静（六龙图以当之正动静之次）。

火生于木，祸发必克。奸生于国，时动必溃。知之修炼，谓之圣人（生克自然反侮，宜修炼以去之）。

先生言：（注"心生于物，死于物，机在目"）

心因物而见，是生于物也。逐物而丧，是死于物也。人之接于物者，其窍有九，而要有三，而目又要中之要也。

老子曰不见可欲使心不乱，孔子答克己之目，亦以视为之先。

西方论六根六识，必先曰眼曰色者，均是意也。

又言：

邹䜣注确为朱子言，间有后人增入者。如加有"朱子曰"、"高氏《纬略》曰"等等。

唐褚遂良本可从。

先生言：（南宗的文献）

南宗的文献，据清康熙间进士彭定求所编的《道藏辑要》，初祖张伯端有

《青华秘文》《悟真篇三注》《拾遗》《直指详说》《金丹四百字》《石桥歌》。然除《悟真篇》包括《拾遗》外，余皆非伯端的作品。

二祖石杏林有《还源篇》，亦非杏林所著。

三祖薛紫贤有《还丹复命篇》，乃私淑《悟真篇》而作，自序于靖康丙午（公元1126）年。可视为第一部发展南宗的文献。

叶袁（叶士表、袁公辅）注《悟真篇》，乃以文字研究《悟真篇》第一部文献。

翁葆光注《悟真篇》，则以意改动《悟真篇》编次而自明其理，使《悟真篇》上承《阴符经》《参同契》，详见翁所著的《直指详说》，然已非《悟真篇》之旨。

元张士弘集《悟真篇三注》本，始于紫贤注，盖贵于传道的实质，而不贵于文字之义。元人戴起宗成《悟真篇注疏》本，盖本翁注而疏之，纠正薛注之误题，未可为非。然对原书改不一改，而面目全非。除白玉蟾所润色的五祖外，另有以陈达灵、翁葆光为二三两传，实觉多事。清陈梦雷编《古今图书集成》尚用三注本，《道藏辑要》同，四库所收的《悟真篇》已用注疏本，则距离伯端原意更远。且明后的《悟真篇》注，皆纠缠于文句与编次，乃徘徊于第二阶段而不能出。

先生言：（有关《悟真篇》的时间）

张伯端悟道于熙宁己酉（1069）。

自序作于熙宁乙卯（1075）。

后序作于元丰改元戊午（1078）。

叶袁集注本未详成书之时，陈振孙已见。

三注本前有"乾道五年乙（乙当为己）丑岁中秋日孙薛式谨书"（1169）。

白云子序于嘉泰甲子（1204）。

今是翁记薛紫贤事迹于政和乙未（1115），谓式遇泰（八十五岁）于崇宁丙戌（1106）。

戴起宗于至顺辛未（1331）悟道，作文辨《悟真》之传于至元丙子（1336），谓于泰定丁卯（1327）读薛注而疑。天历癸（癸当为己）巳（1329，或巳当为酉，1333）得全本习之。

叶文叔注在绍兴三十一年（1161）（戴引）。

道光作《復命篇》自序于宣和庚子（1120）。

翁葆光自序于乾道癸巳（1173）。

戴起宗《注疏》本自序于至元元年（1335）。

先生言：（《悟真篇拾遗》）

"又觉其中惟谈养命固形之术，而于本源真觉之性有所未究。遂玩佛书及《传灯录》，至于祖师有击竹而悟者，乃形于《歌颂诗曲杂言》三十二首。今附之卷末，庶几达本明性之道，尽于此矣。"并读两序，后者为人所加已可概见，且知改者必系僧人或深信佛教者。乃张氏本已自言"涉猎三教经书"，欲以金丹合之固其宿愿，然未尝忽乎"本源真觉之性"，且此性所以结合三教，方为紫阳改革道教之中心思想。至于改者之思，乃以炼金丹仅为养命固形之术，于本源真觉之性必在禅宗之悟，则重佛轻道之心，不已显乎？由此序文之改，亦见宋代佛道争胜之事实。

考改此序文者，似即《悟真篇拾遗》作者，所以能合三十二之数。叶袁本最早，篇末多一首《西江月》及七绝五首。翁渊明本除增道光本六首外（四首七绝不同），又多《读周易参同契》一文。戴起宗本准翁本外，又增《赠白龙洞刘道人歌》及《石桥歌》二文。此三注皆无《拾遗》，而叶袁本首增《丹房宝鉴之图》及《挨排四象生真土诗》《炼铅火候》《火记六百篇》《沐浴》《抱一》五诗。所增六首同道光本，又从翁本多《周易参同契》外，又增加《拾遗》，陈氏亦曰"末卷为禅宗歌颂"。然则改序而加《拾遗》者，或与叶士表、袁公辅有关。至于今之道藏本，此书之序反正确，薛戴二本反多改文。此见宋代传抄之误，亦见编《道藏》时之疏忽。

先生言：（《悟真直指详说三乘秘要》）

《紫阳真人悟真直指详说三乘秘要》一卷，宋翁葆光述。此卷当翁注《悟真篇》之卷末（见翁自序），今益以金丹法象等而另成一卷本，系戴起宗所分。此卷见《道藏》六十四册律下六。

内有白云子序于嘉泰甲子（公元 1204），序中称张伯端为紫玄真人，且曰："兹有幸自天，得遇紫阳仙翁陈公亲传悟真嫡孙无名真人释义，密以见授。"则此陈公即陈达灵，号紫阳真人，与后传张伯端为紫阳真人而不及陈达灵，亦见称号之变化。且知戴所传之翁注，系由陈公传于白云子之本。

此卷中葆光有"悟真直指详说"、"强兵战胜之术"、"富国安民之法"、"神仙抱一之道"四文，说理圆融，即以《阴符经》之理说《悟真》。于"神仙抱一之道"中有曰："仙翁歌咏性道，亦不获已而言之，固已赘矣。此余所以不复加以解释者，不欲为画蛇添足也。"然则今本翁注《悟真篇》于卷下仅取《读参同契》一文加以注释，决非翁氏之言。且翁氏所见之《悟真篇》卷末，已为禅宗性道之三十二首本。

先生言：（三家易以"十篇"分属于二篇的情况）

一、象上——相应于上篇三十卦的卦辞，计有三十节。

二、象下——相应于下篇三十四卦的卦辞，计有三十四节。

象说明"卦时"，间及种种卦变，以喻时代由古及今之变化。卦变以二爻之变动为主。

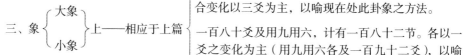

三、象 大象／小象 上——相应于上篇

三十卦，每卦上下两体之组合关系，计有三十节。组合变化以三爻为主，以喻现在处此卦象之方法。

一百八十爻及用九用六，计有一百八十二节。各以一爻之变化为主（用九用六各及一百九十二爻），以喻"爻位"由今及未来之爻变方法。

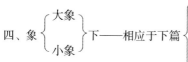

四、象 大象／小象 下——相应于下篇

三十四卦，每卦上下两体之组合关系，计有三十四节。组合变化以三爻为主，以喻现在处此卦象之方法。

二百零四爻计有二百零四节。各以一爻之变化为主，以喻"爻位"由今及未来之爻变方法。

五、系辞上

六、系辞下

说明二篇的大纲及各种读易的方法，略如后世书前的凡例。

七、文言——反复解释乾坤十二爻及用九用六，以示玩辞的方法。

八、说卦——说明八卦之象数及其次序方位等意义。

九、序卦——说明六十四卦相次之理，分上下两篇。

十、杂卦——说明序卦外另一种六十四卦相次之理，亦分上下两篇。

先生言：(《周易》之纲领——自然科学部分）

《周易》一书为我国学术思想之总汇，其内容包括二篇、十翼。二篇分卦象与卦爻辞二部分，卦爻辞由殷墟甲骨文之卜辞发展而成，卦象之作，据十翼中《系辞》之言有曰："易有太极，是生两仪，两仪生四象，四象生八卦。"又曰："古者庖牺氏之王天下也，仰以观象于天，俯以观法于地。观鸟兽之文，与地之宜，近取诸身，远取诸物。于是始作八卦，以通神明之德，以类万物之情。"

以上二段，宜略加阐明。曰"太极"、"两仪"、"八卦"者，即一分为二之二分法。二即阴阳，盖同乎数学中二进位之理。若八卦之作，本诸外物。曰"仰以观象于天"者，今曰天文学，包括气象学；曰"俯以观法于地"者，今曰地质学，包括矿物学和水利；曰"观鸟兽之文"者，今曰动物学，包括仿生学；曰"与地之宜"者，今曰地理环境，包括植物学；曰"近取诸身"者，今曰人类学，包括生理学、心理学和医学；曰"远取诸物"者，今曰物理学，包括化学。当八卦既作，"以通神明之德"者，今曰社会科学；"以类万物之情"者，今曰自然科学。我国先秦之学者，能有如是明确概念，以分析宇宙中一切现象，文化之发达可喻，《周易》之价值亦可喻。宜二千余年来，读《周易》者代不乏人。惜读者每执其所见，故《周易》有千家之注，门户纷纭，莫衷一是，实有真知灼见者固多，而人云亦云滥竽充数者亦复不少。尤不幸者，流于封建迷信，而真义乃晦。今推原返本，当畅观外物，以深究卦象所指及其变化，因述易象与自然科学之关系。

一、数学。

现代数学，综合而言，仍不外形、数二大系统。形曰几何，近世由非欧几何、拓扑学、非阿几何而究及多维空间；数曰代数，近世主要探索数之运算规律，及所代之对象已不限于数，由电子计算机、数理逻辑等发展可见一斑。

以《易》言，卦象本有几何之义，可谓我国独有之几何学。凡八卦正合三维立方体，故六十四卦及其变化已不限于三维空间。于卦象分阴阳，与二进位之算法全同，宜电子计算机线路变化与先天图变化一致。数年前见《卫星通信》（《卫星通信》编辑部一九七〇年四月出版）于五十五页载有"十位数二进制编码盘"（图五），此盘之图像为《易》中所固有，惜我国学者知之而未用。若此之图，尚不限此一种。先天图者，当由此编码盘于阴阳二端各加一循环进位。今日之遥控自动装置，以此类图为坐标，殊宜发扬之。

代数于矩阵论有乘法不可交换之规律，哈森堡（通译"海森堡"）用之，此算法与易方图之理全同。行列式之足指数二，于《易》名贞、悔，对称于第一对角线者皆有 ab—ba 之差，其差汉虞翻名之曰两象易。若两象易之变化甚多，恰合种种运算规律。此于解释总结各种科学实验之事实，必起作用。

二、物理学。

现代物理学主要由博朗克（通译"普朗克"）量子论、爱因斯坦相对论而形成，已整个改变牛顿力学之面貌。相对论者，本明哥斯基（通译"闵可夫斯基"）立四维为时间而确立四维空间。凡时—空相须而不相离，由狭义而广义，用黎曼张量而为四维弯曲空间，且可质能互变，人类知识乃广。

以《易》言，时—空相须而不相离，本为易理所固有。凡卦曰时，爻曰位，时即时间，位即空间。故究乎易象知卦爻变，以相对论之义言之，即时—空中所发生之种种事件。又《易》之变化曰发挥，所以示阴阳物间种种相吸相斥之力。今知有"万有引力"、"电磁力"、"强相互作用"、"弱相互作用"四种，或尚有今人尚未知之更强或更弱之力存在。然不论力之大小及其情状，其种种力场可与卦爻变相互比较而推得其理。

量子者，有太极之象，为能量终极单位，当与阴阳电子相合而成光量子，一若两仪与太极之变化。我国本有"物物一太极"之说，犹言物各有其能量，其理可与非阿几何相应。太极既不相续，逐卦逐爻亦各可自成一单元，其变化犹量子跃迁之象。

三、化学。

化学之独特表现在化学键上，高分子化学作用尤大，其大别不外原子键与离子键。又分子结构式已由平面发展成立体，最妙者，化学键有对称象。

以《易》言，化学键者，理当六爻发挥。阴阳因自然消息而变，其相吸相斥之力亦自然而变，此万物成毁之理。若结构式之由平面而立体，较合客观事实。然进而论之，尚不止三维，故各氨基酸有 D 型与 L 型之辨。能以时—空四维空间观之，庶可明对称象之义。今日天然蛋白质中氨基酸皆 L 型，绝非偶然。

四、生物学。

主要由薛定谔、玻尔二人，以现代物理学之理渗入生物学，乃生物学中又遇与达尔文相似或更为深刻之变化。今之分子生物学，已能变及遗传密码，此"四维模式"（见薛定谔《生命是什么》）之大用。华生（通译"沃森"）、克里克之脱氧核糖核酸（DNA）双螺旋结构模型，已有实验证实，遗传工程之发展方兴未艾，他日更将可观。

以《易》言，遗传密码之传递与互卦之象可通。必取碱基三以成一密码，观任一密码之氢键数，盖当六、七、八、九四数之一。此全同于《易》之生蓍数，有概率之义。

此外如天文、地质、医学等，皆与易理有密切相关。如银河系之形，一如河图奇偶数之旋转；地质之凝聚波伏，一如阴阳刚柔之参伍摩荡；生命之新陈代谢饮食遗传呼吸进化，一如纷若消息之出入，升阶其旋之反复。今日研究自然科学各部分，已合成三大课题，曰天体演化，曰物质结构，曰生命起源。以吾国固有名词言之，此不啻研究天地人三才，三才之道即为易道，殊可于易象中推得易简之理。以理贯诸今日人类已达之科学水平而益进之，当能求证于科学实验云。

后　记

　　一九八四年末，我有机缘随侍潘雨廷先生，朝夕谈论易学。一九八六年一月，因心有所感，陆续有所记。当时一边为先生整理文稿，一边回忆先生的谈话，心中感受的快乐和光明难以言喻。当积累渐多以后，我把笔记进呈潘雨廷先生，先生读后也甚为欣喜，说："我也是这样过来的。"又说："这是你的，不是我的。"又说："将来可以发表。"时过境迁，这些曾经引起我激动、思索的内容，已渐渐平淡了下来。这些笔记静静地躺在书橱的角落里，无声无息，偶尔有一二友人借阅，阅后归还，仍恢复平静。就这样十多年过去了，我决定整理并公开这部分私人笔记。

　　在我个人的成长过程中，受到许多良师不同程度的影响，而对我产生转折性影响的当属潘雨廷先生。在先生去世后，我长期从事先生著作的整理，私下以为这不仅是对师恩的报答，也是对这位默默耕耘一生而又成就非凡的大学者的纪念，同时更是对处于世纪之交中国文化所作的回应。我曾经写文章怀念对我有影响的师长，而多少年来，潘雨廷先生的音容笑貌虽然时时浮现眼前，但是写什么，怎么写，竟然无从下笔。直至整理完所有笔记，我才恍然若悟，没有什么比潘雨廷先生直接解说学问，更能显示先生的风采了。读此笔记，潘雨廷先生的文采风流跃然纸上，我仿佛又回到了当年，看到了一群青年学生的诚心向学，听到了先生的谈笑风生。

　　我的笔记虽然来自当场的记录，但它还不能完全代表潘雨廷先生的思想，也不能完全代表我今天的思想，只能代表作为学生的我，在当时所能理解的先生思想。由于牵涉中华学术比较深入的内容，也由于潘雨廷先生特殊的表达方式，笔记中有些内容是当机之言，并非严格意义上的完整表述。读者应该领会其启发性，而不必死于句下。谈话中涉及的部分人和事，也当作对事不对人想。其中有些内容，可以再思考，比如关于可耕地面积的判断，又如关于"泄露天机"的提法。有些思想，如关于等离子态以及化学元素周期律，林国良先生提出了不同的观点。即使不世出的大学者也是可能存在局限的，然而潘雨廷先生在艰苦环境下坚持治学，正是中华民族不屈不挠上出精神的写照。对于其中具体是非的商榷，将来还可以深入探讨。

本书的前七部分来自我的笔记，第八部分《补遗》来自我的零星记录（有些直接出于回忆），此外还有一些其他的材料（如先生当年手写的字条）。今日观之，先生的思想，即使片言只句，依然弥足珍贵。笔记中还有其他友人的谈话，以及读书时所作的摘抄，整理时没有完全删削，保留了一些过去的情景。

潘雨廷先生逝世已经十多年了，我的思想也几经波折，当年的许多文稿已然不全，所幸这份问学笔记尚未遗失。今天着手整理这部分内容，既由于潘师母金德仪女士多年来的鼓励，我自己生命中遭遇的困难也成了促进因素。整理工作开始于去年三月，到了今年三月才大体告一段落。几位谦让而不愿具名的友人参与了整理工作，反复校订，花费了大量心血。老友林国良先生审阅了文稿，伍伟民先生提出了意见。

张文江
二○○五年三月二十日

又 记

潘雨廷先生是二十世纪中国文化中走出独特道路的大学者，随着时间的推移，社会对他的认识也在逐渐加深。这份笔记是我当年亲炙潘雨廷先生的记录，但是它不可避免地受到了记述者的局限。可以想见，潘先生的谈话对象如果是其他人，那么谈话的内容必然有所不同。而如果由不同的人来记录潘先生的谈话，那么谈话的形式也必然有所差异。书不尽言，言不尽意，这份笔记仍然有其空白之处，期待着读者善意的理解。也因为如此，虽然此稿早已整理完成，但是否适合全文发表，我还是迟疑了一段时间。

此稿的部分内容，曾经刊载于杨丽华女士主编的《文景》杂志，和刘小枫先生主编的《经典与解释》。其中有一个数学问题，请教了陈克艰先生。

张文江

二〇〇九年十月二十二日

修订本后记

　　《潘雨廷先生谈话录》经过较长时间的整理，2012 年由复旦大学出版社出版。本次修订，改正部分错误，作出少量调整。原来见于本书七的拟写《易学史大纲》目录，以及见于本书八的拟写《易学史》目录，因为已辑入《易学史丛论》的附录，修订时作了删除。所删之处，从《补遗丙》中调入论易学史分期的内容。

　　此外，本书七中提到，1972 年国际上用"铯周期"来定义"秒"（最早作出定义的是 1967 年）。潘先生论帛书本《老子》"执今之道"的"今"，对此有所阐发（见《易与佛教、易与老庄》）。本书修订时，又有后续进展。2018 年 11 月 16 日，国际度量衡总会（CGPM）对千克、安倍、开尔文和摩尔的定义进行了更新。至此七个基本度量标准全部使用物理常数定义，完成了划时代的变化。本书二中谈及爱因斯坦致斯威策信，潘先生在著作中也有引用（见《易老与养生》）。当时的译文不准确，可参考译者本人的说明（许良英《关于爱因斯坦致斯威策信的翻译问题——兼答何凯文君》，见《自然辩证法通讯》2005 年第 5 期）。

　　张旭辉先生多次提议此书再版，黄德海先生和李宏伟先生也积极推动。

张文江

二〇一八年十二月二十四日

图书在版编目（CIP）数据

潘雨廷先生谈话录（修订版）/ 张文江记述 . -- 北京：
作家出版社，2020.9

　　ISBN　978 - 7 - 5212 - 0743 - 9

　　Ⅰ . ①潘…　Ⅱ . ①张…　Ⅲ . ①中华文化 – 研究
Ⅳ . ①K203

中国版本图书馆 CIP 数据核字（2019）第 229421 号

潘雨廷先生谈话录（修订版）

记　　述：张文江
责任编辑：李宏伟
装帧设计：恰和工作室
出版发行：作家出版社有限公司
社　　址：北京农展馆南里 10 号　　　邮　　编：100125
电话传真：86 - 10 - 65067186（发行中心及邮购部）
　　　　　　86 - 10 - 65004079（总编室）
E – mail: zuojia@zuojia. net. cn
http: // www. zuojiachubanshe. com
印　　刷：中煤（北京）印务有限公司
成品尺寸：170×230
字　　数：594 千
印　　张：37.75
版　　次：2020 年 9 月第 1 版
印　　次：2020 年 9 月第 1 次印刷
ISBN　978 - 7 - 5212 - 0743 - 9
定　　价：100.00 元